모녀
5세대

모녀 5세대 : 큰글씨책

초판 1쇄 발행 2017년 12월 28일

지은이 이기숙
펴낸이 강수걸
편집장 권경옥
펴낸곳 산지니
등록 2005년 2월 7일 제 333-3370000251002005000001호
주소 부산광역시 해운대구 수영강변대로 140 BCC 613호
전화 051-504-7070 | 팩스 051-507-7543
홈페이지 www.sanzinibook.com
전자우편 sanzini@sanzinibook.com
블로그 http://sanzinibook.tistory.com

ISBN 978-89-6545-466-3 03810

큰글씨책

한국 근현대 100년을 관통하는
여성들의 삶

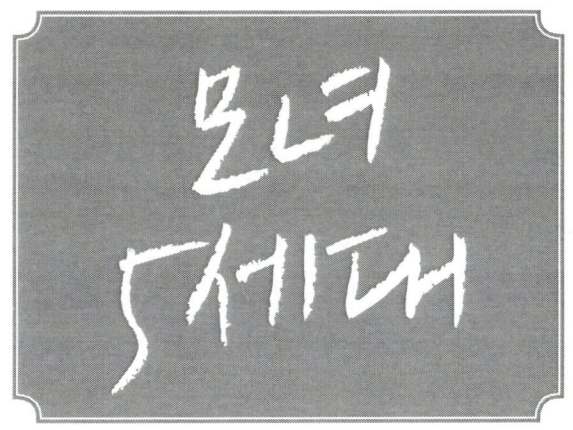

모녀
5세대

| 이기숙 지음 |

산지니

책을 펴내며

마음이 기억하는 한 아무것도 사라지지 않는다.
—J. 페페*

    살아가는 매 순간에는 항상 어린 시절의 내가 배여 있다. 그 어린 시절을 의식의 표면으로 떠올리면 가장 먼저 부모님과 형제들이 아른거리며 떠오른다. 그리고 연이어 그 옆 자락으로 외가에서 어린 시절을 보낸 탓에 더욱 친근한 외할머니와 이모들이 그려진다. 물을 마시면 어린 시절 외가 우물가의 두레박이 선명히 그려지고, 곶감을 먹을 때에는 곶감을 좋아하셨던 아버지가, 토마토를 먹을 때는 토마토를 좋아하셨던 어머니가 생각난다. 그러다가 손녀의 전화를 받으면 내 마음은 지나간 그 아지랑이 같은 것들에서, 지금, 여기, 살아 퍼덕이는 어린 것들로 돌아오고, 딸의 바쁜 하루가 다시 머릿속에 맺힌다.

---

* J. 페페. 『마음이 기억하는 한 아무것도 사라지지 않는다』. 현자의 숲. 2012.

그 외에도 나의 마음을 보듬어주는 기억들은 많다. 무거운 나의 아이들을 항상 업어주신, 지금도 불쑥불쑥 보고 싶어지는 시어머니, 그 옆에 나란히 서 계시는 손위 동서들과 시누이, 중고교와 대학교의 친구들, 직장 동료들, 다양한 시민·여성 활동에서 만난 나이를 뛰어 넘는 우정을 과시하는 동지들, 그리고 이웃의 좋은 여성들과 내가 잘 가는 오밀조밀한 동네가게 주인들—지나간 나의 삶과 현재, 그리고 앞으로의 일상에서도 지워지지 않을 그들이다.

노년기에 들어선 지금 나에게 나쁜 추억이란 남아 있지 않다. 숱한 인간사(人間事)가 엉키면서 좋은 기억, 나쁜 기억의 망(網)에 갇혀 사는 것이 인생(人生)인 것 같다. 잘못되었다고 여기면서도 그 망들을 뚫을 용기가 부족한 때도 있었고, 그러면 그 부족한 대로 사는 것, 그것도 나의 삶이었다. 오해가 생긴 어떤 상황을 새로이 해석해내지 못한 나의 미숙함이 있을 뿐, 이젠 나에겐 나쁜 추억이란 더는 남아 있지 않다. 특히 가족을 중심으로 내 마음이 가는 그 곳의 그 추억들은 아쉽고 아련하기만 하다.

어느 날 나는, 내가 '가족이란 이름으로' 만난 나의 직계(直系) 여성들과의 수많은 기억들을, 나의 삶 위에 차례로 세워보고 싶었다. 그 세워둔 조각들을 생각하다, 그걸 '추억'이란 이름으로 묶어내고 싶었다. 그래서 2011년부터 차근차근 생각나는 대로 기록해두었다. 중간중간 다른 바쁜 일들이 생기면 6개월도 쳐다보지 않다가 방학이 되면 다시 들여다보고는 혼자서 옛 생각에 잡히곤 했다. 조금씩, 주섬주섬, 조용한 동네에 앉아, 하늘을 쳐다보다, 춤을 추다 하면서 거의 4년 동안 이 추억들을 안고 있었다.

외할머니부터 손녀에 이르기까지, 근 100년에 걸친 여자들의 삶과 나의 60여 년간의 일상과 잔잔한 추억들! 외할머니의 출생과 손녀 채림의 출생 간격을 보니 그 사이엔 100여 년의 세월이 들어 있다. 모녀 5세대! 아! 많은 이야기들이 펼쳐질 듯하다. 나는 외할머니와의 추억부터 하나하나 생각해보았다. 그리곤 어머니와 나의 삶, 그 다음 딸과 손녀 이야기를 그림 그리듯, 실타래 풀듯 하나하나 펼쳐나가 보고 싶었다. 그 모녀 5세대의 삶을 관통할 키워드(keyword, 주제어)는 무얼까?

누구나 자신의 삶의 궤적을 세세히 훑어보면, 이런 자그마한 추억들과 그로 인한 행복들이 석류알처럼 새겨져 있을 것이다. 시간이란 미끄럼틀을 타고 움직이다 보면, 다양한 공간이 보이고, 그곳에는 늘 마주치는 사람이 있다. 좋은 추억이든 나쁜 추억이든, 새삼 가릴 것 없이 나의 지난 모든 것은 바로 나였고, 아마 앞으로도 별반 다름없이 나는 그렇게 살아갈 것이다.

나의 집필 소식을 들은 제자들이, 함께하는 마음으로 1900년부터 2000년까지 그 100년의 여성의 일상을 훑어내는 글을 적는 일에 동참해주었다. 내 가족사를 덮고 있는 한국여성사를 시대별로 간략히 정리해보는 정도이지만 미시적 삶들도 거시적 맥락과 통하기 때문에 소소한 일상의 역사성이 이해되리라 본다. 많은 제자들이 있지만 이미 책의 구성이 정해진 터라 몇몇에 제한될 수밖에 없었다. 글 전개가 힘들었을 터인데 흔쾌히 원고를 보내준 이나영 교수, 방현주 교수, 이미란 교수, 안미수 강사, 조은주 강사, 그리고 서은숙 의원에게 정말 감사하다는 인사를 다시 한 번 드린다. 그 사이사이, 이 책의 구성에 함께하고 모든 연락을 맡아준 박해숙 교수와 어지러운 글들을 읽어주시고 감수해주신 멍게 시인님과 정림 작가님에게도 다시 한 번 감사드린다. 다들 무지 바쁘게 사는 줄 다 아는데… 감사하고 또 감사드린다. 그리고 흔쾌히 책을 출간해주신 출판사 산지니 강수걸 대표님과 편집과 교열, 책 디자인까지 많은 고생을 하신 문호영 편집자님에게도 감사인사를 드린다.

이제 이 예쁜 책들을 나누며, 다시 한 번 우리가 어떻게 살아야 할 것인가에 대한 지혜들을 나누는 시간을 가지길 바란다. 남은 인생, 다들 무사(無事)하길.

2015년 7월 22일
이기숙

차례

프롤로그

내 인생의 처음 시간대에 놓여 계시는 가장 윗세대 여성은 나의 '외할머니의 시어머님', 그러니 나의 '어머니의 조모', 즉 나에게는 증조모이신 '하야 할머니'*이시다. 그러나 내 어린 시절의 기억 어딘가에 그분은 '건넛방에 늘 앉거나 누워 계셨던 분'이란 아련한 이미지만 남아 있다. 그분과 나눈 대화나 어떤 상호작용도 기억나지 않으므로 아쉽게도 나의 인생에서 그분과의 추억은 없다.

그 다음 나의 삶에서 가장 어른이신 분은 그래도 40여 년간 만나면서 이런저런 추억을 간직하게 해주신, 외할머니 신돌이 (申乭이, 1909년생) 여사이다. 한때 '부모성 함께 쓰기'** 운동이

---

* 그분은 어느 누구보다도 친손자 '영하'(친손자 여럿 중 유일하게 살아 남은 증조할머니의 손자. 나에게는 하나뿐인 외삼촌)를 강렬하게 사랑하셨기에 다른 가족들이 붙여준 애칭. '하야만의 할머니'란 뜻임.
** 부계(父系)로 이어지는 호주제 폐지를 위해 1997년부터 진보여성단체 등에서 전개한 부모 양성(兩姓) 다 사용하기 운동이다. 호주제는 2005년 폐지되었다.

전개될 때, 나는 나의 부계(父系) 성(姓) 옆에 붙을 나의 모계(母系) 성(姓)에 할머니의 성을 넣어보았다. 이신기숙(李申琦淑)! 좋아! 그래서 가끔 방명록을 쓸 때, 나는 자랑스럽게 그 넉 자를 적어보았다. 성장하면서 많은 어르신들을 만났지만, 내가 생각하건대 외할머니는 참 훌륭한 분이셨다. 할머니가 '좋았다'라는 느낌보다는 '훌륭해' 보였다라는 것은 순전히 나의 개인적 판단이겠지만, 나에게 이런저런 인간사를 들려주실 때마다 든 생각이 흠모의 마음이었기 때문이다.

그리고 이어지는 세대는 엄마 박쾌활(朴快活, 1928년생) 여사, 그리고 나, 이기숙(李琦淑, 1950년생). 그 다음 나의 딸 임지현(林志眩, 1977년생), 그리고 또 그녀의 딸 김채림(金綵琳, 2005년생)으로, 가족 속에서 나와 많은 추억을 공유하는 직계 여성들이다. 우린 다 다른 성(姓)을 가진, 직계 혈통이다.

이 글의 첫 세대인 외할머니와의 추억에서 내가 느낀 감정은 분홍색 '따뜻함(온정, warmth)'이었다. 그 힘든 일제 시기와 해방 이후를 무학의 여성으로 거쳐 오면서도, 지치지도 않고, 누구에게나 온정이 넘치는 밥을 먹여주셨던 분이다. 나의 남편도 장모님과 나눈 이야기 양(量)보다 외할머니와 나눈 이야기가 더 많았고 주제도 더 다양했다고 한다. 평생 얼마나 일을 하셨으면, 할머니께서도 꽃다운 청춘이 있었을 터인데 그 가늘고 예쁜 손가락이 어느새 마디마디가 굵어져 반지조차 빼내기가 힘들 정도였다. 위로 어른을 모시고 아래로 식솔들을, 또 옆으로는 친인척들을 살피느라 그 손가락들이 굵어졌으리라 믿는다.

2세대인 엄마는 맏딸로 유복하게 자랐고, 일제강점기 때 고등학교를 졸업하신 분이셨다. 하지만 딸을 연이어 넷이나 낳으면서 알게 모르게 위축된 정서가 그녀의 일상에는 배여 있었다. 엄마는 천성이 매우 낙천적인 분이셨다. 그러나 중년 이후 건강이 좋지 못하여 집에 갇혀 지내셨던 분이기에 나는 그녀에 대해 늘 안쓰러운 마음을 가지고 있었다. 공간에서의 간힘뿐 아니라, 그녀는 아버지의 삶 속에서 활짝 날개를 펴지 못해 의지(意志)도 갇혀버린 분이셨다. 그러나 그녀는, 그녀의 이름 박쾌활 그대로 참 쾌활하셨다. 나는 엄마가 여자로서 어쩔 수 없이 받아내어야만 했던 일들과 자신의 인생 색깔이 지극히 희미했던 모습에서 연한 베이지색과 '희생(sacrifice)'을 떠올린다.

3세대에 속하는 나는, 참 천방지축이었다. 어린 시절엔 남자 아이들과 함께 놀았고, 중고등학교 시절에는 씩씩하고 부지런한 여학생이었다. 이런 나를 여자로 되돌린 건, 아버지와 남편이다. 아버지는 나를 참한 '여선생'으로 만들고 싶어 하셨고, 실제 선생 노릇을 하는 동안 나는 좀 조신해졌다. 하지만 나는 여권(女權)운동에 물든 세대, 내 통장과 내 명의의 부동산을 가지고 있는 맞벌이 세대로, 엄마 세대가 걱정하면서도 부러워한 세대이다. 그래서 나는 내 삶을, 어머니의 삶과 확연히 달라졌다는 의미에서 '변화(change)'를 상징하는 노란색*으로 색 입히고 싶다. 나는 노란색 재킷을 입으면 항상 기분이 좋다. 참, 그때마다 그분**을 추모하기도 한다.

4세대에 속하는, 딸 지현이. 나만큼 딸을 수월케 키운 엄마가 있겠는가? 그녀는 자신의 스마트폰에 '전쟁 같은 30대의 일상을 무한질주 중'이라고 써놓은 것처럼 치열하게 살고 있다. 나는 여자들끼리 경쟁하는 가정교육(家政敎育) 분야에서 종사했고, 1970년대 초만 하여도 대학원만 졸업해도 대학에 자리를 잡을 수 있었다. 그러나 딸 세대는 달랐다. 그녀는 과학고등학교와 공과대학을 거치면서 남학생들과 함께 공부했고 경쟁했다. 멋을 부려 여성성이 도드라지면서도 내면은 상당히 남성적인 여성이다. 양성형(androgynous) 인간이라고 표현할 수 있다. 전후에 나타난 대한민국의 신인간상이다. 나는 딸의 30

---

* 노랑은 유채색 중 가장 밝은 색으로 명랑하고 활발한 느낌을 준다. 내가 노랑의 사회적 의미에 관심을 가진 것은 '변혁과 여성'이란 키워드로 색(色)을 찾던 1989년 때였다. 그때 재직하던 대학교의 여성문제연구소의 초대 소장으로, 연구소의 첫 논문집 '여성연구'를 구상하면서 표지 디자인으로 택한 색이 짙은 노랑이었다. 물론 그 노랑은 당시 군사정권 이후 문민정부 수립에 애를 쓴, 즉 한국 사회의 절대적 변화를 요구한 평민당(平民黨)의 황색 깃발을 커닝한 것이었다.
* 그분은 고(故) 노무현 대통령이다. 나는 그분의 정치적 가치(價値)를 좋아하고 존경하였다. 그의 서거 이후 노무현재단 부산지역위원회에서 그분의 정치적 지향을 '실천하는' 시민이 되었다.

년 인생에 보라색*의 '도전(challenge)'을 드리워주고 싶다. 세 자녀의 엄마로 아직도 갈 길이 먼 딸이 안쓰럽기도 하지만, 그 보라색이 다른 다양한 색깔과 합쳐져, 어떤 멋지고 오묘한 '보라 톤의 컬러'가 나올지…. 기대된다.

5세대에 속하는 손녀 채림이는 정말 복 받은 세대이다. 생일이 되면 네 명의 조부모로부터 축하 인사를 받는 세대이다. 그렇다고 이 조부모 세대들이 훗날 손녀 세대로부터 무언가를 받기를 기대하지도 않으니, 이 세대는 공짜로 많은 것을 상속받는 세대이다. 해방 전후 태어난 조부모들이 대한민국의 산업화를 거치면서 비축한 부(富)를, 이 손자 세대가 날 것으로 받고 있다 하여도 과언이 아니다. 내가 딸을 키울 땐 바비인형**은

---

* 보라(violet)는 신앙심을 유발시키는 신성(神聖)의 상징성이 있어 아주 귀한 색으로 여겨지고 있다. 1970년 후반 출생인 자녀 세대는 대한민국의 성장기에 태어나 어린 시절을 보낸 세대로, 비교적 애지중지 키워진 공주와 왕자들이었다.

** 1959년 첫 생산된 인형으로, 당시 다른 장남감 인형에 비해 정교하게 만들어진—여성의 신체에 대한 묘사와 화려한 의상, 현대적인 머리모양 등으로—대단히 획기적인 인형이었다. 지금까지 50여 년이 넘게 여자아이들이 가장 가지고 싶어하는 장남감이었다. 아이들은 이 인형의 옷을 갈아입히고, 이 인형의 집에서 온갖 살림살이를 가지고 놀면서 보다 창조적 놀이를 만들곤 한다. 바비인형은 금발의 백인 중심적, 과소비적(인형을 한 개 가지게 되면 그에 부수되어 인형을 장식할 것들이 많이 필요함), 여성 신체의 상품화란 측면에서 비판도 받으면서 동시에 다양한 직종(군인, 간호사, 의사, 교사 등)의 바비인형으로 전통적 여성상을 깨는 장남감이라 평가받기도 하였다.

한 개면 족했다. 그런데 이 손녀는 선물로 받은 바비인형이 얼추 다섯 개는 넘을 듯하다. 어느 세대보다도 풍족한 환경에서, 자유스럽고, 자기의 의사를 당당히 표현하면서 자라고 있지만, 사실 다들 공주과(公主科)로, 바라보면 슬슬 걱정이 앞선다. 그래서 늘 결핍과 자연을 아는 아이로 키우라고 조언하지만, 이 세대는 이 세대 나름의 잘 만들어진 인조(人造)환경이 있고 아이는 그에 적응해야 할 것이다. 나는 손녀를 위해 이런 기도를 한다. '이젠 가족과 국가를 넘어 인류의 평화와 공존을 위한 파랑색*의 '나눔(sharing)'을 핵심 가치로 삼고 살아가거라'라고.

---

* 예로부터 한국에서는 초록, 남, 곤 등의 총칭으로서 청(靑, 파랑)을 사용해왔다. 파랑은 청춘, 희망, 이상을 상징하며, 다른 색과 가장 아름답게 조화되는 색이기도 하다.

1장

모녀 5세대

1세대: 그리운 외할머니
신돌이 여사(1909년 음 8월 12일 - 2002년 음 7월 15일)

1909년생. 그분의 부친은 서당선생이었지만 계집애는 글을 배울 필요가 없다고 해서 실제로 무학이셨다. 17세에 부산 중앙동에 사셨던 외할아버지와 혼인하여 10남매를 낳으셨다. 여성의 가임기간이 30여 년쯤 되니 생리적으로 가능한 일이겠지만 우리는 이 사실에 놀라고 또 놀랐다. 어떻게 한 여성이 아기를 열번이나 혹은 (또래의 다른 할머니들처럼)그 이상 출산할 수 있단 말인가? 그 몸이 온전하셨을까? 눈물이 나올 듯하였다. 키우는 도중 다섯은 유아기 때, 한 아들은 고교생일 때 잃어버렸다. 그래서 남은 1남 3녀와 함께 초량(草梁)*에서 오래 사시다가 노년엔 남구 대연동에서 사셨다. 그리고 말년에는 아들이 살고 있던 대전(大田)으로 이사하셨고, 그곳에서 돌아가셨다.

---

* 초량은 부산역 맞은편 지역으로, 외가는 초량에서도 가장 번화가인, 당시 화교(중국인)들이 많이 살던 청관(淸官) 거리에 있었다. 외가는 그 거리에 200여 평의 넓이로 놓여 있었다.

외조모께서는 맏며느리는 아니었지만 시할머니와 시부모를 모시고 시동생을 챙기며 사셨다고 들었다. 외조부께서 비교적 성공한 사업가였기에(중앙동과 초량에서 인쇄업을 크게 하셨음), 경제적으로 어렵지 않게 친인척들을 챙기며 주도적인 삶을 사셨다고 나는 생각한다. 그러나 둘째딸이 다섯 살 때 소아마비에 걸려 결국 척추장애인이 되자 평생을 그녀 곁을 떠나지 못하고 사셨다. 그 이모께서는 2013년에 돌아가셨다.

외할머니께서는 아들을 여섯 낳으셨다. 그러나 그중 다섯은 잃어버리셨다. 자녀를 다섯이나 잃어버렸다는 이야기에 내가 놀라서 어떻게, 왜 죽었냐고 여쭌 적이 있다. 모기장 안에서 숨이 막혀서, 천연두를 하다가, 홍역을 하다가, 이유도 모르고 그냥… 등으로 할머니께서는 아무렇지도 않게 죽은 자식들 이야기를 하셨다. 그중 큰 아들이 죽은 것은 매우 아깝다고 하셨다. 6.25 전쟁 당시 고등학생이었던 그 외삼촌은 학생회 임원으로 시내 교통정리를 하던 중에 참사를 당한 분이셨기에 그 아까움이 오래오래 간 듯하였다. 그래서 외할머니는 남은 유일한 아들인 외삼촌에 깊은 애착을 가지고 계셨다. 이 아들에 대한 애착과 장애인인 둘째 딸에 대한 애착이 마주치면서 스스로 갈등하셨고, 때로는 그게 두 자녀들, 나아가 그 가족들 사이에 어려운 감정들을 만들어내기도 했었다고 나는 생각한다. 그러나 씩씩하게 시어머니, 친정어머니 노릇을 오지랖 넓게 하시면서, 노후엔 네 명의 친손자손녀와 열 명의 외손자손녀들의 사랑을 받고 가셨다.

　내가 기억하는 한 외할머니는 여러 종교를 믿으셨다. 유교식으로 제사를 모셨고, 어른들 따라 절에도 가셨다. 내가 어릴 적엔 뵌 외할머니는 이른 아침엔 해를 보고, 늦은 밤엔 달을 보면서 손도 비비곤 하셨다. 그러다가 6.25 전쟁으로, 이리(裡里, 지금의 익산)에서 원불교계 고등학교를 졸업하고 부산 본가로 돌아와 살게 된 장애가 있는 둘째딸과 함께 원불교를 열심히 믿으셨다. 그러시다가 1978년경, 죽음을 눈앞에 둔 외손녀(나의 둘째 여동생)가 교회를 나가고 싶어 한다는 이야기를 듣고는, (에미애비가 도저히 그 청을 들어줄 것 같지가 않으셨는지) 그 외손녀를 끼고 교회에 나가셨다. 당시 우리 집안엔 멀리 진영에 계시는 이모할머니를 제외하고는 교회에 나가는 사람은 없었다. 외할머니께서는 목사님 설교를 거의 조는 상태에서 들으면서 외손녀를 살려달라고 하나님께 열심히 기도하셨다고 나는 믿는다. 이후 그녀는 대전으로 돌아가 아들, 며느리와 함께 다시 원불교 교당에 나가셨고 장례도 원불교 예식으로 치러졌다. 외할머니의 이런 두리뭉실교*에 대해 나는 젊은 시절 웃은 적이 있지만, 평생을 신(자기의 神)에게 기도하면서 연약한 가족, 그리고 일가친척 사돈팔촌을

---

* '두리뭉실하다'는 형용사에는 '분명치 않다'라는 의미가 있다. 그래서 이 종교, 저 종교 다 일리가 있다면서 수용하는 분들이 믿는 걸 우리는 이렇게 불렀다.

보살펴달라고 시도 때도 없이 기원하신 그 태도에 대해서는 존경을 금할 수 없다.

2세대: 늘 보고싶은 어머니
박쾌활 여사(1928년 6월 25일 - 2006년 1월 10일)

1928년 일제치하 시절, 부산에서 신돌이 여사와 박정부 사장의 첫 딸로 태어났다. 부산 영주동 봉래초등학교*, 경남여자중·고등학교**를 졸업하고는 19세에 중매혼으로 울산(蔚山)으로 시집가셨다. 결혼기념일이 12월 24일이었던 어머님은, 당신께서 시집가던 그날이 세상에서 제일 추웠다고 하셨다. 결혼 당시 아버님은 일본 유학을 마친 공무원이셨다.

어머니는 스물에 첫 딸을 낳고 부산으로 이사 오셨다. 아버

---

* 봉래초등학교는 부산 최초의 초등학교로 1895년 '개성학교'란 이름으로 세워져, 그 자리에서 120년의 역사를 가지며 존속하고 있다. 지금 주소로 보면 부산시 중구 영주동에 위치하고 있다. 나의 외조부께서도 이 학교를 나오셨고, 그리고 어머니 형제 다, 우리 형제들 중 네 명은 이 학교를 졸업하였다. 가끔 나는 중앙동 근처에 나가게 되면 그 정든 동네를 둘러 지나가곤 한다.
** '경남여자고등학교'는 현재 부산시 동구 수정동에 위치하고 있는 자칭 '한강 이남의 명문'이다. 어머니를 비롯하여 막내이모, 그리고 우리 여형제 네 명이 다 이 학교를 졸업하여, 1973년에 총동창회로부터 '모녀 동창상'을 받기도 하였다. 어머니 친구, 이모 친구, 그리고 언니와 동생의 친구들―나에게는 언제 만나도 반가운 분들이 많이 계시는 곳이 이 학교이다.

지가 직장을 학교로 옮기셨기 때문이었다. 그리곤 2년 뒤 둘째 딸인 나를 낳으셨다. 그리곤 딸을 둘 더 낳으셨고, 그 다음 기다리던 아들을 연달아 둘이나 출산하셨다. 나는 어머니가 아버지의 교원 박봉에 6남매를 키우시면서 힘들게 사신 것을 기억한다. 어머니는 날마다 깨알같이 가계부를 쓰셨다. 함부로 낭비하지 말라는 이야기를 참 많이 들으면서 우리는 성장하였다.

어머니는 몸이 약하셨다. 시집갈 땐 건강했는데 자식들을 여섯이나 낳고 키우면서 신체적으로나 정신적으로 힘들었기에 점점 허약해지신 것 같았다. 우리가 철이 들어 어머니를 모시고 운동을 한다고 나서자 어머니는 아프다고 움직이는 걸 싫어 하셨다. 그래도 스스로 건강을 챙기시는 '나를 아끼고 사랑하는 이기적 모습'이 있어야 했는데, 어머니는 이렇게 살다가 빨리 죽어도 된다고 하셨다. 어머니는 잘 웃고, 활발한 성품이었지만, 오래 살아야겠다는 욕심이 별로 없는 분이셨다.

내가 기억하는 나의 어머니의 여러 모습들은 뒤에 이야기하겠지만, 어머니는 참 순한 분이셨다. 자라면서 전혀 궁핍하지 않게 자란 탓도 있겠지만, 여자들이 좋아하는 보석이나 옷, 구두 등에 선호를 나타내지 않으셨다. 우리에게도 돈보다는 사람이 먼저여야 한다는 말씀을 자주 해주셨다. 나는 어머니가 교당이나 절에 다니시는 걸 본 기억이 별로 없다. 그러나 넷째 딸이 심히 아프면서 교회에 가고 싶다고 하자, 어머니는 외할머니 뒤로 숨어, 아픈 딸을 데리고 교회에 출석하셨다. 그러고는 당신의 큰딸도 교회로 인도하셨다. 지금 생각하면 언니의 교회 행에도 다 이유가 있는 듯하다. 도저히 사람의 머리로는 이해가 안 되는 일들을 경험하면서, 어머니는 절대신을 찾게 된다. 그 스트레스가 다른 것(질병, 중독 등)으로 나타나지 않고 오로지 위로와 안식만을 빌 수 있는 주님에게로 투사되었다는 건 참 다행스러운, 다시 말해 행운이 아닐 수 없다.

노후에 어머니도 허리가 많이 나빠지면서, 거의 할미꽃처럼 구부러진 모습으로 한참을 지내셨다. 동네 아이들이 '꼬부랑 할머니야'라고 소곤거리기도 했다. 혹시 나도 허리가 휘어질 유전자를 가진 건 아닐까 싶어 허리나 등이 굽지 않도록 무진 애를 쓴다. 엄마는 2006년 1월에 돌아가셨다. 여전히 항상 그리운 분이다.

3세대: it's me, 필자
이기숙(1950년 7월 22일생)

이런 글을 적다 보니, 나는 영락없는 외할머니의 손녀이고 엄마의 딸이다. 나도 외할머니처럼 외향적이고, 엄마처럼 낙천적이다. 내가 태어난 1950년은 한국전쟁이 발발한 때였다. 부모님은 부산 초량에 사셨기에 실제 피난의 경험은 없었고, 나는 7월에 태어났다. 첫아이로 딸을 낳은 엄마는 배 속의 둘째 아이가 첫 임신 때와는 달랐기에 머슴애인 줄 알았다고 하셨다. 딸 넷 중에 제일 머리가 나쁜 내가 공부는 제일 열심히 했다고 엄마는 자주 놀렸다.

중고등학교와 대학교까지, 재수(再修)가 유행하던 시절에 나는 가끔 부러워도 보였던 그 재수를 하지 못하고 바로 진학하였다. 입학시험을 치고 들어간 경남여중과 경남여고에서 나의 청소년기는 재미나고 찬란하였다. (지금 그때, 그 12~18세를 돌아보면, 정말 그건 내 인생에서 가장 반짝반짝하였던, 다이아몬드 같았던 시절이었다) 크게 부자는 아니었지만 또한 크게 경제적으로 어렵지 않은 환경에서 나는 성장의 고통도 별반 모르고 자랐다. 서울엔 안 보낸다는 아버지 뜻에 따라 우리 형제들은 거의 국립(아버진, 이 단어를 매우 강조하셨다) 부산대학교와 부산대학교 대학원을 졸업하였다. 26세에 대학교수로 발령받아, 그해 결혼을 했고, 28세에 딸을 낳았다. 그리고 박사과정 중이던 1981년에 아들을 낳았다. 그 딸이 2002년, 아들이 2012년 각각 결혼을 해 사위와 며느리를 얻었고, 그리고 외손녀 채림과 외손자 재겸, 재윤, 그리고 친손자 지호도 선물로 받았다. 나는 36년이나 재직한 대학에 교수로 내가 가진 모든 것을 다 주었고 내가 할 수 있는 모든 것을 다 했다고 믿기에 여한은 없다.

결혼하고 나는 서면(부산진구에 위치한, 그 유명한 '서면(西面)')

에서 단칸살이를 하다가 친정집으로 들어갔다. 그러고는 3년 뒤(그땐 맞벌이 부부로 3년을 열심히 모으면 작은 아파트를 장만할 수 있었다) 생애 처음으로 '나의 집'을 구해 나오면서, 혼자 되신 시어머니를 모시고 살게 되었다. 나는 착한 아내도, 착한 며느리도 아니었다. 그러나 아이들도 잘 자랐고, 우리도 큰 어려움 없이 늙어갔다. 중간에 남편이 화상(火傷)으로 힘든 고비를 한 번 넘긴 적이 있었다. 그게 가장 큰 사건이었다고나 할까? 하지만 그 위기 이후 남편은 더 안정적이게 변한 것 같다. 인생사가 나의 의지와 상관없이 이루어지는 일이 많아 나는 가끔 '신의 가호(加護, God's grace)가 있기를'이란 말을 속으로 자주 왼다. 물론 내가 빈다고 나에게 오는 것은 아니지만, 그래도 내가 깊이 바랄 때 그것이 나에게 온다는 것을 나는 믿는다.

나는 1978년부터 지역 NGO(non-governmental organization, 비영리 민간기구) 활동을 시작하였다. 1980년대 후반 '여성학(Women's Studies)'을 공부하면서 여성운동에 참여하게 되었다. 근 30여 년을 부산의 다양한 시민·여성운동체에 나의 재능과 시간을 할애하였고, 삶의 가치와 비전을 함께하는 많은 동지들을 만났다. 함께 생각하고, 함께 일하고, 함께 밥 먹고, 함께 기뻐한 추억들이 많다. 그리고 부산지방법원(가정지원)을 거쳐 고등법원과 검찰청에서 조정(調停)위원으로 활동하면서 나와 다른 삶을 살고 있는 숱한 사람들을 만났다.

지금도 여러 단체의 회원으로 활동하면서 가만히 있어만 주는 울타리 역할과 의논 대상이 되어주는 언니 역할을 하고 있다. 나는 실제 일반시민 여성들보다는, 그들을 위해 일하는 여성 활동가들, 여성들을 위해 수십 년간을 헌신해오고 있는 그 후배 같은, 때로는 동생 같은 그 여성 활동가들에 더 마음이 쓰인다. 같이 웃고 울리라! 슬슬 오금이 오그라드는 것 같아 2012년부터 요가(yoga)를, 친구들과는 슬슬 예체능 활동을 시작하였다. 참 분주하게 살았다. 이젠 좀 느리게 살아야 한다고 다짐한다.

4세대: 나의 자랑스런 딸
임지현(1977년 12월 7일생)

딸, 지현(志眩)이는 1977년생이다. 나는 참 어렵게 임신을 했고, 참 어렵게 출산을 하였다. 특히 직업여성으로 부른 배를 안고 교단에 서는 민망함 때문에 방학 중 출산시기를 맞춘다고 내가 노력한 것들은 지금 보면 다 호랑이 담배 피우던 시절의 이야기 같기만 하다. 당시만 하여도 어떤 직종이든 여성들은 출산이 임박하면 일터를 떠나든지 혹은 출산 후에 직장으로 돌아가지 못하였다. 나도 출산으로 첫 일터를 떠나야만 했던 적이 있다.

지현이는 세 살까지는 외할머니께서 돌보아주셨고, 그 후론 친할머니께서 돌보아주셨다. 지현이는 남구 광안리 바닷가에서 아동기를 보냈다. 그 동네에서 미술학원 – 어린이집 – 유치원 – 발레학원 – 초등학교(5학년까지)를 다니다가, 지하철 시대가 열리면서 1호선의 끝머리에 있던 금정구 구서동으로 옮겨 초등학교와 여중을 마쳤다. 지현이 다섯 살 때 남동생이 태어났다.

낮에 엄마가 집에 없는 관계로, 우리 집은 아이들이 함께 숙제하는 집이 되었고, 중학생들이 실컷 수다를 부리다 가는 장소가 되었다. 담임선생님께서 과학고등학교 진학을 권유하셨고 합격은 했다. 그러나 선수(先手)학습을 하지 않았던 아이는 입학 후 공부 따라가기를 어려워했고 운 적도 여러 번 있었지만 잘 지내며 열심히 하였다. 대학과 대학원을 마치고, 고교 동기였던 지금의 사위와 결혼한 후 유학을 갔다. 딸은 회사생활을 거쳐 대학교에 자리 잡았다. 내가 참 수월하게 이야기하지만, 워킹맘(working mom)으로 산다고 아주 힘들었을 것이다. 그 와중에 임신과 출산을 반복하느라 본인도 힘들었지만 여전히 시댁과 친정은 긴급지원처로 그 소임이 남아 있다.

딸 지현이—이 아이는 여자이면서 남자이다. 40년 전, 나의 시어머니께서 나를 이해해주신 근거가 '그래, 너는 남자처럼 돈을 벌지'라는 수준의 인식이었다면, 지금의 딸은 돈 번다는 기준을 넘어, '자기 분야에서 성공을 바라는 전문인'을 향해 가고 있다고 나는 본다. 기존의 여성관으로 딸 세대를 보면 이해가 어려운 부분이 있기에 함께 살기 위해서는 생각의 틀 자체를 바꾸어 '그녀 세대(1970~80년대 출생 자녀 세대)'를 보아야 한다고 생각한다. 딸을 통해 나는 여성에게도 다른 역할이 파도처럼 다가오고 있음을 자주 느낀다.

5세대: 한없이 이쁘기만 한 손녀
김채림(2005년 9월 4일생)

채림(綵琳)이는 지금 초등학교 3학년이다(이 책이 출간되는 2015년에는 4학년이 된다). 세 살 아래인 동생 재겸(在謙)이와 아홉 살 터울인 동생 재윤(在潤)이가 있고, 삼촌과 외삼촌이 낳은 사촌동생들인 재준(在峻), 지호(志鎬)가 있는, 남동생을 네 명이나 데리고 있는 아주 큰 누나이다. 동갑인 딸과 사위가 또래 친구들에 비해 비교적 일찍 결혼한 관계로, 채림이는 어디 가든 맏이 노릇을 해야 하는 운명이다!

손녀 손자를 바라보는 조부모들의 눈빛은 마치 연애하던 시절에 이쁜 그 사람을 바라보는 그런 눈빛이다. 이 아이가 출생 후 받은 축하인사는 양으로 치자면 쌀 몇십 가마 정도는 되었을 것 같다. 모두 너무나 반기었다. 엄마가 직업여성이고, 할머니들도 자기 살림 전폐하고 함께 살아줄 형편들이 아니라, 아이들은 항상 도우미와 함께 지낸다. 다른 데 아끼고, 양육비에 온통 지출을 할 수밖에 없는 형편이다. 용케 좋은 분들을 만났고, 사람이 여러 번 바뀌었지만 아이도 잘 적응하는 듯하였다. 이렇게 살다 보니 부모 입장에서는 간이 붙었다 떨어졌다하는 일이 여러 번 있었고, 급하면 양쪽 집 어른들이 불려 가곤 했지만, 세월이 흐르니, 아이는 기저귀도 떼고, 혼자 밥도 먹고, 글자도 알고 하더니 학교에 입학하였다. 감사합니다!

채림이는 유치원이 파하면, 바로 유치원 앞에 오는 차를 타고 학원을 갔다. 낮에 엄마가 없는 아이들은 그렇게 연결되는 방과 후 교육 시장에 맡겨지지 않을 수가 없다. 집에서 혼자 노는 것보다는 그래도 학원에 가서 친구들과 선생님들의 지도 아래 놀고 배우면서 지내는 것이 엄마들의 마음에는 안심이 되기 때문이다. 그녀가 구구단을 외울 때는 할아버지, 할머니도 함께 외웠다. 내가 살짝 본 그녀의 2학년 때 일기에는 '오늘은 참 보람찬 하루였다'라는 글이 거의 매일 적혀 있었다. 자라서 무엇이 될런고?

세대	상징색	특성	가치
1세대(외할머니 신돌이)	분홍	자연 친화	온정
2세대(어머니 박쾌활)	연한 갈색	불평등	희생
3세대(나 이기숙)	노랑	일과 생활의 균형	변화
4세대(딸 임지현)	보라	알파걸	도전
5세대(손녀 김채림)	파란	글로벌	나눔

한국 여성 100년의 궤적

조은주*

이 글은 통계청 홈페이지에서 찾은 다양한 통계자료를 기본으로 하여 기술한 글로, 대한민국 근현대 100년, 즉 1900년부터 2010년에 걸쳐 여성의 삶을 간략하게 보고자 하였다. 여성의 변화를 볼 수 있는 다양한 기준이 있겠지만 이 글에서는 지면 제한상 여성들의 교육배경, 결혼과 출산, 경제활동, 그리고 수명 등의 생애지표에 한정해 그 흐름을 파악해보고자 한다.

1. 딸들도 학교에 다니게 되었어요!

1911년 우리나라의 공립보통학교의 여자 졸업생은 전체 졸업생의 2.6%인 73명에 불과하였다. 1925년에는 전체 졸업생 40,674명 중 9.3%(3,781명)로 여자 졸업생 수가 늘어나게 되었으나 남자 졸업자에 비하여 많이 낮은 수준이여서 소수의 여자만이 학교에 다닐 수 있었다는 것을 알 수 있다. 그러나

* 신라대, 부산대에서 여성학을 공부. 현재 신라대 강사. 가족통계자료를 바탕으로 부산 가족의 다양성에 대한 석사논문을 준비하면서 통계청 자료검색, 자료 정리에 관심을 가지게 되었다. 지금은 인적자원개발(HRD)에 관한 공부를 하고 있다.

1934년부터 1942년까지의 국립초등학교 부설 간이학교 졸업자 현황을 살펴보면(〈표 1〉) 여성교육에 대한 변화가 있음을 알 수 있다. 1934년에는 졸업자 중 여성이 차지하는 비율이 4.5%에 불과하였으나 1940년에는 25.4%까지 높아졌다.

〈표 1〉 공립 국민학교 부설 간이학교 학생 수 변동 현황

년도	성별	구분			
		입학		졸업	
		학생수(명)	비율(%)	학생수(명)	비율(%)
1934	남	18,369	92.9	1,454	95.5
	여	1,403	7.1	68	4.5
1940	남	43,252	69.4	28,161	74.6
	여	19,087	30.6	9,582	25.4

출처: 통계청. 해방이전통계.

1950년 6월 의무교육이 실시되었으나 전쟁으로 인해 지연되었다. 1953년 7월에 의무교육 6개년 계획을 수립, 추진한 결과 1959년 6~11세 학령아동의 취학률이 96% 정도였고 이 중 남학생 수가 여학생 수보다 많았다. 의무교육임에도 딸은 학교에 보내지 않는 남아선호문화가 남아 있었다(1950년대 통계에서, 초등학교 졸업생이 남아의 경우 전체인구에서 17.6%인 반면 여아는 12.9%였다). 이런 남아선호는 상위 학교로 올라갈수록 진학

하는 남녀 비율을 더 크게 벌어지게 하는 주요 배경이 되었다. 즉 의무교육이 시행된 지 10년 뒤인 1966부터 여학생의 비율이 증가하여 46%, 1970년 48%, 1975년 50%로 나타났다. 그러나 교육 정도별 여학생 비율을 1966년 통계에서 초등에서는 54%, 중학교 35%, 고등학교 여성 32%, 대학 이상 19%로 상급 학교로 올라갈수록 그 비율이 낮아지고 있는 것을 알 수 있다.

1980~2013년도의 교육 정도별 인구 비율을 살펴보면 대졸 이상의 여성 비율이 급증하였음을 알 수 있다. 즉 1980년 14%에 불과한 대졸 여성비율이 2013년에는 38%로 나타나 있다. 전체적으로 여성의 수학(修學)기간이 늘어난 것이다(〈표 2〉).

〈표 2〉 교육 정도별 여성인구 비율

	1980	1985	1990	1995	2000	2005	2010	2013
계	5,222	5,833	7,376	8,267	8,769	9,526	9,914	10,494
	38%	39%	41%	40%	41%	42%	42%	42%
중졸 이하	4,337	4,169	4,472	3,910	3,604	3,034	2,630	2,532
	44%	47%	51%	52%	54%	54%	53%	54%
고졸	756	1,379	2,297	3,243	3,481	3,865	3,859	3,947
	25%	30%	34%	36%	37%	39%	40%	40%
대졸 이상	129	287	606	1,114	1,684	2,627	3,425	4,014
	14%	19%	24%	28%	32%	35%	37%	38%

출처: 통계청. KOSIS, 인구총조사.

2. 결혼은 선택…

광복 이전 우리나라 혼인율은 변화가 없다가 1942년부터 일제강점기 말 징집 등을 피하기 위하여 혼인하는 경우가 많아 증가하였다(〈표 3〉). 그러나 1990년 이후 조혼인율은 크게 줄어들기 시작하여 2000년 7.0, 2013년 6.4로 하락하였다.

혼인율이 낮아지는 경향과 함께 나타난 것이 혼인연령의 상승이다. 1990년도 우리나라 평균 초혼연령은 남성 27.8세, 여성 24.8세였으나 2005년에는 남성 30.87세, 여성은 27.72세로 약 3세 정도 높아졌다 다시 약 5년 만에 1세 더 높아지는 추세를 보여, 2013년에는 남성 조혼인율 33.21세, 여성 29.59세로 보고되었다.

〈표 3〉 조혼인율의 변화

년도	1912	1920	1923	1925	1930	1935	1940	1942	1943	1944
조혼인율 (천명당)	8	8	15	9	10	6	9	14	13	14
년도	1970	1975	1979	1980	1985	1990	1995	2000	2005	2013
조혼인율 (천명당)	9.2	8.0	9.4	10.6	9.4	9.3	8.7	7.0	6.5	6.4

출처: 통계청. KOSIS, 인구동향조사.

3. 1970년 국가 가족계획 사업

1912년부터 광복 이전까지의 우리나라 출생률은 상승과 하락을 반복하였다. 그러나 1970년 이후 출생률은 계속 하락하기 시작하여 1980년 2.92에서 2000년 1.51로 내려갔다. 인구수로 보면 우리나라 인구는 1925년 19,020,030명에서 30년 동안 크게 늘어나지 않다가 1955년 이후 급증하며 21,502,386명이었던 인구가 1985년에는 40,419,652명으로 약 두 배가량 늘어나게 된다. 이에 정부는 주도적으로 가족계획 사업을 실시하여 인구 증가를 억제하려고 노력하였고 1975년부터 출산율이 낮아지기 시작하여 4.28이었던 합계출산율은 불과 20년도 되지 않은 2005년에 1.22로 떨어졌다. 그래서 다시 정부에서는 각종 제한을 없애고 다양한 출산장려 정책을 시행하고 있지만 출산율은 좀처럼 올라가지 않고 있다(〈표 4〉).

〈표 4〉 합계출산율

년도	1955	1960	1965	1970	1975	1980	1985
합계 출산율	5.05	6.33	5.63	4.71	4.28	2.92	2.23
년도	1990	1995	2000	2005	2010	2013	
합계 출산율	1.60	1.70	1.51	1.22	1.23	1.19	

출처: 통계청. KOSIS, 인구동향조사.

4. 여성도 가정과 일을 양립하는 생애로!

1963년 우리나라 여성의 경제활동 참가율은 37.0%, 남성의 경제활동 참가율은 78.4%였다. 이후 여성의 경제활동 참가율은 계속 증가하여 1975년 40.4%, 2005년에는 50%로 보고되고 있다. 이런 변화는 가족부양의 책임이 남성에게만 있는 것이 아니라 부부에게 함께 있다고 생각하는 가족가치관에 의해서이다.(〈표 5〉).

〈표 5〉 성별 경제활동 참가율

(단위: %)

년도	1963	1975	1985	1995	2005	2010	2013
평균	56.6	58.3	56.6	61.9	61.9	60.8	61.3
남자	78.4	77.4	72.3	76.4	74.4	72.8	73.0
여자	37.0	40.4	41.9	48.4	50.0	49.2	50.0

출처: 통계청. KOSIS, 인구총조사.

5. 여성이 더 오래 살지요!

통계청 자료에 의하면 기대수명이 1970년에는 여성 65.6세, 남성 58.7세였으나, 1980년에 여성의 경우 70.04세로 처음 70대를 넘었고, 1990년 77.4세, 2005년 81.9세로 80세가 넘었으며 2013년에는 85.1세로 보고되었다. 지난 45년 동안 여성과 남성의 기대수명이 약 20년 정도(여성 19.5, 남성 19.7) 늘어났으며 초고령노인(85세 이상)의 75%가 여성노인이라는 점은 노인복지에서 성별영향을 고려해야 함을 알려준다.

〈표 6〉 기대수명

(단위: 년)

년도	1970	1980	1990	2000	2010	2013
평균	61.93	65.69	71.28	76.02	80.79	81.94
남자	58.67	61.78	67.29	72.25	77.20	78.51
여자	65.57	70.04	75.51	79.60	84.07	85.06

출처: 통계청. KOSIS, 인구동향조사.

외할머니
신돌이 여사

막내딸 대학졸업식 날
(1966년 2월)

여장부

외할머니 신돌이 여사에 대한 나의 기억은 '똥 밖에 버릴 것이 없는 사람'이라는 표현에 함축되어 있다. 나는 외가에서 열 살까지 살았고, 그 후에도 뛰어 10분 만에 외가에 갈 수 있는 거리에 살았기 때문에 외가와 외할머니에 대한 기억이 많다.*

외할머니는 무학이셨다. 외할머니의 아버님이 서당(書堂) 훈장이셨지만 딸에게는 배울 기회를 주시지 않으셨다고 했다. 그러나 집안일 하면서 동네 남자아이들이 공부하는 걸 어깨너머로 듣고 한글은 깨치실 만큼 영민한 분이셨다. 그리고 외할아

---

* 나의 친가(親家)는 울산이다. 어릴 적 부모님과 동해남부선 기차를 타고 울산에 가곤 하였다. 울산역에 내려, 들판을 10여 분 정도 걸어가면 이쁜 초가집인 할머니 댁이 나온다. 위채와 아래채가 있었고, 아래채엔 작은 삼촌 가족들이 사셨다. 큰 마당과 큰 감나무, 넓은 장독대가 눈에 선하다. 내가 가장 좋아하는 나의 어릴 적 사진은 바로 할머니 댁 마루에 앉아서 찍은 사진이다.

버지와 결혼한 이후, 외조모께서는 3형제의 둘째 며느리였지만, 어른을 모시고 큰 살림을 꾸려나가셨다. 천성이 부지런하고 사람들을 좋아하셨던 여장부였다. 손끝도 야물어 어느 것 하나 버리는 법 없이 다듬고 재생시키곤 하셨다.

어린 시절 추운 겨울만 되면 외가로 오는 생선 장수가 계셨다. 외할머니는 배가 통통한 대구를 궤짝으로 구입하여 직접 다듬으셨다. 다듬는 그 손이 무슨 예술 작품 만들 듯하여서 한참이나 구경하였던 기억이 지금도 생생하다. 그래서 젓갈도 담고, 지붕에 말리기도 하시며 그 바쁘게 움직이시던 모습을 나는 대청에 엎드려 쳐다보곤 하였다. 그러면서 나는 이런 말을 하였다. '나도 큰 집(잘사는 집이란 의미)에 시집가서, 고기를 궤짝으로 사고, 그래야제… 할매!' 그러나 나는 가난한 집의 막내 아들에게 시집을 와서 이 꿈은 이루지 못했다.

명절이 가까워지면 외할머니는 큰 양동이를 들고 아랫마을 자갈치*로 장보러 가신다고 집을 나섰다. 나는 빈 양동이를 두 손으로 들고 할머니를 따라 전차**를 탔다. 살아 퍼덕거리는 생

* 부산시 중구 남포동 4가에 위치한 수산물 시장이다. 이 시장이 끼고 있는 항구는 부산 남항으로, 인근에 국제시장, 부평동 시장 등이 있는 부산의 전통적 지역이다. 최근 영화 〈국제시장〉(윤제균 감독, 2014)으로 이 일대가 관광 상품화 되고 있다.
** 1898년 서울 서대문-청량리 노선으로 가장 먼저 설치되었고 부산은 일제강점기 때 가설되었다. 전차는 공중에 가설된 전선으로부터 전력을 공급받아 움직이는 대중교통 수단으로, 버스가 등장하면서 교통에 방해가 된다

선들이 즐비한 가게들을 지나면서 나는 한 손으로는 할머니 치맛자락을, 또 한 손으로는 할머니가 만져보시는 물건들을 나도 살그머니 만져보면서 입을 벌리고 따라 다니곤 하였다.

　내 나이 40줄에 들어섰을 때에도 외할머니는 가끔 우리 집에 오셔서 며칠씩 계시곤 하였다. 한 살 차이가 나는 시어머니와 이야기도 잘하시며, 잡수고 싶은 것들을 두 노인께서 만들어 잡수곤 하셨다. 시어머니께서는 내 장롱을 열어보지 않는데 반해 외할머니께서는 내 장롱을 다 정리해주시기도 하고, '이건 이젠 누구 주거라'라 하시면서 보자기에 따로 챙겨두시곤 하셨다. 할머니, 보고 싶은 외할머니. 나는 기질적으로 어머니보다는 외할머니가 더 편했다.

나의 외가

　외할머니 댁은 ㄷ자형 기와집이었다. 제일 긴 변이 남향으로 앉은 본채였다. 거기엔 큰 부엌과 다락, 외조부님 방, 대청마루, 그 건너 외증조모님 방과 사랑채, 그리고 작은 마루를 낀 서재가 있었다. 그리고 작은 변으로 부엌, 창고, 다락이 있었고 작은 뜰이 있었다. 그리고 큰 아궁이가 있었고, 그 옆으로 결혼한 큰이모가 살던 두 칸짜리 방과 부엌이 있었고, 그 옆에 목욕탕

고 하여 1969년 모두 철거되었다.

과 다락, 그리고 그 옆 긴 복도를 지나면 세 칸짜리 우리 집— 우리가 살던 동향의 아래채가 있었다. 지금 상상해보면 아마도 200평이 넘는 집이었던 것 같다. 긴 마당엔 사시사철 꽃들이 피었고, 큰 우물도 있었다.

그중 내가 가장 좋아했던, 지금도 생생이 기억하는 공간은 외삼촌의 서재이다. 나보다 열세 살 위인, 내가 잘 기억하는 모습의 외삼촌은 대학생이었고 책을 많이 보셨다. 큰 다다미방(그게 몇 조나 되는 방이었는지, 방의 모습은 생생한데, 기억하지 못하겠다. 대략 16조 정도?)의 긴 벽이 맞춤 책장으로 장식되어 있었고, 한 쪽엔 큰 책상과 큰 의자가 있었다. 또 한쪽 벽엔 일본식 불단(仏壇)이 만들어져 있었지만, 그 불단에서 특별한 어떤 의식(儀式)을 치르는 걸 본 기억은 없다. 나는 외가의 그 방, 서재에서 잘 놀았다. 아마 초등학교 고학년부터 중학생 때까지였으리라. 외가에 심부름을 가면 어김없이 나는 그 방에 들어가 놀았다.

그 방엔 거의 아무도 들어가지 않았다. 조용하고 햇살이 잘 들어오던 그 방에서, 난 며칠 전에 읽다 접어든 책을 다시 꺼내, 늘 책상 뒤, 마루가 깔린 구석에 기대 앉아 책을 보든지 아니면 다다미 감촉을 느끼면서 누워 읽곤 하였다. 그곳엔 사전부터 문학전집, 역사책, 그리고 소설책, 시집까지, 책이 참 많았다. 이광수의 『무정』과 『유정』, 박종화의 『금삼의 피』 같은 책은 여러 번 보았다. 내가 유독 책장을 쫙 차려놓고 책을 꽂아두는 서재를 좋아하는 것은 어릴 적 외삼촌의 그 멋진 방에 대한 추억 때문이리라.

외삼촌께서도 내가 그 방에 잘 드나들던 것을 아셨다. 초등학교 시절, 책을 좋아하는 사람은 술도 잘 먹어야 한다면서 제사를 파한 뒤, 내게 음복(飮福)하라면서 정종을 주셔서 홀짝홀짝 얻어 마시곤 취해서 뱅뱅거렸던 적도 있다. 사실 외삼촌은 대단히 술을 좋아하셨던 분이다. 나이 들면서 우리 모두는 외삼촌께서 금주(禁酒)하시기를 강력히 원했다. 그러나 돌아가시기 겨우 1년여 전에 단주(斷酒)하셨다. 그때 내가 드린 말이 '아이구 외삼촌, 축하드려요. 이리 끊으실 걸 10년 전에만 하셨어도 더 건강하게 사셨을 텐데요…'이었다. 그래서 술 좋아하는 남편에게 교훈이랍시고, 외삼촌께서 돌아가시기 겨우 1년 전에 단주하신 이야기를 자주 들려준다. 쭉 잡수시다가 그냥 가시지, 왜 끊으셨을까?*

내가 유독 정종, 그것도 사케(sake, 일본 청주)를 좋아하는 이유는 아마 어린 시절부터 외삼촌에게서 숱하게 얻어 마셨기 때문이리라. 일본 여행 관련 기사를 보다가 사케에 대한 글이 나오면 오려서 모아둔다. 언젠가는 가서 마셔봐야지 하는 기

---

* 후일 나는 외숙모께 그 연유를 물어보았더니, 스스로 끊은 게 아니고 더 이상 몸이 술을 받아주지 않기에 할 수 없이 못 마셨을 뿐이라고 하셨다. 놀라운 대답이었다. 결국 외삼촌께서는 돌아가실 때까지 여한 없이 약주를 즐기신 것이다.

대로…. 일본도 지방마다 술맛이 다르고, 지방마다 최고의 사케가 있다니. '외삼촌, 제가 외삼촌 덕분에 정종 맛을 좀 알거든요.'

10명의 자녀들

외할머니께서는 17세에 울산 병영에서 부산으로 시집을 오셨다. 그리곤 18세에 첫 딸로 나의 친정어머니를 출산하셨다. 딸, 딸, 아들, 아들, 아들, 딸, 그러곤 순서도 모르겠다고 하시면서, 하여튼 열을 낳았다고 하셨다. 이야기를 들은 당시 나는 순간 너무 놀랐지만, 이내 가임기간 30여 년 동안 쉴 새 없이 출산을 하신 여성의 몸에 경외심이 생겼다.*

"할머니. 왜 그렇게 많이 낳으셨어요?"

"그러면 죽이게? 다 키울 수 있다고 생각했제. 그런데 한 놈은 다 커서 죽었고, 다섯은 어릴 적에 죽었다."**

---

* 1985년경, 나는 노인들의 생애사를 연구한 적이 있었다. 생애사 연구에 필요한 '구술사 연구법'을 예비연구하기 위해 나는 외할머니를 인터뷰하였다. 이런저런 일로 부산에만 오시면 우리 집에 오셔서 며칠씩 머물다가 가시곤 하셨다.

** 여성의 가임기간을 초경이 시작하는 15세부터 폐경이 오는 45세까지로 보면 근 30여 년이고. 이 가임기간 동안 한 여성이 출산할 수 있는 아이 수는 15명에 이른다. 특별한 피임기술이 보급되지 못한 당시 외할머니께서 12명을 출산하신 일은 놀랄 일도 아니다. 그러나 당시는 의료(醫療) 기술이 열악하

"어떻게….”

"천연두 하다 죽고, 폐렴으로 죽고, 모기장 안에서 질식하고 그랬지 뭐.”

참 담담하게 이야기 하셨다. 당시만 하여도 자식은 만들면 되는 것이고, 생명은 하늘에 매인 것이라… 잔잔한 인간의 마음들은 무심히 버릴 수 있었던가 보다.

"할머니, 많이 우셨겠다.”

"산다고 울 여유도 없었다. 그런데 영대(제일 큰 아들)는 너무 아까워 많이 울었다. 참 잘 생겼는데… 공부도 잘했고….”

그 '영대'라는 외삼촌은 고등학교 다닐 적에 교통사고로 돌아가셨단다. 그만큼 키운 자식이라 생각도 많이 나고, 또 첫아들이라 많이 애틋하셨는가 보다.

1905년 출생세대인 외조모를 기준으로 해서 보면, 외할머니께서는 자녀를 열 출산하시곤 넷(딸 셋, 아들 하나)만 데리고 사셨고, 1928년생인 어머니께서는 여섯을 출산하셨고(사망한 자식이 없었다고 하셨다. 대신 임신중절 수술을 여러 번 받으셨던 것으로 기억한다), 1950년 출생 세대인 딸은 자녀 둘을 출산하였다. 그리고 1977년 출생한 손녀는 자녀 셋을 출산하였지만, 그 또래는 거의 아이들이 하나인 경우가 많다.

피임기술의 발달, 의학의 발전 등으로 여성의 출산 부담이

여 영아(嬰兒) 사망률이 높았다.

감소된 것만은 틀림없지만, '출산'이 여성의 사회적 진출을 막는 가장 큰 장애라고 여겨지는 부분에서는 무언가 획기적인 사고의 발상이 필요하다. 현재 의학의 기술로 인공수정, 인공 자궁도 가능하고 남성 출산도 가능하다고는 하지만, 신이 여성에게 주신 그 생명의 잉태 능력을 우리가 간직해가려면, 출산을 전후한 모든 환경에 대한 전폭적인 지지가 법적으로 보장되어야 할 것이다. 여성들이 다 아이를 안 낳겠다고 한다면?

외가의 목욕탕

외할머니 집엔 목욕탕이 있었다. 타일이 바닥과 벽에 발라져 있던 직사각형으로, 찬물을 받던 네모 모양의 욕조가 벽 쪽에 만들어져 있었고, 입구 쪽엔 철로 만들어진 깊은 종 모양의 욕조가 있었다. 쇠로 만들어졌기에 바닥엔 둥근 모양의 나무 발판이 있었다. 물에 둥둥 뜨는 그 나무판 중앙에 두 발을 중심 잡아 잘 놓고 아래로 누르면서 내려가야 물에 몸이 담기곤 하였다.

명절 전후에는 엄마가 어린 우리들을 데리고 동네 목욕탕에 가셨기에 그 욕조에서는 평상시에 가끔 목욕을 하곤 하였던 것 같다. 외할아버지께서 먼저 목욕을 하시고 나면, 외할머니께서는 "정숙아 기숙아!" 라고 우리 여형제들을 다 부르시면서 목욕하라고 고함을 치셨다. 욕조에 들어갈 때는 꼭 엄마나 외할머니께서 와서, 그 깊은 욕조 안에 우리 서너 명이 다 함께 잘 잠길 수 있도록 챙겨주시곤 하였다. 그때 주의할 점은 뜨거운 쇠(철, iron) 욕조에 등을 대지 않는 것이었다. 물론 한참 지나면 욕조가 식어 등을 대고 놀곤 하였지만.

욕조에 담긴 채, 목만 내놓고 얌전히 있어야 하는 우리에게는 손 장난질이나 노래 부르기가 고작이었다. 동요란 동요는 다 끄집어내어 부르고, 손가락을 마다마디 세면서 한참을 놀고 있으면 외할머니께서 들어오셨다. 욕조 밖에서 우리를 차례차례 비누칠해서 바가지로 물을 몇 번 끼얹은 후 다시 욕조에 들어가 있으라고 하셨다. 그런 후 외할머니께서 욕조에 들어오시면 물이 넘쳐 나면서, 물 위의 비누 때들이 욕조 바깥으로 넘쳐 나가곤 하였다. 어린 우리들에겐 그 물이 넘쳐 나가는 모습이 재미있어, 나가는 물을 손으로 잡곤 했었다. 지금 생각하면, 외할머니가 물에 들어오실 때에는 다시 불을 지펴 욕조를 좀 데우신 후 들어오신 것 같다. 할머니가 물에 들어오셔서 욕조에 내 동생을 안고 앉으시면 항상 물이 따뜻해지곤 했던 기억이 난다.

외할머니께서는 그 큰 손으로 우리들의 팔과 다리를 문질러주시면서 이런저런 이야기를 해주셨다. 지금 내 기억엔 더하기 빼기도 한 것 같다. 그 더하기 빼기가 백 단위를 넘어가는 경우 손바닥 위에 숫자를 적어가면서 속셈으로 계산을 재빨리 하지 않으면 언니에게 지곤 했었다. 두 살 터울인 우리 여형제들은 그렇게 올망졸망 끝말잇기나 속셈하기를 즐겼다. 지금 내가 외손녀 채림이와 끝말잇기를 즐겨하는 것도, 그런 내 어린 시절의 추억이 그리워서일 것이다. 하지만 그것이 실제 공부이고, 또 두뇌놀이이지 않을까?

손끝 피부가 물에 붓도록 한참을 물속에서 놀다가 한 놈씩 큰 타올(타올이라기보다는 큰 면 천이었던 같다. 아마 낡은 이불 호청들을 잘라 만든, 어린 우리들의 몸을 감쌀 만큼의 네모 보자기 같았던)을 걸치고 목욕탕에서 나와 재빨리 복도를 따라 우리 방으로 가곤 하였다. 지금도 나의 눈에 선한 그 기와집은 참 넓고 좋았다. 그 목욕실을 지나면 우리 가족들이 사는 공간이 있었고, 목욕실 반대로 가면 갓 결혼한 이모가 사는 부엌과 방이 붙은 조그마한 별채가 있었다. 그 별채 오른편엔 복층으로 된 큰 광이 있어 여러 가지 식품들이 그 속에 있었다. 가끔 찐쌀*이나 강냉이를 얻어먹고 싶을 때에는 그 광 앞에 가서 얼른거리곤 하였다. 최근 나는 일본영화에서 그 둥근 쇠 모양의 욕조를 본 적이 있다. 영화에서 보여주는 우리네 전통욕조는 나무통이었는데….

---

* 도정하기 전에 한번 쪄 낸 쌀로(요즘은 증기 압력 처리를 함), 비타민과 무기질이 보존되어 백미보다는 영양가가 많다고 함. 이 찐쌀을 한움큼 입에 넣어 불려서 먹으면 고소하고 맛이 있다. 특별한 간식거리가 없던 60년대 어린 시절에 특히 추수 후 겨울에 많이 먹었다.

재래식 변소

외갓집 마당에는 변소(便所)*가 두 군데 있었다. 큰 ㄷ자형의 집 중앙에는 마당이 있었고 안쪽으로 우물과 세면소, 그리고 변소가 있었다. 그 큰 변소와 서로 등지게 마당의 다른 쪽 입구, 즉 대문 쪽으로 또 하나의 변소가 있었다. 그리고 그 당시만 해도 다 요강(尿綱)을 사용하던 시절이라, 가끔은 변소 앞에 줄을 서기도 했지만 변소가 두 개라 힘들지는 않았다.

1년에 두 번 정도, 아마도 추석과 설 아래쯤, 변소 청소하는 사람들이 지게를 메고 왔다. 당시만 해도 이 큰 절기(節氣) 앞에는 목욕도 하고 대청소도 했었다. 추석 아래 가본 목욕탕은 사람들이 너무 많아 몸에 물을 끼얹는 행동조차도 힘들 지경이었다. 당시 '똥 퍼!'라고 고함치면서 아저씨들이 다니면 외할머니가 나가서서 흥정을 하셨다. 이 '똥 퍼'라는 소리와 함께 아침마다 '두부 사려' 한다거나 '계란 사이소' 하던 목소리가 연동되어 들리는 듯하다.

흥정이 끝나면 물지게보다 더 큰 나무 통(우린 똥통이라 불렀다)을 양쪽에 균형 맞추어 맨 아저씨들이 집에 들어오셨다. 그

---

* 지금 우리는 변소의 기능을 하던 곳을 '화장실'이라 부른다. 집합주택(소위 빌라, 아파트 등)이 보급되어 수세식 변소가 집 안으로 들어오게 되면서 그곳은 '화장실'이라 불리게 되었지만, 어린 시절 똥 누고 소변 보던 그곳은 정답게도 '변소'였다.

러고는 아주 큰 나무 주걱으로 똥을 퍼서 그 나무통에 가득 옮겨 담으셨다. 이 글을 쓰는 내 코엔 그 냄새가 느껴지는 것 같고, 6개월 정도 푹 삭은 똥들의 색깔이 그려진다. 아저씨들은 그 똥통을 양 어깨에 균형 있게 잡아매고는 저 멀리 동네 어귀 밖에 서 있는 '똥 구루마'*로 옮겨 붓곤 하셨다. 아저씨들이 왔다 갔다 서너 번 하시면 변소 똥이 없어지면서 변소 아래가 보일 정도로 비워졌다. 그러면 어머니와 할머니는 바께쯔(물통의 일본어)에 물을 담아 그 주변을 깨끗이 씻어내곤 하셨다. 하지만 그런 날엔 하루 종일 집에선 똥 냄새가 났었다.

그 재래식 변소엔 구더기도 살았다. 그래서 우린 여름만 되면 변소 가기를 무서워하였다. 그런 우리들을 위해 어머니께서는 DDT 등을 뿌리면서 변소를 깨끗하게 관리하셨지만, 초여름에 접어들면 그 벌레가 생겼다. 변소에 들어서다 그 벌레가 눈에 띄면 우리 형제들은(내가 유독 더 심했다) 고함을 지르면서 변소에서 뛰쳐나오곤 했다(나는 1975년도에 결혼했다. 결혼하고 방문한 시댁에서 나는 변소에 갔다가 놀라 뛰쳐나오고, 오랫동안 소변을 참아야 했다. 그 뒤론 남편이 먼저 변소 점검을 한 다음, 나는 무서

---

* 구루마는 일본어로 바퀴 달린 차(車)란 뜻이다. '똥 마차'란 표현이 맞을 듯하지만 당시 우리는 그렇게 불렀다. 말이 끄는 것은 아니었지만 집집마다 퍼온 똥들을 담는 더 큰 통이 두서너 개 그 마차 위에 올려져 있었고 아저씨들이 수레처럼 끌고 다니셨다. 세월이 흐른 뒤에는 지금의 음식쓰레기 수거하는 모양의 큰 차가 똥을 담아 갔다. 똥을 일일이 그렇게 수거하는 것이 아니라 긴 호스를 변소 똥통에 넣고는 자동차까지 빨아들였다.

워하면서 눈을 반쯤 감고 변소에 들어갔다. 남편이 없는 날에는 참다가 밤에 우물가 옆 빨래터에 앉아 일을 보곤 했다). 나는 지금도 '구더기'가 제일 무섭다. 남편은 이런 나에게 호랑이가 무섭니 구더기가 무섭니 하면서 놀리곤 한다.

변소에 얽힌 또 하나의 추억의 단서는 구충제와 회충이다. 당시 우리는 봄쯤에 학교에서 구충제를 나누어주면 그걸 먹어야만 했다. 아침 일찍, 절대 아침밥을 먹지 말고 오라는 지시를 받고 우린 빈속으로 학교에 가서, 반별로 운동장에 줄을 섰다. 그러면 담임선생님께서 하얀 사탕 한 알씩을 먼저 나누어주시면서 먹으라고 하신다. 그러고는 다시 앞에서부터 차례로 회충약을 배급해주시고, 선생님 뒤로 바로 물주전자와 컵을 든 반장이 따라 오면서 우리가 바로 그 약을 먹도록 하였다. 우리는 그 약을 꿀꺽 먹고, 집에 와서 다시 밥을 먹고 가방을 챙겨 학교에 갔다. 그리고 그 다음 날쯤 변을 보러 변소에 가면 비명 소리들이 터져 나온다. 선생님께서는 각자 몇 마리의 회충이 나왔는지 보고하라고 하셨기에 어떤 친구들은 나뭇가지로 그 회충들을 헤아려보기도 하였지만 나는 죽을 지경이었다. 그래서 겁이 나 며칠은 변소에 갈 수가 없었다. 참다 참다 변소에 가야 하면 나는 외할머니께 변소 입구에 서 계시라고 신신당부를 하곤 살그머니 변소에 들어가 눈을 반쯤 감고 엉거주춤 앉았다. 일을 보는데 어떤 때에는 그놈이 항문에 매달려 있을 때도 있어 울면서 외할머니를 부르곤 하였다. 참 무서운 기억들이다.

나는 지금도 가끔, 몇 년에 한 번씩 약국에서 구충제를 산다. 요즘은 훨씬 먹기 편하고 회충 따위는 볼 수 없지만, 내 배 안에 그런 회충들이 산다는 게 너무 겁이 나, 생각나면 약을 먹곤 한다. 약을 사면서 늘 약사에게 여쭈어본다. '안 먹으면 안 될까요?' '일이 년에 한 번씩은 먹어주어야 합니다'. 생선회와 야채를 좋아하는 나는 겁을 내면서 그 약을 먹는다. 예전의 그 변소에서 벌어졌던 무서운 일들은 이젠 일어나지 않지만, 영화를 보다 1900년대 한국의 마을과 집들에서 그런 재래식 변소라는 게 보이면 나의 몸은 나도 모르게 오그라들곤 한다.

외할머니와 구구단

나는 외할머니로부터 구구단을 배웠다. 학교 다녀오면 대체로 외할머니는 넓은 마루에서 다 말린 빨래를 손질*하거나 반찬거리를 다듬고 계셨다. 형제가 많은 가운데 둘째인 나는 엄마가 동생들 본다고 늘 바쁘셨던 터라 자주 외갓집 대청에 가서 놀았다. 그러면 할머니께서는 먹을 것도 쥐어 주시곤 하면

---

* 예전엔 다림질을 잘 하지 않았으므로, 햇볕에 바짝 말린 빨래를 걷어 물을 살짝 뿌려가면서 손으로 꼼꼼히 펴주던 일이 많았다. 물론 중요한 의복은 쇠 다리미에 벌건 숯을 넣어 달궈서, 두 사람이 당기면서 다림질이나 인두질을 하곤 하였다.

서 학교에서 뭘 배웠느냐고 묻곤 하셨다. 그때부터 내가 구구단을 외우기 시작하였던 것 같다.

그 구구단이 5단까지는 쉬웠는데, 6단, 7단부터는 잘 외워지지가 않았다. 외할머니와 나는 차례로 육일(6×1)은 육, 육이(6×2)는 십이하고 외워나갔다. 내가 머뭇거리면 외할머니께서 먼저 말씀해주시기도 하셨다. 그렇게 제법 오랫동안 나는 구구단을 외웠다. 그러던 어느 날, 나는 신기해서 할머니는 왜 그리 구구단을 잘 외우시냐고 물은 적이 있었다. 할머니께서는 "여섯씩 더해나가면 되지"라고 하셨다. 무작정 외워야 되는 줄 알았던 나는 더해가면 되는구나 하곤 머릿속으로 빨리 숫자를 더하면서 꾀를 피우기도 했다.

그렇게 구구단을 다 외우고 나니(외웠다기보다는 차례로 구구단을 다 말할 수 있게 된 정도) 아버지께서 검사하신다고 시도 때도 없이 칠칠은? 팔구는? 하고 단을 섞어가면서 물으셨다. 그건 더하기만으로 안 되었다. 답이 입에서 즉각 나와야 했다. 그때 외할머니께서는 리듬을 넣어 나에게 구구단을 노래 부르듯이 암송하라고 하셨다. 그래서 나는 7단, 8단, 9단은 리드미컬하게 머리와 어깨를 흔들면서 외웠다. 지금도 구구단표를 보면, 어릴 적 벽에 두 다리 세워 올리고 누워, 발로는 벽을 치고 손바닥으로는 바닥을 치면서 박자 맞추어 외우곤 하던 모습이 선하게 떠오른다. 참 현명하신 외할머니셨다. '나는 우리 아버지가 서당훈장이었는데에도 서당에 다니지 못했단다. 그래서 글자를 어깨너머로 배웠단다. 공부를 잘해야 훌륭한 사람이 된다'라고 늘 말씀하셨다.

그 뒤, 나는 동생들이 구구단을 외워야 되는 시기에는 가르쳐준다는 마음으로 끼어들어, 자*를 들고 책상을 치면서 구구단 박자를 맞추어주곤 했다. 그러다가 동생이 틀리게 말하면 자로 바닥을 치든지 동생을 살짝 때리기도 했다.

1977년생, 1981년생인 나의 아이들도 어김없이 초등학교 저학년 시절에 구구단을 외우느라 고생을 했다. 왜 자꾸 이런 걸 외우라 하느냐는 큰아이와 외우니까 참 재미있다는 작은아이의 반응도 달랐지만, 산수공부 하려면 해야 된다고 따끔하게 말하면서 닦달하던 기억이 난다. 우리 아버지처럼 나도 식탁 앞에서 밥 먹기 전, 다시 한 번 더 외워보라 하기도 하였고, 틀리면 고함치기도 하였다. 지금 초등학교 3학년인 외손녀가 산수학습지를 하면서, 할머니 왜 똑같은 걸(반복해서 더하기, 빼기 등) 자꾸 하느냐고 한다. 연습하는 게야. 자꾸 연습해야 나중에 곱하기나 나누기를 할 수 있다고 하니, 곱하기 나누기는 왜 해요라고 다시 묻는다. 지겹지만 구구단을 외워야 그 다음 3학년, 4학년 공부를 할 수 있다고 타이르며 공부하는 옆에서 박자를 맞추어주었다.

---

* 우린 자(ruler)를 잘 사용하였다. 지금처럼 줄 그어진 공책이 부족하였던 터라, 시험지에 줄을 그어 공책들을 만들곤 하였다. 그땐 자가 없어서는 안 되는 학용품이었다.

절구통

외갓집 대문에 들어서면 바로 변소가 있고 그 옆으로 긴 화단이 있었다. 화단 저쪽 끝엔 돌로 된 절구통이 놓여 있었다. 평소엔 여기에 물이 담기어 있었지만, 제사 며칠 전쯤 되면 그 물이 비워지면서 할머니가 깨끗한 천으로 절구통 안과 바깥을 깨끗하게 닦아내곤 하셨다. 드디어 떡을 만드시는구나 짐작하면서 이제나저제나 언제 떡을 치는가 하고 입맛을 다시며 우린 기다리곤 하였다. 할머니께서는 불린 찹쌀로 되직하게 밥을 한 다음, 그 밥을 몇 번에 나누어 절구에 넣고 나무방망이(절굿대)로 쿵쿵 치면서 떡을 만드셨다. 그 와중에 '허리야…' 하시면서 허리를 펴기도 하고 엄마와 서로 교대하면서 떡을 치셨다. 그렇게 친 떡을 고물을 여기저기 잔뜩 흩어둔 긴 상(床)에 던진 다음 살살 굴리면서 기다란 찰떡을 만드셨다. 옆에 서서 구경하는 우리들에겐 한 줌의 콩고물 묻힌 떡 조각이 건네졌다. 지금은 방앗간에서 기계로 눌러 빼기 때문에 떡의 질감이 곱지만 당시엔 절구통에서 다 이그러지지 못한 덩어리 밥알도 남아 있어 씹히는 떡의 질감이 거칠고 씹는 맛이 있었다.

가을엔 이 절구통이 메주를 만드는 데 사용되었다. 외갓집 부엌에는 아궁이가 두 개 있었고, 부엌 밖에 아궁이가 한 개 더 있었다. 이 아궁이는 닭을 고을 때나 곰국을 만들 때 불이 지펴지기도 했지만 메주를 만들 때가 가장 요긴한 듯 보였다. 큰 가마솥에서 푹 익은 메주콩을 작은 냄비 등으로 서너 번씩 절구에 부었다가 방망이로 콩을 으깨기 시작하면, 나와 언니는 그 절구통 가까이 가 선다. 동그란 콩들이 으스러지는 모습도 재미나고, 가끔 할머니께서 한 움큼 쥐고 손바닥으로 그 익은 콩들을 꽉 쥐었다가 펴서 우리에게 건네주시는 것을 받아먹기 위해서였다. 메주콩은 참 맛있었다. 때론 삶은 콩을 작은 종지에 담아 숟가락과 함께 건네주기도 하셨다. 메주 만드는 날엔 콩을 실컷 먹었다.

그 절구통은, 요즈음 나와 가까이 있는 어떤 물건에 비유하면 짧은 와인 잔 같다고나 할까? 가끔 어떤 한식집에 가면 마당에 이런저런 우리 전통 그릇들이 놓여 있으면서 그 속에 이런저런 모양의 절구통들이 보이기도 하여 반갑다. 오늘 아침, 함께 아침 운동하는 이웃집 아주머니께서 하동 고향에 메주 쑤러 가신다고 하였다.

"요즘도 절구통을 사용하나요?"

"그럼요, 남자들이 다 쳐주지요."

"얼마나 하시나요?"

"콩 다섯 가마나 해서, 형제들이 다 나누지요."

"그럼 간장이나 된장도 다 손수 만들어 잡수시겠네요."

"그럼요."

부러운 생각이 들었지만, 지금 새삼 내가 장 담그는 일을 할 수 있겠는가 싶어, 부러운 마음을 눌렀다. 젊은 시절엔 시어머니께서 메주를 구입하여 간장과 막장을 만들어주셨다. 고추장도 다 만들어주셨다. 그러나 시어머니 돌아가시고 나니 나는 사 먹을 수밖에 도리가 없었다. 계실 때 잘 배워 둘 걸 하고 후회하는 마음이 든 것도 사실이지만 엄두가 나지 않았다. 난 그냥 사 먹는다고 말하면, 어떤 분들은 그 맛없는 것을 어떻게 먹느냐고 하신다. 김치도 사 먹는다고 하면 불쌍해하는 표정으로 나를 바라본다. 김장은 하냐고 물으면 '사돈께서 주세요'라고 대답하고 그럴 땐 내가 좀 바보 같지만 어쩔 수 없다. 남편이 김치 맛, 장맛 등으로 탓하는 소리를 들은 적도 없지만 나도 아직 집에서 만든 것과 밖에서 만든 것의 차이를 모른다. 그래서 그냥 편하게 살고 있다.

외할아버지

외할머니와 외할아버지는 어린 내 눈에도 별로 어울리지 않으셨다. 남자인 외할아버지가 더 작으셨기 때문이다. 1950~60년대, 내로라하던 부자 남자치고 애첩 한둘 없던 어른이 계셨을까만, 외할아버지께서도 외입(外入)을 하셨다고 어른들이 하시던 이야기가 기억난다. 그러나 내가 기억하는 외할아버지는 정갈한 양복 조끼에서 금줄이 달린 회중시계를 꺼내시던 멋쟁이 사장님이셨고, 출근 시 눈에 보이는 어린 외손녀들(당시 우리 형제는 딸 넷이 함께 외가에서 태어났었다)에게 돈을 한 닢씩 주시던 온화한 분이셨다.

　제법 내가 컸을 때 일이다. 학교를 갔다 오니, 대청마루에 어떤 여자가 앉아 울고 있었다. 할아버지를 찾아 온 여성이셨다. 그러나 외할머니는 큰 소리 내는 법 없이, 그 여성에게 먹을 것을 차려다 주곤, 그냥 가라고 종용하시는 것 같았다. 무슨 구경거리처럼 나는 한쪽에 숨어 그 광경을 보았다. 이모와 엄마는 화를 내고 계셨다. 우린 그날 저녁 외할머니와 외할아버지가 전쟁을 하셨는지 어떤지가 참 궁금했다. 며칠 후, 외할머니께 여쭈어보았다. "할머니, 할아버지가 잘못했지요, 그지요?" 그때 외할머니께서는 웃으시면서 "온 청관(당시 부산역이 중앙동에서 초량으로 이전된 후 상권이 형성되었고, 화교들이 많이 거주하고 있었다) 기생들이 다 할아버지 여자라 하는구나. 내가 싸우면 뭐하노." 하셨다. 외할아버지께서는 큰 인쇄업을 하고 계셨다. 당시 국회의원(당시는 민의원, 참의원이라고 불렀다)에 출마하신 분들의 벽보를 나는 할아버지 인쇄소에서 보곤 했었다.

　그 외할아버지께서 중년 이후 당뇨합병증으로 고생하시다가 60을 겨우 넘기시곤 돌아가셨다. 그때 외할머니께서는 보리죽, 보리떡국, 보리박상 등으로 외할아버지를 극진히 간호하셨다. 몰라, 안방에선 꼬집으셨는가? 그러나 아마 그러시지는 않으셨을 것이다. 아침마다 세숫물을 노란 놋대야에 담아 대청마루에 올려놓으면 외할아버지께서 안방에서 두서너 걸음만에 나오셔서 세수를 하시곤 하던 그림 같은 모습이 지금도 눈에 선하다. 외할머니는 낭군을 받드는 일에 지극정성이셨다. 후세에 태어난 우리들의 관점에서 보면 분석하고 비판해야 할 점이 숱하게 많지만, 집안의 어른으로 그분을 모시면서, 온 가솔을 인정(仁情)으로 챙기시는 안사람의 도리에는 또 다른 공동체 가족의 가치가 내재하고 있다고 본다. 희생, 자긍심, 가족 돌봄, 그리고 전통적 가족복지 등이리라.

외할머니의 아내 역할은 봉제사(奉祭祀), 집안 식구 건사하기(할아버지의 형제자매, 할머니의 자식과 그 가솔들… 어느 사람 하나도 할머닌 소홀히 하신 법이 없었다. 이모들은 '우리 엄마는 참 대단해'라는 이야기를 자주 하셨다), 시장 보기, 그 위에 외할아버지께서 하시던 사업체의 직원들 점심까지 챙겨주시는 일로 너무나 분주하였다. 그래서 '남편의 존재'로 '남편 사랑'은 대체되었고 그 사랑에 연연해하지 않으셨던 것 같다. 함께 살고, 또 무언가 의논하고, 자손들 귀하게 잘 보살피고 하는 일에서 행복과 성취를 느꼈을 것이라고 믿는다. 나는 외할머니가 여든도 훌쩍 넘으신 어느 날, 함께 목욕하면서 여쭈었다.

"할매, 돌아보면 행복했다 싶어요?"

"그래, 나만큼만 살라고 해라. 잘 살았제. 난들 메이는(가슴에 사무치는) 게 와 없겠노. 그러나 그만하면 됐다."

경제적으로 부유하셨지만, 남편의 애정전선을 따지지 않고, 몸이 성하지 못한 자식이라도 지극정성으로 받들면서, 온갖 것에 관심과 배려를 보이시던 외할머니셨다.

이모할머니의 기도

　사위인 나의 친정아버님은 처가에서 십여 년을 사신 분이셨다. 첫 딸을 낳은 후, 울산에서 부산으로 전근 오시면서 바로 처가로 들어가신 것이다. 왜 처가살이를 하셨는지를 자세히는 모르겠지만 아마도 대단한 구두쇠이셨던 친할아버지께서 집 살 돈을 안 주셨든지, 아니면 자존심 강한 아버지께서 돈을 달라고 안 하셨든지 둘 중의 하나일 것이라 여겨진다. 고향에 있지 않고 타지로 나간다고(부산으로 이사한 것을 의미) 무척이나 섭섭해하셨다는 것을 후에 내가 들었기 때문이다. 아버지께서 고향인 울산에서 부산으로 오신 것이 1950년이라고 하셨으니, 이후, 40년 후에 아버지께서는 당신이 부모에게 하신 것(함께 살자고 하신 부모의 마음을 저버린 것)과 똑같은 일을 당신의 자식에게서 받으신 후 매우 상처가 크셨고 뭔가 많은 생각을 하신 것 같았다.*

　장모와 사위 관계로 외할머니와 아버지를 저울질해서 볼 때 두 분은 기질이 서로 다른 분이셨다. 아버지는 아주 이성적이

---

* 이야기인즉 나의 친정 남동생이 결혼 후 부모님과 동거하다가 10여 년이 지나서 분가(分家)를 결정하였을 때(우리 형제는 모두 그 분가에 찬성하였다) 아버지께서는 이성적으론 그걸 반대하지 않으셨지만 감정적으로는 무척이나 상심하셨던 것 같았다. 당시 나에게 '내가 이제사 40년 전에 내 부모의 마음이 어땠는지를 알 것 같구나'라고 나지막하게 말씀하셨다.

고 공감 능력이 낮은 분으로 남에게 폐도 안 끼치고 자기 분수도 엄격히 잘 아시는, 그리고 늦둥이 아들로 지극한 사랑을 받고 자라신 탓에 다소 자기중심적인 수렴형이셨다고 말할 수 있으리라. 이렇게 자로 잰 듯 단정하고, 사람 중심적이라기보다는 일 중심적인 분이셨던 아버지가, 관계 중심적이고 사람에 대한 공감이 뛰어난 외할머니와 심적 갈등이 있는 것은 당연한 일이었으리라. 단지 두 분 다 점잖고 서로의 경계를 넘지 않는 고지식함과 성실함을 지니고 있어 갈등을 결코 표출시키지는 않았을 뿐이었던 것 같다.

중학교 다니던 어느 날, 수업 마치고 친구들과 실컷 놀다가 해가 넘어간 뒤 집에 돌아왔더니 외할머니께서 아버지 어깨를 잡고 흔들고 계셨다. 울기도 하시면서 '이런 인정 없는 사람아'라는 말을 반복하셨다. 너무 놀라 이 층으로 잽싸게 올라가다가 계단 중간에 걸터앉았다. 언니는 벌써 울었는지 눈가가 발가스레하였다. 동생들은 다들 어디 숨었는지 보이지도 않았다. 지금 나의 기억을 더듬어보면 대충 이러하다. 어머니께서 친구 분들과 계(契)*를 하셨는데, 그중 한 분이 시쳇말로 '계 빵구'를

---

* 계(契): 주로 경제적인 도움을 주고받거나 친목을 도모하기 위하여 만든 전래의 협동조직으로 '친목계'가 대표적이다. 다달이 돈을 거두어 한 사람에게 몰아주는 것으로 당연히 뒤에 받는 사람이 돈을 적게 내고, 앞에 받는 사람들이 더 내었다. 돈이 급한 사람은 월 불입금이 많아도 앞 번호를 선호하였다.

냈던 것이다. 이 말은 앞 번호에서 돈을 미리 받은 후 자신의 불입금을 지속적으로 넣어주지 않는 것으로, 계가 깨질 지경에 이른 것이었다. 그래서 당시 총무로 이 일을 맡아 하던 엄마는 그 불입금을 한두 번 메워주다가, 엄마마저도 돈이 바닥나 계를 탈 순서가 된 다른 친구의 목돈을 챙겨주지 못해 원망을 듣게 된 것이었다. 그래서 그 어려움을 아버님에게 하소연했건만, 아버지는 돈을 융통해주지 않으셨고, 급기야 순진한 어머니는 부산을 떠나 기차를 타고 진영 이모할머니(외할머니의 여동생으로, 당시 교회에 아주 열심히 나가시고 계셨다고 들었다. 사위를 큰 목사님으로 키우신 분이셨다. 늘 눈가에 웃음이 떠나지 않았던 참 친절한 분으로 나는 그 이모할머니를 기억한다. 당시 홀몸으로 운수업을 하고 계셨다.) 댁에 가서 울고불고 하소연을 하게 되었고, 이것이 외할머니에게 전달되어 외할머니께서 아버지를 무심한 사람이라고 몰아세우셨던 것이다.

이 일이 그 후 어떻게 처리되었는지는 모르겠지만, 중요한 것은 그 일로 어머니(어쩜 우리 가족 모두가) 이모할머니의 '기도' 목록에 올랐다는 사실과 아버지가 꾸지람을 듣는 현장을 자식들이 보았다는 것이었다. 더 놀라운 것은 그 기도 응답이 15여 년이 지나 엄마가 막내 여동생과 함께 인근 교회에 나가게 된 것으로 나타났으니 정말 놀라운 은혜가 아닐 수 없다.

그 뒤로 엄마는 언니를 교회로 인도하셨다. 나는 엄마와 전혀 상관없이(엄마가 나에게 교회 가자고 하신 적은 사실 한 번도 없었다. 시댁이 불교를 믿는 집이었기에 나를 난처하게 만들고 싶지 않으셨던 것 같다), 85년 박사학위를 받고 허전한 마음에 뭔가 '다른 책'을 읽고 싶다는 생각에 잡은 것이 새로 나온 잡지 '빛과 소금'이었다. 나는 거기에서 정말 다른 언어와 다른 해석, '다른 세상'을 보았다. 책을 보다 궁금한 것이 많아 성경공부를 시작하였고, 공부한 지 3년 후에 하나님을 영접하였다. 이 과정에서 날마다 내가 만난 여성이, 당시 조교로 내 연구실에 함께 있었던 제자 박샘(이후 그녀는 목사와 결혼하여 미국으로 건너갔다)으로, 나는 그녀의 소개로 젊은 전도사님을 소개받아 동료들과 함께 성경공부를 시작하였다. 나는 그때, 그런 내 마음에 딱 맞게, 내 마음을 살펴줄 사람을 주님이 내게 보내셨다고 믿는다. 이후 두 남동생들도 기독교인이 되었다. 믿음은 스스로의 자각과 누군가의 간절한 기도(우리 집의 경우, 특히 이모할머니의 기도), 나아가 주님의 거저 주신 은혜임을 나는 믿는다.

삶의 작은 사건 사건마다 그 사건의 앞뒤론 인과관계 같은 어떤 개연성이 있는데, 우린 미천하고 생각이 짧아 당장 그게 안 보일 뿐이다. 오랜 기간, 세대를 거쳐 오면서 서서히, 뭔가 우리의 바람(소망)이 실현되는 것을, 그것도 30여 년이라는 세월이 흐르고 난 뒤에 새삼 알게 되니 놀라울 뿐이다.

시어머니 역할

외할머니는 똥 말고는 버릴 것이 없다는 분이셨다. 이런 분을 '시어머니'라고 가정해보면, 분명 좀 고달픈 그림이 그려진다. 너무나 야무치고, 눈치코치 빠르고, 부지런한 분의 눈에 어느 며느리가 흡족할 수 있으랴. 외할머니의 외며느리(나의 외숙모)는 시원시원하고 털털하신 분이셨다.

내가 고등학교 다닐 때 외삼촌이 결혼하셨다. 야무진 외할머니께서 직접, 그것도 점쟁이 집에서 궁합 다 보시고 골라 오신 며느리라 우리는 그분께서도 꼭 외할머니처럼 살림꾼이신줄 알았다(그러나 이후 외숙모께서는 정말 살림꾼으로 변모하셨다). 그러나 이후 어른들(주로 외할머니이셨지만)이 하시는 이야기를 종합해보면, 외숙모는 귀한 집 고명딸로 부엌일이란 모르고 시집을 왔다는 것이다. 그래서 하나하나 가르친다고 할머니는 당신의 수고에 대해 딸에게 하소연하셨고, 나의 친정어머니께서는 '엄마 딸도 시집갈 때 그랬으니, 며느리 흉보지 마소'라고 놀리면서 도무지 외할머니 편을 들지 않으셨다.

나는 대학원에서 석사논문을 '한국가정의 고부(姑婦)관계'란 주제로 적었다. 미혼이었던 내가 이 주제를 알기는 했겠느냐만, 지도교수께서는 당신이 직접 이 관계의 어려움을 경험하시곤 이게 한국 가정의 평화를 깨는 주범이라 하시면서 이 연구를 권하셨다. 가족구조 속에서 결혼으로 이입해온, 성(姓)이 다른 이 여성들이 지닌 이질성은 정말 '성숙한 인품'이 아니면 참 감당하기가 어려운 관계임이 분명하다. 그 후 '고부갈등'은 나의 박사논문 주제로까지 확장되었다. 그래서 가족 내 세대 갈등, 여성 간의 갈등, 여성의 관점, 여성 억압 구조, 여성학, 여성 노인의 삶, 노년학으로 연구주제가 넓혀지면서 논문과 저술 활동을 하게 된 것이다.

언니와 나는 결혼 이후, 소위 그 '시월드'(媤world, 시댁)에 대해 많은 이야기를 나누면서, '시어머니로서의 외할머니'에 대해 이야기한 적이 있다. 결혼 초기에 외숙모께서 참 고생하셨다고 하면서, 우리 시어머니가 그런 야무지고 일 잘하는(일이 눈에 선하게, 차곡차곡 보이는) 분이셨다면 우리도 참 어려웠을 것 같다는 이야기를 나누었다. '외숙모가 털털하고 속이 넓어 다 견디어내셨을 거야. 속이 좁은 여자 같았으면 병들었을 기다'하면서, 우리끼리 말을 보태기도 빼기도 하였다. 그러나 외삼촌께서 술을 과하게 잡수시든가, 외박이라도 하시는 날엔 외숙모보다 외할머니께서 더 악역(惡役)을 하시는 걸 보고, 우리는 웃으면서 이런 이야기도 하였다. '내가 내 아들 나무라는 것은 괜찮지만. 며느리에게 뜯기는 아들 보기는 더 싫어서 그러셨을 거야' 등등이다. '그러나 외할머니, 요사인, '아들'을 '며느리의 남편'으로 보아야지, 감히 '내 아들'이라고 여기고 행동하시면

안 된대요! 미친년 시리즈* 라는 게 있어요. 이야기해 드릴까요?'

천지신명

외할머니의 종교 편력은 다양하셨다. 내가 60여 년을 바라본 외조모께서는 무속신앙, 원불교, 불교, 기독교를 다 받아들인 분이셨다. 나는 가족과 자손에 대한 그분의 애착을 잘 알기에 할머니를 비난하고 싶은 생각은 추호도 없다. 그게 격동의 세월을 지나면서 나름대로 그분의 정신건강을 지지해준 삶의 방식이었다고 볼 수도 있기 때문이다.

어릴 적, 넓은 외가의 마당에서 열린 굿판을 나는 기억한다. 마당에 크게 상이 차려져 있고, 이쁜 색으로 겹겹이 무당 옷을 입은 중년의 여성이, 정말 날이 둥글게 휘어지고 끝이 뾰쪽한 무쇠 식칼을 들고 춤을 추던 모습이 선하다. 꽹과리와 북소리가 요란하여, 온 동네 사람들이 다 구경을 온 듯하였다. 무슨

---

* 오랜 세월, 가족, 재산, 출세 등에 관해 믿어온 가치관들이 시대와 함께 변화해가는데, 이 변화를 따라가지 못하는 여성들을 일컫는 말로, 2008년부터 시작되어 2013년경까지 유행하였다. 2008년 처음 이 유머는 시쳇말로 돈도 없으면서 사(士)자 사위(소위 의사, 판검사 등)를 보려고 하는 여성들을 비아냥거리는 말에서 시작되더니, 2012년경에는 가족의 역할과 위치까지 언급되었다. 즉 '며느리의 남편을 아들이라고 생각하는 여자', '사위를 아들이라고 생각하는 여자'들이 그런 여자로 풍자되었다.

이유로 굿을 하셨는지 기억은 나지 않지만, 외할머니와 다른 친척 할머니들께서 무릎 꿇고 앉아 손을 싹싹 빌기도 하고 일어나 허리 굽혀 절도 하곤 하셨다. 입으론 내내 무언가를 중얼거리시면서—아마 내 편이 되어주시고, 나의 간청을 들어주시옵소서였을 것이다. 유한한 인간의 능력으로 어쩔 수 없을 경우 우리는 운명으로 돌려 포기도 하고 수용도 하지만, 뭔가 더, 더… 하고 바라는 것이 있다면 '천지신명이시여'라고 빌 수도 있을 것이다. 무당은 그걸 도와주는 엔터테이너(entertainer)이지 않았을까?

외할머니께서는 동시에 절에도 가시고, 작은이모께서 열심히 나가시던 원불교 교당에도 우리들 손을 잡고 가셨다. 외할머니와 함께 절에 따라 가본 기억은 없지만(절은 시어머니를 모시고 숱하게 다녔다), 원불교 교당에는 자주 갔었다. 교무선생님들의 그 깨끗하고 단정한 모습은 지금도 눈에 선하다. 장애가 있으신 큰이모께서는 이리(지금의 전라북도 익산)에서 원불교 본당이 운영하던 학교를 다니셨고, 평생을 둥근 원이 그려진 액자를 방에 걸어두고 내내 기도하면서 사신 분이다. 그 이모가 권하시기도 하여 고등학교 다닐 때 나도 교당에 가서 법문을 듣고 하였다(그러나 지독한 무신론자인 아버지의 반대로, 우린 어떤 종교시설에도 꾸준히 출석할 수 없었다. 아버지께서는 어른이 되고 나서 종교를 가지라고 하셨다. 그 이유를 항변하듯 물은즉, 광신자와 공산주의는 비슷하다는 선문답 같은 말씀을 하셨다. 깊이 파고들면 뭔가 그분의 이념이 가진 허구를 파헤칠 수도 있겠지만, 어린 나는 부모님의 말씀에 복종했었다). 그래서 원불교의 모든 것은 나에게 고상하고 아름답게 남아 있다.

그런 할머니께서는 이후에 교회까지 나가시게 되었다. 내가 기억하는 그 이유는 나의 막내 여동생이 병이 들어 회복 불가능한 상태가 되었을 때, 그녀가 교회에 나가고 싶어 하였고, 그런 마음을 애처롭게 여긴 외할머니께서 그 동생의 보호자 심정으로 함께 교회에 출석하신 것이다. 동생이 병으로 꽃 같은 나이에 죽을지도 모른다는 측은지심(惻隱至心)이 할머니를 교회로 이끈 것이라 생각한다. 독서광이었던 그 동생은 병상에서도 쉬엄쉬엄 성경을 읽었다. 교회에서 안수기도로 살아난 사람의 간증을 들은 외할머니께서는 당장 동생을 데리고 어느 도시의 야외 안수 현장으로 가셨고, 나는 그때 그 노인과 환자를 보호하기 위해 따라 나섰다. 오직 '살려 주세요!'라는 믿음 외에는 없었다고 보면 될 것이다. 아버지의 엄명으로 엄마는 따라갈 수가 없었다. 그러나 동생은 그 후 2년 정도를 버티다 죽었고(어머니에게 자기가 죽으면 성경을 관 속에 함께 넣어달라고 요청하였다), 할머니와 어머니는 본격적으로 교회에 나가셨다. 그리고 돌아가시기 전엔 외삼촌댁에 기거하시면서 외삼촌 가족들과 원불교에 다시 나가셨다고 들었다. 어떤 종교이든, 할머니에게는 다 천지신명이셨다.*

파마머리와 월남치마

외할머니께서 어느 날 쪽머리를 풀고 파마를 하셨다. 한 살 많은 나의 시어머니께서는 돌아가실 때까지 쪽머리**를 하고 계셨음에 비하면, 상당히 개화(開化)된 분이셨다.

내 기억에 의하면, 외할머니는 옷도 양장점에서 맞추어 입으셨고 시장에서 엄마 옷도 잘 사 오셨다. 당시는 지금처럼 기성복이 흔하지 않아, 맞춤집도 많았고 가격도 비싸지 않았다.*** 외

---

* 신명이란 '참 나' '내 안의 신'이란 의미라고도 하고, '지고(至高)의 사랑(supreme love)', '자비(慈悲, compassion)'란 의미이기도 하다. 이 세상(하늘과 땅, 천지)에 존재하는 모든 것(천지만물)은 이 신명의 기운으로 버티고 있다고 한다. 조상님들은 이 신명을 받고 싶었고, 이 신명에 기대고 싶었다. 우리나라 사람들의 의식 뿌리엔 천지신명을 굳게 믿는 의식(샤머니즘shamanism, 무속신앙)이 깔려 있다고들 한다.

** 시어머니께서는 "이러다가 내가 눕겠는걸"(와상臥床 상태가 될 것 같다는 의미) 하시면서 어느 날 나에게 머리카락을 잘라달라고 하셨다. '저 꼬불꼬불 엮어 올리신 머리를 어떻게 잘라… 하면서 나는 내심 걱정만 하였고 가위를 들고 어머니 앞에 앉지를 못하였다. 어느 날 퇴근해 돌아오니 시어머니 헤어스타일이 달라져 있었다. 낮에 딸(나에겐 시누이)이 와서 집 가위로 머리를 잘라드리고 가신 듯하였다. 난 마음이 아파 어머니 눈치와 표정을 살그머니 살폈다. 그러나 어머니는 정말 시원한 표정을 짓고 계셨다.

*** 나도 1985년경까지는 시내인 남포동에 나가 꼭 정장을 맞추어 입었을 정도였다. 그 이후 LG패션 등이 나오면서 기성복 가격이 더 싸고 디자인도

할머니는 옷을 한 번 맞추면 여러 벌을 맞추곤 하셨다. 그리고 가봉할 때 우리를 데리고 가셨다. '어떻냐, 봐라' 하시면서. 기장(길이)이 맞냐, 단추가 어울리냐 등을 물으셨다. 첫딸인 우리 어머니는 자식 여섯 키운다고 바쁘고, 둘째 딸인 큰 이모는 외출이 어려운 분이셨고, 막내 이모는 당시 약대 다니신다고 공부하기 바쁘다 보니 심부름 등으로 들락날락하던 나를 외할머니는 잘 데리고 다니셨다. 나는 그 양장점의 큰 거울과 옷감들이 켜켜이 개어져 있거나, 쭉 늘어선 모습들이 참 신기했다. 쓱쓱 큰 천들을 쉽게 자르던, 입이 길죽한 재단가위도 신기했다. 당시에는 양장점 가게에서 바로 재단도 하고 미싱(재봉틀 질)도 했다.

한번은 외할머니를 따라 소위 '진시장(부산진시장을 말함)'이라는 큰 재래시장에 간 적이 있었다. 월남치마라고 허리에 고무가 들어 있고 세탁하기 쉬운 나이론 천으로 된, 때가 묻어도 표가 나지 않게 얼룩덜룩한 무늬의 치마가 있었다. 할머니는 그 치마를 여러 벌 사셨다. 동서들, 딸들, 그리고 일하시던 도우미까지 다 하나씩 나누어줄 참이셨던 것 같다. 나도 그 치마를 만져보고 입어보고 하면서 히죽거렸던 기억이 난다. 뒤엔 월남바지라고 몸뻬(품이 풍성하고, 아래 발목 부분에는 고무가 들어가 잘록한)가 유행한 적이 있었다. 안 입은 대한민국 여성들이

멋졌기에 옷을 맞추어 입지 않게 되었다.

없을 정도였다. 그냥 물빨래하면 되지요, 구김 안 가지요, 몸매 상관없이 가려주지요, 사이즈는 완전 프리이지요….*

외할머니는 1909년생이셨지만 파마도 하시고, 양장도 하시고, 낮은 구두도 신으시고, 핸드백까지 드신 여성이셨다. 제법 연로하신 뒤에도 지팡이를 든 몸으로 혼자 버스와 택시 타고 기차 타고 하시면서 서울 동생 집, 대전 아들 집, 부산 딸 집과 손녀 집을 다니셨다. 그야말로 전국을 다 다니신 분이셨다. 지금으로 치면 혼자서 외국을 여기저기 다니신 정도라 할까? 금 이빨에, 금반지와 금 목걸이까지 하시고…. 그래서 엄마는 위험하다며 늘 그 금붙이는 좀 떼고 다니라고 하셨다.

외할머니의 장례식

더운 여름, 외할머니의 부음(訃音)이 들렸다. 거동이 불편하신 엄마를 모시고, 대전 외삼촌이 계시는 동네로 올라갔다. 언니는 서울에서 내려오고 하여 모두가 다 모였다. 돌아가실 것

---

* 월남치마, 월남바지란 1970년대 유행한 여성들이 편하게 입던 고무줄 허리 치마/바지였다. 그런데 2013, 4년인 지금 소위 '냉장고 바지'라 하여 다소 섬유 재질은 다르지만 아주 싼, 편한 몸뻬 같은 바지가 유행하고 있다. 스판 천으로 몸에 붙으면서도 신축성이 좋아 여성들이 애용하는 바지이다. 이 바지는 2010년부터 유행한 쫄바지 패션을 미처 따라갈 수 없었던, 즉 몸매 차원에서 이 유행을 따라가지 못하는 뚱뚱한 아줌마들을 위해 출시된 시장 바지이다.

을 다 예측하고 있었기에 크게 놀라고 경황이 없지는 않았다. 외삼촌과 외숙모, 또 이모 두 분이 다 착실한 원불교 교인들이라, 장례는 원불교식으로 치러졌다.

연세 잡수실 만큼 잡수시고 가시는 어른들의 장례에 큰 비탄(悲歎)은 없다. 잔잔한 애도(哀悼)의 마음만 있을 뿐이다. 그런 자리엔 특히 외할머니의 친정 식구들이 반갑다. 같은 지역에 사는 부계 쪽 가족들은 어쩌다 제사나 문상, 결혼식장 등에서 만나곤 하지만, 외할머니의 친정 식구들은 좀처럼 만나지는 관계들이 아니었기 때문이다.

특히 엄마 항렬(부모 항렬)에 걸쳐지는 나의 5촌 아저씨, 아주머니들은 몇 년 만에 뵙는 분들이셨다. 초량 외갓집에서 자랐기에 나의 7, 8세 어릴 적 모습을 기억하는 그 아재(아저씨의 경상도 표현)들을 만난다는 건, 너무나 재미나고 흥분되는 일이었다. 그 꼬마 숙녀가 이리 늙었나 하는 인사로 시작되는, 1960년대의 외갓집을 둘러싼 이야기들은 밑도 끝도 없이 이어졌다. 덕분에 나도 술을 몇 잔씩 얻어먹고, 남편에게 기댔다. 남편은 그 아재들의 까마득한 고등학교 후배로, 5촌 처 아재의 술심부름을 들어야 했다. 어린 시절, 새까만 교복에 금빛의 교표가 달린 모자를 쓴 그분들의 모습이 떠오른다. 대학생으로 외가에 인사 오던 모습들은 내가 중고등학교 때 뵌 모습이므로 선명하게 기억난다. 그리고 외삼촌의 짓궂은 이야기—내가 기숙이에게 술을 가르쳤지로 시작되는 이야기가 이어졌다. 나는 사실 어릴 적, 당시 대학생이었던 외삼촌이 제사 뒤 나에게 건네준 그 음복주(飲福酒)를 찔끔찔끔 얻어 마시면서 술맛을 알게 되었다.

그렇게 재미나게 할머니의 3일장은 지나가고, 우린 화장장(火葬場)을 거쳐 대전의 원불교 교당에 닿았다. 교당의 차가운 마루 감촉이 지금도 느껴지는 듯한 그 점잖고 조용한 장소에서 외할머니를 위한 마지막 기도가 시작되었다. 90여 년, 참 긴 시간이었다. 행여 지겹지는 않으셨는지? 1910년 한일합방 이후 칼 찬 일제 순사를 보면서 자란 어린 시절, 울산 실리(實里)에서 부산으로 시집와 일본인들의 주요 거리였던 중앙동에서 첫 살림을 시작하고, 이내 중앙동 화재를 경험하면서 초량으로 거주지를 옮긴 것. 해방 이후 할아버지의 사업이 번성하여 아주 큰 집을 사들인, 순전히 내가 들어서 기억하는 많은 일들이 기억에서 빠져나오면서 영화 속 장면처럼 스쳐갔다. 내가 참 많이 사랑한 외할머니였는데, 눈물 한 방울 안 흘리고 할머니를 보내드렸다. 온갖 신(神)들이 다 모여 만찬을 즐기는 그 동산 어디쯤에서, 외할머니는 잠시도 쉬지 않고 열심히 나물을 다듬고 계시리라.

봉건사회 해체기와 개화기 한국 여성의 삶
: 1900년대 출생 여성들

방 현 주*

봉건사회 해체기 : 좁아지는 여성의 입지, 그리고 성장

오늘날 우리에게 익숙한 유교적 현모양처형 여성상은 조선 후기에 이르러 정착된 것이다. 사실 조선 초기 여성의 지위는 조선 후기에 비해 오히려 높았다. 이것은 신부의 집에서 결혼식을 치르고 신부의 집에서 함께 사는 남귀여가혼(男歸女家婚)이란 혼인제도로 설명된다. 소위 '친정살이'가 가능했던 이 제도 아래서 여성들은 며느리보다는 딸의 정체성을 가질 수 있었고 상례, 제례, 재산상속 등에서의 사회경제적 지위도 확보할 수 있었다. 그런데 조선 후기에 접어들어 신사임당으로 상징되는 전통적 여성상이 형성된 까닭은 무엇일까? 16세기와 17세기에 벌어진 두 번의 전쟁(왜란, 호란)으로 인해 조선이 입은 피해는 처참했고, 사회적으로도 기존의 질서가 무너지는 큰

---

* 여성과 남성이 함께 어울려 사는 삶, 특히 가족으로 조화롭게 사는 삶에 관심이 많다. 역사학(조선 후기 사회경제사)으로 한국 가족에 대한 사적(史的) 흐름을 배웠고, 가족학 공부를 통해 현대 한국 가족의 실천적 영역을 탐구, 천착해가고 있는 중이다. 신라대학교 가족·노인복지학과 교수

혼란을 겪게 되었다. 민심을 수습하고 사회를 안정화하기 위해 지배층은 성리학적 이념과 종법적 가족제도를 강화하였고 이 과정에서 여성의 지위는 반전되었다. 남귀여가혼은 쇠퇴하였고, 여성은 친정 근처에 있을 수 없으니 제사에 참여하는 것이 어려워졌다. 심지어 재산상속에서 본부인의 딸보다 첩의 아들이 더 많은 재산을 물려받는 경우가 빈번해질 정도로 신분보다는 성별적 차등이 중요시되었다. 결과적으로 가족 내 모든 질서는 남성 중심으로 편제되었고, 여성은 '시집살이'와 '한번 시집가면 그 집 귀신'이라는 생각이 보편화되면서 문중과 남성의 내조자로 정절과 순종의 삶을 요구받게 된 것이다.

　이렇게 여성의 입지가 축소되고 남성 중심적 이데올로기가 내면화된 사회 속에서 여성은 어떤 변화를 끌어낼 수 있었을까? 이 시기에 여성들은 보다 적극적으로 다양한 영역의 경제 활동에 참여하였다. 일반 백성의 경우는 남녀 구분없이 경제 활동의 주체였고, 심지어 몰락한 양반의 경우에도 남성은 생업 전선에 나가는 것을 꺼렸으므로 여성이 주체가 되어 생활고를 해결하였다. 여성의 노동력이 빛을 발한 사례는 다양하다. 제주도의 거상 김만덕이나 양인(良人) 이하 여성들이 운영했던 점포인 여인전(女人廛) 등이 대표적인 사례이다. 김홍도의 풍속화에 여성 어물장사꾼의 모습이 등장하는 것으로 보아 여성들이 어물의 채집과 운송, 판매에도 참여하고 있었다는 것을 알 수 있다. 19세기 초에는 여성을 면포 생산의 임금노동자로 고

2장　외할머니 신돌이 여사　79

용한 사례가 나온다. 당시 면포는 군역이나 공납의 대체수단이었기에 매우 중요한 상품이었다는 점을 감안하면 여성의 노동력이 개인의 생계수단 차원에서부터 사회적 기여도가 높은 범주에 이르기까지 광범위하게 펼쳐졌다는 것을 보여준다.

여성의 노동력이 생산구조에 기여한 바가 크다 하더라도 여성들이 겪는 불평등한 지위를 직접적으로, 구조적으로 개선하는 데는 한계가 있었다. 그렇지만 "대체로 사나운 부인들은 재주와 지혜가 많아 이익을 내는 일을 잘 경영하며 남편은 그 아내를 두려워하여 굴복하니 어찌 슬프지 않겠는가?"라는 이덕무의 지적은 경제력을 기반으로 가족 내 여성의 자리매김이 달라지고 있음을 짐작케 한다.

서민층과 여성들은 한글을 사용하여 자신들의 욕구나 의식을 표현하였고 책을 읽는 여성도 증가하였다. 여성들에게 새로운 문화적 지평이 열린 것이다. 여성들의 책읽기는 교화서에서부터 당시 활성화되고 있었던 소설로까지 확장되었다. 소설의 주제는 고전적인 권선징악에서부터 가부장권의 몰락이나 처첩 간 갈등, 신분을 뛰어넘는 사랑 등으로 다양했다. 소설 낭독이나 소설을 빌려주는 책방이 성행하고, 여성용 물품을 판매하는 방물장수들만큼 적합한 책 심부름꾼도 없었다. 책읽기는 여성들에게 다양한 지적 경험을 제공하고 다른 세계를 지각하게 하는 매개체였던 셈이다.

이런 과정을 거치며 양반 여성들 중에 글을 쓰는 사람이 늘어나기 시작했다. 글은 단순한 시에서 벗어나 서술문 형태로까지 발전하였다. 글의 주제도 논설, 인물전, 발문, 묘지문, 행장기 제문, 기행문 등에 이르기까지 다양하였고, 여기서 더 나아가 태교서, 가정관리서 같은 실용적인 전문 서적도 나타났다. 당시 글쓰기나 성리학 연구가 남성의 전유물이었던 상황을 고려해본다면 여성의 책읽기와 글쓰기는 시대적 규범을 넘어서 지식인으로서의 여성, 도덕적 주체로서의 여성으로 자신들의 목소리를 드러내는 작업이었을 것이다.

당시 유교 정치를 날카롭게 비판했던 실학자들도 여성에 대한 유교적 여성관을 넘어서지는 못했다. 정약용이 과부재가(再嫁) 금지와 열녀제 표창에 대해 비판하고 있지만 이것은 유교적 이념의 실행방법이 극단적이고 가혹하다는 것이지 성리학적 정절관 자체를 문제시한 것은 아니었다. 그렇지만 여성들 스스로는 달랐다. 정일당 강씨(靜一堂 姜氏)가 남편 윤광연에게 보낸 편지에는 "나는 비록 여자의 몸이지만, 하늘에서 받은 성품에 애당초 남녀의 차이가 없다 하였습니다… 그렇다면 비록 여자일지라도 노력한다면 역시 성인의 경지에 이를 수 있지 않을까 하는데 서방님께서는 어찌 생각하시는지요?"라고 쓰여 있다. 이 편지는 남녀가 역할은 달라도 인간 자체로는 같고, 학문의 이치를 깨달아 성인이 되는 것 역시 성별에 달려 있지 않음을 말하고 있다. 인간관과 여성관에 대한 놀라운 발상이 아닐 수 없다. 여성들 자신의 여성관이 변화하고 있는 것이다. 여기에 천주교의 전파는 여성들에게 새로운 의식을 불어넣는 계기가 된다.

개화기 : 여성, 새로운 세계관을 만나다

서학이라는 이름으로 전파되기 시작한 천주교는 성리학적 세계관에 갇혀 있던 조선 사회에 크나큰 충격을 안겨주었다. 1801년 신유박해를 전후하여 여성은 천주교의 중심세력으로 등장했다. 천주교에 입교한 여성들의 신분은 왕족에서부터 노비에 이르기까지 다양했으며 이들은 신분을 초월하여 적극적으로 신앙 활동을 전개해나갔다. 남성과 함께 하는 집회, 독신 고수, 동정을 지키는 전제로 교인과의 결혼 추진, 성경 공부 등의 활동은 여성에게 새로운 경험 세계와 세계관을 열어주었다.

천주교와 함께 여성관의 성장에 영향을 미친 민중 종교는 동학이다. 동학의 여성관은 인간평등사상에서 출발한다. 1894년 갑오농민전쟁 당시 제시한 폐정개혁안에 과부재가금지의 철폐를 요구하는 항목이라든가, 여성이 농민군 지도자가 된 사실은 동학의 진보성을 보여주는 것이다. 이런 변화가 민중 종교에서 나타났다는 것은 사람들의 의식 속에 다른 여성관이 자라나고 있음을 반영하는 것이다. 그러나 동학은 부인의 역할을 여필종부의 종속적 윤리관과 결부시켜 그대로 받아들였다는 점에서 유교적 세계관을 극복하지는 못했다.

이 시기에 조선 사회는 안팎으로 큰 위기에 봉착하게 된다.

내부적으로는 봉건 제도의 모순이 깊어져 민중들의 반봉건 투쟁이 빈번하게 일어났고, 밖으로는 제국주의 열강의 침략에 시달리게 된 것이다.

당시 서구의 문물을 받아들여 근대적 개혁을 이루고자 했던 개화파는 조선이 개화되려면 인구의 절반인 여성의 개화가 중요하다는 것을 인식하였다. 이에 대한 관심이 처음으로 나타난 것은 박영효가 고종에게 올린 상소문에서였다. 28개조로 된 상소문에는 인간의 자유 독립을 전제로 하여 여성의 인격 존중과 학대·멸시의 금지, 여성의 노예화 금지, 교육의 남녀 균등, 과부재가 허락, 축첩 및 조혼 폐지, 내외법 폐지 등의 여권론적 주장들이 포함되어 있었다. 이후 독립협회는 개화운동의 대중적 기반을 다지고자 하였고, 여성의 인격과 사회적 독립을 위한 요구들을 꾸준히 담아내고자 하였다. 특히 여성교육의 필요성과 중요성이 강조되었다. 그러나 남녀가 한 공간에서 공부한다는 것은 당시 사회적 통념으로 볼 때 어림도 없는 일이었다. 그래서 여성이 공부를 하려면 관립 여학교가 있어야만 했다. 그러나 대신들의 반대로 관립 여학교 설립에 진전이 없자 여성들은 스스로 움직이기 시작하였다. 이런 움직임은 고급 관료들이 살고 있던 북촌의 부인들을 중심으로 진행되었다. 1898년 9월 8일자 황성신문은 "북촌 어떤 여중군자 서너 분이 개화에 뜻을 두고 여학교를 실시하려는 통문이 있기에 하도 놀랍고 신기하여 논설을 빼고 그 대신 넣는다"는 설명과 함께 여학교 설립을 주장하는 '여학교 실시 통문'을 실었다. 이것은 한국 최초의 여성 인권선언문으로 평가받는다.

이 통문에 동의하는 사람들을 중심으로 조직된 최초의 여성 단체가 찬양회이다. 찬양회는 주로 여학교 설립운동과 여성 계몽운동을 펼쳤다. 처음에 찬양회는 관립 여학교 설립요구에 집중하여 학교를 세워달라는 상소문을 고종에게 직접 올리기도 하는 등의 정치 행동도 하였으나 이 요구는 수용되지 못했다. 그리하여 찬양회는 교사나 교육과정은 미비했지만 '관립 여학교가 설립될 때까지'라는 단서를 달아 순성 여학교를 개교한다. 그리고 정기적인 연설회와 토론회 등을 마련하여 여성의 의식을 각성시키고자 하였고 만민공동회에 참여하기도 하였다. 찬양회가 보여준 교육 운동과 정치 운동은 우리나라 최초의 부르주아 여성 운동의 등장을 알리는 신호탄이 되었다.

100여년의 시간을 거슬러 여성 선각자들의 모습을 돌아보았다. 성별과 환경의 한계에 도전해왔던 이들의 열정이 21세기를 살아가는 우리를 다시 일깨우는 듯하다. 딸, 엄마, 할머니로서의 역할을 넘어 여성 본연의 아름다움을 누리며 살아가라고!

3장

어머니
박쾌활 여사

외할머니, 어머니, 여형제 세 명 그리고
딸 지현이를 업고(1986년 여름)

일제강점기

엄마는 1928년 일제 강제점령기 때 부산역이 있었던 중앙동에서 태어나 어린 시절을 보내다가 한국인에 의해 설립된 최초의 부산지역 초등학교인 봉래초등학교를 거쳐, 부산진구 수정동에 위치한 부산항공립고등여학교(지금의 경남여자고등학교)에 진학하였다.

나는 엄마의 중고등학교 시절에 대한 이야기를 듣곤 했다. 엄마가 중학교를 다니던 때는 일본이 하와이 진주만을 기습하여(1941년 12월) 전쟁을 치르던 때였다. 엄마는 칼을 찬 군인 같은 일본 선생들의 용의주도함과 당시의 학생 생활을 이야기해 주셨다. 교사(校舍) 뒤편에 농장이 있어 단축 수업을 하면서 밭일을 했고, 군복 단추 달기, 병원에서 간호 실습(실제 환자 시중 들기, 세탁물 정리정돈, 붕대 정리 등) 등을 한다고 공부도 못했다고 했다. 특히 기억에 남는 것은 일본이 전쟁 때문에 물자가 귀해지자 학생들을 동원하여 가정에 있는 밥그릇, 대야 등 놋쇠를 거두기 시작하였던 일이다. 외가에서는 제사도 모셔야 되기 때문에 놋그릇 등을 감추고 겨우 놋대야 정도를 학교에 들고 가게 하였다고 했다.

그러다가 여고 2학년 때 광복(1945년)이 되어, 일본 선생들은 물러나고 한국인 선생님들이 부임해 오시면서 우리 역사를 배우고 한글로 공부를 하게 되었다고 하셨다. 출석부의 이름이 창씨개명*에 의해 강제로 사용했던 영자(英子, 에이코)에서 원래 이름인 쾌활(快活)로 바뀐 것이 가장 기억에 남는다고 하셨다. 엄마는 알파벳도 아셨고, 일본어는 능숙하게 말하고 쓰고 하셨다. 어린 시절 이웃 분들이 일본의 가족들로부터 온 편지를 들고 우리 집에 와 엄마에게 그 편지를 보여주면서 읽어달라고 한 적도 많았다. 2000년 초에는 손자사위가 일본 손님을 모시고 온 적이 있었는데, 식사 장소에 어머니를 모시고 갔더니 오랜만에 엄마는 유쾌하게 일본말을 실컷 했다고 좋아하셨다.

그러나 성장 과정에서 우리는 일본 말을 절대 사용하면 안 되었다. 자부동(방석), 다마(전구 알, 구슬 등과 같은 둥근 물건), 우야기(상의) 등은 당시 흔히 사용하던 말이었지만, 우리 집에서는 그런 말이 금기시 되었다. 부모님들이 다 일본어로 고등교육을 받으셨지만, 일본을 침략자로 규정하고 계셨고, 그래서

---

* 창씨개명(創氏改名): 일제 강제점령기 때 우리 뿌리를 없애기 위해 우리의 성(姓)과 본(本)을 일본식으로 바꾸게 한 정책으로, 당시 여자 이름에는 일본 여성들의 이름에 자주 쓰이는 '코'자를 흉내내 자(子)를 많이 사용하였다.

일본을 상징하는 어떤 것—일본 말, 일본물건* 등—도 좋아하면 안 되고, 사용해서는 안된다고 배웠다. 그러면서 부모님께서는 부지런하고 애국심이 높은 일본인에 비해 우리 민족성은 게으르다고 늘 걱정을 하셨는데, 후에 우리 역사에 대한 식민사관(植民史觀)을 공부하면서 나는 우리 민족성을 이렇게 폄하하는 것도 일제의 잔재임을 알게 되었다.

그러나 이상하게 엄마 아빠는 아주 기분이 좋을 때(약주를 한잔 하셨거나, 생일이라 기분이 들떠 노래를 부를 때 등)는 꼭 일본 노래를 부르셨다. 학창시절에 배운 일본 가곡 같은 것이었다. 나는 평소 말씀과 다르게 행동하시는 걸 의아하게 바라보다가, 나이가 들면서 그 노래들이 그분들의 어린 시절 추억거리에 불과하다는 것을 알게 되었다. 그렇지만 다음 날 그 일본 노래가 우리들에게는 아주 불쾌하였다고도 말씀드렸다. 언젠가 고등학교 총동창회에서 이런 일이 있었다. 대선배님들(아마 엄마보다도 서너 해 위이신)께서 무대에서 여고 교가(校歌)를 일본어로 부르셨던 것이다. 순간 분위기가 싸해진 것은 말할 것도 없다. 그 노(老)선배님들의 추억에 젖은 목소리에 인간적으로 감동받

---

* 일제(日製) 물건: 60,70년대에 가정생활 필수품으로 일제 물건이 아주 많았다. 코끼리 밥통에서부터 보온병, 냄비, 심지어 플라스틱 컵까지 일본 물건이 넘쳐났다. 심지어 손수건과 양말에 이르기까지 이쁜 것은 다 일제라 할 정도였다. 그러나 부모님은 국산품을 우리가 사용하지 않으면 한국이 망할 것이라고 하시면서 질이 나빠도 국산품을 사용하라고 항상 다그치셨다.

아 그 일은 덮고 넘어갔지만 나는 그분들의 마음도 이해할 수 있을 것 같았다. 그리운 것이었다—그들의 청춘이, 그들의 꽃 같았던 십대가…. 지금은 일본 노래든 무엇이든, 노래 좋아하는 엄마의 그 꾀꼬리 같은 소리가 듣고 싶을 뿐이다.

어머니의 결혼사진

어머니의 결혼사진은 그야말로 전통혼례의 한 전형을 보여주는 것이었다. 중학교 때 처음 본, 어머니의 흑백 결혼사진에서 나는 족두리, 혼례상에 앉은 닭, 아래에 놓인 다양한 기념품(그중 기억에 남는 것은 놋대야와 쌀독이었다)을 하나하나 자세히 보았다. 지금도 눈에 선한 엄마의 그 사진 속 표정에는 12월의 겨울바람이 너무 추워 질린 모습과 얼굴을 파고든 족두리 고무줄의 아픔이 배여 있었다.

'엄마는 왜 대학을 안 갔어요?'라고 내가 물은 적이 있다. 머리도 좋으시고, 당시 외할아버지는 부산에서 손꼽히는 부자라고 들었기 때문이었다. 대답인즉 '공부하기 싫어서, 퍼뜩 시집 갔제'라 하셨다. 참 어머니다운 말씀이셨다. 그래서 순진한 우리 어머니는 시댁이 울산 부잣집이라는 이야기도 듣고 시집을 갔는데, 막상 기와집이 아니고 조그마한 초가집이라 놀랐고, 시어머니가 두 분이나 계심에 다시 놀랐고, 귀한 며느리라고 절대 일하지 말고 방에 가만히 있으라는 시아버지 명령에 또 다시 놀랐다고 하셨다. 그래서 열아홉에 시집가, 그 다음 해 첫 딸을 낳은 어머니의 인생이 그리그리 시작되었다.

두 분의 시어머니는 참 좋으신 분들이셨다고 했다. 큰방 어머니는 자식을 낳지 못하셨지만 본(本)부인이셨고, 작은 방 어머니는 아버지 형제분들을 다 출산하셨지만 호적엔 이름이 안 올라간 분이셨다. 나에겐 그지없이 좋은 친할머니들이시지만, 두 분은 서로 앙숙(怏宿)이셨다고 들었다. 두 분이 처해진 위치 때문에 그럴 수밖에 없었을 것이다. 할아버지의 처신으로 평온은 가장(假裝)되어 유지되었지만, 후일 큰방 할머님이 먼저 편찮게 되어 부산 우리 집으로 모시고 온 후 우리는 어렴풋이 두 분의 갈등을 알게 되었다. 그건 가족의 비밀처럼 그냥 알고도 모른척 해야 하는 것이었다.

어머니는, 밭과 논은 몇 마지기* 되었지만 대단히 검소하였던 시집에 대해 존경과 예를 다 하신 분이셨다. 시누이셨던 고모들께서 우리 형제에게 여러 번 그런 말씀을 해주셨다. "부잣집에서 자랐건만, 사람 무시하지 않고 누구에게나 잘하고… 너거 엄마는 참 좋은 사람인데…." 어릴 적 우리 집엔 동생들을 봐주던, 저 멀리 전라남도 벌교에서 온 도우미 언니가 있었다. 그 언니는 늘 나에게 어릴 적부터 이집 저집 남의집살이를 해

---

* 논과 밭의 넓이를 표현하는 단위로, '한 마지기'는 '볍씨 한 말의 씨앗을 심을 만한 넓이'를 말한다. 보통 논 200평, 밭 300평을 한 마지기라고 했다.

왔지만, 자기를 식구들과 한 상(床)에서 밥 먹게 한 주인은 엄마가 처음이었다고 늘 감동스레 이야기하곤 했다.

　나도 나이 들면서, 나의 어머니는 사람에 대한 편견이 없으시고, 누구에게나 진심으로 대하시는 분이라는 걸 알게 되었다. 종손 며느리라 우리 집을 방문한 친척들이 많았고, 그 위에 어린 자식들이 매달리고 있었지만 까탈을 부리신 적은 거의 없었다. 나의 남편은 장모가 좋아 장가왔다고 공공연히 이야기하곤 하였다. 젊고 공부 많이 하신 장모가 좋았지만, 무엇보다도 아무것도 가진 게 없었던 자기를 딸의 남자친구로, 따지지 않고 인정해주신 점에 대해 자기는 두고두고 감사드린다고 했다. 그래서 남편은 엄마 노후(老後)에 장모께 참 잘했다.

딸, 딸, 딸, 딸

　엄마는 딸을 내리 네 명이나 낳으셨다. 아버지께서는 우리를 부르실 때 '정숙아, 기숙아, 양숙아, 복숙아'로 네 딸의 이름을 차례로 호명한 뒤, 마지막으로 지금 필요한 딸 이름을 한 번 더 부르는 버릇이 있으셨다. 지금 생각해보면 중간 딸의 이름이 퍼뜩 떠오르지 않아서 그렇게 하셨는가 싶다. 가정적이고 집안일을 이것저것 잘 도와주시는(그만큼 잔소리도 많은) 아버지와 우리 딸들의 관계는 좋았다. 아버지는 우리의 교복 다림질도 잘 해주셨고, 운동화도 빨아주셨다. 그리고 무엇보다 좋은 책을 많이 사다 주셨다. 중학교 때 사주신 '불멸의 여성상' 전집에서 나는 어머니, 할머니와는 다른 여성들을 만났다. 그리고 클래식 음반*도 이것저것 챙겨 사 들고 오셨다. 딸들의 감성교육에 신경을 쓰신 것은 사실이었다.

그러나 외할머니나 친척들이 언급하신 것에 의하면, 아버지는 넷째 딸 출산 소식을 듣고는 해산한 부인이 있는 방에는 가보지도 않고, 바로 건넛방으로 들어가 버리셨단다. 섭섭하셨다기보다는 본인도 좀 낭패스럽지 않으셨을까 싶다. 당시 엄마의 마음은 어땠을까? 언니와 나는 참 이쁜 어릴 적 사진이 많다. 사진 찍기를 좋아하셨던 아버지께서 요리조리 모양 좋게 딸들의 사진을 많이 찍어주셨기 때문이다. 딸들을 좋아도 하셨다고 믿는다. 그러나 그때는 '아들은 꼭 있어야 된다'고 누구나 믿었던 시대였다. 할아버지도 살아 계셨고, 향후 봉제사(奉祭祀)의 문제도 있고. 한국의 어느 가정에서나 가계를 잇는 남아(男兒)는 필요하였으니…. 그러나 원래 좀 낙천적인 어머니는 딸들을 구박한 적은 정말, 한 번도 없었다. 딸 때문이라는 푸념조차 들은 적은 없다. 엄마의 증언에 의하면, 외할머니께서 답답하셔서 여기저기 점(占)집을 다니셨지 실제 엄마의 시댁이셨던 울산의 나의 친가에서는 표시 나게 보챈 적은 없다

---

* 그때의 그 LP 레코드들과 내가 대학 다니면서 구입한 음반들을 지금도 가지고 있는데… 보일 때마다 저걸 어떻게 하지… 싶다. 이 음반 이야기는 뒤에 나올 것이다.

고 하셨다. 친할아버지께서 아들인 아버지를 보신 연세가 47세였다고 하니, 기다릴 줄 아는 분이셨던 것 같다.

언니는 작고 예뻤다. 그리고 총명하기도 하였다. 언니를 데리고 다니면 다들 인형 같다고 칭찬하였는데, 둘째인 나를 보고는 사람들이 이쁘다는 말을 하지 않더라는 이야기도 어머니가 하셨다. 뱃속에서부터 첫 아기와 다르게 태동이 심해 머슴애인 줄 알았다고 하셨다. 셋째 딸인 동생은 어릴 적에 잘 보채는 아이였지만 있는 둥 없는 둥 온순하였다. 넷째는 어릴 적부터 자주 아팠다. 백일해, 폐렴, 심지어 기관지염까지. 그 동생이 중학교 갈 때에는 입시에서 거의 만점을 받아야 소위 일류여중에 갈 수 있었다. 그러나 몸이 약한 동생은 체육 실기 점수가 형편없었다(당시 입시에서는 체육이 있었다. 참 좋은 정책이었다고 생각한다). 우리 모두는 같은 여중에 들어갔건만, 그 동생은 낙방하여 우리끼리 잡고 울었던 기억이 난다. 그러나 그 동생도 여고는 언니들과 같은 고등학교에 합격하여, 우리 딸 넷은 동문(同門) 자매가 되었다.

드디어 엄마가 남동생을 낳았다. 난 기억을 못하는데, 당시 아홉 살이었던 언니는 동생이 태어난 12월의 어느 날을 기억하고 있었다. 모두들 둘러 앉아 아기 기저귀 갈 때만 기다렸다고 했다. 그 고추가 신기하여 엄마는 보고 또 보고 하셨단다. 신기하게도, 그해 며느리 세 명(엄마와 두 분의 숙모)이 다 아들을 낳았지만, 할아버지께서는 그 손자들을 보지 못하고 손녀만 다섯 보시고 가셨다고 했다.

그 뒤로, 내가 90년 초, 낙태 실태조사를 할 때, 나는 엄마에게 낙태 경험에 대해 여쭈어보았다. '얼추 서너 번은 했지'라고 하셨다. 당시 집 근처에 여성 의사가 있는 산부인과가 있어, 그곳에 가서 임신중절 수술을 받았다고 하셨다. 엄마는 평생 피임약은 먹은 적도 없고, 난관 절제술이나 질내 피임 링 부착 등도 안 하셨다고 했다. 피임 기술이 보급되어 이에 관한 별도의 교육이나 정보전달을 받았던 세대는 아니셨다. 외할머니는 생기는 대로 다 낳으셨고, 엄마는 아들 낳을 때까지 낳곤, 그 뒤로는 낙태를 하셨다. 다산(多産)으로 망가진 여성들의 몸에 대한 이해는 참 부족하였던 시대였던 것 같다.

적산가옥의 다다미방

내가 초등학교 3학년 때 부모님은 외가에서 그리 멀지 않은 곳에 집을 구입하셨다. 시장통 입구에 위치한 이 층 적산가옥(敵産家屋, 일본인들이 지은 다다미방이 있는 집으로, 해방 후 일본인들이 본국으로 돌아가면서 싸게 팔거나 아는 한국인들에게 주고 간 집들)이었다. 아래층엔 현관, 큰 방, 작은 방 두 개, 그리고 큰 부엌과 재래식 변소가 있었고, 이 층엔 12조 다다미 방 두 개가 미닫이로 연결된 큰 방과 또 하나의 작은 방, 그리고 베란다가 있었다.

당시 어린 남동생들은 아래층에서, 딸 넷은 다 이 층에서 지냈다. 가끔 이 층 방에 놀러온 친구들은 모두 '와, 교실 같다'고 하였다. 다다미방의 네 구석에 각각 앉은뱅이책상이 하나씩 놓여 있었고, 책상 위에는 작은 스탠드도 하나씩… 정말 공부 방이었다. 저녁만 되면 각각 자기 책상 앞에 앉아 무엇이든 해야 했었다. 숙제도 하고, 소설도 보고. 그리고 밤 아홉 시인가 열 시 정도가 되면 아래에서 아버지께서 전기를 끄셨다. 당시만 해도 전기를 절약하여야만 했던 때였다. 때로 우리는 촛불을 켜놓고, 키득거리며 자지 않고 놀기도 했다.

두 살, 세 살 터울이었던 우리 자매들은 곧잘 누워서 함께 노래도 부르곤 했다. 그리고 끝말잇기, 반대말 찾기를 하며 놀던 것이 다 공부였다. 물론 그 방의 한 벽에는 책장이 쭉 놓여 있었다. 방과 후 오후엔 제각기 친구들과 실컷 놀고, 저녁 먹고는 모두 이 층으로 쫓겨 올라와 공부하고 일기 쓰고, 그리고 누워서 놀았다. 그리워라. 언니와 동생은 노래를 잘하였다. 나는 고함만 지른 것 같았다. 때로는 아래채에서 온 식구가 다 모여 한 대의 라디오*를 향해 앉아 있기도 했다.

---

* 당시엔 집집마다 라디오(트랜지스터, transistor라고도 했다)가 있었다. 부모님 방에만 있었다. 그것으로 뉴스도 듣고, 연속극도 들었다. 어머니께서 노래를 좋아하셨던 연유로 낮엔 늘 라디오 소리가 들렸다. 일일 연속극이 유행하여, 시간만 되면 온 식구가 라디오를 향해 둘러앉아 성우들의 그 기찬 연기 목소리에 웃고 울고 하였다. 연속극을 듣는 도중에 어린 동생들이 조금이

다다미방은 겨울엔 추웠다. 그래서 연탄난로를 방 가운데 설치하고 환기통을 길게 창문 밖으로 빼놓았다. 그 연탄을 바꾸는 일이 주로 나의 일이었다. 기억은 안 나지만 엄마는 그 일을 나에게 자주 시키셨다. 시간 맞추어 엄마가 이 층에 오셔서 갈아주시는 적도 있었지만, 고등학교나 대학 다닐 때 밤 시간에는 주로 내가 갈았다. 연탄 한 장이 정확히 일정 시간 가는 게 아니어서 자주 난로 뚜껑을 열곤 연탄불 상태를 보아야 했다. 우린 한 번도 연탄가스에 중독된 적이 없었지만, 그 매캐한 이산화탄소는 지금도 코에서 느껴진다. 어쩌다 불똥이 다다미 위에 떨어져 다다미를 조금씩 태운 적도 있었다. 그러면 봄에 그 부분은 새 다다미로 짜깁기되었다. 그때 다다미를 짜깁기하는 바늘이 어찌나 길고 매끈하던지…. 다다미 수선하시는 아저씨 허락을 받고 그 바늘을 만져보곤 하였다.

방학이 되면 우리 모두는 생활계획표를 만들어 부모님 검사를 받아야 했다. 6시 기상, 7시 식사, 8~10시 공부… 이런 계획표였다. 아버지께서는 공부 옆에 정확히 어느 과목 공부를 하는지 적으라고 하셨다. 그리곤 가끔 시간표대로 놀고, 공부하는지 감독도 하셨다. 여름엔 작은 밥상을 다리 사이에 끼고는

라도 부시럭거리는 소리를 내면 모두들 눈을 흘기며 묵언을 청했다. 그 뒤, 일제 워크맨(walkman, 이동식 소형 라디오. 가지고 다니면서 음악 등을 들을 수 있어, 청년기 때 우리 모두는 매우 애호하였다)이 등장하였고, 우리는 각자의 라디오로 '한밤의 음악편지' 등을 듣곤 하였다.

창문 테라스(창문에 내다 단 공간으로, 우리가 올라가 앉을 정도는 되었다)에 앉아 삼위일체나 수학의 정석 같은 문제집을 풀기도 하였다. 하여튼 책 읽고 공부하는 것이 일상이었다. 엄마는 우리가 공부를 하고 있으면 일(설거지 등)도 시키지 않으셨다. 최근에 그 이층집에 한번 가보고 싶어 갔더니, 아주 작고 초라한 집이었다. 그러나 그 집은 여전히 우리 형제자매의 추억이 서린 곳이다. 내가 대학을 졸업할 때까지 그 집에 살았다.

이름 적힌 서랍장

내가 10대를 보낸 그 이층 다다미방에는 큰 벽장과 책장, 책상 네 개, 그리고 키 큰 서랍장 하나가 놓여 있었다. 호마이카 서랍장은 다섯 칸의 긴 서랍이 있는 제법 높은 장으로, 그중 네 칸에는 차례대로 네 명의 딸 이름이 적힌 견출지가 붙어 있었다. 해마다 어머니는 그 이름표를 새로운 견출지로 갈아주면서 자기 서랍은 자기가 잘 정리 정돈할 것과 남의 서랍엔 손대지 말라는 규칙을 강조하시곤 하셨다. 어린 시절, 각자의 서랍에 빨래하여 개킨 옷들을 저녁마다 넣어주던 엄마가 생각난다.

딸들은 나이가 들면서, 각자의 속옷은 각자가 세탁하여야 했다. 당시만 하여도 면 생리대를 사용하였기 때문에 딸 넷이 벗어놓는 생리대가 장난이 아니어서, 하여튼 각자 빨래를 해야 했다. 가끔 미처 속옷을 빨지 못해 갈아입을 팬티가 없을 때도 있었다. 빨래를 모아둔 사람이 말도 없이 남의 속옷을 가져가면 찾는다고 난리가 나곤 하였다. 그러면 엄마는 우리 허리춤을 보면서 일일이 내의 검사를 하곤 하셨다. 내의에도 이름이 새겨져 있어, 누가 말도 없이 남의 내의를 입었는지를 찾아내시는 것이었다. 그러면 꿀밤을 맞기도 하고, 당장 벗어야 되는 경우도 있었다. 입던 속옷을 벗어서 빨아, 말린 다음 그 옷 주인에게 돌려주어야 했다. 지금 생각하면 재미나고 웃음이 나오는 일들이지만 당시엔 가끔 밤에 속옷 없이 잘 수밖에 없을 때도 있었다. 지금 다시 생각해보니, 옷에 이름을 일일이 적었던 것이 엄마의 편리를 위해서인 것 같다. 내의들이 비슷하면서도 조금씩 사이즈가 달랐을 뿐이어서 엄마가 그걸 다 분류하는 데에는 어떤 표시가 필요하였을 것이다.

지금 생각해보니, 당시 우리는 참 치열하게 살았던 것 같다. 모든 것이 딸 넷에게 똑같이 배급되던 시절이라, 자기 것을 정리하고, 잘 맞추어 계획적으로 사용하지 않으면 낭패를 볼 수 있기 때문이었다. 각자 자기 서랍을 잘 관리해야 했지만, 또한 넷이 한 방에 기거했기에 우리 물건들이 한 통 속으로 마구 섞이는 일도 자주 있었고, 가끔은 벗어놓은 옷 위에 다른 사람의 옷이 마구 얹어지고 그 위에 또 얹어지고 하는 일들도 있어서, 누가 그것들을 정리하는가로 신경전을 벌이곤 하였다.

그 다다미방 한 쪽 벽엔 우리 머리 높이쯤에 긴 장대로 된 가로 옷걸이가 있었다. 학교 다녀오면 우린 그 장대 옷걸이에 옷을 벗어 걸쳐두곤 하였다. 그래서 며칠 옷이 쌓이다 보면 서로 정리하라고 미루면서 게으름을 부리다 급기야 싸움이 되기도 하였다. 그러면 아래층에서 듣고 계시던 아버지께서 우당탕 이 층으로 올라오셔서 그 옷들을 모두 방바닥에 내팽개치고 내려가시곤 하였다. 그러면 우린 서로 눈을 흘기면서 자기 옷을 찾아 정리하곤 했다. 어쩌다 우리가 옷 때문에 싸워 울기라도 하는 날에는 아버지께서 화를 내시면서 그 옷들을 모두 이 층에서 시장 바닥으로 내던지겠다고 위협하신 적도 있었다. 우린 목소리 모아 안 싸우겠다고 맹세하면서, 아버지의 화를 모면하곤 하였다. 지금 생각하면 재미나고 우스울 뿐이지만, 초등·중학·고등·대학교까지 약 15년 이상을 그 다다미방에서 살았으니, 찾아보면 얼마나 많은 이야기들이 있을까?

중고등학교 때 친구 집에 놀러 가 보면 자기만의 방이 있는 친구가 있었다. 특히 남형제가 많고 딸이 자기뿐인 친구는 독방을 사용하였고 우린 그런 친구를 부러워했다. 친한 친구 영희네 집도 그러했다. 영희는 언니가 한 분 계셨지만 서울에서 대학을 다녔기 때문에 영희 방은 독방이나 다름없었다. 영희는 혼자 큰 책상과 서랍장을 다 사용하였다. 영희네 집, 오른편 구석방에 모여 노래도 부르고, 음반도 듣고, 우리가 아는 만큼의 인생 이야기를 하곤 하였다. 비라도 오는 날이면 서랍장 옷을 다 꺼내 놓고 이리저리 입어보는 쇼를 하기도 했었다. 키가 크고 인자하셨던 영희 어머님이 생각난다.

낮은 부뚜막

어린 시절 초량의 그 외가(外家) 이외에 나의 친정은 영주동과 대연동 두 곳이었다. 열 살 때 초량에서 영주동으로 이사하였고, 스물여덟 살 때 대연동으로 이사하였다. 대연동 집은 당시 아파트가 보급된 이후 지어진 현대주택이라 지금과 같은 평면구도에 입식(立式) 부엌이었고 석유보일러 집이었다. 그러나 영주동 집은 일제강점기 적산가옥이었던지라 난방은 연탄으로 하였고, 부엌은 낮은 재래식 부뚜막이 있던 구조였다.

엄마의 친정인 외가의 부엌도 낮은 부뚜막과 두 개의 큰 아궁이가 있었지만 부엌이 넓어 허리를 펴고 서서 움직이는 동작이 가능하였다. 그러나 영주동 집의 부엌은 좁았다. 그래서 그 부엌에 들어서면 쪼그리고 앉은 자세에서 일을 할 수밖에 없었다. 우리가 고등학교를 다닐 때 개수대가 개조되어 설거지만은 서서 했지만, 다른 조리 동작들과 빨래는 대부분 앉아서 해야만 했다.

그런 부엌에서도 많은 추억거리가 만들어졌다. 여형제가 많았던 우리는 설거지 당번을 정해 일을 했고, 가끔은 그 당번 순서가 뒤죽박죽이 되는 바람에 싸우다 다 함께 부엌으로 쫓겨 나가곤 하였다. 예를 들면 누군가가 학교에서 환경미화

일로 늦게 와 그날 설거지를 못했다면, 그럼 다음 날 그 순서를 뛰어넘느냐 아니면 안 한 사람이 오늘 해야 하느냐로 언쟁이 벌어지곤 하였다. 문제는 내가 그 당번을 자주 빠졌기에 내 바로 아래 동생이 '언니는 맨날 빠지곤' 하면서 입을 삐쭉거리는 것으로 시작되곤 하였다. 그런 실랑이 속에서 불똥은 자주 큰딸에게로 던져졌다. '큰 언니가 해라'였다. 그러면 언니는 나에게 눈을 흘기면서 부엌으로 나가고 그날은 딸들의 드러나지 않는 전쟁이 밤까지 이어지곤 했다. 이부자리를 펴면서 밀고 당기고 하다가 고함 소리가 나오면 엄마가 이층으로 뛰어 올라오고, 우린 이불 속에 머리를 파묻고 있다가 잠이 들었다. 지금 생각하면 즐거운 추억이지만, 왜 그땐 그 설거지가 그리도 싫었던지…. 하긴 지금도 설거지는 귀찮은 일이지만….

내가 부엌 이야기를 꺼내는 이유는 엄마의 허리 이야기를 하려고 한 것이다. 중년부터 엄마는 허리가 건강하지 못하셨다. 척추 전문의인 아들을 졸라 수술도 받았지만 지속적으로 허리가 안 좋으셨다. 노후엔 지팡이도 사용하시다가 그렇게 그렇게 꼬부랑 할머니가 되셨다. 할미꽃처럼 허리가 굽어지기는 외할머니도 마찬가지셨다. ㄱ자로 굽어진 모양을 보고 길 가던 어린아이들이 구경하곤 하였다. 아무리 그 시대엔 다들 좌식(坐食) 부엌이었다지만 허리가 꼿꼿한 분들도 계시는데 당신은 왜 그런가 하고 나는 생각하였다. 내 나이 40에 들어선 어느 날, 남편이 놀란 듯 '당신도 허리가 굽었어'라고 고함을 질렀다. 아, 엄마처럼 지팡이 짚으면 안 되지라는 것이 나의 기본 생각이었지만, 나도 엄마 딸이라 유전적으로 길고 약한 허리를 지니고 있는 것은 아닌가하고 걱정하기 시작하였다. 책상 앞에 오랜 시간 앉아 있는 직업생활을 하는 나로서는 허리가 아플 가능성이 상당히 높다. 늘 운동을 열심히 하는 나지만 굽은 등과 자주 아픈 허리와 어깨는 늘 걱정이다.

90년 초, 일본 동경 근처를 방문할 일이 있었다. 공식적인 행사 이후 우리는 동경의 번화가를 구경 나갔다. 길거리 구경을 하는 내 눈에 유달리 특이하게 보였던 곳이 'silver shop'이란 간판을 단 가게들이었다. 그 가게에 들어선 나는 잠시 충격을 받았다. 노인들이 사용할 만한 물건들—돋보기, 모자, 지팡이, 천 가방, 의류 등—만 파는 가게였기 때문이다. 우리보다 먼저 고령사회로 진입한 일본이었기에 노인 대상 마케팅이 시작되어 노인을 주요 소비자로 보는 산업이 이미 전개되고 있었던 것이다. 두서너 가게를 구경한 뒤, 나는 접이식 작은 지팡이를 하나 샀다. 여행에서 돌아와 친정에 들렀더니 어제 아버지가 사 오셨다면서 엄마표 지팡이가 이미 하나 있었다. 아버지께서 구입하신 투박한 그러나 튼튼해 보이는 회색 지팡이와 내가 사드린 짙은 고동색의 접이식 지팡이는 이후 엄마의 필수품이 되었다.

엄마는 지팡이 없이는 외출을 할 수가 없었다. 시간이 더 흐른 뒤에는 밀고 다니는 네 발 지팡이도 사용하셨다. 의사인 아들을 주치의로 두고 계셨지만 재활의 의지와 부단한 노력 없이는 불가능한 일이었다. 자연스러운 노화과정과 함께 엄마는 점점 움직이기 힘들어지셨고, 드디어는 두 사람이 부축하지 않으면 외출도 힘들게 되었다. 그러시다가 집에 칩거하게 되고, 와상(臥床) 노인이 되고, 대소변을 혼자선 할 수 없는 등 자연스런 병·사(病.死)과정에 들어서셨다.

최근에 와 다소 바깥일들을 정리하면서 나는 요가를 시작하였다. 그래서 지금은 가급적 저녁 약속은 하지 않으려고 노력한다. 2년 여의 운동으로 지금 나는 상당히 등과 허리가 바르게 펴지고 있는 중이다. 엄마는 운동을 좋아하신 편이 아니셨다. 중년에 들어 허리가 아플 때 무엇이든 치료를 꾸준히 받으셨어야 하는데, 엄마는 참 바보같이 자기를 아끼고 관리할 줄 모르셨다고 본다. 타고난 체질이든, 질병에서 왔든 건강은 평소에 관리하지 않으면 안 된다는 것을 왜 엄마는 모르셨을까? 지금 손녀 채림이가 열 살이다. 책읽기를 무척이나 좋아하는 이 아이의 등이 어느 날 둥그스레 보였다. 나는 사위와 딸에게, 아이들의 자세에 자주 눈길을 두라고 당부하였다. 신돌이 할머니 자손 아니라 할까 봐 이 아이의 등도 이러나 싶어 걱정이 되었다. 지금 손녀는 나만 보면 '자세!'라 말하면서 웃는다. 허리는 우리 몸의 중심이야!

자식의 죽음 1

엄마는 생전에 넷째 딸과 셋째 딸을 먼저 보냈다. 나도 30세 무렵에 여동생이 죽는 과정을 지켜봐야만 했다. 넷째 딸인 복숙이는 어릴 적부터 유달리 순환기 계통 병에 잘 걸렸다. 그래도 워낙 총명한 아이라, 누워서 책만 슬슬 보고도 학교에 가면 늘 백 점을 받던 아이였다. 20여 년을 늘 병상에서 지냈고, 고등학교 다닐 적에는 출석 일수가 부족해, 졸업 사정 시 교무실에서 논란이 된 아이였다. 그 동생이 대학 3학년 때 저세상으로 가버렸다. 예견된 죽음*이었다.

일찍 그의 죽음을 예견하고 계셨던 부모님들은 그리 많이 우시지는 않으셨다. 늘 그 동생이 누워 있던 방이 그 아이가 나가고 없으니 휑하니 비어 그 방을 볼 때마다 마음이 아팠다. 그때 아버지께서 하신 말씀이 '총기가 아깝다'는 말씀이셨다. 지금 생각해도 정말, 그 머리로 못할 것이 없었을 아이였다. 많은 독서량으로 또래보다 유독 박식한 그 아이를 아끼고 안타까워하

---

* 물론 인간은 무한히 사는 동물이 아니기 때문에 언젠가 죽는다. 그러나 '죽음학'에서 말하는 이 '예견된 죽음(anticipated death)'은 주로 만성 혹은 장기 환자에게서 나타난다. 오랜 투병생활로 가족이나 주변 사람들은 일찍 그가 오래 살지 못할 것을 알고 있다. 그 죽음에 충격이 덜하고 슬픔도 빨리 사그라질 수 있다. 그러나 그의 죽음이 안타깝고 억울하고 또 이해될 수 없을 경우 그를 돌보던 보호자는 신체적, 정신적으로 어떤 장애를 느끼는 이차적 병증을 겪게 된다.

셨던 은사님이 몇 분 계신다. 중학교 때의 유 선생님, 고등학교 시절의 안 선생님. 그분들은 아이의 총명함에 반해 몸이 약한 그녀를 참 안타까워하셨다. 내가 복숙이 언니라고 인사드리면 참 반가워하셨다. 이젠 그분들과도 소식 끊어진 지 오래지만.

돌이켜 생각하면, 그 아이의 치료에 부모님은 무지하셨던 것 같다(죄송합니다). 아이가 아프면 병원에 데려가고, 조금 나으면 방치하고. 그래서 내성이 생긴 그 병들이 종내에는 어떤 항생제에도 듣지 않아, 항생제들이 상호작용하여 다른 합병증을 가져온 것이 아닌가 싶다. 죽기 3년 전, 부산대학병원의 모 교수 추천으로 연세의료원에 간 적이 있다. 그 분야의 전문가이니, 자기 추천서를 가지고 한번 가보라고 권하셨다. 당시 이미 포기한 아버지는 동생 고생한다고 가지 말라고 하셨고, 역시 어머니는 그래도 그래도 하셨다. 이런 형상에 외할머니께서 결정을 내리셨다. '언니들이 돈을 대라. 내가 데리고 가마!' 당시 언니와 나는 돈을 벌고 있었다. 그래서 내가 따라가게 되었고, 비로소 나는 동생의 병명을 들었다. 기억하기로 일종의 효소불활성 질병이라고 하셨다. 의사선생님께서는 이 병은 신생아에게서 발견되고, 곧 죽는 병인데, 이게 후천적으로 온 것을 보면 아마도 수없이 많이 사용한 약들 때문이라고 짐작되지만, 치료법은 자기가 아는 한 없다고 하셨다. 당시 동생의 오줌에는 기름기가 보였다. 지방이 분해되지 않고 소변으로 그냥 나와버리는 것이었다.

동생은 자신의 병에 대해 더 알고 싶어, 일일이 사전을 뒤적이며 정보를 찾았다. 낫기 위해서라기보다는 그냥 궁금하기 때문이었다고 본다. 그러고는 자기 몸과 병에 대해 할머니에게 다시 설명을 해주었다. '그러니, 할머니, 더 이상 병원에 있을 필요는 없어요. 집에 가요'라든가 '안수기도 받으러 가요' 등이었다. 누구나 이 대목에서 부모 대신 외할머니나 언니가 나선 모양이 이상할 것이다. 아버지는 참 좋으신 분이셨지만, 뭐라 할까? 상당히 합리적 이성주의자이시고, 좀 기능주의자셨다. 이 동생의 경우 이미 포기한 아이이니 고생도 시키지 말고 더 이상 애간장도 녹이지 말아야 한다는 생각이셨을 것이라고 나는 내 나름대로 짐작할 뿐이다. 정확하게 이런 표현을 하시지는 않으셨지만, 이런저런 말들을 종합하면 그런 정도로 해석될 뿐이다.* 나도 당시엔 비난하는 정도는 아니었지만 냉정한 아버지를 이해하지 못했다. 그러나 나도 아픈 동생이 숨을 거둘 때, 뭔가 모를 안도감이 느껴졌다. 이젠 아프지 않을 세상에 가니, 다행이다 싶었다.

---

* 지금 나는 '사람이 어떻게 죽는가'를 연구하고 있다. 의학적 측면이 아니라, 죽음을 어떻게 받아들이는가라는 가족임종과 가족상실의 측면이다. 이 공부를 하면서 나는 아버지를 이해하게 되었다. 식물인간 상태의 가족원이 병상에 오래 누워 있게 되면, 우리는 그 환자의 고통을 가족으로 느낄 수가 있을 것이다. 그가 어떤 선택을 바랄 것인가에 대한 고민도 해보아야할 것이다. 존엄하게 자신의 임종을 선택할 수 있도록 도와주는 것도 가까운 사람들의 역할일 수 있다는 생각이 이제야 든다.

그 동생이 가고 나서, 엄마는 며칠 아프셨다. 그러고는 어느 날 툴툴 털고 일어나서는 아무렇지도 않으셨다. 울지도 않으셨다. 어머니는 동생의 죽음에 대한 심리적 준비를 해왔기 때문이기도 하지만 소위 '그 아이의 수명이 그만큼인가 보다. 자기 복이고, 자기 운명이지'라고 단순하게 믿어버리는(믿어버릴 수밖에 없는) 엄마의 긍정적 신념 때문에 슬픔에서 빨리 벗어날 수 있었다고 생각한다. 그 후에도 우리는 동생 이야기를 자주 하였다—'그 앤 닭 껍질을 잘 먹었다… 개코인가 냄새는 억수로 잘 맡았지… 조카들 첫 신발은 항상 뜨개질로 만들어주었지… 기숙이에게 맞선 자리를 들고 온 분에게 "우리 언니는 애인 있어요"라고 하면서 선을 못 보게 한 이야기들….'

자식의 죽음 2

엄마는 넷째 딸을 잃고 다시 15년 후, 셋째 딸도 먼저 보내게 되었다. 생전에 자식을 앞세워 보내는 부모만큼 서러운 사람이 없다고들 한다. 엄마의 잘못은 어디에도 없다. 그럼에도 불구하고 그 마음이 어떠했을까는, 나도 늙어가면서 새삼 가슴 시리도록 생각이 난다.

간호사로 근무하던 그 동생은 직장생활이 싫다면서, 결혼과 동시에 일을 놓아버렸다. 나는 4년제 간호학과 1기인 동생에게, 더 공부하기를 권했지만, 동생은 병원 일이 진저리난다고 말하면서 결혼과 함께 직장을 그만두고 서울로 가버렸다. 그래서 가끔 서울 출장을 가면 동생 집에서 자곤 하였다. 내가 참 가난한 집에 시집간 데 비하면 동생은 비교적 유복한 시집의 며느리가 되었다. 가끔 시골에서 상경하시는 어른들을 모시랴, 작은 아이 둘 건사하랴, 동생도 많이 바빴다. 이제 막 30대 후반에 들어선 우리 자매로서는 다 살기가 바빠 속내를 그리 내어놓고 살지를 못했다. 그때 언니도 서울에서 살았기 때문에, 동생의 형편은 언니가 더 잘 알았다. 언니도 시댁식구들과 함께 살고 있었지만, 동생이 부르면(주로 아이들을 병원 데리고 갈 때였다) 당장 달려갈 만큼 동생은 서울에 연고가 없었다.

그 동생이 큰조카가 3학년이 되었을 때 자궁암 수술을 하였다. 동생은 자궁적출 수술을 받고 항암치료도 받았다. 그러나 정확히 2년 반 뒤, 암이 재발되었고 다시 수술을 하였건만 상태는 점점 나빠졌다. 암이 어느 부위에 발생하는가? 의사가 얼마나 잘 수술하는가? 등은 하늘의 일이지 사람의 일이 아니었다. 유능한 의사, 무능한 의사로 구분하곤 하지만 내가 (애써 찾은) 그 의사의 손 끝에 우리는 100% 목숨을 의지할 수밖에 없는 노릇이었다. 그래서 나는 운(運), 운명(運命), 행운(幸運)이라는 것이 있다고 그 당시부터 생각하였다. 애써 찾아갔는데, 1차 수술에서 미처 다 발견하지 못한 것들이 있었다고 뒤에 그렇게 언급하시니, 누굴 탓하고 말고의 문제가 아니었다. 이런 점을 동생은 처음엔 받아들이기 힘들어했다. 나이 40에 어린 자식을 둘이나 두고 가야 하나를 생각하지 않을 수 없는 여성에겐 원망과 부정(否定)이 나타난다는 것을 옆에서 마음 아프게 바라보아야 했다. 물론 어느 누구보다 제부(弟夫)의 마음이 더 아팠겠지만….

당시 간병인이 옆에 붙어 있었지만, 동생은 언니를 불렀다. 이 이야기 저 이야기를 하고 싶었고, 걱정되는 일들이 많았기 때문이었다. 언니를 통해 소식을 듣고 계시던 부모님이 병문안을 여러 번 가셨다. 나는 그즈음 학교 일로 바빠 동생의 병문안을 자주 가지 못했다. 그리곤 어느 해 겨울, 언니가 울면서 전화를 하였고 우리는 마지막을 예견할 수밖에 없었다. 우선 조카들을 부산 우리 집에 데리고 왔다. 우리 아이들과 지낼 수도 있었고, 엄마의 죽음에 대한 이야기를 아이들에게 미리 학습시킬 필요가 있다고 생각하였기 때문이었다. 부모님께서도 서둘러 올라가시고, 모든 준비들이 시작되었다. 미혼인 상태로 죽는 것과 기혼인 상태로 죽는 것은 좀 달랐다. 좋은 시부모님들이셨기에, 양가가 마음 다치지 않고 장례를 잘 치렀다. 엄마는 다시 며칠 아프시더니, 훌훌 털고 일어나셨다. 그러나 어머니께서는 돌아가실 때까지 그 집 걱정을 하셨다. 살다 보면 인연이 깊은 사람이 있고, 그렇지 못한 사람도 있지, 라고 하시면서….

이 동생이 사망한 시기는 내 나이 40세 중반이었다. 나도 자식을 키우는 에미이었기에 어머니의 마음이 읽혀졌다. 내 자식들이 다 커서 내 앞에서 저리 사라져버린다면… 이란 생각을 해보면 역시 그 슬픔은 깊고 또 깊은 것이었다. 비록 '예상치 못한 죽음'은 아니었지만 그래도 남은 가족의 입장에서는 죄책감과 치유되지 않는 정서가 맘 속 깊이 도사리고 있는 것이다. 이런 나의 걱정과는 반대로 엄마는 잘 견디셨지만, 그래도 항상 몸이 편찮았다는 사실은 그녀가 항상 마음이 편찮았다는 것을 말해줌을, 나도 나이가 더 들고서야 비로소 알게 되었다.

측은지심(惻隱至心)

엄마 나이 59세 때, 나는 엄마의 결혼생활 만족도가 그리 높지 않음을 알게 되었다. 당시 나는 신혼기, 유아기, 학동기, 청소년기, 그리고 탈부모기(중년기) 다섯 단계로 가족발달을 나눈 뒤, 각 단계별로 여성들의 결혼생활 만족도가 어떻게 나타나는가에 대한 연구를 하고 있었다.

중년기 여성들을 찾기가 어려운 상황에서 나는 어머니 친구분들에게 설문조사를 부탁하였다. 당시 어머니께서는 여고 동기회에 매월 참석하셨는데 그 모임이 가끔은 우리 집에서 열리곤 하였다. 우리 집의 위치가 초량-영주동 사이였고, 시장 입구에 있다 보니 먹거리 조달이 쉬워 우리 집에서 자주 모이시곤 하셨다. 그런 날엔 우리도 운이 좋으면(토요일이라든가 하면) 점심을 얻어먹곤 하였다. 그때 함께 계를 하셨던 어머니들을 나는 다 기억한다. 다들 멋쟁이시고, 노래도 잘하고, 유머도 풍부한 분들이셨다. 물론 그 조사는 무기명이었다. '영자(엄마의 일본식 이름) 딸이 대학교수라고…' 하시면서 흔쾌히 응해주셨다.

거둔 설문지를 나는 한 장 한 장 검토하였다. 통계 처리에 사용할 수 있는 것인지 아닌지를 선별해야 하기 때문이었다. 그렇게 보다가 나는 낯익은 글씨체를 발견할 수 있었다. 엄마의 것이었다. 설문지를 쭉 보니 엄마의 결혼 만족도가 다른 분들에 비해 상대적으로 낮았다. 그 뒤부터 나는 좀 유심히 엄마-아버지의 관계성(關係性)에 주목하였다. 가치관과 생활태도에서 나의 부모는 극복하지 못한 큰 차이들이 있었다. 아버지는 (남성이었기에 더욱) 자신의 직업적 성취감이 중요하였고, 과학 담당 교사답게 일을 논리적으로 처리하셨으며, 누구에게나 신뢰받는 분이셨다. 그리고 대단히 검소하셨다. 특히 6남매를 키우면서 생활비에 쪼들리는 형편에도 '물려받은 유산은 내 것이 아니니 손대어서는 안 된다'는 신념을 가지고 계셨고, 누구에게 뭔가를 베푸는 것을 부끄러워하셨다(이건 사람의 좋고 나쁘고의 문제가 아니라, 귀한 아들로 태어나 애지중지 자기중심적 사랑을 받아온 분의 특성으로 보임). 이런 아버지에 비해 사람들과 놀기를 좋아하는 어머니는 돈에 인색하지 않으셨고, 일보다는 사람(인간관계)을 더 중히 여기는 분이셨다. 그리고 이타적 심성을 많이 가지고 있어 무엇이든 자신이 손해를 보던 분이셨다. 엄마는 추위를 많이 타시고 아버지는 그러지 않으셨다. 신체적으로 엄마는 건강하지 못하신 분이셨고 아버지는 건강한 분이셨다. 그래서 아버지는 엄마의 몸과 건강, 나아가 아픈 사람의 심정에 둔감하셨다. 이런 것이 부부관계에 영향을 미치는 부분적 요인이라고 나는 보았다.

이런 이야기를 남편을 제외하고는 어느 누구에게 해본 적이 없지만, 그 뒤로 나는 어머니에 대한 배려와 지지에 노력하였다. 같은 여성으로서, 어머니가 행복하지 않는 것은 싫었다. 엄마를 기쁘게 하는 가장 쉬운 일은 우리가 시간만 내면 되는 것이었다. 노년에 엄마는 두 딸과 많은 시간을 보내고 가셨다. 딸을 둘이나 저세상으로 먼저 보낸 사람으로 얼마나 위로를 받고 싶었을까?(그런 면에서 엄마의 친구이셨던 '순자 어머니'께서는 엄마에게 많은 지지와 위로를 주셨던, 또래상담사 같은 분이셨다. 그분이 먼저 돌아가신 것을 엄마는 가장 안타까워하셨다. 순자는 나의 초등학교 동기생이다). 1996년, 시어머님이 돌아가시고 나자, 나는 비로소 살아계실 때 잘해드리는 것이 진정한 효(孝)임을 깨달았다. 그 후, 나는 남편과 함께 가능한 한 주말에는 부모님을 찾아뵙고, 한두 시간은 수다를 떨다 돌아오곤 하였다.

아버지께서 돌아가시자, 어머니는 그 정원 있는 휑한 집을 팔고 작고 따뜻한 아파트로 가고 싶어 하셨다. 이 점에 대해 우리 부부는 많은 이야기를 나누었다. '엄마는 그 집에서 너무 추우셨던가 봐', '그 집은 몸이 불편한 엄마에게는 불편해' 등.

그러나 나는 남편과 함께 오랜 시간을 보냈던 그 집을 그리 '당장' 팔고 싶었을까라는 의문을 여전히 가지고 있다.

산후 조리

산후 조리원이 우리 사회에 등장한 것은 최근의 일이다. 1970년경, 엄마는 딸들이 출산을 할 때마다 분주하셨다. 언니가 먼저 아들 둘을 병원에서 낳고 바로 친정으로 산후조리 차 왔었다. 첫 손자이면서 오랜만에 집에 아기가 생겼기 때문에 모두들 즐거워하였다. 겨울이었기 때문에 마루와 방에 아기의 하얀 기저귀가 걸리곤 하였다. 형부까지 오셔서 밥을 잡숫고 놀다 가시곤 하였다. 그리고 얼마 후, 언니 집 아기들보다 두 살 아래로 둘째 딸인 나의 첫 아기가 태어났다. 나는 당시 친정에서 살고 있었다. 우리가 살던 작은 방보다 부모님이 기거하시던 큰 방이 더 따스하다고 부모님 방을 차지하고 우리 모녀가 드러누운 상황이 되었다. 12월에 출산하였기에 집은 다소 추웠을 터이고 엄마는 더욱 분주하셨다.

아기를 낳고 가만히 누워 있다 보니 이런 생각이 들었다. 동생도 곧 아기를 낳을 텐데, 그러면 또 엄마가 수고를 하실 터이고, 그 다음 또 내가 둘째를 낳고, 또 동생이 둘째를 낳고… 억! 이건 아니다라는 생각이 들었다. 손주들이 가족으로 등장할 때마다 엄마가 그 큰 솥에 미역국을 끓이고, 사위 식사준비까지 하셔야 한단 말인가? 물론 엄마는 싫은 내색을 하지 않으셨다. 당시 남동생들은 대학과 고등학교를 다니고 있을 때라 집에 잘 붙어 있지도 않았기에 동생들 눈치를 볼 일은 없었지만, 지금 생각하면 누나들이 줄줄이 해산할 때마다 안방을 차지하고 눕는 일에 대해 그들의 기억에는 어떤 것이 남아 있는지가 새삼 궁금하다.

역시 셋째 딸인 여동생도 간신히 임신을 하고, 첫 아기를 병원에서 낳았다. 그러나 아기가 약해 부산인 친정까지 오지 못하고, 대신 엄마가 서울까지 올라가셨다. 어느 정도 계셨는가는 모르겠지만, 아마 사돈과 바통 터치를 하고 오셨지 싶다. 언니는 둘째까지 낳고 출산 종료를 선언하였다. 나는 첫 아이를 친정에서 2년 반을 키운 뒤 분가하였고, 네살 터울로 둘째를 낳게 되었다. 다니던 병원이 친정 동네 병원이었다. 친정에 안 가겠다는 나를 엄마가 나무랐다. 그 연로한 시어머니보고 미역국을 끓이시라고, 내가 그래야 하느냐고… 친정엄마는 그때 50대 중반이셨고, 시어머니는 70대 중반이셨다. 그래서 할 수 없이 친정에 갔지만 정말 사흘만 누워 있다가 집으로 돌아왔다. 그리 건강하지 못하셨던 어머니가 애처로웠다고나 할까?

그러나 엄마는 손자들을 참 좋아하셨다. 아버지는 아이들 눈높이를 맞추면서 놀아주던 분은 아니셨다. 더욱이 '외손자들…'이란 말씀을 잘 하셨기에, 우리는 아버지 눈치를 보곤 하였다. 그러나 어머니는 언니 아들들은 첫 정이라 좋아하셨고,

나의 아기는 계집애라 좋아하셨다. 아기들과 손가락 놀이도 잘 하셨고, 말도 잘 가르쳐주시곤 하셨다. 그래서 진이 빠지셨는지, 엄마는 50대 후반부터는 내내 몸, 특히 허리가 안 좋으셨다. 수술도 하셨지만, 점점 앉아 있어야 하는 일이 많아졌다. 아무도 우리를 향해 '딸들 때문에 엄마가 아프다'라고 말한 사람은 없었지만, 지금 생각하면 그 수고들로 몸이 빨리 노화하셨던 것 같다. 남동생들 아기들은 엄마가 돌보아주지 못하셨고, 올케들 친정 가족들이 보살펴주셨다. 지금 생각하면 죄송한 마음이야 들지만, 출생순위가 딸들이 빨라 외손자들부터 봐줄 수밖에 없었던 상황이었던 것을 또 어쩌겠는가? 손자녀 양육에 있어서 조부모의 건강은 중요한 변수일 것이라고 생각한다.

엄마의 가계부

엄마는 저녁마다 가계부를 정리하셨다. 그리고 지갑 속의 돈을 헤아렸다. 어쩌다 계산이 안 맞으면 고민을 하셨다. '어디 썼을까?' 하면서. 그리고는 '아, 두부 샀지' 하시며 다시 계산을 맞추셨다. 내가 기억하는 어머니의 가계부는 대학노트였다. 그 노트 두 페이지를 쫙 펴면, 그게 한 달의 가계부로 눈에 확 들어온다. 지금 생각하면, 엄마는 아버지로부터 매달 생활비를 받으셨던 것 같다. 즉 저축, 등록금, 대외 경조사비 등은 아버지가 관리하신 것 같았고, 생활비만 엄마가 관리하신 듯했다. 당시는 월급봉투를 받던 시절로, 아버지 손에 돈이 들어 있었다. 그래서 엄마의 가계부는 늘 빠듯하고 정확해야만 했다. 이 생활비에 동생의 약값이라도 많이 나가는 달에는 반찬이 달라졌다.

누구나 대체로 수입과 지출을 맞추어 살고 있을 것이라 본다. 그런데 늘, 매달 그 수입과 지출이 안 맞아 부족분이 생기면, 그건 가족의 의식주 생활을 책임진 사람에게는 피 말리는 고역일 수 있다. 아버지가 돌아가신 뒤 엄마는 유족 연금을 받으셨다. 그때 엄마는 이제 내 마음대로 돈을 쓰겠구나 하면서 안도하셨다. 돈이 부족할까, 또 부족할까 하면서 마음 졸이고 산 세월에서 벗어났다고 좋아하셨다. 사실, 그때 엄마는 자기 손으로 손자들에게 용돈도 주시는 즐거움도 누리셨고, 이모 집에 가서 음식도 시켜 드시면서 마음 편하게 돈도 내셨다고 했다. 물론 아버지께서 '돈'이 없으신 분도 아니었는데, 어머니에게 넉넉하진 못하셨다. 그렇다고 본인을 위해 낭비하는 분도 아니셨다. 쉽게 말하면 돈이 아까워 못 쓰는 분이셨다고나 할까?(요즘 나는 딸에게서 이런 말을 듣는다. 왜 못 쓰세요, 자기 돈을!) 생신 때 좋은 음식점에 모시면, 도리어 우리를 꾸중하셨다. '그러다 언제 돈 모으겠느냐'라고…. 그런 아버지셨다.

엄마는 정확한 성품이라 가계부 적기를 꾸준히 하셨고, 아버지는 대단히 근면절약하시는 분이라 우리 집 가계부에 관심을 두고 계셨다. 나는 자라면서 끼니를 못 먹는 어려움도 사실 몰랐지만, 또 풍족한 것이 무엇인가도 모르고 자랐다. 늘 반듯하고 검소하게 살았던 것 같다. 초등학교 때, 늘 새 옷처럼 보이는 옷으로 날마다 바꾸어 입고 오는 친구를 물끄러미 쳐다본 적도 있고(그 새 옷이 부럽기도 했지만, 쟨 언니가 없나 봐, 라는 생각을 하면서), 중고등학교 시절엔 주머니에 지폐를 가득 넣고 다니는 친구들이 좀 이상해 보였다. 학급비를 거둘 때 보통은 한두 장의 지폐에서 동전을 거슬러 받곤 했는데, 그 친구는 큰 돈을 내어놓아 내가 매점에 잔돈을 바꾸러 가야 되는 일도 있었다. 부자가 부러웠던 적은 고등학교 시절, 해외 교류 사업에 추천되지 못했을 때였다. 그리고 울산의 큰 숙모 댁이 좋은 집으로 이사를 가셨다. 부러웠던 내가 우리도 좋은 집으로 이사 가자고 제안을 하였다. 그때 아버지로부터 들은 이야기는 평생 나의 삶의 지표가 되었다. '선생은 선생답게 사는 거야!'(이후 난 아버지께서 그런 집을 살 돈이 없었던 분은 결코 아니라는 걸 알고 놀라기도 했지만 분수껏, 혹은 선생답게 산다는 그 의미를 다시 새겨보았다).

그런 엄마를 보고 자라서인지, 나도 결혼하자마자, 대학 노트에 줄을 쫙 긋고는 가계부를 적었다. 나는 지출과 수입을 맞추어 대강 비슷하면 넘어갔다. 엄마처럼 십 원짜리까지 계산하지 못했다. 어쩌다 10여 만 원이 차이가 나기도 했는데, 하루

하루를 더듬으며 내 일상의 궤적을 찾아 올라가면 찾을 수 있었다. 찾아지면 참 반갑기도 했다. 엄마의 가계부는 주식, 부식 등으로 항목도 많았지만, 나의 가계부는 식비, 광열비, 자녀1, 자녀2, H(남편), W(아내), 친척, 기타였다. 그래서 나는 '자녀1(딸)을 양육, 교육하는 데 든 돈의 총합을 내놓으세요'라고 하면 할 수 있다고 딸에게 이야기해주었다. 유학비용까지… 지금도 아들의 유학비용을 다달이 다 적고 있다. 다음에 청구할 거리가 될런가?

엄마의 가계부와 함께 내가 하고 싶은 이야기는 돈에 얽힌 에피소드가 있기 때문이다. 이 에피소드는 아직 서로 미해결된 감정으로 남아 있고, 당사자인 엄마는 떠나셨다. 아버지께서 마지막 병상에 누워 계실 때, 은행 정기적금 한 개가 마감이 되었다는 통보가 왔다. 은행을 다녀온 동생이 그 만기된 통장 건을 보고하자 엄마는 노발대발하였다. 평생을 이 씨 집에서 고생하면서 살아왔음에도 불구하고 자기의 이름으로 된 통장은 하나도 없는데, 감히 손자 이름으로 통장을 만들어 줘? 라는 사실에 대한 분노였다고 나는 들었다. 나는 아버지도 이해가 되고, 엄마도 이해가 되었다. 엄마는 그 만기 통장을 본인의 이름으로 바꾸라고 했다. 누워 계신 영감님은 모르시는 일이었다. 이 일로 다소 복잡한 일들이 발생하였지만, 엄마의 그런 태도도 나는 자신을 위한 회복(回復)의 목소리로 보았다. 나에게는 좋은 아버지였지만, 부계가족 의식으로 마누라보다 손자가 우선이었던 그분에게 한 엄마의 마지막 배신이었다. 하나 덧붙이자면 아버지는 친손과 외손도 구별하셨다─외손은 아버지에게는 아무런 의미를 주지 못하는 비속(卑屬)이었던 것이다. 가부장 의식과 부계 중심의 관계선(關係線)을 줄곧 고수해 오신 아버지 세대의 가치를 모르는 바는 아니지만, 엄마의 입장, 여성의 입장에서 부계가족을 들여다보면 이건 완전히 딸들을 출산의 도구로 서로 바꾸는, 그런 가족제도였던 것이다.

지금 친손과 외손을 다 가진 우리 부부는 스스로를 실험해 보기로 하였다. 가계계승의 의미를 지켜나간다는 것이 무슨 의미가 있는가? 현재의 삶과 사후의 삶 중, 우리가 보다 즐거워하고 행복해야 할 곳은 어디인가? 부모와 자손의 유대는 가족주의보다는 근거리 공동체 책임주의에 더 근원이 있는 것은 아닌가? 등이다. 지금 세상엔 아들, 딸의 사회적 의미가 다르지 않다. 그 생물학적 구별이, 그렇게 부르는 용어가 무에 그리 중요할까? 중요한 것은 그들이 어떤 사회적, 관계적 역할을 하는 인간이 될 것인가와, 나에게 어떤 삶의 의미를 만들어주는 손자들인가라고 생각한다.

물려받은 자개농

어느 날 멋진 '자개농'*이 집으로 배달되었다. 영주동에서 대연동으로 이사하고, 방이 더 많아지게 되면서 예전 농은 큰 방, 우리가 아버지 방이라 부르던 곳으로 가고, 엄마 방이었던 부모님의 침실에 9자짜리 자개농이 들어왔다. 부모님들이 몇 번 시내 농방을 다니시더니(당시 광복동에서 큰 가구점을 하던 친척 분이 계셨다), 드디어 마음에 드는 것을 고르셨는지 구매를 결정하곤 좋아하시던 모습이 지금도 눈에 선하다. 멋진 것, 이쁜 것, 새것을 더 좋아하셨던 아버지께서 더욱 그 농을 좋아하셨다. 엄마는 시간이 날 때마다 마른 수건으로 농을 닦곤 하셨다.

아버지께서 돌아가시고, 엄마는 작은 아파트로 거처를 옮기시면서, 다른 가구들은 다 처분했지만 그 자개농은 가지고 가셨다. 그리고 침대는 언니가, 냉장고와 다른 가전제품들은 큰 남동생이, 식탁세트는 작은 남동생이 새것으로 해드렸다. 어머니 침실에 그 농과 새로 구입한 작은 침대가 놓였다. 새 침대를 들이면서 엄마는 그 전에 사용하셨던 킹사이즈의 '흙침대'(언

---

* 자개(mother-of-pearl): 자개(나전螺鈿이라고도 함)는 조개껍데기(주로 전복)를 숫돌 등에 갈아서 여러 두께로 만들어 나무나 칠면(漆面)에 박아 넣거나 붙이는 칠공예 기법의 재료이다. 농에 이를 사용하면 '자개농'이라고 한다. 그 외 함, 장신구 등에도 사용되었다.

젠가, 방바닥의 이부자리에서 일어나기가 불편하다며 낮은 침대가 필요하다고 하시기에 내가 사드린 것이다)를 나보고 가져가라고 하셨다. 그래서 이삿날 그 큰 침대는 우리 집으로 옮겨졌다. 이렇게 신혼집처럼 꾸미고 혼자 사시게 되었지만 가끔 엄마는 '이런 집(따뜻한 집을 말함)'에서 살아보지도 못하고 떠난 영감을 불쌍하다고 하셨다. 18층의 그 햇살 잘 드는 따스한 집에서 엄마는 자개농을 보면서 잠시 동안은 행복해하셨다.

엄마의 병색이 짙어지면서, 엄마는 집안의 물건들을 처분할 이야기들을 언니와 나누셨다. 먼저, 그 물건을 사준 자식들이 필요하다면 가져가라는 것이었고, 그러고 나서 버릴 것과 자식들 집에 가야 할 것들이 구별되었다. 언니가 엄마의 말씀을 들으면서 그 수선스러운 일을 주로 하였지만, 이럴 경우 애매모호한 것들(가족 앨범, 부모님의 사진이 든 액자 등)은 '아들'에게로 전해지기 마련이다. 이런 정리 과정 중에 엄마가 아끼시던 무스탕 반코트와 그 자개농이 나에게 배당되었다.

60세 전후쯤인가, 엄마는 큰 수술을 받으셨다. 그 수술 후 아버지는 엄마가 대견하셨는지 모든 여자들이 가지길 원하는 밍크 반코트를 사주겠다고 하신 모양이었다. 쇼핑을 나간 두 분은 밍크 대신 세련된 무스탕 반코트를 안고 오셨다. (엄마 생각엔 비싼) 그 무스탕을 누가 가져갈래 하고 엄마가 며느리들부터 시작해 차례로 물어본바 희망자가 없었고, 언니는 사이즈가 너무 크다고 원하지 않아 결국 그건 나에게까지 묻는 단계로 내려왔다. 아니 그 멋진 무스탕을 다 마다하다니(이건 순전히 내 생각이지만)! 나는 십여 년 동안 그 옷을 아끼면서 입었다. 그러나 서울에 사는 딸이 '엄마, 서울은 너무 추워서 모직코트론 안 되겠어!'라고 하면서 그 옷을 들고 갔다. 매서운 서울 날씨에, 무겁고 오래된 스타일이지만 고급스럽고 너무나 따뜻한 그 옷을 딸은 참 좋아한다. '옷이 무겁지만 한두 번은 입을 만해요'라든가 어느 노교수님이 '이 무스탕 참 좋은 거네'라고 하실 때 자기도 자랑스럽게 '외할머니께서 주신 거예요'라고 말한단다.

엄마가 집안 물건들을 정리한다는 이야기를 듣고, 나는 엄마에게 '저 자개농… 올케들 주지 않을 거면 나 주세요'라고 미리 말씀드렸다. 딸의 입장에서는 며느리들 의견이 먼저 고려되어야 하기 때문이다. 이후 어머니로부터 '저 농, 기숙이 주라'라는 말씀이 떨어졌다고 들었다. 그래서 엄마의 장례를 다 치른 후에(그 당시 나는 미국에 연구년으로 가 있었고, 당시 급히 나올 처지가 못 되어 엄마 장례엔 참석하지 못했다), 집 정리를 하면서 언니가 제부(내 남편)를 불러 농을 가져가라고 했을 때 남편은 놀랐다고 했다. 앞뒤 사정을 듣고는 남편은 그 농을 우리 집으로 옮겼다. 나는 우리 부부가 돈 벌어 처음 장만한 12자 원목농과 그 자개농을 가지고 있다. 요즘 흔한 붙박이장은 작은 방에만 있을 뿐이다. 이제 은퇴를 앞두고 보니 나도 내 짐들을 정리할 시기가 왔다고 생각한다. 저 아까운 것들을 어찌 잘 정리할 것인가가 나에게 남은 숙제이다.

엄마의 유머

엄마는 농담도 잘하셨다. 모임 등에 가셨다가 재미난 이야기를 들으면 기억해두었다가 우리가 주말에 방문하면 이런 말 들어보았나 하고 이야기보따리를 풀어내셨다. 늙으신 엄마가 그런 이야기를 풀어내시기 전까지, 나는 소위 그런 야한 이야기, 즉 음담패설이라는 것은 4·50대 아저씨들이나 하는 이야기인 줄 알았다. 그 이야기들은 하나같이 남자의 관점에서 여성과 성을 풍자하는 이야기였기 때문이다. 내가 첫 직장으로 부임한 학교의 어느 나이 든 직원 선생님께서 그런 이야기를 무척이나 잘하셨다. 그런데 나는 듣기도 민망하였고, 기분도 나빴다. 항상 못 들은 척하고 있어야만 했다. 당시만 하여도 우린 각자 연구실이 아닌 공동의 교무실 같은 곳에서 학교생활을 했었다.

그러나 엄마가 전달해주는 이야기는 그야말로 '노인의 관점에서 본 성(性, sexuality)'이었다. 신선하고, 인간의 욕망과 신체에 대한 그윽한 풍자가 들어 있었다. 엄마는 감칠맛 나게 전달도 잘하셨다. 나도 엄마가 이야기해준 것을 잘 기억하였다가 친구들 모임에서 이야기하곤 하였다. 다들 눈물 빠지게 웃으면서 동시에 '나도 노인이 되면'이라는 생각에서 그 유머의 가치를 인정하고 이해하려고 하였다. 우리에게 인간의 본능에 대한 통찰을 하도록 해준 이야기들이었다.

누구나 다 아는 이야기이지만, 하나 해보면 이렇다. 어느 할머니가 산에 쑥을 캐러 갔다가 그만 어떤 남자(할머니는 총각이라는 단어를 사용했다고 한다. 할머니들은 젊은 남자를 그렇게 부를 수 있으니…)에게 변을 당하셨다. 그래서 며칠 경로당에 가지 못하셨다. 며칠 후, 할머니가 경로당에 나가니, 다들 왜 그동안 안 오셨냐? 어디 아팠냐고 하면서 안부를 물었다. 순진한 할머니는 사실대로 이야기를 하였다. 그놈, 그놈 하고 할머니들이 위로를 해주셨다. 그런데 다음 날 경로당에는 많은 할머니들이 나오지 않으셨다. 그 할머니들은 어디를 가셨을까요? 할머니들은 다 산으로 쑥을 캐러 가셨답니다.

엄마의 그 싱거운 소리에 아버지께서는 '사위 앞에서… 이 사람이…'하고는 나무라기도 하셨다. 벌써 20여 년 전의 이야기들이다.

엄마는 친구 중 일본말 잘하시고 온갖 유머 수집에 능한 분이 계신다고 하면서, 그분이 모임 때마다 학습 자료를 잔뜩 가지고 와 펼쳐놓으면 다들 음식점 지붕이 날아갈 정도로 웃다 온다고 하셨다. 어머니께서는 그걸 다 이해하고 외워 오셔서, 며칠을 혼자 기억하고 계시다가 주말에 우리 부부가 가면 하나하나 털어내곤 하셨다. 남편은 크게 웃지도 못하고 미소만 짓는다고 너무 힘들었다며 나에게 하소연하였다.

"참 멋진 장모님이셔."

"그러면 나도 다음에 더 늙어지면 사위 앞에서 이야기보따리를 풀어내 볼까?"

"이 사람이…."

"왜, 멋지다면서?"

집에 돌아오는 길에 우리는 이런 이야기를 하면서 웃곤 하였다. 엄마가 보고 싶다!

연약한 엄마

엄마는 아버지께서 돌아가신 뒤 일반 주택은 썰렁하고 무섭기까지 하다고 하시면서 작은 아파트로 거처를 옮겨 혼자 사셨다. 해가 잘 들고 주택보다 편리한 공간이라 엄마는 무척이나 그 아파트를 좋아하셨다. 이렇게 따뜻한 집에서 살아보지 못하고 떠난 영감을 안타까워도 하셨다. 서울에 사는 언니는 혼자 계시는 엄마를 위해 격주로 내려왔다. 이미 친정 엄마를 잃은 친구들의 '계실 때 잘해야 한다. 돌아가시면 아무 소용이 없더라…'라는 말이 걸려 가능한 한 엄마 옆에 며칠을 함께 지내다 올라가곤 하였다. 언니가 내려올 때마다 우리는 엄마를 모시고 엄마가 좋아하는 목욕을 하러 갔다.

엄마는 처음엔, 이사 전 일반 주택에 살 때의 그 동네에 위치한, 자주 가셨던 그 목욕탕에 가기를 원하셨다. 익숙한 것에 대한 편안함 때문이었다. 그러나 그 목욕탕 앞엔 높은 계단이 서너 개 있었다. 점점 혼자 걷기도 힘들어지자 부축하여 조금 걸으면 바로 진입할 수 있는 목욕탕을 선택할 수밖에 없었다. 그래서 간 곳이 아파트 근처의 해수탕이었다. 이곳은 부축만 해드리면 자동차에서 내려 3~4미터를 걸어 바로 목욕탕 마루로 들어갈 수가 있었다. 옷을 다 벗겨드리고, 언니가 모시고 들어가면 나는 뒷정리를 한 후 따라 들어갔다. 혼자서 모시고 오기에는 힘든 일이었다. 딸이 두 명이라서 참 다행이었다.

시력이 나쁜 나는 (특별히 안경을 일부러 착용하고 들어가지 않는 한) 공중목욕탕이 항상 조심스러웠다. 벗고 계시면 몸도 미끄러워 부축하기도 힘들고 특히 욕조 안에 모시고 들어갈 때는 여간 조심스럽게 발을 움직이지 않으면 안 되었다. 그러면 온 목욕탕의 시선이 우리에게 집중되곤 하였다. 사람들이 너무나 안타까운 눈으로 엄마, 아니 세 여자들을 바라보았다. 사람이 늙고 병들면 저런가 싶은 생각에서이리라. 허리가 굽어 꾸부정하고, 탄력을 잃어 온몸이 주름투성이고, 혼자 움직일 수 없는 늙은 여성의 몸에서 자신들의 미래를 본 것인지도 모른다. 그리고 닮은 두 여자는 딸이리라 짐작들도 하셨을 것이다. 사실 그 늙은 몸은 며느리가 직면해서 감당해내기에는 심정적으로 어렵다고 나는 생각한다.

숨이 차서 따뜻한 목욕탕에 오래 계시지 못하므로, 언니가 항상 먼저 후다닥 씻고는 엄마를 모시고 나가곤 하였다. 옷을 입혀드리고, 물을 한 잔 드리고, 소파에 편히 앉혀드린 후 언니는 다시 욕실로 들어와 내 등을 씻어주었다. 목욕 다닐 시간이 없는 나는 엄마와 함께하는 그 시간이 내 목욕시간이었기에 시원하게 씻고 나가야 했다. 한 번은 때밀이 아주머니에게 엄마를 부탁한 적이 있었지만, 엄마는 그분이 씻어주는 것이 아프다고 하셨고, 아주머니도 그 특별한 노인손님을 불편해하셔서, 그 뒤론 두 딸이 양쪽에 붙어 앉아 팔다리 한 쪽씩을 살살 문질러 씻어드렸다.

얼마 후엔 우리가 부축하여도 도저히 목욕탕에 모시고 갈 형편이 못 될 정도로 엄마는 쇠약해지셨다. 가끔 아파트에서 부축해 겨우 욕조에 앉혀서 씻기는 정도가 되자, 엄마는 시원하게 목욕 한 번 해보고 싶다고 말하곤 하셨다. 점점 그런 말조차 할 수 없을 정도로 쇠약해지는 엄마를 바라보면서 우리는 참 마음 아파했다. 노인 관련 시설 견학을 가서, 혼자 설 수 없는 장애인이나 쇠약한 노인들을 그대로 플라스틱 침대로 옮긴 후, 그 침대를 도르래방식으로 조절하여 욕실에 담구어 몸이 물에 잠기도록 하는 시설을 보면 엄마 생각이 난다.

어린 시절의 기호(嗜好)

엄마는 70대의 노년이었고 딸들은 50대의 중년이었다. 아이들도 다 커버리고, 좀 심심한 언니는 여기저기 시장을 다니면서 엄마가 신을 편한 신이나 옷들을 사곤 하였다. 아무리 딸이 많아도 나처럼 바쁘게 사는 직업 여성 딸은 소용이 없다고 나는 자조하였다.

 엄마는 교회 가실 때 가벼운 천 가방이 필요하다고 해서 언니가 손잡이가 길지 않으면서 성경이 들어갈 정도의 천 가방을 애써 찾아 사다 드렸다. 혼자 신발을 잘 신을 수 없어서 누군가가 도와주지 않으면 안 되게 되었을 때에는, 엄마 발을 잘 받아들일 수 있는, 즉 잘 구겨지는 그런 재질의 신발이 필요하였다. 항상 언니가 열심히 동대문이나 남대문 시장을 다니면서 적절한 것들을 골라 사가지고 왔다. 그러나 조금 신다가 엄마는 어디가 불편하고 마음에 안 든다고(주로 시접 부분이 불편하다거나, 신발 코가 보기 싫다는 이유 등으로) 그 신발을 나에게 주곤 하셨다. 내가 엄마랑 발 크기가 비슷했기 때문이다(언니는 엄마 신이 커서 신을 수가 없었다). 지금도 내 신발장엔 엄마가 그때 주신 신발과 돌아가신 후 언니가 특별히 챙겨 준 샤스 신발*이 있다. 내가 좀 더 늙으면 신을 것이다.

 때로 엄마는 이런저런 모양의 앞 트임 블라우스가 입고 싶다고도 하셨고, 베개 커버를 꽃무늬 천으로 바꾸어달라는 요청도 했다. 엄마는 선이 굵고 시원한 성격이셨지만, 이쁜 무늬의 옷을 좋아하셨다. 아마도 여학교 시절, 일본 출장길에 큰딸을

---

* 샤스(SAS)는 미국제품으로 컴포트 수제화(편한 신발)의 대명사이다. 종일 서서 일하는 여성들(간호사 등)을 위해 만들어진 신발이었지만, 1990년대부터 한국에 들어와 직업여성과 노인들에게 애용되는 수입품 고가(高價) 신발로, 효도화라 불리기도 하였다.

위해 외할아버지께서 사다 주신 이쁜 손수건이나 양말 등에 대한 추억 때문일 것이라고 나는 생각한다. 90년대 초, 나는 일본 도쿄에 갈 일이 있었다. 그때 긴자 거리의 노인용품 전용 상점에서 나는 엄마가 참 좋아하시겠다는 생각이 드는 상품들을 잔뜩 보았다. 앙증스러운 여러 색깔의 테로 된 돋보기에서 지팡이, 모자, 마후라, 신발까지…. 일제 치하에서 여고를 다녔고, 일본인들이 많이 살던 부산의 중앙동 거리에서 청소년기를 보냈으며, 자주 일본을 왕래하신 아버지 밑에서 자란 어머니인만큼, 아기자기한 소위 일본 스타일 물건에 어린 시절의 정이 배여 있어서 노년에 그런 물건을 찾으셨던 것 같다.

그리고 보니, 돌아가신 나의 시어머니께서도 당신의 언니와 하룻밤을 지내는 날이면 반드시 찜 요리를 하셨다. '어릴 적 많이 먹어서 싫어했는데, 늙으니까 다시 생각이 나구나'는 말씀과 함께 그 음식을 만드셨다. 아, 그리고 보니 나는 양갱을 참 좋아한다. 아무리 많은 음식이 있어도 그건 꼭 챙겨 먹고, 맛난 양갱이 있으면 사올 정도이다. 그중에도 팥 양갱을 가장 좋아한다. 내가 양갱을 좋아하는 이유는 어릴 적 엄마가 자주 만들어 주셨기 때문이다. 나도 늙으면 자식들한테 양갱을 사 달라고 조르지나 않을지 모르겠다.

사람마다 추억이 있고 사연이 있는 음식이나 물건들을 나이 들어 더 찾게 된다고 한다.

간병인과의 우정

　엄마가 그녀(간병인)를 만난 것은 아버지께서 입원해 계실 때였다. 그녀는 아버지를 돌보던 간병인이셨다. 5개월가량 병원에 계시다가 아버지께서 돌아가시고, 우리는 그녀와 헤어졌다. 그러나 그 후 엄마가 병원에 입원하시면서 그녀를 다시 찾았고, 그녀는 어머니를 돌보기 시작하셨다. 그러다가 엄마가 아파트로 이사하면서 자연히 두 분은 함께 살게 되었다. 그녀는 언니보다 세 살이 많았다. 그래서 엄마는 그녀를 딸처럼 생각하셨다. 그녀는 고등학교를 나온 여성으로 신문도 잘 보시고 이런저런 세상살이 이야기를 엄마와 잘 나누셨다. 그녀는 지금은 교회를 안 다닌다고 하셨지만, 엄마가 부르는 찬송가 정도는 함께 부르곤 하셨다. 그리고 그녀는 씩씩하고 화끈한 성품을 지녀 엄마와 코드(code)가 맞았던 것 같다.

　우리 자매도 당연히 그분을 좋아했다. 엄마를 잘 돌보아주시니 감사한 마음이 우선 들었다. 우리가 엄마와 지내는 시간보다 더 많은 시간을 함께 보내는 분이므로 우리도 그녀와 마음을 터놓고 지내야 한다고 생각하였다. 특히 격주로 내려와 엄마 옆에서 함께 지내는 언니와 그분은 함께 산 자매처럼 사이가 좋았다. 때로는 서로 엄마 흉도 보고 돌아가신 아버지 이야기를 하면서 웃곤 하였다. 나도 엄마 집에 가면서 무언가를 사가지고 가면, 꼭 그녀의 몫도 챙겨 갔다. 작은 것이라도 그녀의 몫을 함께 챙겨줌을 그녀는 진심으로 감사해하였다. 그녀와 친해지면서, 우리는 그녀가 왜 전주(全州)에서 부산으로 이사 오게 되었는지도 알게 되었고, 돌아가신 그녀의 남편 이야기도 듣게 되었다. 아들과 손주들 이야기도 하였다. 가끔 전화로 자제분들과 한참이나 이야기를 나누는 소리도 다 들었다. 엄마는 '자네는 나의 큰딸일세'라고 하시면서 그녀에 대한 신뢰를 나타내셨다. 그녀는 능숙하게 엄마를 안고 침실에서 거실로, 때로는 화장실까지도 잘 움직였다. 그때 나도 사람을 옮길 때에는 입고 있는 상하의를 잘 잡아당기면 보다 용이하게 옮길 수 있음을 알았다. 언니와 둘이 붙어도 엄마를 움직일 수 없었던 우리에게는 그녀의 간병 기술이 대단해 보였다.

엄마가 많이 위독해졌을 때, 그녀는 매 끼니 미음을 만들어 '억지로라도 먹어야 돼요, 엄마!'라면서 정말 친딸도 그렇게 할 수 없을 정도로 엄마의 먹거리를 챙겼다. 임종 직전 엄마가 다시 병원에 입원하셨을 때도 그녀는 내내 옆에 있었으며, 언니에게 엄마가 며칠 정도는 견딜 수 있을 거라고 귀띔도 해주었고, 엄마와 마지막 이야기를 잘 나누라고 조언도 해주었다. 나는 당시 한국에 없어서 엄마의 임종과 장례에는 참석을 못하였지만, 끝까지 그녀는 딸처럼 모든 집안일을 다 정리해주었다고 한다. 언니가 엄마 유품에서 가지고 싶은 것을 가지시라고 하니, 그녀는 엄마 생전에 '돌아가신 후, 저 옷은 제가 입을게요. 옷이 커서 저 말고는 아무도 입을 사람이 없을 것 같네요'

라고 해서 엄마로부터 가져가라는 약속을 받아둔 옷이 있다고 하면서 그 옷을 원하였고, 언니는 흔쾌히 그녀에게 그 옷을 드렸다고 한다. 마지막 엄마의 유품 정리까지 함께 해주곤 그녀는 자기의 일터로 돌아갔다. 지금도 엄마의 생일이 있는 6월에 언니와 그녀는 전화를 나눈다. 엄마 옆에 끝까지 함께 해주어 고마운 마음이 지금도 새록새록 하다. 가족이 일일이 다 돌볼수 없는 경우, 이런 좋은 분이 계시고, 그 위에 가족같이 서로 잘 지낸다는 것은 참 서로에게 행운이다. 다음에 나에게도 이런 행운이 있기를……

엄마 친구들

엄마는 나의 여고 선배이시다. 모교는 해마다 4월이 되면 총동창회를 연다. 내 기억으로 13회 선배(2014년 기준하여 90세)부터 60회(44세) 무렵의 후배까지 약 1000여명이 참석하는 아주 큰 행사이다. 선배들 기수부터 앞쪽으로 테이블이 배치되면 60대인 우리 기수는 거의 마지막 테이블쯤에 앉게 된다.

이 총회에 참석하면, 나는 항상 엄마의 친구들이 계시는 테이블을 찾아가 인사를 드린다. 예전부터 엄마의 친구분들이 '계 모임'을 우리 집에서 자주 하셨기에 나는 그분들을 잘 기억하고 있다. 그 위에 가까이 살기 때문에 더러 심부름도 갔고, 자녀들이 같은 여중, 여고를 다닌 경우에는 그 어머니의 성함까지 알고 있다. 그러면 어머니들은 반가이 '영자 딸이제' 혹은 '에이코(영자의 일본 이름) 딸이구나' 하시면서 웃어 주신다. 엄마가 60, 70대를 보내신 동네에 함께 사셨던 어머니들은 내 손을 꼭 잡고, '엄마 생각나제'라고 하신다. 여전히 다들 고우시고 정다우시다.

그런 날엔, 난 서울에 사는 언니에게 전화를 한다. 어느 어느 어머니를 다 만났다고 보고하면서, 일찍 가버린 엄마가 야속하다고 이야기 나눈다. 사람 좋은 엄마는 '어떻게 하면 좀 더 오래오래 살 것인가'라는 고민은 안 하신 것 같았기 때문이다. 지금 이 나이가 되고 보니, 엄마가 좀 어리석게 사셨다는 것을 인정하지 않을 수 없는 일들이 생각난다. 엄마는 자신을 위해 돈을 쓰지 않으셨다. 엄마가 가용할 돈이 넉넉하지 않았다는 점도 이유가 될 수 있었겠지만 나는 우선순위, 혹은 가치관의 문제라고 본다. 엄마가 자신의 몸을 잘 관리하지 않은 점이나 또 내 몸이 아프지 않도록 미리미리 어떤 준비와 조치를 취하지 않고 사신 점은 생각할수록 화가 난다. 처녀 시절의 엄마 사진을 보면 엄마는 분명 약골은 아니셨다. 외할머니와 엄마, 두 분이 다 노후에 허리가 휘어 지팡이를 들 수밖에 없었던 점이 단순히 유전적 특성으로만 이해되지는 않는다. 과거 우리네 가옥 구조는 여자들의 허리에 분명 좋지 않은 구조였지만, 그래도 그런 부엌에서 수십 년을 생활하셨음에도 불구하고 자세가 바른 분도 많이 계시지 않은가? 엄마는 참 바보였다는 생각이 든다. 오래 살고 싶지 않으셨을까? 이 상태로 50, 60이 되면 틀림없이 내 허리가 이상해질 것이라고 왜 미리 생각 못하셨을까?

지금 내가 60이 넘어, 60대의 엄마를 생각해보면(그때 나는 36세경으로, 6세, 2세짜리 아이들의 엄마면서 직업여성으로 바쁘게 살고 있었고, 엄마는 이미 며느리도 보신 때였다), 엄마는 자신을 위해 충분히 운동도 하고, 보약도 잡수어야 하는 즉 자기 쇄신(刷新)을 했어야 했다. 환경 탓을 하거나 누구를 나무랄 나이가 아니지 않은가? 그래서 나는 엄마가 야속한 것이다. 어쩜 그리 자기를 챙기지 못하고 사셨는지… 집안일은 그리 몸 아끼지 않고 하신 분이, 자기 몸 챙기는 것에는 그리 미련하셨는지…. 퇴직 후, 인근의 학교로 아침 운동을 하러 나가시는 아버지께서 같이 가자고 하셔도 안 가셨다는 말은 들은 적이 있지만, 그땐 이미 너무나 쇠약해져 걷기가 힘들었다고 여겨진다.

지금도 어머니 친구분들을 가끔 뵙는다. 물론 돌아가신 분들도 계시지만, 내가 최근 뵌 분들은 허리도 반듯하시고 이쁜 블라우스와 스웨터를 입고 계셨다. 노후의 건강 유지에는 타고난 체질과 타고난 성품이 우선 중요하기도 하지만, 그래도 나는 스스로 자기를 사랑하고 자기를 보살피는 노력이 더 중요한 것이라고 생각한다. 그런 점에서 나는 엄마를 닮지는 않았다. 원래 어릴 적부터 뛰고 구르고 노는 것을 좋아한 것도 있겠지만, 나는 엄마를 생각하면서 나를 관리한다. 아프면, 누구에게 폐를 끼치는 것도 싫지만, 우선 내가 행복하지 않기 때문이다. 행복을 위해 우리가 노력해야 할 것이 많지만 특히 건강은 내가 노력하지 않으면 얻을 수 없는 것인데…. 엄마는 왜 몰랐단 말인가?

올해(2014년), 여고 동창회 총회에 엄마 기수 분들은 전원 불참하셨다. 그래서 내가 전화를 드렸다. '영자 딸이구나'로 시작하시면서, 엄마들은 이제 지하철 타고 그 장소까지 가시는 것이 너무 힘이 들어 다 함께 가지 말자고 했다고 하신다. 그럼, 매월 모임도 안 하시느냐고 여쭈니, '그건 한다. 안 아프면 가고, 아프면 못 가고 그런다'라고 하셨다. 엄마가 계시면 내가 차를 가지고 한 바퀴 돌면서 다 모시고 갈 수 있는데….

엄마의 무덤

엄마는 2006년 1월에 돌아가셨다. 엄마가 위독하다는 연락은 받았지만, 1년 된 아기를 데리고 살던 딸이 박사논문 쓴다고 마지막 피치를 올리던 때라 한국에 나갈 수 있는 형편이 아니었다. 남편과 상의하여 내 손님들을 남편이 잘 모시기로 하고, 형제들의 양해를 받았다. 영상전화도 되지 않던 시절이라, 나는 날마다 남편으로부터 전화로 이런저런 이야기들을 들을 수밖에 없었다. 나는 외지에서 딸, 손녀와 함께 할머니 이야기를 많이 나누었다—엄마의 손녀, 지현이가 그렇게 영특한 이유 중 하나는 두살 반까지 외할머니가 키우시면서 지적 자극을 많이 준 덕도 있다고 본다. 그때만 해도 엄마는 젊고 건강하셔서, 아이를 데리고 이야기도 잘하시고, 손가락 놀이도 많이 하셨다. 퇴근한 나에게 엄마는, 이 아이가 오늘은 뭘 배웠고… 라는 이야기를 많이 해주셨다.

2006년 12월, 귀국하자마자 나는 엄마의 무덤을 찾아갔다. 우리 부모님의 무덤은 양산 통도사 근처의 공원묘지에 있다. 생전에 아버지께서 집안 묘로 단장해두고 가셨다. 넓고 파란 잔디의 그 묘소를 보고 좋아하는 나에게 엄마는 그래도 너는 못 들어온다고 하셨다. 나도 이런 넓은 집안 묘 터가 있는 집에 시집갔더라면… 하는 생각도 해보았다. 부모님들은 봉분(封墳) 속에 계시는 것이 아니고, 화장(火葬) 후 단지에 담겨 작은 석물(石物, 돌로 만든 집) 안에 계신다. 그 석물 디자인을 아버지께서 손수 하셨고 자녀들에게 디자인이 좋냐고 물어보시기도 했다. 그 돌집 상판에는 엄마와 아버지의 사진이 타일로 만들어져 붙어 있다. 아버지는 교장실에나 있을 법한 근엄한 얼굴이고, 엄마는 환하게 웃는 얼굴이다. 엄마의 영정 사진은 그게 아니었는데 동생들이 이 사진이 좋다고 이것으로 구웠다고 했다. 내가 찍어드린 사진이었다.

엄마의 무덤엔 1년에 서너 번은 간다. 언니가 부산에 일이라도 있어 내려오면 또 간다. '엄마, 더 자주 못 와서 미안해요.' 그래도 내가 사는 동네에서 30분이면 갈 수 있는 거리이니…. 멀리 계시지 않는 듯하여 참 다행이다. 산소에 갈 때마다 남편에게 말한다. '내가 죽으면, 이 정도 거리라면 당신은 날마다 와주겠네'라고. 유달리 장모를, 그 인간적인 성품과 함께 좋아한 사위는 갈 때마다 엄마가 계신 그 돌집과 비석을 깨끗이 닦아드린다. 나는 내가 죽어 어디 있어야 하는 가를 생각할 적마다 엄마 옆에 있고 싶어진다. 그러나 출가외인에 대한 세상 법도가 또 안 그렇다고 하니, 시어머니 발치에나 묻어달라고 해야 하나 하고 생각해보기도 한다. 앞으론 더욱 자연장(自然葬)이 유행할 것이다. 국토도 좁고 산소를 관리할 자손도 부족하니 당연한 변화라고 본다. 그러면 어디에 뿌려져, 어떤 표식이라도 해두면 아이들이 쉬이 올 수 있을런가?

유품 정리

엄마의 장례 후 유품 정리가 힘들었다고 언니에게서 들었다. 엄마보다 2년 반 먼저 돌아가신 아버지의 유품 정리는 그래도 아버지 것만 정리하면 되었지만, 엄마가 돌아가신 뒤에는 두 분이 60여 년 사셨던 모든 것이 정리되어야 했기에 더 힘들었다고 했다.

아버지는 82세에 돌아가셨다. 아버지께서 퇴직을 하시고, 10여 년이 지났을 무렵, 내가 넌지시 말씀드렸다.

"아버지 짐이 두 방 가득 들어 있는데… 반쯤 줄이시는 게 어떨까요?"

"내가 곧 죽냐?"

"저 짐을, 누가 정리할 수 있겠어요… 살살 노시면서…"

그러나 아버지께서는 아침 운동까지 다녀오신 그날 밤에 갑자기 병원에 실려 가시곤, 집에는 돌아오지도 못하시고 50여 일 후에 돌아가셨다. 장례를 치르고 나니 짐 정리가 큰 걱정이었다. 결국 언니와 올케, 그리고 남동생이 그 짐들을 다 정리하였다. 의자에 앉아 계시는 엄마의 전두지휘하에 적절한 분에게 드릴 것은 드리고, 버리고, 태우고 하면서 일주일이나 그 일이 치러졌다. 직장 근무 중이던 나는 토요일에나 가보았다. '저것은 네 것이니 보거라'라는 엄마 말에 보자기를 펴니, 내가 사드린 아버지의 무스탕 반코트가 있었다. '아들들 주지'라는 내 말에, 엄마 가라사대 '네가 사드린 것이니, 임서방(남편) 입혀라' 그러고는 내가 미안해할까 봐 '아들들은 (뚱뚱해서)그 옷이 안 어울린다'고 말씀하셨다. 함께 쇼핑을 나간 어느 날, 아버지께서는 그 코트에 반해 내내 만지작거리셨다. 이태리 수입품으로 너무나 고가(高價)였다. '아버지, 제가 보태드릴게 사세요'라는 내 말에 용기를 내서서 구입하신, 그 옷이다. 몇 번이나 입으셨을까? 내내 만지작거리면서 입은 듯 흐뭇해하신 것은 아니었는지 모르겠다. 그리고 아빠가 즐겨 쓰시던 베레모(모자)도 두 개 주셨다. '임서방이 예전에 머리에 얹어보더라' 하시면서….

그때만 해도 우리는 생각이 짧아 아버지가 교육계에 40여 넌간 계시며 모으신 자료들을 어디 기증해야 하는 것이라고는 미처 생각하지 못했다. 개인의 물건이지만 그것이 그 시대의 역사적 징표가 될 수도 있다는 생각을 못했던 것이다. 자식들은 미처 그걸 깨치고 살지 못했던 것이다. 그건 죽음을 준비하면서 본인의 역사를 정리하는 것으로 어른께서 말씀해주셔야 하는 일이라고 본다. 아버지가 돌아가신 후, 부산시교육청에서 해방 이후의 교육 자료들을 기증받는다는 기사를 보고 너무나 안타까웠다. 아버지의 집에는 아버지가 처음 학교에 부임해서 작성하신 교안(教案, 수업계획서)도 있었고, 일제강점기 학교 사진들도 있었다. 우리가 너무나 생각이 없었다.

엄마의 유품은 올케, 남동생, 그리고 언니가 정리하였다고 들었다. 언니가 물건들을 각각 분류하면서 서로 동의하여 가질 것은 가지고, 누굴 줄 것은 드리고, 버릴 것은 버렸다고 했다. 두 번의 유품 정리, 그 스산한 일들에 너무 힘을 뺀 언니는 자기는 70이 되면 짐을 하나씩 줄일 것이라고 했다. 이런 유품 정리에도 어떤 기준이 있었다. 형제 중 연장자가 결정하는 것이 제일 편하고, 각 자녀들이 선물한 물건들은 1차 선물해준 자녀 집으로 되돌아간다. 본인이 가져가기를 거부하면, 원하는 사람이 있으면 가져가고 그렇지 않으면 처분되는 목록에 들어간다. 엄마의 집에서 나온 장식품과 모피는 선물해준 사람에게로 돌아갔다. 엄마 스스로가 장만한 것은 동의하에 가지는데, 비싼 귀금속이 없어서 아무런 갈등도 없었다고 했다. 엄마가 늘 목에 걸고 계셨던 자수정 목걸이는 당연히 큰 딸인 언니에게로 갔다. 그 촌티 나는 애장품은 좋아서라기보다는 '엄마 것'이라서 가지고 싶어지고, 이건 딸들의 특권이라 할까? 행여나 고가의 귀금속이 있다면 죽기 전에 본인이 잘 처분(준 사람에게 되돌려 주든지, 며느리나 딸에게 유품으로 주든지)해야 함을 배웠다.

남편은 자기가 만들어드린 사진액자와 언니가 사드렸지만 우리에게 넘겨준 작은 찬장과 아버지께서 애지중지한 큰 기둥시계를 챙겨왔다. 이후 귀국한 내가 그 기둥시계를 보고 웃었다. 원래 그 기둥시계는 이모 댁에 있었는데, 어찌하여 친정 집 거실에 오게 되었다. 남편은 처남이 저 시계를 할 수 없이 버려야 한다고 하기에 자기가 가져왔다고 했다. 자기는 아버지께서 한 번씩 일어나셔서 그 시계태엽을 감아주시는 모습과 그때 나는 소리가 너무 좋았다고 했다. 지금, 우리 집 거실에는 그 큰 기둥시계가 있고, 일요일마다 남편은 태엽을 감아준다. 그리고 마른 수건으로 시계 몸통을 닦아준다. '이젠 버리지'라는 내 말에 눈을 흘긴다. 어린 시절, 시계를 참 가지고 싶었는데 못 가진, 가난한 막내의 보상심리이거니 하고 본다. 집에서 내가 작업하는 컴퓨터에서 정면으로 보이는 그 큰 시계는 눈이 나쁜 나에게도 참 유용하다. 아파트에 어울리지 않는 부모님의 이런저런 유품을 나도 언젠가는 다 정리해야 할 듯하다.

신여성, 현대여성의 출현
: 1920년대를 중심으로

이 미 란 *

근대적 가치와 신여성 출현

일제강점기하의 신여성(新女性) 담론에서 여성들은 본격적으로 사회적 주체로 등장하게 되었다. '신여성'이라는 용어는 1910년대부터 사용되어 1920년대에 대중화되고, '새 시대 유일한 선구자'로 부각되면서 근대에 대한 열렬한 동경 및 추구와 흐름을 함께하였다. 신여성의 출현은 전통적인 가부장제에서 사적 영역 내 타자로 위치한 여성의 목소리가 공적으로 드러나게 만들었다. 모성과 가족 내 여성의 '역할'에 맞춰져 있던 초점을 '여성' 자체로 옮기는 계기가 된 것이다. 1930년대로 넘어가면서 점점 근대적 교육의 유무와 상관없이 단발과 양장으로 대표되는 서구적인 외양을 보이는 여성들을 '신여성' 또는 '모던 걸(modern girl)'이라고 부르게 되었다(김수진, 2009).

1930년대 후반에는 신여성의 의미가 부정적으로 다뤄지면

---

* 가족학의 기초 위에 여성학의 아우라를 더하고, 행복노년학에 애정을 쌓아가며 융복합적 휴먼복지 연구의 맛을 찾는 중이다. 고신대학교 사회복지학과 교수.

서 상대적 개념으로 지혜로운 아내와 어머니의 역할을 강조한 '현대여성'이라는 용어가 사용되기 시작했다. 신여성 개념이 전통과 근대에 대한 관념의 변화라는 측면에서 전통에 대한 대립적인 인식에서 출현하였던 것과 마찬가지로 현대여성은 1930년대 이후로 대두된 근대에 대한 재평가와 밀접한 관련을 가지면서 출현하였다. 식민지라는 정치적 한계 속에서도 개인들로 하여금 과거와는 다른 주체를 찾게 해 주었다. 이 시기 여학생들은 기독교 정신과 학교 교육을 통해 자유와 평등의 가치들을 자각하면서 주체성을 갖고, 자아인식을 확대하며 민족 상황을 직시하고, 근대적 가치를 인식·실현하기 위해 적극적인 사회활동을 하였다.

신교육을 받은 근대주체로서 여성들은 '선각자 또는 지도자'로 호명되어 글을 가르치거나 조혼의 폐단을 알리고 위생 사상을 보급하는 일, 여성운동에 관한 전반적인 지식을 전달하는 매개자로 주목받게 된다. 또한 신문광고나 잡지 등의 대중매체에서는 '신여성'을 소비의 주체로 부각하였으며, 특히 '단발'머리는 여성들에게 있어 전통과 구습의 사슬을 끊는 상징적인 행위로 해석되었다. 스스로를 소비의 주체라고 구별 짓는 등 새로운 가정의 주체로서 여성들은 생활을 현대적, 합리적으로 변화시킬 주체자로 부상되었다.

단발머리와 하이힐, 자유연애와 자유결혼

미국, 일본, 중국 등지에서 유학하고 돌아온 신여성들에 의해 서구식 자유연애와 결혼, 이혼이 적극적으로 알려지기 시작하였다. 단발머리, 잘록한 개량한복 아래로 보이는 실크스타킹에 감싸인 종아리와 굽 높은 하이힐, 당당히 고개 들고 도시를 누빈 신여성들은 식민지시대 구여성들에게 당혹감과 충격을 안겨주었다.

대표적인 신여성인 서양화가 나혜석, 소설가 김일엽, 김명순 등은 자유주의와 개인주의 영향을 받은 급진적인 여성들로서 연애와 결혼을 집안이 아닌 개인적 차원으로 접근하여 여권의식을 높이려 하였다. 또한 이 당시 왕성한 사회활동을 한 신여성들로서 독신을 고수한 김활란, 이숙종, 고황경, 서은숙, 윤성덕 등은 그들 스스로 주체가 되어 봉건적 가족제도와 결혼제도를 비판하고, 여성의 개성과 평등에 기반을 둔 신세계 건설을 꿈꾸었다. 그러나 조혼과 축첩이 없어지지 않아 신여성과 소박당하는 구여성들과의 갈등구조는 여전히 나타났고 고부갈등으로 신여성들은 한계에 부딪혔다.

1920년대 이후 신문과 잡지에는 성과 가족생활, 연애와 배우자 선택, 결혼과 이혼, 이상적인 아내됨과 남편됨, 가정생활의 개량, 과학적 양육, 합리적 가정경제 등 수많은 가족담론이 쏟아졌다. 식민지 시기 대표적 여성잡지인 『신여성』 등은 아내, 어머니, 주부라는 지위를 강조하면서 여성을 가정적 존재로 규정하였으며, 새로운 여성상인 '현모양처 이데올로기'(전미경, 2007)는 여성의 가정화(家庭化)를 낳았고, 자유연애-자유결혼의 강조는 가족의 중심축을 부부관계로 이동시켰으며, 모성됨과 어린이의 상호의존적 관계는 자녀 교육과 양육을 주된 기능으로 만들었다. 조선총독부는 가족정책을 통해 식민통치를 실시하였고, 조선의 독립과 변혁을 열망했던 민족주의자와 사회주의자들 역시 새로운 가정의 건설을 통해 자신의 목표를 달성하고자 하였다.

일제 여성교육과 이중 억압적 현모양처 이데올로기 재생산

일제 시대 여성의 대다수는 농업에 종사하였으나, 근대적 산업과 상업의 진전에 따라 여성이 진출할 수 있는 취업 분야가 차츰 확대되었다. 당시 서비스직은 여성의 다양한 취업 영역 중에서도 새로운 분야로 주목받으면서 여성취업의 대표적인 직종이 되었다. 1920~30년대 서비스직 여성취업인구는 도시지역에 집중되었고 대부분 미혼여성이었다. 서비스직에 종사하는 여성들은 대부분이 여학교를 졸업하고 시험을 통해 뽑힌 지식여성들이었다. 반면, 가사사용인의 경우 높은 취업률의 이면에는 땅 잃은 농촌여성이 도시로 들어와 '조선어멈'이 되어야 했던 식민지 조선여성의 현실이 있었다. 게다가 직업상 남녀의 성역할 분담이 뚜렷하고 여성의 성적 특수성이 크게 작용하는 '여성직'들이 등장하였으며, 전화교환원, 미용사, 티켓 걸이라 불린 극장 접수원, 가솔린 걸, 엘리베이터 걸, 기생과 카페 여급, 버스안내원, 여직공 등의 직종은 계속 증가하였다.

가정의 중요성을 강조한 일제 식민지 가족정책은 현모양처의 핵심적 요소로 여성교육을 통해 현모양처의 신여성상을 수립하였으며, 조선 내 민족주의 세력 역시 신여성다운 참된 삶의 지표로 현모양처를 제시하였다. 어머니의 역할이 여성의 천직으로 제시되며 전시체제하의 일제와 민족주의 담론 내에서의 여성은 이중적인 억압의 기제 아래 놓인다. 자녀양육에서 근대적 육아법이 강조되고, 과학적인 지식도 중요하게 다뤄졌다.

참고문헌

김경일, 『여성의 근대, 근대의 여성』. 푸른역사, 2004, 44~45쪽.

김수진, 『신여성, 근대의 과잉』, 소명출판, 2009, 20쪽.

전미경, 「1920~30년대 가정탐방기를 통해본 신가정」. 『가족과 문화』 19권 4호, 2007, 103~130쪽.

한아름, 「일제강점기 '신여성' 담론 속에 나타난 여성 주체」. 『건지인문학』제9집, 2013, 309~331쪽.

4장

나
이기숙

대연동 친정에서 딸 지현이와 함께
(1979년 여름)

달리기 선수

나는 나이에 비해 비교적 건강한 편이다. 나를 아는 모든 분들은 이 말이 맞다고 하실 것이다. 최근 종합검진에서도 골밀도가 아주아주 좋다고 칭찬을 들었다. 잘 걷는 나를 보고 사람들은 '무슨 운동을 하세요?'라고 묻는다. 주 3회 정도는 아침 산책이나 요가를 하고 주말에는 뒷산에 오르거나 골프를 위해 필드에 나가곤 하지만, 이것 때문에 내가 건강한 것은 결코 아니라고 나는 생각한다. 나는 초등학교와 중학교 시절, 학교 육상부 선수였다. 자랑스럽게!

건강한 노인들을 대상으로 그 건강함의 원천을 조사했더니, 가장 중요한 변수가 10세 미만 시기의 운동성이었다는 연구를 본 적이 있다. 즉 10세 미만인 초등학교 시절에 얼마나 열심히 뛰어놀았는가가 평생 그 사람의 신체적 건강을 결정짓는다는 것이다. 물론 그 어린 시절의 민첩함과 활동성은 타고난 것이겠지만, 가급적 어린 시절 많이 뛰어놀게 하는 것이 아주 중요하다는 교훈을 주는 연구이다.

어린 시절, 운동회 때 나는 늘 손바닥에 '일등'이라는 도장을 받았다. 세 학년 위인 언니와 두 학년 아래인 동생은 손바닥에 아무 도장도 받아 오지 못해서 우리는 서로의 손바닥을 보며 헤헤거리고 놀았던 기억이 새록새록 하다. 4학년 때부터 나는 학교 육상선수로 뽑혀 체전 같은 것이 있는 시즌이나 방학 때면 학교에서 별도의 훈련을 받았다. 먼저 맨손체조를 하고 나서 운동장을 열 바퀴쯤 뛰었다. 그리곤 단거리(기억으로는 60m 정도) 라인을 따라 재빨리 왔다 갔다를 반복하였다. 그리고 좀 쉬다가 출발연습을 하였다. 출발 신호소리(연습에서는 선생님의 '땅' 하시는 소리였고, 진짜 대회에서는 심판관들이 쏘는 '총소리'였다)에 딱 맞추어 튀어 나가야 하는, 순간 순발력을 키우는 연습이었던 것 같다. 한번은 일찍 출발한 탓에 대회에서 실격을 한 적도 있었다. 나는 출발이 좋아 계주에서는 항상 1번 선수였다. 그리고 마지막으로 바통 터치 연습을 하는데, 이 바통을 자꾸 놓치는 학생이 있어 단체로 기합을 받고 했던 기억이 난다.

초등학교 때, 나보다 기록이 좋은 여학생이 한 명 있었다. 그래서 그 친구는 100m 출전선수였고, 나는 60m 출전선수였다. 나도 100m에 나가고 싶었는데, 그 친구를 따라 갈 수가 없었다. 그 친구는 계주에서 항상 마지막 선수였다. 그때 성남초등학교, 중앙초등학교 선수들과 같이 결승에 오르곤 하였다. 그 친구, 이름은 기억이 안 나지만 얼굴은 선명히 떠오른다. 보고 싶다. 나는 학교 운동장이나 전지훈련으로 자주 방문한 구덕운동장의 그 트랙을 아직도 잊지 못한다. 그래서 지금도 트랙이 있는, 혹은 트랙 같은 모양의 라인이 있는 운동장을 보면 가슴이 뛰면서 마구 달리고 싶은 충동을 느낀다.

지금도 가끔 금정체육공원('스포원'이라는 이상한 이름으로 바뀌었다)에 가서 남편과 달린다. 거긴 한 바퀴 돌면 1.67km이다. 우리는 세 바퀴를 돌고는 만족한 듯이 웃는다. 물론 남편은 나보다 빨라, 다 뛰고는 다시 거꾸로 나를 맞이하러 달려온다. 이 달리기 실력이 바로 나의 건강 바로미터라 여긴다. 그런데 언제부터인가 자꾸 엉덩이가 무거워지고, 가끔은 발목도 아픈 듯하다.

안경쟁이

나의 초등학교 시절 추억에서 빠뜨릴 수 없는 것이 만화보기이다. 나는 틈만 나면 만화가게에 가곤 하였다. 그 컴컴한 만화방에 있다고 부모님으로부터 꾸중을 들은 적도 많지만, 하여튼 나는 몇 시간씩 만화책을 보곤 하였다. 처음 몇 권 값만 보는 돈을 드리곤, 그 돈의 서너 배만큼의 만화를 본 것 같다. 주인이 알고도 모른 척했다고 생각한다. 어린 마음에도 미안해, 아무렇게나 놓인 만화책들을 바르게 정리정돈하고 나오곤 했었다. 그런데 그렇게 많이 보았던 그 만화들이, 무슨 내용이었는지 지금 기억이 하나도 안 나고 오로지 만화가게 내부 풍경만 떠오를 뿐이다.

그래서인지, 나는 초등학교 3학년 때부터 안경을 썼다. 지금은 우리 형제가 다 안경을 쓰기에, 유전적 혹은 가정환경적 요인들이 있다고 보지만, 그때는 나만 유독 이상한 눈을 가진 아이라고 생각했다. 그때만 해도 안경 쓴 아이들이 한 반에 한두 명밖에 없어, 친구들이 내 안경을 한번씩 다 자기 귀에 걸쳐보곤 하였다. 그 뒤로 줄곧 나는 안경잡이였다. 그러나 내가 중고등학교를 다닐 때에는 한 반에서 30% 정도는 안경을 썼다. 대학 다닐 때, 처음 '하드렌즈(hard lens)'가 나와 거금을 들여 렌즈를 착용하였지만, 안경을 벗은 내 얼굴이 내 스스로도 이상해 보여 도수 없는 안경을 렌즈를 착용한 눈 위에 끼고 다녔다. 그리고 세월 따라 다시 소프트렌즈(soft lens)로 바꾸었다. 그 당시 렌즈는 자기 전에 반드시 벗어 물속에 담가두어야 했다. 그 손톱보다 작은 렌즈를 잃어버려, 잠자던 남편을 깨워 렌즈를 찾아달라고 한 적이 수십 번은 되었다.

40세의 중년에 들어서면서 나는 눈이 자주 아팠다. 겨울이면 더 심해졌다. 당시 연구실은 석유난로를 사용하였기에 건조하였고, 그래서 눈이 쉬이 피로하였다. 열심히 물수건도 걸치고 물을 바닥에 뿌리고 해봤지만 건조함은 가라앉지 않았다. 의사의 권유로 렌즈를 버리고 다시 안경을 착용하였다. 그러면서 유행 따라, 혹은 의상에 맞추어 구매하다 보니 안경이 수십 개나 된다. 남편은 화장대에 널브러져 있는 다양한 내 안경을 볼 때마다 그 안경에 투자한 돈이 아깝다고 하곤 한다.

어느 날, 아들의 다래끼 치료를 위해 함께 안과를 갔다. 그날 따라 시간이 넉넉해서 의사선생님에게 말을 건넸다.

"저, 눈 검사 한 번 받아보고 싶어요."

"무슨 특별한 징후라도?"

"늘 눈앞에 파리 같은 게 어른어른 해요."

그래서 시작된 눈 검사. 검사 후 선생님은 녹내장이 의심된다면서, 일주일 뒤 다시 검진하자고 하셨다. 아이고… 역시 나의 취약점은 눈이야! 그렇게 몇 번의 진단을 거쳐 나는 지금 녹내장 약을 먹고 또 안약을 눈에 넣고 있다. 생애 최초로 병명을 받았고, 정기적으로 처방전을 받아 복용하고 있다. 녹내장 진단을 받고 내가 처음 여쭌 말은 '죽을 때까지 눈을 사용할 수 있을까요?' 였다. 선생님께서는 아직 초기이고, 요즘 약이 워낙 좋아 그런 걱정은 안 해도 된다고 하셨다. 그래서 나는 전혀 걱정은 안 한다. 그 약을 매일 두 번 먹기가 좀 귀찮을 뿐이지. 그런데 눈을 특별히 잘 보호하는 법은 아직 잘 모른다. 왜 이런 병이 나에게 왔을까 여쭈어보니, 나 같은 고도근시의 경우, 수정체 변형으로 시신경이 눌리어 안압이 올라 녹내장이 온다고 하셨다. 하, 이건 내가 통제할 수 없는 병이구나 싶어 열심히 약만 먹고 있다. '안경을 벗을까요?' 했더니 그럴 필요도 없단다. '책을 보는 시간을 줄일까요?' 했더니 그럴 필요도 없단다.

'어두운 데에서 책이나 신문을 보지는 마세요. 그리고 엎드려 보지도 마세요' 정도였다. 그래서 내가 있는 시간, 우리 집 거실은 조명을 다 켜두고 있다. 남편은 저쪽 집에서 우리 거실이 훤히 다 보이겠다고 하면서 가끔 찡그린다. 할 수 없어요. 당신이 참으세요!

어린이 성추행

나는 초등학교의 어느 장면을 선명히 기억한다. 초등학교 2학년까지 나는 외가에서 살았고, 외가는 큰 인쇄소와 집이 서로 등을 마주하면서 거의 동네 한 블록을 차지하면서 앉아 있었다. 그 인쇄소는 집 뒤쪽과도 연결되어 있어, 나는 어릴 적 그 인쇄소에 가끔 내려가 윤전기가 일정한 속도로 철걱철걱하면서 앞뒤로 움직이면 롤라가 돌면서 인쇄물이 출력되어 나오는 것을 즐겨 바라보곤 했었다. 이렇게 인쇄되어 나온 인쇄물들은, 그 다음 종이 절단기에 얹혀져 철컥하고 반듯하게 잘라졌다. 다소 위험해 보이기도 하지만 나는 그 공장 안에서 그 기계들의 움직임을 구경하기도 하고 파지로 떨어지는 종이를 뭉치 채 주워 들고는 좋아하였다. 이런 작업들이 쉴 새 없이 반복되는 공장도 쉬는 시간이 있었고, 그때 아저씨들은 나를 이쁘다 하시면서 안아주셨고, 나는 높이 있는 활자판을 구경하고 싶어서 안기곤 하였다. 그런데 어느 날, 그분들 중 한 분이

내 엉덩이를 조물조물 만지는 것이었다. 그땐 난 무섭기도 하였지만 엉엉 운다거나 고함을 치지는 않았다. 그 뒤로 그 아저씨는 더 친절하게 나를 바라보았지만 난 슬슬 피하곤 하였다.

성폭력피해 여성들과 집단상담을 하던 어느 날, 난 선명히 그때(아마 내 나이 6~7세 정도)의 그 장면이 떠올랐다. 그러자 연이어 몇 가지 장면들이 나의 기억 속에서, 오래 저장된 기억창고 속에서 살타래 뽑히듯 당겨져 올라왔다. 역시 그 나이 즈음이었던 것 같다. 당시 단발머리였던 우리 자매는 머리를 자르기 위해 미장원이 아닌 이발소에 가야 했다. 보통 어린 소녀들은 머리를 기르기 때문에 자주 가지는 않았지만, 나는 유달리 머리 기르는 걸 싫어했기에 머리카락을 자주 잘라주어야 했다. 그리고 엄마의 말씀에 의하면 유달리 내 머리엔 이(서캐)*가 많았다고 한다. 그래서 나는 다른 자매들보다 이발소엘 자주 갔다. 당시는 설이나 추석 등 명절 아래에만 겨우 목욕과 이발을 하곤 했지만…. 어느 날, 이발소 아저씨가 의자 위에 앉은 나를 요리조리 만졌다. 귓불도 만지고, 코, 인중, 턱, 뒷목 등을 만졌다. 이발 가운을 걸친 채 손이 꼼짝없이 그 속에 얌전히 잡혀 있는 상황에서 뭘 어쩔 수도 없었지만 대단히 기분이 나빴다.

---

* 사람의 체모, 의복 등에 서식하던 아주 작은 0.5~3mm 크기의 해충으로, 어린 시절 위생이 나쁜 시기에 아동들 사이에 퍼져, 학교 등에서 전염되어 오기도 하였다. 이가 기생하면 머리, 몸 등이 가렵다. 그러면 아주 촘촘한 참빗으로 머리를 훑어 내려 이를 잡기도 하였다.

거울 속으로 아저씨를 째려보았지만 아저씨는 모른 척하며 어린 나의 얼굴에 난 작은 솜털을 손바닥으로 살살 만지곤 하셨다. 집에 와서 엄마에게 이야기하니, 다음엔 혼자 가지 말라고 하셨다.

이런 이야기를 여성들끼리 나누다 보면, 누구나 어김없이 성장과정에서 경험한 성추행 관련 이야기를 풀어낸다. 아동기부터 성인에 이르기까지 여성의 삶 속에는 가벼운 혹은 결코 잊혀지지 않을 만큼 고통을 주는 심한 성폭력 관련 기억들이 많다. 딸을 키우는 엄마들의 입장에선 아는 사람이나 모르는 사람이나 다 경계를 할 수밖에 없다. 즉 삼촌이나 외삼촌 같은 젊은 성인남자들이 아이와 있을 때 관찰한다든지, 딸이 있는 집에서는 절대 음식 배달 등을 부모가 안 계실 때 주문해서는 안 된다고 가르치는 점 등이다. 그리고 지금의 아이들은 보육기관이나 유치원에서 성교육을 받아, 모르는 사람이 내 몸에 손대지 못하게 사전 예방하는 말을 한다거나 다른 어른에게 보호를 요청하는 법 등에 대해 배우고 있지만, 예전의 내가 자라던 시기인 1960년대에는 그런 개념이 전혀 인식되어 있지 않았다. 그래서 우리 사회가 진정 발전된, 사람 살기 좋은 세상이 되기 위해서는 여성들이 느끼는 '안전성'도 당연히 개선되어야 한다고 본다.

이 글을 쓰는 지금도 국회의장을 지낸 모 남성 정치인이 골프장에서 캐디(caddy)를 성희롱한 사건이 신문 지면을 장식하고 있다. '그런 재미도 없다면 이 사회가 너무 삭막하지 않느냐', '그 남자가 재수가 없어서 걸렸구나' 등으로 여전히 사람들은 진실을 오도하고 있다. 이 문제의 진실은 한 남성의 여성에 대한 잘못된 성적 행동과 그 근로여성의 인권이 존중받지 못한 점이다.

면 생리대

한 번 쓰고 버리는 일회용 생리대를 사용하는 요즘 여성들에게 '우린 생리대를 빨아서 다시 사용했단다'고 하면 대단히 놀랄 것 같다.

네 딸이 다 생리를 한다고 생각해보시라. 당시 우리는 지금처럼 일회용 생리대가 없던 시절이었다. 모두 천(면, 綿) 생리대를 사용하였고, 엄마는 각자의 생리대 열 개를 각자의 서랍에 넣어주셨다. 우리는 하루 1~2장만 사용하여야 했다. 그리고 엄마는 사용한 생리대를 세탁할 대야도 지정해주셨다. 물론 생리대를 서로 빌릴 때도 있었다. 문제는 생리를 동시에 다 함께 할 때 발생한다. 누구든 사용한 대야를 깨끗이 씻어두어야 하는데, 누군가가 자신의 것을 대야에 담가두고 잊어버리면, 그날은 온통 난리가 나는 날이었다. 다른 자매들은 집에 잘 있는 편이라 발각이 되면 불려 나와 빨래를 하면 되었지만, 어느 누구도 자기 것이 아니라 하면 그건 영락없이 둘째 것인데, 이 둘째가 집에 아직 안 들어왔고, 언제 올지도 모르는 날에는 난리가 나는 날이었다. 지금 생각하면 재미나고 우스운 일이지만, 당시 늦게 집에 들어가 불호령을 듣는 날이면 나는 혼자 훌쩍훌쩍 울면서 왜 여자로 태어났을까, 라는 생각을 하곤 하였다.

대학에 다닐 때까지 나는 면 생리대를 사용하였다. 친구들의 이야기를 듣고 엄마를 졸라 약국에서 일회용 생리대*를 구입해 사용해보았지만, 그 쾌적함이 달랐다. 그래서 나는 일회용 사용을 포기했고, 1977년 첫 자녀 출산까지 그걸 사용하였다. 친구들은 거의 대학교 시절부터 일회용을 사용했다고 한다. 지금도 나의 속옷 서랍에는 이 천 기저귀가 있다. 왜 보관하는가라고 물으면 나도 대답할 말이 없다. 그냥 그걸 싹 버리기가 뭐

---

* 일회용 생리대의 출현: 국내에서는 1971년 유한킴벌리가 만든 '코텍스'란 이름의 생리대가 시판된 것이 첫 출현이었다. 인류역사상 첫 시판 생리대는 1896년 미국의 존스앤존스 사에서 개발하였는데, 유행은 1912년경 제1차 세계대전에 참전한 간호사들이 거즈(gauze)로 만든 생리대를 사용하기 시작한 이후부터였다고 한다. 이후 생리대는 종이를 사용하게 되면서 점점 그 품질이 개량되었다. 조선시대 이동(移動)하는 여성들이 안고 다니던 보통이 안에는 광목천으로 만든 '개짐(월경포, 월경대)'이 들어 있었다고 한다. 지금과 같은 모양의 팬티 부착용 생리대는 1975년 '뉴 후리덤'이란 이름으로 나온 상품이었고, 이 시기 생리대 광고가 시작되었다. 이후 1980년 부직포로 만들어지면서 가격도 내려가고 모양도 이쁜 상품들이 나와 모든 여성들의 생활필수품이 되었다. 2002년 부산아시안게임에 참석한 북한 팀이 요구한 물품 중 '광목'이 있었다는 것은 재미난 일화였다. 이는 당시만 해도 북한여성들은 천(면)생리대를 사용하고 있었음을 증명했고, 남한 측이 전달해준 '일회용 생리대'를 불편해했다고 한다.

해서 그냥 몇 개를 그대로 지니고 있을 뿐이다. 중학교 때 엄마가 만들어준 것 외에, 대학생 때 조카 기저귀 천으로 몇 개를 더 만들어 썼으니 참 역사가 오래된 소품이다.

연전에 '부산여성단체연합'*의 송년회에서 '면 생리대'가 판매되었다. 관심을 가지고 물어본즉 환경운동단체 쪽 여성들에게서 나온 아이디어로, '환경을 훼손하지 않을 새로운 생활 습관 만들기'의 하나로 제작되었다고 했다. 작은 사이즈로, 전용 팬티와 함께 사용하면 자주 교체할 수 있도록 만들어져 있었다. 그러나 실제 판매되는 양은 많지 않다고 했다. 그 청결성과 착용감은 우수하나 세탁이 어려운 작업이기 때문이다. 환경운동에 동참한다는 가치(價値) 지향을 가지지 않으면 참 실천하기가 어려운 일일 것 같다. 나도 딸에게 그걸 사줄까 하고 물었더니, 단박에 '노 땡큐'라는 대답이 돌아왔다. 지금도 일회용 생리대가 여성의 인체에 미치는 여러 가지 문제점들이 지적되고 있지만, 그 편리함 때문에 사용할 수밖에 없는 형편이다. 그러나 '유기농 면 생리대'등 대체물이 시중에 나와 있기 때문에,

---

* 1999년 부산의 진보여성 단체 여덟 개(부산보육교사회, 부산여성회, 부산성폭력상담소, 부산여성사회교육원, 부산여성의전화, 부산여성장애인연대, 여성문화인권센터, 참교육을위한학부모모임부산지부)는 '진정한 여성 지위 향상과 여성 권익 옹호에 앞장 서겠다'라는 목표로 연합회를 결성하였다. 이 단체는 여성의식화 교육, 가정 및 성폭력, 성매매, 성평등 문화, 참교육 등을 주제로 활동해오고 있다.

장시간 외출하는 경우들 외에는 가급적 면 생리대를 사용하려는 노력들이 필요하다고 본다. 처음 사용할 때부터 그렇게 습관을 들이면 어느 정도는 가능하지 않을까 싶다.

지금은 우리 자매 중 언니와 나, 둘만 남아 있다. 우리 자매는 자주 만나며 잘 지낸다. 늙으면 같이 요양원에 가자고 약속도 하였다. 내가 딸 집에 가면, 가까이 살고 있는 언니가 달려온다. 그러면 딸도 덩달아 옆에 앉아 여자 셋, 그 위에 가끔 손녀까지 더해져, 여자 넷이 배가 고프도록 재미나게 이야기를 해댄다. 이런저런 이야기 끝에 이런 이야기도 나왔다. 요즘 젊은 부모들은 딸이 첫 생리를 하면 작은 축하의례(儀禮)를 가진단다. 어른여성이 됨을 축하하고, 몸의 소중함을 건넬 기회도 되고, 딸 스스로도 이젠 어린아이가 아닌 숙녀임을 자각하는 시간도 되기 때문이리라. 그래서 이런 이야기를 딸보고 잘 기억하라고 다그치고, 손녀 채림이에게도 '첫 생리가 나오면 할머니가 예쁜 속옷을 선물해 줄게' 라고 약속했다.

1965년의 학교 성폭력

내가 중학교 3학년 때의 일이다. 선명히 기억한다. 교실 청소시간에 우리 반 친구 P가 나를 복도 끝으로 데리고 갔다. 할 말이 있다면서. '반장아…'로 그 친구의 이야기는 시작되었다. 그때의 그 친구 얼굴이 지금도 눈에 선하다. 충격이었기 때문이다. 그 친구는 정말 아무렇지도 않게 자기가 임신을 하였다고 나에게 고백을 하였다. 그래서 우짜면 좋겠니, 라는 것이 이야기의 요지였다. 소설에서 본 이야기가 현실이 되어 나타난 것이다. 내 나이, 열다섯. '엄마(여자)가 아이를 낳는다'는 것 이상도 이하도 몰랐던, 표면적 성 지식을 가지고 있던 나에게 그건 어려운 질문이었다.

친구는 어디에도 이 이야기를 해서는 안 될 것 같았기에, 너에게만 한다고 하였다. 그리곤 어쩌면 좋겠느냐고 물었다. 난 들 알 수가 없었다. 그래서 나는 그 친구에게 나도 생각을 좀 해보겠다고 했다. 며칠 기다려도 되느냐고 했더니 그러자고 했다. 저녁에 나는 언니에게 살짝 말했다. 언니도 어머어머만 연발하면서, 자기 엄마하고 의논해야지, 라고 했다. 그래그래, 우린 여자니까 엄마하고 의논해야지. 그런 일이 생기면…. 다음날, 나는 친구에게 그런 내용으로 이야기를 했다. 친구는 엄마가 알면 난리가 난다고 하면서 말 안 하고 싶다고 했다. 나의 고민은 다시 시작되었다.

드디어 나는 엄마가 동생을 낳을 때 오시던, 그 산파 아주머니를 찾아갔다. 그리고 비밀로 해달라 하면서 이야기를 하였다. 산파 아주머니께서는 중절 수술(당시 그분은 '소파 수술'이라는 용어를 사용하셨다. 후일, 나는 그게 바로 중절, 인공유산임을 알았다)을 해야 할지도 모르니, 동네의 어느 산부인과를 알려주셨다. 여자 의사선생님이라는 부언과 함께. 나는 친구와 함께 하곳길에 교복을 입은 채로 그 병원에 갔다. 무슨 모험을 하듯 긴장되었지만, 그 친구를 도와주어야 한다는 생각이 가득 들었다. 엄마 또래의 그 의사선생님은 친구를 진찰하고 그리고 면담을 하시고는 반드시 어머니를 모시고 다시 오라고 하셨다. 그 후, 친구는 어머니를 모시고 그 병원에 갔다. 그 친구는 고민을 많이 한 탓인지 고등학교 시험에 떨어졌고 다른 학교로 갔다. 그 후, 나는 이 이야기를 어느 친구에게도 해본 적이 없다. 그 친구는 다른 곳에서 잘 살고 있다. 어쩌다 한 번씩 바람결에 나는 그 친구의 소식을 듣기는 한다. 아들딸 낳고 잘 지내는 듯하다. 다행이다. 그 상처를 이겨낸 친구가 대견스럽다.

누구나 인생에서 '사건(事件)'에 직면한다. 실수든 자발적 선택의 결과든, 안 일어났더라면 더 좋았을, 그런 일들이 인생에는 발생한다. 이 나이 들어서 보면 그게 바로 인생인 것 같다. 그때, 우리는 도움을 청할 줄 아는, 즉 '사람은 서로 도우면서 사는 것'이라는 믿음과, 그런 어려움을 '위로와 배려로 함께 수습해줄 줄 아는' 나눔과 공감이 필요한 것 같다. 이 위험한 세상에서 우리는 어떤 일을 언제 당할지 모른다. 중요한 것은 그 일로 자책하지 말고, 그 일로 인해 내가 더 성숙해져야 최소한 손해 보는 것이 아님을 아는 것이다. 자라면서 나는 엄마에게 항상 들은 이야기가 있다. '장애를 가진 사람을 보고 웃거나 놀리면 안 된다. 언청이(태어나면서부터 생긴 장애)를 제외하고,

우리는 언제, 어떤 사고나 질병으로, 어떻게 될지 모른다. 우리 모두는 다 마음 혹은 신체의 장애를 가질 수 있다' 등이었다. 엄마가 유독 어린 우리들에게 이 이야기를 누차 하신 이유는 나의 작은 이모가 장애인이었기 때문이라고 나는 생각한다. 누구나 살면서 심리적, 신체적 장애를 지닐 수 있을 것이다. 어떤 상처이고 장애인가가 중요하기보다는 그 힘듦 속에서 내가 뭘 배웠고 어떻게 그것을 극복하는가, 라고 생각한다.

피난 내려온 친구

다 아시겠지만, 6.25 한국전쟁 시 인민군이 대구(大邱)까지 치고 내려오는 바람에 온 국민들이 남(南)으로 남으로 피난(避亂)을 내려올 수밖에 없었던 역사를 우리는 가지고 있다. 그래서 그 피란민들이 끝까지 밀려 내려온 곳이 부산(釜山)이었고, 그래서 부산의 주택 특성은 판잣집이 많고, 산 위에까지 빽빽이 사람들이 살고 있다는 것이다. 다리를 건너야 하는 부산 남항 근처 영도(影島)에도 이북(以北)에서 피난 오신 분들이 많이 사셨다.

내가 다니던 중학교에서는 교실 좌석 배치를 위해, 첫 시간에 담임께서 학생들을 다 복도에 줄을 세웠다. 키대로 서라고 하시면서. 그래서 차례차례 앞 책상부터 가 앉으면 자리가 정해진다. 그러다 보니 나는 나와 키가 비슷한 친구들과 친해졌고, 방과 후 우리는 함께 이리저리 시내 구경을 다니기도 했다. 당시는 전차 정도 밖에 없어서 아주 멀리 가지 않으면 주로 걸어서 거리 구경이나 그 도중에 있는 친구 집에 들러 놀곤 하였다. 그중 한 친구는 집이 영도였다. 우린 전차를 타고 남포동 근처에서 내려, 영도다리를 건너 청학동 친구 집까지 걸어가곤 하였다. 지금 생각하면 4km는 더 되는 거리였던 것 같다.

그 친구 집에 놀러가서 비로소 알았는데, 그 친구는 부모님이 안 계셨고, 외할아버지, 외할머니, 그리고 이모와 함께 살고 있었다. 네 살 위 오빠도 있었다. 외조부모님께서 작은 동네 가게를 하고 계셨고, ○○여대를 졸업한 이모께서 외국계 기관에 근무하시면서 두 조카를 공부시키고 있었다. 부모님이 안 계신 친구는 사실 처음이라 나는 그 집에 다녀온 후, 부모님께 그 친구 이야기를 소상히 하곤 하였다. 친구네는 황해도 개성(開城)에서 피난 내려왔고, 피난 중에 부모님께서 돌아가시고 핏덩이인 자기를 이모가 안고 키웠다고 했다. 그 친구는 우리들과는 부산말을 하지만, 집에서는 이북(以北)의 고향 말을 하였다. 그게 신기해 나는 흉내도 내보곤 하였다. 얼마나 외조부모님과 이모께서 잘 키우셨는지 오빠나 그 친구나 다 성격이 밝고 인간성이 풍부하였다. 나는 당시 남자 고등학생을 가까이에서 본 적이 없었는데, 그 친구 오빠가 큰 양푼에 밥을 담아 먹는 걸 보고 좀 놀랐다. 여학생인 우리가 먹는 양의 다섯 배는 되어 보였다. 그 친구는 서울에 있는 대학으로 갔고 이후 친구

네 가족들은 서울로 이사를 하였다. 대학 때 가끔 만나고, 그러다가 뜸하다가, 아이들 결혼하는 연령쯤에 몇 번 만나다가 또 요즘은 뜸하지만, 그래도 몇 년에 한번씩 남편을 대동하고 만난다. 그 친구 덕에 나는 당시 영도다리*가 들리는 모습도 보았고 바람 부는 자갈치와 남포동 근처도 구경할 수 있었다.

판자촌이라고 불리던 곳이 부산에는 몇 군데 있다. 당시 나는 영주동과 대청동이 만나는 아래 지역(버스에서 내리면 3분도 안 걸리는 도로변)에 살았지만, 친구들 집은 한참 언덕을 올라가야 되는 곳에 많았다. 당시는 담임이 가정방문을 하던 때였다. 신학기 준비가 마쳐진 3월 중순경, 담임은 1~2명의 학생을 대동하고 학생들 집을 차례차례 방문하셨다. 선생님 뒤를 따라 나도 덩달아 그 판자촌 동네를 골목골목 다녔다. 아이들이 골목마다 놀고 있었고, 연탄재가 버려져 있었고 빨래가 여기저기 널려 있는 풍경이었다. 그 지역들이 요즘 '마을 재생 사업'이란

---

* 영도다리는 부산광역시 중구와 영도구를 잇고 있다. 1934년, 일제강점기 시대에 만들어진 길이 약 214미터, 너비 약 18미터의 다리로, 6.25 한국전쟁 때 많은 피란민들이 지나다닌 길목이자 전쟁이 끝나면 다시 만나기로 약속한 애환의 장소이기도 하다. 이 다리의 특징은 선박이 지나다닐 수 있도록 다리의 중앙부를 위로 올리는 도개교(drawbridge)라는 점이다. 이후 부산대교(釜山大橋)가 만들어지고, 영도다리는 영도대교(影圖大橋)로 이름이 바뀌었으나 노후 등으로 그 안정성이 문제가 되어 교량 정도로 사용되어 오다, 지역 활성화의 의지에서 다시 하루 한번(정오, 15분 간) 도개하여(약 75도 정도로 세워짐), 지금은 좋은 구경거리가 되고 있다.

이름으로 예전의 모습을 그대로 지키면서 좀 더 편리하고 아름답게, 또 사람들이 문화를 나누는 지역으로 바뀌는 것을 보니 기분이 좋다.

이후 엄마를 따라 다녀본 국제시장*에는 이북에서 피란 내려온 분들이 하는 가게가 대부분이었다. 내 결혼 한복을 맞춘 그 한복집 사장님도 여장부 같은 이북 여성이었고, 엄마의 친한 동네 친구 두 분도 함경도 분이셨다. 이후 나는 한국전쟁 이후 국가 재건기 때 전쟁에서 남편을 잃은 이 여성 가장들이 대한민국 발전의 대단한 원동력이었다는 걸 알게 되었다. 한 친구는 남북 이산가족 상봉 때 아버지를 찾았더니 이미 고인이 되셨기에 대신 삼촌을 만났다는 이야기도 해주었고, 한 친구 할아버지는 일본 거류민단**에 계셔서 우리는 가끔 그 친구의 일본 학용품을 구경하곤 하였다. 내가 태어나 자란 20세기 중반의 한국인의 일상에는 이 흩어져 살던 민족이 모여야 한다는 '통일'에 대한 깊은 꿈이 도사리고 있었다. 그런데 60년이 지난 지금까지도 이 꿈이 이루어지지 않고 있다니….

* 부산광역시 중구 신창동에 위치한 재래시장으로, 1950년 한국전쟁 이후 미군 군용물자와 부산항을 통해 밀수입된 물자들이 유통된, 없는 것이 없다던 큰 시장이다. 최근 영화 〈국제시장〉으로 관심을 모으고 있다.
** 거류민단(재일본대한민국거류민단): 8.15 광복 후에도 일본에서 계속 거주하는 우리나라 동포들로 결합된 거류민 단체로 1946년 창립되었다. 1945년 결성된 조총련(재일본조선인총연합회)도 있다.

즐거웠던 여고 시절

내가 그런 아름다운 여고 시절을 가질 수 있었던 것은 행운이었다, 라고밖에는 설명할 수가 없다. 그래서 나는 내가 가진 많은 사회관계망 중에서도 여고동창들로 구성된 관계망에 애착을 가지고 있다. 여고 시절, 우리는 운동회와 합창경연대회를 3년 내내 한 학년들이었다. 이런 활동이 얼마나 우리를 활발하게 소통시키고, 우리의 스트레스들을 다 싹 날려버리게 해주었는지…. 지금 생각해도, 즐거운 기운이 뻗쳐오른다. 우리는 참 행복하고 즐거웠다. 합창대회 지정곡이었던 미국민요 '언덕 위의 집'('들소들이 뛰고 노루사슴이 놀던'으로 시작하는)을 날마다 부르다 보면 우리는 미국의 평활한 초원으로 가 있었다. 우리는 다들 다음에 미국 가서 살자, 라는 철없는 이야기들도 했다. 학급 임원으로 많은 활동을 진두지휘하면서 친구들과 참 즐거운 시간을 가졌다. 나는 나의 리더십이 이때 만들어졌다고 감히 생각한다.

여고 시절을 생각하면 떠오르는 한 분이 바로 (여성)무용 겸 체육선생이셨던 '金 선생님'이다. 우리는 개방적인 사고를 지닌 선생님을 만났기에, 그 당시만 해도 파격적이었던 반바지 체육복*을 입을 수 있었고, 내 몸을 사랑하고 내 몸이 만들어내

---

* 당시 그분은 무용·체육 시간에 학생들에게 반바지를 입게 하려고 교무

는 온갖 동작(선생님은 '모션motion' 이라고 멋지게 발음하셨다. 당시만 해도 참 생소한 단어였다)들에 집중하여야 한다는 것을 배웠다. 그리고 점심시간마다 운동장에서 포크댄스를 추었다. 몸치인 친구들은 싫어도 했지만 나는 그 동작들이 너무 즐거웠다. 그때가 열여섯, 열일곱! 그런데 그 무용선생님은 내 중학교 체육교사의 부인이셨다. 나는 중학교 때 학교 육상선수로, 그 선생님과 가깝게 지냈다. 대신동에 위치한 공설운동장(지금의 구덕운동장)에서 대회라도 있는 날이면 그분 집에 가서 밥도 먹었다. 나와는 인연이 깊은 분이라고 나는 생각한다. 거의 50여 년이 지난 지금까지도 여고 선후배들은 당시 수줍음 많았던 우리들에게 몸의 개방성, 몸을 통한 표현들을 가르쳐주신 그 선생님의 철학에 대해 이야기를 나누곤 한다. 그 선생님은 이미 고인이 되셨지만, 육십이 넘고 칠십이 다 되어가는 제자들이 아직까지 그분의 가르침과 철학을 칭송하는 것을 보니, 정말 그분은 선각자이셨다.

그리고 나는 내가 그 시절 만난, 내 모교의 이○○ 총동창회장님을 잊지 못한다. 개교기념일에 축사를 위해 나서신 그분께서, 운동회와 합창경연대회를 통해 후배들이, 성품이 아름다운 사람들로 자라도록 해달라고 교장 선생님에게 간곡히 청했다

실에서 선생님들과 무지 많은 토의를 하셨다고 했다. 물론 반대도 많았다고 했다. 여자아이들이 어디 허벅지까지 내어놓고, 라는 소리들을 당시 우리는 많이 들었다.

는 이야기는 참 감동스러웠다. 작은 키의 단아한 그분은 입학식이나 졸업식 날, 어김없이 연단에 올라오셔서 여성인 우리를 격려하셨다. 나이 든 여자는 엄마처럼 집에서 살림만 하는 줄 알았던 나는 그분의 그 수려한 연설과 여성들의 미래, 무한한 가능성에 대한 말씀들이 참 새로웠다. 그러면서 씩씩하고 여성스러운 사람이 되어야 한다고 말씀하셨다. 지금 생각해보면 나의 최초의 여성 멘토(mentor)는 바로 그분이셨던 것 같다. 1966~69년 당시, 1,000여 명의 여고생들에게 꿈을 가지고, 여성도 사회활동을 해서 남자들보다 더 우수한 지도자가 되어야 한다는 말씀을 해주신 그분을 만났기에, 나는 대학에 가서 (이화여대를 다닌 친구들 때문에) 여성총장이 있다는 것을 알게 되었고, 한국여성사를 읽게 되었으며, 여성화가 나혜석(羅惠錫)*의 전기도 읽었다. 다양한 삶을 살고 간 여성들이 내 눈에 보였고, 나는 '세상은 넓고 할 일은 많다'라는, 당시 유행한 모 기업 회장의 책 제목도 맘에 들었다.

청춘의 시기에 내가 어떤 분을 만나 어떤 말씀을 들었는가는 나의 인생에서 나의 꿈을 확장시킨, 바로 그 전환의 계기가 되었다. 지금 대학에서 학생들을 가르치면서, 학생들과 '꿈' 혹

---

* 나혜석(1896~1848년): 우리나라 여성으로는 최초로 '동경여자미술전문학교 서양학과'에 유학한 신여성으로, 최초의 여성시인이면서 여권운동가였다고 평가되고 있다. 시대를 앞서간 여성으로 개인적 가정생활은 불운하여 53세에 쓸쓸히 혼자 돌아가셨다.

은 '꿈 너머 꿈'에 대해 이야기를 많이 나눈다. 결과적으로 세월 지나 평가하면 실현되지 못한 꿈도 물론 있겠지만(학생들에겐 이 말을 하지 않는다. 그래도 공책에 꿈을 적어보아야 하고, 그걸 스스로 믿어야 한다고 생각하기 때문이다), 그래도 진심으로 바라고 또 바라면 그 꿈은 이루어진다고 나는 말한다. 인생의 방향을 어디에 두고(꿈), 어떤 가치를 실천하면서(꿈 너머 꿈) 사느냐에 따라 50년 뒤 나의 삶은, 그렇게 살지 않은 사람과는 분명 달라져 있을 것이라고 설명해준다. 그래서 그들이 희망을 가지고, 그 희망이 꺼지지 않도록 견디고 또 견디면서 긴 인생을 한 발자국, 한 발자국씩 성실히 살아갔으면 싶어서이다.*

유성기와 음악 감상

내가 시간이 부족해서 음악회에 자주 못 간다고 하면 변명같이 들리겠지만, 사실이다. 어쩌다 반드시 남편과 함께 움직여야 할 때에는 같이 가지만, 가급적 나 혼자 거기까지 다니려고는 하지 않는다. 야간수업이나 시민단체 회의 등으로 늦는 날이 많기도 하지만 그 시간까지 남편 두고 혼자 다니고 싶지

* 최근 발간된 김애리의 『여자에게 공부가 필요할 때』(카시오페아, 2014)를 권한다. 이 30대 여성 작가는 많은 여성들을 만나본 다음, 성공하는 여성들에게서 발견한 점을 이 책에 적었다. 그녀가 찾은 성공한 여성들의 공통점은 '끊임없이 관심 분야 책을 열심히 본다'였다.

는 않기 때문이다. 그런데 최근 서면에, 낮 시간에 음악을 감상할 수 있는 좋은 곳(소민아트센터)이 생겨 너무나 반가웠다. 낮 시간은 나 혼자 다닐 수 있어 편하기 때문이다. 난 초대하고 싶은 사람을 불러내어 같이 다닌다. 이렇듯 음악 감상은 늘 내게는 갈급하였다. 오며 가며 차 안에서 이것저것 듣기는 하지만, 소리가 좋은 오디오만 할까? 언젠가 시간이 넉넉해지면… 하는 기분으로 기다릴 뿐이다.

그러다 연전에 여성영화 프로그램 발표 때문에 '또따또가 (totatoga)'*에 들렀을 때, 즐비하게 놓인 오래된 LP 레코드들을 보니, 가슴이 뭉클하면서 집에 있는 '보자기'가 생각났다. 어느 날 큰맘을 먹고, 아버지께서 생전에 내게 주셨던(내가 달라고 했지만) 그 보자기를 풀었다. 두 장으로 겹쳐 싼 보자기에는 몇십 장의 LP 레코드판이 서로 무거운 듯 눌려 쌓여 있었다. 묶음을 풀었다. 늘 베란다 한 켠에 둔 그 앨범들이 마음에 걸렸는데…. 아버지에게서 그걸 얻어온 것이 2003년 이전이니, 벌써 십 년 넘게 저놈을 저대로 두었던 것이다. 하나 풀어 먼지를 닦고, 속의 판을 끄집어내 보니, 손상되지는 않은 것 같았

---

* 또따또가(totatoga): 부산광역시 중구 중앙동 3가, 40계단 근처에 위치한 '원도심 창작공간'으로, '또'는 프랑스어 똘레랑스(관용, 배려란 의미)에서, '따 또'는 '따로 또 같이' 라는 우리말에서, '가'는 공간과 지역을 의미하는 街에서 따왔다고 한다. 전시, 공연, 문화 협업작업 등 다양한 활동을 하는 곳이다.

다. 이 LP판을 틀어볼 수 있는 축음기나 유성기가 어디 있는지 한번 수소문해보아야 할 판이다. 그건 그렇고, 이 레코드판들을 보니 새로운 추억들이 떠오른다.

어릴 적 우리 집엔 유성기(留聲機)가 있었다. 태엽을 감아준 뒤 유성기를 틀면 소리가 나오는 기계로, 아버지께서 참 애지 중지하셨던 물건이었다. 지금 기억엔 그 유성기 가운데에 동그란 홈이 파여, 한 장의 레코드를 그 위에 올리면 음악이 나왔는데, 한 장에 한 곡 정도만 들어 있는 싱글판이 대부분이었다. 우스갯말로, 그 기계 안에 누가 들어가 노래를 부르노라는 이야기도 들은 기억이 난다. 아버지께선 가끔 일제 LP판을 틀곤 하셨다. 지금 생각하면 주로 클래식과 일본 가곡이었던 것 같다.

그러다가 내가 중학교에 다닐 무렵 아버지께서는 전축을 구입하셨다. 멋진 턴테이블(turntable)과 스피커(speaker)가 함께 왔다. 아래층 안방 앞에는 작은 다다미방으로 된 거실이 하나 있었다. 길가를 면한 그 방에 긴 소파가 있었고, 찬장 크기의 작은 옷장이 놓여 있었다. 스피커는 방바닥에 놓여졌고, 파란색의 턴테이블은 낮은 옷장 위에 올려졌다. 그 턴테이블에 달려 있는 카트리지에 반드시 바늘을 꽂아야 했고 판에 흠이 나지 않도록 그 바늘을 레코드 홈에 잘 놓아야 했다. 아버지께서는 학교에 오는 월부 책장수로부터 책과 레코드 전집을 사 오시곤 하셨다. 지금 보니, 63년, 65년, 66년 따위의 가필(加筆)이 있다. 펼쳐 보니 가정음악선집, 세계음악대전집 등이다. 그리고 낱장으로 한국가곡집, POP SONG 제4집, 백만 인을 위한 바이올린, 불멸의 왈츠, 푸치니의 라보엠 등이 보인다. 여동생이 대학 때 음악 감상 서클에 들어간 후 부터는 레코드판을 자주 사 왔는데, 그것들은 보이지 않는 걸 보니 동생이 결혼하면서 자기 것은 챙겨 갔나 보다. 당시 나는 동생으로부터 말러(Mahler) 교향곡 1번(거인)을 소개받고는 레코드판을 몇 번이나 돌렸던 기억이 난다. 말러는 자주 연주되는 작곡가가 아니었다. 한참은 잊고 살았는데, 최근 말러 곡이 연주되는 프로그램이 자주 보였다. 2014년 서울 시향이 말러 9번을 연주한다 했지만, 너무나 듣기 어려운 그 곡을 직접 들으러 갈 생각은 없었다. 무념무상의 어느 시간에 이 9번을 인내심을 가지고 들을 수 있기를….

아마도 음악 감상을 좋아하는 남자와 만났더라면 끊이지 않고 많이 듣곤 하였겠지만, 내가 좋아한 남자는 운동을 좋아하는 남자였다. 그러나 늘 음악 감상 기회만 되면 즐기는 나를 보고 남편도 이제는 꽤 진지하게 함께 감상에 젖곤 한다. 젊을 적에는 교향악이나 피아노 음악을 좋아하였다. 그 선명하고 박력 있는 음색이 좋았다. 그러나 최근에 와서 첼로나 대금 소리에 마음이 더 간다. 분위기 따라 선호가 달라지기는 하지만 그 첼로 선율에 감동이 오는 걸 보니 에너제틱하였던 내 젊음도 서서히 노쇠한 늙음으로 바뀌고 있는 듯하다. 그런 속에서 나는 힘있게 뻗치는 오페라 아리아에 잠시잠시 마음을 뺏긴다.

'교사'라는 직업

내가 고등학교를 다닐 적에, 나의 아버지도 내가 다니는 여고에 근무하셨다. 교무실이나 복도에서 아버지를 만나면 쑥스러웠다. 1950년 호랑이띠 우리는, 그때 처음 시행된 국가예비고사와 대학 본고사를 다 보아야만 했던 69학번이었다. 이과반이었던 나에게 아버지는 약대 진학을 권하셨지만 나는 사실무슨 과에 가서 무엇이 될지에 대해서는 아무런 생각이 없었다. 아버지의 약대 진학 권유는 약사가 여자들에게 무난한 직업이라는 이유에서였고 나의 반대 이유는 약을 파는 가게 주인 노릇해야 된다는 것이 싫다는 것이었다(그 뒤에 보니 약대 졸업생의 진로가 다양했지만, 당시는 그 정도로만 알았다). 이런저런 이야기 끝에 내가 의대를 가겠다고 다시 말씀드린 이유는 막연히 공부를 잘하는 아이들이 가는 학과였기 때문이고, 아버지가 의대를 말린 것은 의사란 평생 아픈 사람을 보아야만 하는, 그래서 여성에겐 좋은 직업이 아니라는 이유에서였다. 이렇게 부녀지간에 실랑이를 하면서 지내던 중, 부산대학교에 '사범대학'이 신설되었고 아버지는 나하고 한마디 의논 없이 '가정교육학과'에 원서를 내셨다. 뚱한 채로 나는 본고사에 응하였다.

대학 1학년은 서클 활동과 교양수업으로 즐거웠다. 2학년에 가서 전공 공부를 하는데, 재미가 없었다. 조리나 바느질에 난 재능도 흥미도 없었다. 그러나 특유의 성실함으로 성적은 잘 받아나갔다. 다양한 교직 이수과목(교육학)을 공부했는데, 정신건강, 교육사회학 등의 공부는 재미가 있었다. 대학 3학년 때, 교육학과 이 교수님의 저서(著書) 작업을 도와드리는 일을 하게 되었다. 교수님께서 학보사 기자인 친구에게 친구 한 사람 데리고 일하러 오라고 하셨고, 그래서 나는 교수님을 개인적으로 만나게 되었다. 자료를 정리하고, 교수님의 초고 원고를 인쇄소에 가져다드리고, 교정을 보는 일들이 재미가 났다. 끈기 있게 일을 하는 나를 보고 교수님은 더 공부하라고 격려해주셨고 나는 무엇을 더 공부해야 되는가를 고민하기 시작하였다.

이만큼 살고 보니, 그때 교수님께서 더 공부하라는 말씀을 하셨기 때문에 나는 대학원 진학을 생각하게 되었던 것 같다. 대학생인 나의 생각에도 선생의 삶은 항상 누구에게나 모범이 되어야 하고, 가르치는 일(교육)과 공부(연구)에 열정을 가지고 있어야만 할 수 있는 직업으로 여겨졌다. 그리고 도덕적이어야 하는 숭고한 직업으로 여겨졌다. 이런 관심이 나를 가르치는 일로 이끈 내적 이유도 되겠지만, 되돌아보면 성장과정에서 내가 누구를 만났으며, 누구에 의해 내 재능이 어떻게 촉발되었는가, 라는 외적 이유도 크다고 본다. 그 교수님의 말씀에 자극받아 대학원 진학을 결심하게 되었다는 것은 '우연히 일어나고, 결정된' 외적 이유인 셈이다. 물론 그 우연을 당긴, 그간의 나의 생활의 힘이 분명 있었겠지만 결과적으로 볼 때 인생의 행운(幸運)과 비행운(非幸運)이 언제 어디에서 어떤 모습으로 나에게 다가 오는가는 참 모를 일인 것 같다. 우리는 시간이 흐르고 나서야 비로소 그것이 행운이었는지 불운이었는지를 분간할 뿐이다. 그래서 나는 내가 가지고 싶었고 되고 싶었던 어떤 것이 있었더라도 그게 이루어지지 않으면, 그건 내 것이 아니라고 여겨 마음을 쉽게 비운다.

내가 공부한 가정교육학(Home Economics Education, 家政教學)이란 의식주(衣食住)와 인간발달(아동학과 가족관계), 그리고 교육학이 주요 내용인 학문이다. 공부를 하면서 나는 의식주라는 생활과학엔 관심이 없었고 인문사회과학 영역에 관심이 많음을 알게 되었다. 아동학과 가족학을 가지고 고민하다가, 나는 '가족, 인류학, 가족문화' 등을 공부하겠다고 결심했고, 내가 적을 두었던 학과엔 그 전공으로는 지도교수 배정이 안 된다는 이유로 나는 법대 가족법 전공교수인 김 교수님을 지도교수로 모시게 되었다.* 나는 교수님으로부터 학문하는 태도, 사람과의 인연을 귀히 여겨야 되는 것 등을 배웠다. 공부

---

* 내가 대학원에 진학한 1974년엔 대학원생이 몇 명 없었다. 더욱이 법대엔 여학생이 없어 가정과 대학원생인 나를 교수님들은 참 이뻐해주셨다. 그 김 교수님과 그분의 법대 제자 선생님들은 1년에 두 번(거의 명절 전후하여) 부산에서 지금도 모인다. 나와 계명대에서 근무하시는 이 교수님, 두 사람이 그분의 첫 제자이다.

를 하면 그 다음에 뭐하지, 라고 고민하던 나에게 도서관에서 자주 만난 어느 선배는 "공부는 그냥 공부 자체로 재미가 나서 하는 것이야. 열심히 하고 나면 그 다음엔 뭔가가 주어져"라는 애매한 말을 던져주었다. 당시 사범대학 졸업생들은 거의 중등 교사로 임용되었다. 젊은 혈기에, 나는 공부는 참 할 만하다는 생각으로 대학원 2년을 보냈다. 그리고 바로 두 교수님의 추천으로 대학의 전임강사로 취업하였다. 그래서 첫해에 가르친 과목이 '가족관계'와 '아동학'이었고, 나는 가르치면서 공부해나 갔다.

그리고 30여 년간, 시대 변화에 따라 새로운 영역의 전문가 가 요구되었고, 대학의 학과도 변모하면서, 가정학 혹은 가정 교육학은 식품영양학, 의류학, 가정관리학으로 분화되었고, 다 시 그 사이에 '아동가족학'이 들어섰다. 1995년경부터 나는 선 임(先任)교수로 기존의 학과 교과과정을 가족교육과 가족상담 을 코어(core)로 하는 '가족학과' 및 '대학원 가족상담학과'로 변경 개설하였다.* 나는 가족학(家族學, Family Studies) 분야에 서도 '중노년기 가족', '가족관계', '가족교육' 영역을 연구하고 강의하면서 30년 넘게 가족, 부부, 노인, 여성노인, 여성을 주 요 키워드로 삼아 연구를 해왔다. 이런 주제가 세부적으로 가

---

* 최근에 와서 학과는 다시 '가족·노인복지학과'로 변경되었다. 그러나 2015 학년도부터는 대학의 보건복지 특성화 정책의 일환으로 '사회복지학 부'로 변경되었다.

족교육, 죽음준비 교육에 집중하게 만들었고, '프로그램 개발'을 통해 이 주제들은 확대 재생산되었다.

남학생 친구들

나는 대학 69학번이다. 입학식 며칠 전에 친한 고교 선배가 누구누구를 불렀다 하시면서 잠시 나오라고 연락을 주셨다. 나갔더니 서클(circle, 동아리)에 가입하라면서 같은 대학 입학생인 남학생 몇 명을 소개시켜주었다. 그 서클은 내 모교 K 여고와 부산의 B 고교 출신들이 만든 서클로, 선배들이 자기 아는 후배를 통해 눈덩이 방식으로 다른 학생을 소개받고 하면서 신입회원을 뽑았다.

입학식 전날, 첫 대면에서 우리는 한 줄로 서서, 상견례*를 하였다. 여학생들은 긴 단발이었고, 남학생들은 머리숱이 다 자라지 않아 밤송이** 같은 머리를 하고 있었다. 우리는 3월에 열심히 만나 얼굴을 익히고, 4월부터는 5월의 대학 축제 준비

** 그 장면에서 7년 후 나의 남편이 되어버린 그 남학생의 모습, 즉 어떤 옷을 입고 있었는지, 무슨 말을 했는지 등등은 도무지 기억이 안 나는데, 아뿔싸 남편은 그때 내가 입은 옷과 안경테, 그리고 발언한 내용까지 기억을 하고 있었다.

* 당시 남자 고등학생들은 교칙에 따라 머리를 거의 다 밀어버리는 두발을 하고 있었다. 그 머리가 겨울방학을 지나면서 자라 밤송이 같았다.

에 들어갔다. 우리는 선배들이 시키는 대로, 서클 대항 '포크댄스 경연대회' 준비를 해야 했기에, 강의가 없는 시간에는 열심히 만났다. 그래서 한 학기를 보내면서 참 친해졌다. 그러나 당시에도 여학생은 아는 남학생이 전혀 없는 서클에는 잘 들어가지 않았다. 친구 오빠나 엄마 친구 아들이 있다는, 즉 나름 아는 사람이 있어 무서워하지 않아도 된다는 마음이 있어야 서클에 들어가곤 하였다.

당시 중·고등학교는 공학이 아니었다. 여자 중·고등학교에서 6년을 보낸 우리가 또래 남학생들을 만날 수 있는 기회는 교회나 성당 혹은 (원불교)교당 정도였다. 나도 이모의 소개로 고등학교 1학년 때 교당에 몇 번 나간 적은 있었지만, 당시에도 우리는 남자선생님에게 관심이 있었지, 또래 남학생들에게는 관심이 없었다. 왜 그랬는가를 생각해보니 그냥 부끄럽고 소문이 나면 안 된다는 두려움 때문이었던 것 같다. 까만 교복을 입은 개들이 유치해 보이기도 했고. 하하.

원래 서클 활동은 저학년인 1, 2학년 때 열심히 하고, 고학년이 되면 임원이 아닌 다음에는 잘 나가지 않았다. 나도 3, 4학년 때는 글쓰기 동아리나 교수님들 일 도와드리고, 아르바이트(arbeit)한다고 나가지 않았다. 그러나 4학년 여름에 다시 같은 서클 회원이었던 남편과 친해지면서 우리는 소위 그 연애라는 걸 했고, 그래그래 결혼까지 했다. 소위 캠퍼스 커플이 되어 버린 것이다.

그래도 남녀유별이라고 남편은 서클 남학생들과, 나는 서클 여학생들과 각각 모임하면서 지냈다. 나와 두 명의 친구는 동갑내기와 결혼을 했지만 나와 같은 도시에 살지 않았기에 자주 만날 수 없었고, 다른 세 친구는 연상의 남자들과 결혼하였기에, 또래 서클 남학생들이 선배(직속 선배도 있고, 다른 고교 출신이지만 연령상으로는 선배) 부인을 만날 수는 도저히 없었다. 무엇보다 우리 남학생들은 품격이 있어, 결혼한 동료는 남의 부인이므로, 임의로 만나서는 안 된다는 생각을 하고 있었던 것 같았다.

졸업하고 근 40년이 지난 후에, 우리 집 아이의 결혼식에서 일부 친구들이 해후하였다. 늙어버렸지만 그래도 20대의 모습이 여전히 남아 있는 모습에서 서로 반가움을 표현했다. 그러나 요조숙녀처럼 점잖았고, 신사의 품격을 지킨다고 공식적 목례 이후 다시 만남은 이루어지지 않고 있다. 나는 여학생들은 고등학교 동창회에서 만나고, 남학생들은 (두 명은 이미 작고하셨음)은 남편의 부인 자격으로 따라 나가 만나고 있다. 다들 행복하게 잘 살고 있다. 그리고 40여 년의 세월 동안 여러 가지 일신상의 일들이 있었지만, 잘 견디어내어 지금 나에게는 스물에 만난 그 모습 그대로 좋은 친구들이다. 처음 만났던 대학 1학년 때, 우리는 각자가 어떤 삶을 살아갈 것인지를 예측할 수 없었다. 4, 50대를 바쁘게 꾸불꾸불 살아왔지만, 나이 60의 황혼기에서 보면 다 똑같이 울고 웃으며 살아왔고, 인생 성적표는 비슷한 것 같다. 함께 여행을 하고 밥을 먹으면 제일 편한 분들이 그이들이다. 그만큼 우리가 만난 세월이 길기 때문이리라. 만일 우리 부부에게 무슨 일이 생기면, 내가 제일 먼저 SOS를 쳐야 되는 분들이 바로 그분들이리라.

임신과 사표

나의 출산(出産)에 얽힌 이야기를 하고자 한다. 1976년, 첫 임신 소식 이후 주위의 축하를 받는 중에 나는 이상한 것을 느꼈다. 나는 그때 대학원을 졸업하고 첫 직장으로 ○○대학에 전임강사로 근무하고 있었다. 그런데 '온 지 1년 되었는데 우짜꼬'라는, 선배들이 축하 인사 뒤에 붙이는 말이 영 궁금했다. 그래서 어느 날, 친하게 지내던 선배교수에게 그 '우짜꼬'의 의미를 여쭈어보았다. 학장(이사장의 부인으로, 그분도 여러 자녀를 출산한 분으로 연세가 당시 50 정도셨다)이 임신한 여선생을 무척 싫어한다는 말이었다. 왜냐고 물으니 수업을 소홀히 할지 모른다는 걱정 때문이란다. 자신의 경험이나 타인들의 행태에서 터득한 생각이신지는 알 수 없었고, 당시에 나는 이해가 안 갔지만, 내가 특별히 어찌할 수 있는 일도 없었기에 그냥 그대로 다녔다.

그 후, 배부른 나를 보고 들려주는 선배교수들의 이야기는 참 가관이었다. 나처럼 젊은 출산기 여성이 교수로 온 적도 없었지만, 아랫동네(이 재단은 여중과 여고도 운영하고 있었다. 이 학교들을 선생님들은 아래 학교라 불렀다) 학교에서 들리는 이야기에 의하면 여선생들이 임신기에 그렇게 눈치를 보고, 사표를 내곤 한다는 것이었다. 지금 같으면 남녀고용평등법*에 걸리는, 그래서 사업주가 처벌을 받을 일이었다. 이런 무시무시한 환경 속에서도 무사히 두 아이를 출산한 선배교수가 계셔, 하루는 살며시 찾아가 여쭈어본바, 이 재단이 운영하는 여고 출신이라 아마 봐준 것 같다고 본인 입으로 말씀하셨다. 그 대신 자기는 임신 중 배를 감추고(배가 부른 모습이 쉬이 드러나지 않게), 출퇴근도 남보다 일찍, 남보다 늦게 하느라 너무나 고생했다고 하셨다.

당시 나의 나이 27세, 세상에 대해 아는 것은 거의 없었다. 대학과 대학원을 다니면서 공부만 했으며, 알바란 전부 과외 선생이었고, 내가 알바한 집들은 다 나에게 친절하였다. 그래서 세상에 이해 안 될, 그러나 엄연히 존재하는, 그러나 내가 어찌해 볼 수 없는(때로는 극복해야 해야 하는) 일들이 있다는 것을 잘 모르고 그 나이를 먹었다고 하여도 과언이 아니었다. 드디어 소문 혹은 보고로 나의 임신 소식을 들은 학장께서 나를

* 남녀고용평등법은 '고용에 있어서 남녀의 평등한 기회 및 대우를 보장하는 한편 모성을 보호하고 근로여성의 지위 향상과 복지 증진에 기여함을 목적'으로 1987년에 제정됨. 이후 2004년 이 법은 '남녀고용평등과 일·가정 양립에 관한 법률'로 바뀌었다.

부르셨다. 출산하면 아이를 키워야 하니, 이번 학기로 사표를 쓰라는 말씀이셨다. 나는 아무 소리도 못하고 나왔다. 내가 소설 등에서 읽은 일이 나에게도 생기는구나 정도의 느낌이 고작이었다. 뒤에 남편이 학장을 찾아가서 그 부당함을 이야기 드렸지만, 자기 학교의 방침이라고 하셨다. 그래서 나는 1976년 10월에 이듬해 2월 말 날짜의 사표를 제출했고, 12월에 출산을 했다.

지금 같으면 어림도 없는 그런 이야기들이 70년대 대학에도 있었다. 그 뒤, 그 학교에 고소사건이 빈번하였고, 그 학교의 부당함을 알리는 많은 사례들 중 어김없이 나의 부당한 사표 제출 이야기도 실렸다. 나는 출산 후 즉시 다른 대학에 취업이 되었다. 그 뒤 그 학교의 소식을 들은바, 학장의 딸들은 대학을 마친 후 줄줄이 그 학교 교수로 채용되었고 모두 출산을 하였지만, 딸이 아닌 여교수들은 여전히 출산으로 온갖 눈치를 보아야 했다는 이야기였다.

나이 먹으면서 나는 그 소위 결정권을 가진 이들이 부리는 횡포를 여러 대학에서 목격하였다. 공(公)과 사(私)를 구별 못하고, 자신의 '자식 자리'를 확보하기 위해서는 온갖 비윤리적인 행태를 서슴지 않는 일들을 많이 보았다. 그런 강제 사표의 경험으로 '기혼여성의 일과 가정'이라는 주제에 관심을 가지게 되었고, 여성들이 실제 권력자 개인으로부터뿐 아니라 사회구조로부터 받는 불평등*이 많다는 것도 깨닫게 되었다.

친정에서

1977년 12월 7일, 나는 첫딸을 낳았다. 임신과 출산 과정에 여러 우여곡절이 있었지만 무사히 아가를 낳고 나는 친정집 안방에 병풍을 치고 누웠다. 임신 후기 몇 달을 학교도 안 가고 쉰 상태라 나는 신체적으로 정신적으로 아주 편안하였다. 언니는 아들만 둘 낳았다. 그래서 간만에 태어난 여자아이는 사랑을 참 많이 받았다. 그때 친정엔 막내 여동생도 있었고, 그 아래로 남동생들도 중고등학교를 다니고 있었다. 친정집은 일반 주택이었고, 30여 평 넓이의 작은 마당이 있었다. 다른 건 다 잊어버렸지만, 여름 오후 해가 기우는 시간에 마당에 자리를 깔고 아기와 놀았던 기억은 선명히 남아 있다. 그때 아버지께서는 그늘이 필요하다고 잎이 울창한 나무 아래에서 놀라고 당부하셨는데, 당시 우리는 아버지께서 손녀보다 잔디를 더 아낀다고 우기기도 했다. 여러 식구들이 함께 살았기 때문에 아기나 나나 참 행복했었다.

---

* 앞에 설명한 남녀고용평등법이 제정된 후, 실제 사회 현장에서 모성을 보호하고 여성의 취업기회를 차별하지 않으려는 노력이 있어온 것은 사실이다. 그러나 여전히 우리 사회에는 자녀 출산과 양육은 여성 개인의 책임으로 전가하는 문화가 남아 있고 그 결과가 낮은 출산율로 나타나고 있다.

나는 3월부터 학교에 출근하였고, 낮엔 도우미와 친정엄마께서 아기를 보셨다. 나는 걱정도 안 하고 육아를 전적으로 엄마에게 맡기곤 바삐 다녔다. 지금 생각하면 그때 나는 엄마가 얼마나 힘들까, 라고는 전혀 생각하지 못했던 것 같다. 이후 아래 여동생이 출산을 위해 친정에 와서 누웠을 때, 비로소 나는 딸 많이 낳은 엄마가 이 무슨 고생인가, 라는 생각을 하게 되었다. 이후 1981년 둘째를 낳을 때에는 죄스러운 마음으로 친정에 갔었고, 사흘 만에 시어머니가 계시는 우리 집으로 돌아왔다. 엄마의 수고가 보였기 때문이고 시어머니 도움을 받는 것이 더 마음 편했기 때문이기도 했다. 시어머니께서도 당연히 출산한 며느리를 보살펴주어야 된다고 생각하고 계셨다. 당시 언니도 친정 옆에 살면서 자주 드나들던 때라 엄마의 수고는 참 많았으리라 생각된다.*

　　딸은 두 돌을 지나 세 살이 되었을 때까지 친정에서 살았다.

---

* 한국문화에서는 딸이 출산을 하게 되면 그 뒷바라지는 1차적으로 친정 엄마의 일이 된다. 친정이 보살펴줄 여건이 되지 않으면 할 수 없는 일이겠지만, 대부분의 여성들은 출산 후 몸을 풀기 위한(쉰다라는 의미) 편한 장소로 친정을 찾는다. 인정상 그럴 수도 있겠지만, 내가 낳은 그 자녀가 아버지의 성을 따르게 되어 엄연히 그 자녀는 친정집 비속이 아니라 남편의 직계 비속이 된다. 이런 모순된 구조 속에서 '딸 낳은 죄인' 같은 마음으로 친정 엄마들이 딸을 돌보아주고 있는 것은 다시 생각해보아야 할 부분들이다. 요즘은 어느 집에서도 안 돌보고, 산후조리원을 거쳐 바로 자기 집에 간다고들 하지만, 내 주위에는 여전히 '친정 엄마가 돌봐야지요'라고 말하는 중년여성들이 많다.

나는 당장 학교를 나가야 했기에, 그 당시 달리 방안이 없어 친정에 갔었고, 우리가 들고 있던 돈은 아버지가 집을 구입하실 때 빌려드린 상태라, 그 돈이 모일 때까진 친정에 살아도 된다고 약속을 받았다. 3년 정도 되었을 때 아버지께서 빌려간 돈을 주셨고, 우리 부부는 드디어 생애 첫 집을 장만하여 이사를 갔다. 이사 가면서 우리는 홀로 되신 시어머니에게 함께 살자고 제안하였고 어머닌 흔쾌히 그러마 하셨다. 그래서 우리는 18년간을 시어머니와 함께 살았다. 이 선머슴 같은 며느리와 함께 사신다고 사실 어머님께서 고생을 하셨다고 나는 생각한다. 나의 아이들은 나보다 할머니를 더 좋아하였다. 날마다 아이들 먹인다고 이것저것 솜씨를 보여주셔서, 우리 아이들은 한국의 전통 음식을 충분히 먹고 자랐다.

그러나 친정이 있는 대연동과 내가 사는 광안리가 가까운 거리이고, 언니도 그 근처에 살고 있었기에 나는 친정에 자주 놀러갔다. 80년 이후에는 친정에 큰 남동생 가족도 들어와 있었고, 자주 가되 식사는 특별한 날이 아니면 하지 않는 것(가능한 한 나보다 열 살 아래인 올케에게 폐를 끼치고 싶지 않은 마음)으로 마음먹고 친정을 다녔다. 그러나 지금 생각하면 어느 며느리인들 자주 오는 손위 시누이 가족들이 안 부담스러울 수 있었겠느냐고 여겨지고, 그 부담이 다시 엄마의 부담으로 전이되지는 않았는지가 새삼 궁금해진다. 다 지나간 과거이지만….

둘만 낳아 잘 기르자

한국의 가족계획 표어 변천사는 참 재미나다. 1960년대는 '적게 낳아 잘 기르자', 1970년대는 '둘만 낳아 잘 기르자', 80년대에는 '한 가정 한 자녀'. 그러다가 60~70년대 출생 세대가 자라 출산 적령기가 되는 2000년경부터 저출산* 현상이 나타나기 시작하고 표어는 '동생을 갖고 싶어요'로 돌변한다.

나의 자녀 출산기는 1970년 후반부터 80년대 초반이었다. 자연히 둘만 낳아야 한다는 의식이 강했다. 나는 다행스레 딸과 아들을 낳았다. 딸은 책을 잘 보는 습관 외에는 잔소리를 노다지 들어야 했던 아이였다—잘 먹지도 않고, 자기 취향이 있어 이 옷 입는다, 저 옷은 싫다 따위로 고집을 부렸고, 좀 징

---

* 저출산 현상: 2014년 현재, 한국의 출산율은 1.12로 세계에서 가장 낮은 편이다. 모든 여성이 평생 두 명의 자녀를 출산해주어야 인구가 감소되지 않고 겨우 유지되는데, 우리나라는 1명 정도로, 실제 이 상태로 가면 국가 총인구수는 점점 감소하게 된다. 70년대의 과도한 가족계획으로 자녀를 적게 출산하였고 그때의 아이들이 지금 가임기에 들어섰건만 출산 아동수가 많지 않다. 또 그 위에 여성들이 결혼과 출산을 기피하는 문화가 팽배하면서 한국의 인구 수급은 위태로운 상황까지 와 있다. 과감한 저출산 예방대책이 필요하다. 1970년대 프랑스는 출산율이 아주 낮은 저출산 국가였으나 아동보육의 공공성을 정책에 도입하면서 출산율이 회복되었다. 즉 임신과 출산, 양육, 그리고 교육에 드는 개별 가정의 경비를 대단히 축소시켰더니 아이를 낳는 가정이 증가하였다 한다.

징거리는 아이였다. 신랑감이라면서 집에 지금의 사위를 데리고 왔을 때 우리 부부는 사람에게 치근대는 이 아이를 편하게 잘 이해해주는 그의 넉넉한 성품이 좋았다. 일찍 결혼하여 아이들 낳고, 자리 잡아 잘 사는 모습이 대견스러울 뿐이다.

아들은, (누나에 비해)성적 등수가 낮은 것 말고는 나무랄 데가 없는 아이였다. 잘 먹고 잘 자는 아이였다. 혼자서도 잘 놀고, 남과 싸우는 아이도 아니었다. 운동은 뭐든지 잘하였다. 초등학교부터 테니스를 쳤고, 군대 마치고 온 아이에게 남편은 골프 강습을 두 달 시켜주었다. 그런데 이 아이는 초등학교 때 하도 책을 읽지 않아(책을 본다 싶어 살펴보면, 한두 페이지 읽다가 잠이 든다) 나는 아이가 일상에서 감동이나 공감을 모르면 어찌하나, 자신의 내면 정서를 표현할 줄 모르면 어쩌냐, 하고 걱정했다. 그래서 초등학교 5학년경부터 나는 이 아이에게 디즈니 시리즈부터 드라마까지 여러 장르의 비디오를 보게 하였다. 당시는 동네마다 비디오 가게가 있어서 영상물을 쉽게 빌릴 수 있었다. 비디오 감상 후에는 그 줄거리나 느낌을 물어보곤 하였다. 아이의 영화 이해도와 감상력은 좋았다. 사랑도 알고, 슬픔도 알고, 타인의 고통에 공감할 줄도 알았다. 그게 끝이었다. 공부는 스스로가 하는 것이고, 좋은 남자가 될 수 있을 것 같았다. 나는 아들을 믿었다. 누구 주기가 아까웠지만, 행운의 여성은 따로 있었다. 이젠 나는 며느리가 아들을 잘 성장시켜주리라 믿는다.

오누이는 나이 차이가 네 살이라, 동생이 누나를 어려워하기도 한다. 오히려 자형이 더 편하다고 말한다. 이젠 자주 만나지도 못하지만, 엄마아빠 없으면 누나와 자형이 보호자라고 일러주었다. 다음에 어디에서 살건, 부모 추모일쯤에는 서로 만나 맛난 밥을 먹으면서 함께 지내야 하는 것이라고도 말해주었다. 자매들이나 형제들에 비해, 성별이 다른 오누이 간은 결혼 후 근거리 거주가 아니면 참 멀어지기가 쉽다. 특히 시누이와 올케가 친하지 않으면 사이는 더 벌어지기가 십상이다. 전쟁통에 태어나, 절약하지 않으면 살 수 없었던 우리들에 비해, 이 아이들은 참 좋은 환경에서 어려움 없이 자란 세대이다. 그러나 삶은 혼자서 꾸리는 것이 아니다. 서로 주고받으면서 어울려 사는 것이 인생이다. 절대 자기 중심적인 이기적인 인간이 되어서는 안 된다고 누누이 이야기한다. 윈윈(win/win, 勝勝)관계가 안 만들어지면, 차라리 내가 한번 물러서는 패/승(敗勝)의 관계로 가라고 일러준다. 복잡할수록 단순하게 생각하라는 말과 함께. 두 자식은 우리 부부의 자랑스런 보물들이다.

힘들었던 일

난들 살다 보면 힘든 일이 없었겠는가? 한 대학원 지망생이 어느 교수의 사주를 받아 대자보를 붙인 사건이 있었다. 후일 그 학생은 나에게 찾아와, 사주 받은 앞뒤 일들을 다 고백하고 용서를 구하였다. 그러고는 학교에 영영 발걸음을 하지 않았다. 모함, 음모라는 단어가 추리소설에서만 나오는 것이 아니었다. 사실은 전혀 그렇지 않았기 때문에 내가 견딜 수는 있었지만 사실 창피함도 느꼈다. 그때 어느 교수의 '똥이 무서워서 피하냐…. 피해 돌아갈 줄도 알아야 한다'는 개똥 같은 말이 나에겐 명언이 되어 평생 잊어버리지 않고 있다. 어떤 사람들과는 관계가 뒤엉키는 경험도 하였고 특히 소통이 안 되는 사람도 있었다. 그래서 피해(피하다 보면 손해 볼 때도 있음) 돌아가는 방식으로 마음을 다스리고 살아왔다.

운 좋게, 나는 한밤중에 아픈 아이를 둘러업고 응급실로 달려간 경험은 없다. 아이 키우는 부모들에겐 이런 일이 가장 힘든 기억으로 남는다고 한다. 그러나 나에게도 힘든 일은 있었다. 1992년 7월 무렵(당시 나는 연구년을 받아 모든 준비를 끝낸 상태로, 출국 이틀 전이었다), 그날은 딸의 마지막 치아교정 점검일이었다. 치과 진료를 마치고 딸과 나는 쇼핑까지 하곤 집에 돌아 왔다. 당시는 손폰(핸드폰)이 없었기에 외출 중이면 연락이 서로 닿지 않았다.

집에 들어서는 나에게 시어머니께서 다급한 목소리로 '자네, 선걸음에 바로 병원 가야겠네'라고 하셨다. 놀란 표정으로 쳐다보는 나에게 '정태 공장에 불이 났단다'라고 하셨다. 잉, 무슨 소리인가 싶었지만 어딜 가도 옷은 바꿔 입고 가야 하니 마루에 올라섰다. 바로 그때 ○○대학교 병원에 근무하던 남동생에게서 전화가 왔다. '누나, 이제 집에 왔네요. 자형은 위급한 조치는 했는데 아무래도 병원에 얼마 동안은 있어야 할 듯하니, 병원에서 지낼 준비 해서 오세요'라는 전갈이었다. 순간 나는 내가 버선발로 당장 달려간다고 해서 어찌되는 상황은 아님을 알고, 옷을 갈아입고, 밥을 먹고(잘못하면 저녁과 내일 아침까지도 못 먹을지 모르니까, 라는 생각으로), 병원에서 지내는 데 필요한 짐(세면도구나 책 등)을 챙겨 집을 나섰다. 지하철 타고 가야 하니 석간신문까지 챙겨 들고 나섰다. 아무 소리 안 하시고 나를 보기만 하셨던 시어머니께서 후일 '그때, 그래, 밥이 넘어가더냐?'라고 물어보셨다. 아들이 다쳐 가슴이 두근두근하시고, 상태가 어떤지 모르니 걱정이 되어 미치겠는데, 이 며느리가 밥을 먹고 가겠다고 앉으니, 이해가 안 가셨던 모양이다. 평소 시어머니는 마음이 불편하시면 식사를 잘 못하시는 분이셨고, 나는 울면서도 밥은 먹는 편이다.

지하철을 타고 병원에 갔더니, 맙소사! 남편은 심한 화상을 입고 온몸이 다 벗겨진 상태에서 내가 온 줄도 모른 채 감염 방지를 위한 반원모양의 플라스틱 통 속에 누워 있었다. 가만히 들여다보니, 다 벗고 누워 있는 것이 우습기도 하였고 앞으로 어찌 될런지 막막하기도 하였다. 서너 시간 뒤에 남편은 눈을 떴다. 나를 알아보았고, 말도 하였다. 아, 죽지는 않겠구나, 라는 생각이 들면서 이젠 사고의 자초지종과 수습해야 될 일을 생각했다.

그럭저럭 한 달 동안 사고 수습이 마무리되어가는 걸 보면서 나는 학교와 병원을 오갔고, 남편은 회복되어갔다. 화상으로 나쁜 가스를 맡은 뒤, 그 화기(火氣)가 안 빠져 죽는 사람도 있다는 무서운 이야기도 들렸다. 물론 그때 공장 옆에 사셨던 그 택시 기사분(그분이 그 시간 집에 잠시 들렀는데, 사고를 보고, 즉시 남편을 병원에 입원 조치하신 것은 천운이었다)과 의사 남동생은 남편 생명의 은인이었고, 아이들 고모부부터 많은 친척·친구들의 위로와 관심도 우리 부부가 이 일을 이겨내는 데 도움이 되었다. 친정아버지께서는 날마다 나를 위해 엄마가 해 주신 점심 도시락을 들고 병원에 오셨다. 퇴원 후 집에 찾아온 남편 친구들은 그때 혹시 죽을지도 모른다는 소문이 돌아 자기들이 너무나 노심초사했다고도 전해주었다. 이후 남편은 1년을 쉬다가, 붕대 감은 채로 '늘 자기 회사 오라고 하셨던 그분의 회사'로 들어갔고, 이후 한 번 더 이직하여 지금에 이르고 있으며, 열심히 일하고 있다. 이 일이 있고 나서부터 나는 날마다 남편에게 입맞춤을 해준다.

이 일이 나의 인생에서 기억되는 제일 큰 사고이다. 뒤에 가족 레질리언스(resilience, 우리말로는 탄력성, 회복력 등으로 번역)를 공부하면서, 힘든 이 사건을 내가 잘 이겨낸 것에는 주위 사람들의 지지와 기도, 그리고 나의 일상(학교생활과 가정생활, 아이들 돌보기 등)이 엉망이 되지 않도록 도와준 시댁과 친정 가족의 실제적 도움들, 그리고 취업여성으로 남편의 실직에 우리 가정경제가 대비할 수가 있었던 점, 병원과 의사를 믿은 점, 마지막으로 나의 낙천성 등이 변수로 분석되었다. 살다 보면 우리가 감당하기에는 너무나 어려운 일들이 생길 수 있다. 지금도 장애가족을 보면 그분들의 시련과 수고에 마음이 아프면서도, 잘 이겨내고 웃는 얼굴로 사는 모습에 감동이 느껴진다. 하나님은 우리에게 감당 못할 시련은 안 주신다고 한다. 마음을 합치고 진심으로 내 삶을 바라보면, 희망은 언제든 보인다고 나는 믿는다. 그러나 상대적으로 심한 고생을 경험해보지 않아서 이런 소리를 하는지도 모르겠다.

딸의 결혼

'그렇게 수월하게 딸을 시집보내다니…' 시누이께서 나에게 하신 말씀이다. 대학생인 딸에게 배우자 선택에서 내가 해준 이야기는 '너의 선택을 존중한다'와 '사랑이 가장 중요하다'는 것이었다. 그리고 '혼자 유학 가면 안 된다. 유학은 결혼하고 가야 한다' 정도였다. 연애결혼을 한 우리 부부는 정말 배우자 선택에는 두 사람의 고민과 결정, 그리고 둘만의 연애 스토리가 중요하고 생각한다. 부모를 보고 잘 배워야 한다고 일러준 적도 있지만, 고민 끝에 스스로 선택한 결정이어야 한다고 믿는다. 그리고 내가 보기에, 나의 딸은 좀 징징대는 타입이다.

공부하거나 일할 때는 상당히 독립적이지만, 여가 시간엔 우리에게 엉겨붙는 좀 귀찮은 아이였다. 나는 이런 아이가 혼자 유학을 가면 공부는 열심히 하겠지만, 그 외로움을 어쩔 것인가로 좀 생각을 해보았다.

서울에서 원룸에 혼자 사는 대학생 딸을, 남편은 많이 걱정했다. 하도 무서운 세상이니까. 그러나 나는 상처도 고통도 자기 인생이니까, 멀리서 쳐다보면서 하는 식의 걱정은 하지 말자고 마음먹었다. 딸도 씩씩하게 서울 생활을 잘했고, 한 달에 한두 번 만나 밥 먹는 시간에 나는 이 아이가 행복한가 어떤가 하고 짐작만 할 뿐이었다.

25세에 딸이 드디어 시집가고 싶은 남자가 있다고 이야기를 했고, 우리는 다 웃으면서 들었고, 이미 우리가 잘 알던 친구여서 마음이 놓였다. 장단점은 누구나 다 있는 것이고, 공부하려는 여자를 며느리로 반가워하지 않는 부모도 많이 보아왔던지라 우리는 흔쾌히 그 결혼에 찬성하였다. 그래서 학기가 끝날 무렵(그 시절이 조교였던 신부와 4학년 마지막 학기였던 신랑에게는 유일하게 신혼여행을 갈 수 있었던 시기였다)인 2월 하순경에 결혼식을 하겠다고 아이들이 날을 잡았다. 그러라고 했다. 결혼은 부산에서 해야 하니까(사돈댁도 부산) '결혼 준비는 엄마가 시어른과 의논해서 해주세요'라고 툭 던져두고 아이들은 학기말의 바쁜 일정 속으로 들어가버렸다.

난들 이런저런 결혼식에 자주 가본 것도 아니고, 당시만 해도 자녀를 결혼시킨 친구들이 주위에 잘 없었다. 연구하고 사돈과 의논하고 하면서 우리는 '전통 혼례'를 하기로 결정하였고 장소를 물색하였다. 찾아간 어느 예식장에서 내 이야기를 듣더니 '동래별장'을 추천해주었고, 우리는 하객 200명(각 집에서 100명씩) 정도로 결혼식을 치렀다. 친척들만 70여 명이 되었다. 남편이 울상을 지으면서 20여 분을 초대하였고, 나는 친구 두 명만 초대하였다. 가장 많은 손님은 이 아이들의 중고교, 대학 친구들이었다. 친구들은 의례 이후 다 밖으로 보내졌다. 2월이라 추웠지만, 꼬마 신랑신부의 전통혼례는 예쁘게, 무사히 치러졌다. 양가가 동시에 폐백(幣帛)*에서 만났고, 그 힘든 옷을 입은 아이들에게 절은 많이 생략되었다. 이후 전통혼례를 처음 보았다고 말하던 친척분들도 계셨다.

그날의 하이라이트는 신부가 입은 활옷**과 족두리였다. 한국

---

* 신부가 신랑 가족에게 첫 인사를 드리는 전통혼례의 한 과정이다. 옛날에는 신부 집에서 혼례를 치르고 1~3일 뒤, 신부가 신랑 집에 가서 처음 시부모를 대면하는 의식이었다. 그러나 현대에 와서는 결혼식장의 폐백실에서 신랑신부 양가 가족이 대면하여 인사를 나누고, 신랑신부의 인사(절)를 받는 형식으로 치르고 있다. 때론 신부가 시댁 어른들에게만 인사하는 것을 고집하는 분도 있지만, 요즘 같은 세상에는 신랑신부가 함께 양쪽 집에 동시에 새로운 가족이 되었음을 신고하고 받는 의미로 활용하면 좋을 듯하다(이기숙 외, 2014).

* 전통 혼례복에서 신부는 활옷을 입고 족두리를 한 것이 특색이었다. 활옷은 한복(노란색 삼회장저고리와 다홍색 대란치마) 위에 입는 것으로, 대대(大帶, 허리에 차는 넓은 띠)와 용잠(龍簪, 용이 새겨진 비녀), 그리고 화관

복식 전공인 이 교수께 의논했더니 소장하고 있던 옷을 흔쾌히 빌려주셨고, 조카 지영이가 멋진 화관(花冠, 족두리)을 빌려주었다. 유학 갈 아이들에게 연지곤지 찍은 혼례 사진첩은 좋은 선물이 되었다.

아이들이 여기에서 살림을 할 것이 아니기에, 이런저런 과정들이 다 생략되었지만 그래도 새 침구와 새 한복, 양복은 한 벌씩 해주고 싶어 사돈과 함께 한복집을 찾았다. 고운 색의 한복을 우리도 한 벌씩 맞추고(시어머니의 색과 친정어머니의 색이 달라야 한다는 걸 처음 알았다), 사돈댁에 어른(신랑의 할머니)이 계시기에 간단한 예단(禮緞)도 해드리고, 함*은 예쁜 풍속이니까 간소하게 주고받자고 안사돈과 의논하였다. 그날 함을 들고 온 함지기들은 신랑신부의 친구들이었다. 오징어포를 얼굴에 쓰고, 참한 함(그 함은 3개로 구성된 세트로, 지금도 딸집에 눈에 띄게 적절한 자리에 잘 놓여 있다)을 지고 친구들이 몰려왔고, 웃고 하면서 즐거운 하루 저녁이 흘러갔다. 신랑신부가 25세였기에, 친구들이 다 처음으로 하는 것이라 재미나게 치러주었다.

그러나 간소하게 치른다고 한 이 결혼식 이후, 우리 부부는

(花冠, 칠보화관으로 족두리를 의미)과 함께 착복하였다(이기숙 외, 2014).
** 전통혼례에서 납폐(納幣)에 해당되는 것으로, 신랑 집에서는 결혼식 전날, 신부 집에 혼수함(신부의 청색과 홍색 비단 치마감을 포함한 몇 가지의 신부용 혼수, 혼서 등)을 보낸다. 신랑의 가족이나 친구가 전달하는 것으로, 이 의례를 요즘 '함 보낸다'라고 표현한다.

엄청 욕을 들어야만 했다. 다음에 당신들은 초대 안 하겠다는 말이 제일 무서웠다. 우리는 그냥, 정말 간소하게 치르고 싶었고, 그 집의 식사는 200여 명만 가능하였다. 지금 생각하면 그 날 주차도 어려웠을 것이고, 다들 서서 혼례에 참여하셨기 때문에 참 불편하셨을 거라 실례가 많았던 것 같다. 그래서 10년 뒤, 둘째아이의 결혼식은 남 하듯이 다 모시고 편하게 치렀다. 명분은 주위 분들의 우애(友愛)에 대한 우리 부부의 마지막 인사이기도 했고, 다른 지역에서 오는 며느리를 위한 인사이기도 했다.

3개월 후, 아이들은 유학을 떠났다. 유학 생활을 하면서, 그 전통혼례 관련 경험들은 딸 부부에게는 참 좋은 이야기거리였다고 들었다. 그러나 아버지들이 딸 손을 잡고 웨딩마치에 맞추어 등장하는 그 모습을 연출하지 못해서 남편은 섭섭하기도 했을 것이다. 결혼식 며칠 전, 양가가 다 모여 화장(化粧)하고 거의 하루 종일 가족사진을 찍은 것도 좋은 추억이다. 지금 보니 다소 촌스러운 사진이긴 하지만 아들, 딸, 사위 다 데리고 찍은 유일한 사진이라 안방에 걸어두고 있다. 이후 딸은 멋진 웨딩드레스를 입은 사진이 없다고 아쉬워하더니, 결혼 10주년 때, 딸과 아들을 데리고 멋진 가족사진을 찍었다. "엄마, 내 결혼은 좀 촌스러웠지? 그래도 그땐 참 좋았어." 약간의 촌스러움과 즐거움이 딸의 결혼식 코드였다.

고마운 시어머님

나는 지금도 돌아가신 시어머니가 보고 싶은 적이 더러 있다. 시어머니께서는 1910년생으로, 나의 외할머니와 한 살 차이이시다. 그래서 나의 친정어머니께서는 사돈을 좀 어려워하셨고, 외할머니와 시어머니께서는 동년배로 이야기가 잘 통하셨다.

처음 시어머니를 뵌 기억은 나에게 선명하다. 연애를 하다가 이제 결혼을 해야 하지 않을까 싶어, 남편이 먼저 우리 부모님을 찾아뵙고 반허락을 받았다. 그리고 내가 남편 부모님께 인사를 드리러 갔다. 물론 그 전에 형님, 누나 가족들과는 밥도 먹고 하면서 몇 번이나 만나곤 하였다. 그런데 나는 시부모 되실 분이 그렇게 연로하신 것에 좀 놀랐다. 남편이 막내라 이해는 되었지만, 갑자기 나의 할머니뻘 되시는 분을 보고 어머니라고 불러야 하는 점이 좀 어색했다.

결혼하고 이듬해 시아버지께서 돌아가셨다. 그리고 3년 후, 친정에 살던 우리 부부가 드디어 분가를 하게 되었고, 아이 때문에 우리 부부는 시어머니께 함께 살자는 제의를 드렸다. 그래서 중요한 짐은 큰집에 둔 채(당신의 자리는 큰아들 집이라는 사실을 강조하셨다) 시어머니께서는 우리와 함께 지내게 되었다.

직업여성이었던 나는 좋은 며느리는 아니었다. 그 위에 동갑내기 남편과는 걸핏하면 내가 옳니 하면서 티격태격거려 어른

마음도 많이 상하게 해드렸다. 남편이 늦게 퇴근하면 어머니께서는 나보다 먼저, 더 많이 남편을 나무라셨다. 지금 생각하면 선수(先手)를 치시면서 나보고 입 다물고 있으라고 그리 하셨던 것 같다. 당시 이웃에 살던 시누이께서 직업여성이라 하기 힘든 일들(아이들 유치원 학부모 모임 참석, 소풍날 시장 봐 주기 등등)을 많이 도와주셔서 그래그래 전쟁 같은 나의 30대가 무사히 넘어간 것 같다. 가끔, 난 시어머님이 안 계셨더라면, 시누이께서 가까이 살지 않았더라면… 아이들을 어떻게 키웠을까, 하고 생각해볼 때가 있다. 답이 없다. 공보육시설이 있다 하더라도 아이들 옆엔 늘 사람이 필요하기 때문이다. 당시 많은 친구들이 출산과 함께 사표를 냈다.

시어머니는 줄곧 우리랑 함께 사셨다. 우리가 아주 크게 부부 싸움을 한 적이 있었다. 화가 난 어머니께서는 큰집으로 가버리셨다. 덩달아 화가 난 며느리는 일하는 사람을 구했다. 그러나 그 사람이 오다가 말다가 애를 먹였다. 남편이 다시 어머니에게 가서 빌었다. 이런 부끄러운 과정을 다 거치면서 우리 부부는 아이를 키우고, 아파트를 늘리면서, 그래그래 40대를 보냈다. 우리 아이들은 할머니를 참 좋아했다. 아이들과 맛난 것도 만들어 먹고, 아이들이 아프기라도 하면 밤새 안 주무시면서 아이들을 돌보곤 하셨다. 물론 나는 쿨쿨 자는 며느리였다. 늙어서 아프면 어떨까를 어머니께서는 참 걱정하셨다. 내가 돌보아드릴 테니 걱정 마시고 아프시라고 하면, 에고 말만 들어도 고맙다, 하셨다. 나는 정말, 어머니께서 18년을 우리 집 살림을 도맡아 해주신 덕분에 내가 공부나 사회생활을 할 수 있었다고 생각하기 때문에 어머니 병수발과 장례를 내가 치러드려야 된다고 생각하고 있었다. 갚아야 된다고 생각했다. 그러나 애석하게도 내가 외국에 연구년을 나간 그 해에 어머니께서는 갑작스런 병환으로 돌아가셨다. 위독하다는 소식을 듣고 비행기 예약을 해둔 덕에 겨우 장례에 참석할 수는 있었다.

어머니께서는 찬찬하고 꼼꼼하신, 참 여성적인 분이셨다. 반대로 며느리인 나는 왈가닥이었고 살림 등에 크게 관심이 없었다. 내가 '시집살이'를 한 게 아니고, 어머니께서 '며느리살이'를 하셨다. 넷째 며느리의 온갖 허물을 다 덮어주신 어머니가 나에게 고마운 분이셨음을 나이 들수록 알게 되었다. 어머니의 말씀 중 명언은 '자네도 돈 벌어 오니, 남자 마찬가지제'라는 말씀이다. 이 말은 아이가 아파도 자버리는, 김치도 못 담그는, 제사에 늘 지각하는 나의 행동거지를 이해하는 근거가 되었다. 돈은 남자가 벌어야 된다는 고전적 생각에서 출발해, 내가 돈을 벌기 때문에, 고로 자네는 며느리이기는 하나 남자와 진배없다고 하신, 그 사고의 확장이 고마울 뿐이다.

책벌레

대학 다니던 시절, 학보사에서 '자기 책장을 가진 사람들'이란 제목으로 애서가(愛書家)를 취재한 적이 있었다. 학보사 기자였던 친구의 추천으로 우리 집 내 방이 취재 대상이 되었다. 큰 안경을 쓰고, 검정 티셔츠를 입고, 팔짱을 척 걸고 찍힌 사진이 지금도 나의 앨범에 들어 있다. (사진기자가 잘 나왔다고 인화해 주었다. 그 남학생 기자는 지금 어디서 무엇 하실까?) 앞에서 이야기하였지만 나는 초등학교 시절, 동네 만화가게에서 살다시피 하였다. 책도 정리해드리고, 신간 만화는 기다렸다가 제일 먼저 보고 충만한 기분으로 집으로 돌아오곤 했다. 그리고 중고등학교 때에는 외삼촌의 서재에서 많은 시간을 보냈다. 소설 본다고.

우리 집에도 책이 많고, 연구실에도 책이 많다. 나는 책을 가끔 도서관 등에서 빌려 보기도 하지만, 대부분은 직접 구입해 보는 편이다. 새 책을 찾아다니는 기분, 주문한 새 책을 받아든 기분, 받아든 책을 들고 표지 디자인을 감상하는 기분, 저자가 마치 내 곁에 있는 듯 혹은 내가 언제라도 만나러 갈 수 있는 분인 듯 느껴지는 친숙감. 때로는 옮긴이도* 자세히

---

* 나는 번역가 '공경희' 씨를 참 좋아한다. 그분 책이라면 두말 않고 구해 본다. 처음엔 그분을 몰랐지만, 책을 다 보고 접으며 참 번역 잘했다(외국 소설이나 에세이가 이리 생생하게 우리말로 전달되다니 라는 감동)라는 생각

살펴본다. 새 책에 줄 긋고 보는 기분, 다 본 책을 책장에 꽂고 때로는 공간이 없어 다른 책 위에 올리는 기분, 가끔 내 책장을 죽 들러보는 기분, 사람들과 이야기하다 오! 저분에겐 이 책이 도움이 되겠구나 싶으면 빌려드릴 때의 기분 때문에 나는 책을 즐겨 산다. 좋은 책은 몇 권씩 구입해서 적절한 선물로 쓰기도 한다.

심심한 주말엔 신간 도서들을 들고 앉는다. 한 소파에 앉아 남편은 스포츠 중계를 보고, 나는 책을 보는, 그런 그림으로 우리는 시간을 잘 보낸다. 그리고 침대에 누워 늦도록 책을 본다. 내가 눈이 나빠져 반드시 좋은 조도(照度)의 스탠드를 사용해야 하게된 이후로 고맙게도 남편은 항상 눈가리개를 하고 잔다(이 조건에 대해 남편은 만족하십니다! 제가 몇 번 눈가리개 하고 자는 것이 불편하지는 않느냐고 물어보았지요. 그는 눈가리개를 하면 참 아늑하니… 좋다고 합니다.). 책은 주로 〈경향신문〉의 토요 신간 안내, 시사잡지 ≪시사인≫의 신간 안내에서 정보를 얻는다. 책의 주제나 내용을 보고 검색을 거친 뒤 목차를 보고 주문을 한다. 이 책이 학교 도서관에 비치되어 다른 사람들이 보면 참 좋겠다는 생각이 드는 전공분야 관련 서적은 학교 도서관에 신청도 한다. 날마다 좋은 책이 쏟아져 나옴을 즐거워하며, 그 책들을 통해 관계의 친밀성, 행복, 나

에 번역자를 살펴본 몇 번의 경험에서 나는 그녀의 팬이 되었다!

눔, 상실, 명상 등을 배운다. 책은 내가 인지하는 단순한 인생사에 대해 풍부한 해설을 해주며, 때론 복잡하고 이해 안 되는 사건이나 사람에 대해서 깨치고 알 수 있도록 어떤 지침과 원리를 보여준다.

전공 도서는 책상에서 연필이나 색연필을 들고 줄 그으면서 보며, 소설이나 에세이류는 소파나 침대에 편하게 앉거나 누워 본다. 시사잡지와 영화잡지는 화장실에서 조금씩 본다. 그리고 신문은 아침 커피 시간이나 저녁식사 후의 자투리 시간에 본다. 가끔 쭉 찢어 클리핑도 해가면서…. 나는 특히 신문 보는 것을 대단히 즐긴다. 신문을 보면 세상사가 읽히기 때문이다. 학생들에게도 자신의 지성 관리 혹은 전공을 백업해줄 많은 배경지식의 축적을 위해 신문 읽기를 강력히 권유한다. 사건 중심 기사보다는 역시 시사, 평론, 사설 등이 재미나다. 요즘은 소설을 들고 밤을 새워 읽지는 못한다. 소설은 들었다 하면 끝까지 봐야 하는데, 이 나이에 잠을 설치면 다음 날 피곤하기 때문이다. 그래서 요즘은 소설을 본 뒤 느껴지는 어떤 충만함을 누리지 못해 섭섭하기도 하다. 하루 종일 책만 줄창 보는 때가 오기를 기다리며….

NGO 활동

방학이 되면 한 두어 주는 밀린 약속을 수행하느라 바쁘다. 일주일 내내 점심 약속이 있기도 한다. 여고 친구, 대학 친구, 서클 친구, 제자들 모임(여러 개라 바쁘다), 종강을 기다리고 있었던 각종 NGO단체의 이사회, 그 위에 요가클래스 친구들까지…. 여기에 오페라 듣기, 영화 감상, 갈맷길(부산의 걷기 좋은 길) 걷기, 주말 골프 등이 끼면 두어 주는 정말 바쁘다.

첫 자녀를 낳은 1977년부터 나는 부산 YWCA 대학부 위원으로 사회활동을 시작하였다. 그때 만난 분들이 나보다 20여 년을 더 사신 인생 선배들이셨다(그때 그 부서의 담당 간사가 '조 관장'이셨고, 우린 지금도 앵무새 같은 목소리로 안부를 묻는다). 이후 시민사업부, 교육부 등의 활동을 통해, 여성교육(부산에서 최초로 시작한 한부모가정 어머니들 대상의 '등대교실'로, 그때 함께한 다른 '조 관장'과는 지금도 우애를 나누고 있다)과 생활교육(대표적인 것이 음식물쓰레기 줄이기 운동 등), 그리고 환경운동 등을 논의하고 실천하고 하면서 여성지도력을 계발하였다. 다양한 분야의 선배 지도자 여성들을 만나는 시간이었기에 즐거운 마음으로 봉사하였고, 나는 YWCA로부터 '30년 봉사상'을 받았다.

1979년 신군부의 출현, 1980년 5.18 광주 항쟁 등의 시대적 상황에서 확산되기 시작한 사회 민주화 운동은 대학에도 영향을 미쳐, 당시 4년제 여자대학이었던, 내가 근무한 대학에도 교과과정에 '교양 여성학'이 개설되었고, '여성문제연구소'가 개소되면서 나의 활동은 지역 여성계로 확장되었다. 1992년 '부산성폭력상담소', 1994년 '부산여성의 전화'와 '여성정책연구소'가 창립되면서 자문, 교육 등으로 나의 역할이 필요한 곳에 함께하였다. 당시 이 일을 시작한 분들은 다 여고 선배로, 지역 여성계와 학계를 연결시키는 역할을 나에게 주문하셨다. 나는 지금 생각해도 어느 후배가 그렇게 할 수 있을 것인가, 라고 자신 있게 말할 정도로 물심양면으로 도와드렸다. 김 선배님은 타계하셨고, 이 선배님은 외국에 가셨고, 지금 지척엔 신 선배님만 계신다.

1995년, 한국여성사회교육원과 독일 아데나워재단의 지원으로, 새로운 진보 여성교육을 위한 단체 (사단법인)부산여성사회교육원이 만들어지면서 나는 '초대 원장'으로 초빙되었고, 그래서 불가피하게 다른 단체의 활동은 줄여나갔다. 당시 모든 창설 준비와 실무활동을 맡은 씩씩하고 인간미 넘치는 여성활동가였던 '이 부원장'을 나는 잊지 못할 것이다. 나를 세 번 찾아온 그녀의 눈빛을 보고 함께 들어선 길이었는데, 여러 사정으로 그녀가 떠나고, 안정이 되지 못한 그 단체를 내가 10여 년을 안게 되었다(우리는 자주 소식도 주고받고, 지금도 서로를 늘 보고 싶어 한다). 교육원은 지역의 교수와 젊은 강사들이 구심점이 되어 지역 여성교육 분야에서 역량을 키워나갔고, 그 세월 속에 나는 늙어갔지만 많은 젊은 후배들은 자랑스럽게 활동하고 있다.

이후 2002년, 부산시 서구 완월동에 성매매 여성들을 위한 여성복지상담소가 개소되었고, 2004년 '성매매 특별법'의 제정에 힘을 받아 상담소는 (사단법인)성매매피해여성지원센터 살림(이후, 지금의 명칭 '여성인권지원센터 살림'으로 변경)으로 활동하기 시작하였고, 나는 법인 이사장을 맡게 되었다. 2001년, 주례로 결혼식 증인 노릇도 내가 기꺼이 한, 제자 '정 소장'이 그 힘든 일을 하겠다고 나섰을 때 나는 많은 걱정을 하였다. 관련 법 통과와 함께 탈성매매 여성들을 위한 일(상담, 재활, 생활안정 등)이 점점 증가하였고, 점점 소신 있고 유능한 여성들이 합류하였다. 젊은 여성들이 누군가를 위해 자신의 편함과 안정을 뒤로하고, 기꺼이 정의로운 사회를 위한다는 공공의 선(善)에 가치를 두고 자신의 거취를 결정했다는 것은 멀쩡한 직업을 가지고 있던 나의 입장에서 볼 때 존경받을 만한 일이었다. 난 비록 회의에만 참석하는 신세이지만 낮과 밤 가리지 않고 그 여성들을 위해 활동하고 있는 활동가들을 보면 너무나 자랑스럽다. 쉼터 '이 원장님'은 항상 번팅이 가능한 동갑친구이다. 아직 정리하고 남겨야 할 일들이 산적해 있기에 나는 현재진행형으로 여전히 '살림'에 박혀 있다.

그러면서 부산여성센터(부산여성가족개발원의 전신) 이사, 부산시 여성정책자문위원, 부산여성가족개발원 창립 업무 등으로 2000년 초에 나는 더욱 바빴다. 부산여성센터 설립과 개발원 설립에 관한 제안들을 기꺼이 들어주시고 반영해주신, 당시 부산광역시 '최 국장님'을 잊을 수가 없다. 이때 나는 민간(民), 지자체(官), 그리고 학계(學)가 합심하여 일을 하면 대단한 시너지 효과가 만들어지고, 특히 여성 지도자들의 그런 역할은 남성 중심적인 사회에서 젠더 관점의 사업들을 확장할 수 있다는 것을 배웠다.

2005년, 남성들이 만든 NGO 활동에 영입되었다. 여성을 주제로 활동하는 여성기구들에 비해 이 단체, 희망연대(2002년 창립, 이후 '자치21'로 변경)는 관심 주제가 '민주, 발전, 자치, 풀뿌리' 등이었고, 목적을 부산의 정치개혁과 지역화합 실현에 두고 있었다.* 여성운동을 통해 나는 법과 제도가 뒷받침되지 않으면 '좋은 세상'**이란 만들어낼 수가 없다고 생각해왔기에 나에게 어떤 소임이 필요하면 하겠다는 심정으로 합류하였다. 그러다가 2009년 5월, 노무현 대통령의 갑작스런 서거로 자치21이 대통령 추모 사업을 주도적으로 맡게 되었고, 노무현재단 부산지역위원회(2010년)가 출범되면서 나는 초대 상임대표를

---

* 사단법인 자치21(2014). 『희망연대/자치21 활동백서 - 우리들의 10년』.
** 이때의 좋은 세상이란 평등, 자유, 정의가 최대로 보장되는 사회를 의미한다. 나는 궁극적으로 정치란 이런 가치를 현실적으로 만들어가는 시스템이라고 본다. 이 시스템을 만드는 일은 사람이 한다. 궁극적으로는 '사람'이 제일 중요하다고 본다. 우리가 선거를 잘해야 하는 이유가 여기에 있는 것이다!

맡았다. 10여 년의 그 활동 속에서 다시 많은 친구들을 가지게 되었고, 나보다 나이는 어리지만 현실정치의 경험이 많은 그들 (지금도 아끼고 좋아하는 '서 의원', '박 의원')로부터 많은 것을 배웠다. 그리고 힘든 여건에서 항상 '중용과 균형'을 꿈꾸며 '올바름'을 실천하려는 많은 동지들에게 애정을 가지게 되었다.

그녀의 용기

내가 그녀를 만난 것은 그녀에게나 나에게나 다 행운이었다. 모 단체에서 나에게 상담을 의뢰하여 만난 26세의 그녀는 가출한지 12년이 되었고, 당시엔 성매매현장에 있었다. 여러 현장 활동가들에 의해 전달된 물품과 전단지를 보고 그녀는 모단체에 연락을 하였고, 어렵게 낮 시간에 나와 연결되었다. 그녀를 처음 만난 곳은 그 단체 사무실이었다.

그녀는 작고 예뻤다. 뒤로 묶은 머릿결도 윤이 났고 차림도 수수하였다. 초기상담 시 실무자가 작성한 면접지를 읽고 나는 그녀의 나이와 학교 상황, 가출 시기 등을 알 수 있었다. 그녀도 상담사가 생각한 것보다 더 나이든 분이라 좀 놀랐다고 했다. 딱딱한 분위기에 미소가 생기고 우리는 자연스레 다음 약속을 하였다. 다음 상담 장소는 그녀가 가장 먹고 싶어하는 음식을 파는 음식점으로 정했다. 내가 대접하고 싶다고 하니 그녀는 그럼 다음에는 자기가 대접을 하겠다고 해서, 두 번의 일정이 자연스레 잡혔다.

그녀는 중학교 2학년 때 가출하였다. 그녀의 가출 사유는 가정 문제라기보다는 학교 문제였다. 쉽게 말하면 '선생이 보기 싫어서'였다. 이런저런 이야기를 듣다 보니 좀 미성숙한 담임을 만난 듯싶었다. 영화(특히 청소년 성폭행 관련 영화들) 속에서 왜 저 교사가 저 학생에게 저렇게밖에 말 못하는가 하고 안타까워한 적은 있었지만, 실제 그런 교사의 말 한두 마디로 인생이 이렇게 획 돌면서 다른 방향으로 빠져버리는 사례가 있다니 놀라웠다. 14세 때, 학교가 가기 싫어 안 갔고, 그래서 낮 시간에 여기저기 쏘다니다 주점에서 서빙을 하게 되었고, 더 돈을 벌기 위해 노래방 도우미로 취업하였고, 이후 몇 군데를 더 돌다가 성매매현장에 아예 들어와버린 것이 스물세살 때였다고 했다. 한 곳에서 먹고 자고 한다는 것이 8~9년을 그렇게 떠돌던 그녀에게는 안락해 보였던 것이다. 나는 학생들에게 어떻게 말하고 그들의 어려운 심정을 잘 헤아리는 선생인가,라는 자기 성찰이 그때 일어났다.

그녀가 알고 싶은 세상에 대해 이야기 나누었다. 그녀가 앞으로 하고 싶은 일이 무엇인지도 찾아보았다. 가족들 이야기도 나누었다. 가족들은 그녀가 다른 도시에서 직장생활을 하고 있다고 알고 있었다. 그녀는 가끔 집(부모와 오빠가 있음)에 가고, 부모님께 생활비도 드리고 온다고 했다. 그녀의 부모들은 그녀가 어디에서 무슨 일을 하는지 모른다고 했다. 그녀는 좋은 딸이고 싶어 했고 돈을 버는 여성이고 싶어 하였다. 상담 목표는 그 현장에서 나오는 것으로 정해졌다. 그래서 그녀는 이곳의 문을 두드린 것이다. 그녀는 끊임없는 자기 갈등 속에서 늘 고민해온 게 틀림없었다. 어느 틈새로 다른 세상을 가지려고 애쓰는 그녀는 자기를 사랑한 여성이었다. 그녀는 그녀를 옥죄고 있는 그 선불금이라는 것에서 벗어날 구체적 방법을 물었다. 단체 실무자와 변호사 사무실을 방문하여 수차례 상담한 결과, 선불금의 일부가 탕감되었고 종내는 기천만 원이 남게 되었다. 그녀는 그 정도는 다른 일을 해서 갚을 수 있다고 하였다.

몇 번의 만남 이후, 그녀는 그곳을 합법적으로 나와, 기숙사가 있는 어느 산업체로 갔다. 젊은 여성이 일하기엔 고된 그 일터(그 일터는 여러 회사 중 임금이 가장 높다는 이유로 그녀가 선택하였다)에서, 몇 년째 그녀는 일하고 있다. 나는 가끔 문자로 그녀와 안부를 주고받는다. 일터의 사람들이 자기를 보고 두 부류 중 한 부류라고 한다면서 웃으면서 말하였다. 이 힘든 곳에 뭣 모르고 온 바보든지, 이 일보다 더 힘든 일을 하다가 도망온 독종이든지….

그녀는 도움을 청할 수 있는 용기를 가진 여성이었다. 무기력하고 절망감에 빠져 있을 수 있었음에도 불구하고, 앞으로 나아가려는 능력을 가진 여성이었다. 왜 어떤 여성은 이 능력을 가지고 있고 어떤 여성은 그렇지 못한가는 나의 개인적 관심이지만, 일단 지지망에 접선된 여성들 내면에서 그 힘의 첫 실마리를 찾아내는 것은 전문가들의 몫이다. 막막한 현실에서 그래도 나를 도와줄 사람/단체가 있다는 것을, 즉 사람을 믿었다는 것이 너무나 고마웠다. 그게 그녀의 용기였다고 본다. 그리고 그녀는 견디면서 돈을 모아야 한다는, 즉 고통을 견디는 용기를 가지고 있었다. 그 산업현장은 매우 춥고 매우 덥다고 했다. 그러나 통장에 차곡차곡 모아지는 저금액에 기대를 하고 스스로 아직 젊다고 생각하며(실제 그녀가 일하는 산업체에는 50대 중년여성들이 많다) 희망을 가지고 살고 있고, 그런 그녀를 나는 반복적으로 칭찬해주었다. 정말 장한 여성이지 않은가?

그러나 나는 그녀로부터 시선을 거둘 수가 없다. 그녀는 지금까지는 잘 견뎌내고 있다. 용기를 가지고 자신을 변화시키고 있다. 수년의 기간이 흐르면서 그녀의 내공이 더 강해졌다고 보지만, 어떤 재수 없는 사랑이나 모진 덫에 다시 그녀가 빠져들지는 않을지, 솔직히 나는 여전히 겁이 난다. 다음엔 그녀와 그녀의 어머니와 할머니 이야기를 해보고 싶다. 그녀의 성장과정에서 만들어진 부모관, 자녀관, 이성관 등을 스스로 보도록 해주고 싶다. 그러면서 그녀의 미래 이야기 속에 슬쩍 들어가 그녀의 역사를 재구조화하고, 그녀의 자기 조직능력(유대관계와 환경적응성 등을 포함하는 종합적 능력)을 향상시켜야 할 듯하다. 그녀의 인생에 비행운(非幸運)이 없기를….

노부모의 죽음 맞이

지금 만나는 친구들 중, 노부모를 모시고 사는 친구들은 고되다. 본인도 나이 60이 훌쩍 넘어가는데, 팔순 넘은 부모님을 병원 모시고 다니랴 수발 들랴 너무 수고가 많다. 착한 딸로 며느리로 최선을 다하지만, 친구들을 만나면 그 괴로움을 털어놓는다. 그러면 다들 열심히 들어주고 위로해준다. 그리곤 자기들의 경험에 따라 이런저런 이야기로 조언해준다.

솔직히 나는 병드신 어른을 모셔본 경험이 없다. 결혼한 그 다음해 시아버지께서 돌아가셨다. 추운 겨울에 집에서 장례를 치르는 동안(1976년쯤인 그땐, 장례식장 장례가 보편화되지 않았다) 막내며느리인 나는 부엌에서 살아야 했다. 음식 담당도 아닌 거의 설거지 담당이었다. 결혼 후 서너 번만 뵈었던 터라 시아버지께서 정확히 어떻게 돌아가셨는지는 기억이 안 난다. 돌아가실 것 같다고 다 모이라는 연락을 받고 부랴부랴 임종을 뵈러 간 적이 두 번 있었다. 오늘 밤은 넘기실 것 같구나…. 자네들은 집에 가거라, 라는 어른들 말씀으로 우린 야밤에 집에 돌아오곤 하였다. 내 생애 처음으로 상주 노릇을 해보았다. 광목 치마저고리를 입고 있는데, 문상 온 친정아버지를 뵈니, 어찌 그리 눈물이 나던지…. 그때 다양한 장례 절차를 실제 경험해 보았다. 특히 상장례에서는 막내아들인 남편보다 장조카인 손자가 더 중요한 역할을 하는 사람이었다.

그러고 16년 후, 시어머니께서 돌아가셨다. 당시 나는 외국에 나가 있었고 어머니는 서울 형님 댁에 가 계셨다. 1년만 공부하고 오겠습니다, 라고 인사하고 떠날 때만 해도 어머님이 돌아가실 것이라고는 생각도 못했다. 간간이 통화하면서 편찮으시다는 이야기를 들었다. 어느 날 남편이 아무래도 당신이 들어와야 할 것 같다고 전해주어 부랴부랴 비행기 예약을 하고, 나서는 날 아침 임종 소식을 들었다. 딸과 아들이 할머니 임종 소식을 듣곤 눈물을 쩔쩔 흘리며, 할머니, 할머니, 하였다. 13시간의 비행시간 동안 어머니와 함께 지낸 18년이 주마등처럼 지나갔다. 그 무거운 손주를 업고 5층 아파트를 오르내리신 일이나 끼니마다 맛난 것을 해서 아이들 먹이신 일들은 정말로 감사드릴 일이다. 특히 결혼 10년 전후하여 남편과 말다툼할 때마다 남편 편을 드는 어머니에게 왜 내 편을 들어주지 않느냐고 역성을 낸 것은 생각하면 우스운 일이다. 요조숙녀 같은 어머니 세대에서는 남편을 이기려고 드는 여자가 이해가 안 되셨을 것이다. 장례는 서울에서 치러졌다, 어머니가 노후에 18년이나 우리 집에 계셨는데, 가시는 길의 힘듦을 내가 돌보지 못하고 형님의 일로 넘겨드린 것이 참 죄송하였다. 부산 장지로 내려와서 학교 동료들과 친정가족들을 대면하였다.

　　후일, 나는 서울 형님에게 어머니께서 가시는 모습을 여쭈어 보았다. '내가 이제는 다 살았는가 보다' 혹은 '내가 살 만큼 살았구나'라는 말씀을 자주 하시더니, 어느 날부터는 입맛이 없다 하시면서 식사를 거의 못하시기 시작하셨단다. 미음 등도 조금 잡수시고는 이내 안 잡수시고 하시기를 2주 정도 하시다가, 곡기를 놓고는 1주일 만에 돌아가셨는데, 보시기에 참 편안하게 가시는 것 같았다고 하셨다. 그때가 87세이셨다. 벌써 20여 년 전이다. 그 당시만 해도 그리 가셨구나 정도로 이해했었는데, 지금 생각하면 가실 준비를 하려고 스스로 결심하시고, 의도적으로 곡기(穀氣)를 끊으려고 애쓴 모습이 대단한 일로 여겨진다.

그 뒤 죽음 공부(죽음학, 생사학, thanatology)를 하면서, 나는 임종에 다다른 분을 모신 가족의 이야기를 유심히 들어보았다. 이 이상 더 내가 살 수가 없구나 혹은 이젠 내가 죽을 때가 되었구나를 인식하고 보통 3개월에서 빠르면 1주일 정도가 소요된다. 그때 대부분의 사람들은 삶을 단념하고 스스로 준비를 한다. 이런 경우 남성이 보다 빨리 그런 결심을 하는 듯하였다. 그러나 어떤 분은 살려달라고 너무나 강하게 매달리기 때문에 가족도 힘들고 의료진도 힘들다. 갈 때를 안다는 것은 어떻게 인지되며, 그때의 마음은 어떠할까가 궁금하여 계속 연구를 하고 있다. 이렇게 내가 가는구나 하고 알고 가면 되지만, 갑작스레 나도 모르는 사이에 내가 의식불명이 되어버리면 어떠하나, 라는 것도 고려해야 한다고 본다.

그리고 다시 8년 후, 친정아버님이 돌아가셨다. 아침 운동까지 하시고, 다른 날과 별반 다르지 않은 하루를 보냈는데, 한

밤중에 피를 토하시며 의식을 잃어버리셨다. 입원하고 수술하시고, 그리고 병원에 두 달을 입원해 계시다가 바로 돌아가셨다. 의식을 잃고 이삼 일을 그대로 계시다가 언니와 큰 남동생의 의논으로 다른 연명장치를 안 하신 채, 바로 돌아가셨다. 평생에 병원에 입원해본 것이 처음이라고 하시더니…. 병원에서 바로 천국으로 가셨다. 언니가 돌아가시기 전에 꼭 해야 한다면서 목사님을 모시고 와 세례를 받게 하고, 구원을 약속받으며 보내드렸다. 아버지는 병상에서 여러 가지 상속에 걸친 문제를 해결하시곤, 자식들 하나하나, 심지어 조카까지 다 만나보고 이야기하시곤 가셨다. 남편과 내가 마지막으로 아버지를 뵙는다고 들어선 자리에서 아버지는 남편의 손을 꼭 잡고 '자넨 참 좋은 사람일세. 잘 살아야 한다'라고 하셨다. 아버지께서는 생전에 집안 묘터를 잘 정리정돈해놓으셨고, 자신의 유골묘도 다 만들어두고 가셨다. 딸자식이지만 아버지께 미음 한 번 떠 드린 적 없고 기저귀 한 번 챙겨드린 적이 없었다. 어느 자식도 고생시키지 않고 가셨다.

그리고 2년 반 뒤, 혼자 사시던 어머니도 훨훨 가셨다. 아버지 사후에 어머니는 혼자 계실 수가 없어 입·퇴원을 반복하시다가 드디어 간병인과 함께 사셨다. 참 마음에 들어 하던 분이셨기에 우리도 안심하고 그분을 믿고 어머니 걱정을 하지 않았다. 서울 살던 언니가 엄마까지 가버리면 어쩌나하면서 한 달에 두 번씩은 내려와 함께 지내기를 2년간 하였다. 엄마는 옛날이야기도 언니와 나누고, 찬송도 함께 부르고, 집안 정리도 이것저것 지시하면서 비교적 편안하게 지내셨다. 편찮은 부모에게 나같이 바쁜 딸은 소용이 없었다. 자동차가 필요할 때 기사노릇이나 하고, 함께 목욕을 가고 돈 쓸 일 외에는…. 아들들도 거의 매일 엄마를 방문하였고, 일일이 약도 챙겨드렸다.

2006년, 나는 연구년으로 다시 외국에 나가게 되었다. 언니와 남편으로부터 소식을 듣고 있었으며, 남편이 매주 엄마를 찾아뵈었다. 남편도 부모 돌아가시고 난 뒤에 비로소 살아계실 때 자주 찾아뵙는 것이 가장 좋은 효도라는 것을 알았다고 하면서, 하여튼 자주 찾아뵙는다고 했다. 엄마는 아들보다도 이 사위를 더 편하게 대했다. 손도 야무져 엄마 집 집사일도 다 하였다.

어느 날, '엄마가 다시 입원하셨어'라는 전화를 받았다. 그리고 한 달 후쯤 '위독하시대, 당신 와야겠다'는 다급한 전화가 왔지만 딸이 박사학위 논문 심사를 받던 시기라 (육아와 가사를 거의 내가 돌보던 시기였기에) 내가 거기를 떠날 수는 없었다. 언니가 있으니…라고 생각하며, 나도 맘 편하게 외국에서 어머니 가시는 길을 기도로 바라보았다. 그리고 3개월 뒤에 귀국하여 엄마 묘소를 찾았다. 납골 석묘(石墓, 화장 후 유골함에 넣어 돌로 만든 묘지에 안장)에 붙어 있는 웃는 어머니 얼굴을 보니 반가웠다. 그동안 언니와 동생들이 짐 정리하고 집 처분한다고 애를 썼으며, 나는 늘 편한 딸자식 노릇만 하는 꼴이 되었다.

나의 인생 3막

지금 내 나이 65세! 앞의 글들에서 이미 내 삶의 여러 편린이 드러났지만, 다시 나의 인생을 정리해볼까 한다. 외부 강의를 나가면 나는 항상 지금까지 살아온 삶을 평가해보고, 이제부터 남은 시간을 전망해보자, 라는 내용으로 주제를 풀어나간다. 오늘은 아주 간략히 나의 과거와 현재, 그리고 미래를 정리해보려 한다. 이 글을 읽는 다른 분들도 이런 방식으로 한번 자신의 인생을 돌아보고, 남은 인생을 계획해보면, 분명 남은 삶이 더 충실해지리라 믿는다.

흔히 '인생 2모작'이란 표현을 한다. 유명한 책 제목이기도 하다. 저자는 남성 독자들을 대상으로 글을 적었다. 이젠 평생 직장이란 개념으로 자신의 일(직업이란 의미로, work life, job 의미)을 계획하고 평가해서는 안 된다고 하면서, 중년기 이후 새로운 두 번째 일(직업)을 선택하려는 노력이 필요하다고 '인생 2모작'이란 표현을 사용하였다. 은퇴 후의 귀농생활 혹은 새로운 공부 시작 등도 넓게 보면 나의 인생 2모작에 해당된다. 가족학에서는 '생애, 단 한 번의 결혼'이라는 개념이 깨어지면서 '새로운 결혼(이혼을 경험한 다음 오는 결혼, 재혼 등 의미)'이 현대인의 가정생활 양식으로 자리 잡게 되자, 결혼 2모작도 가능하다고 한다. 이런 나의 설명을 들은 남성분이 3모작은 안되냐고 물으신다. 좀 고되시겠지만, 더 좋은 인생파트너를 찾으려는 부단한 노력으로 보겠다, 라고 답해드렸다.

우리의 생애 1막은 보통 17, 18세까지이다. 즉 고교 졸업 때까지로 보면 된다. 어린 시절, 초등학교 시절, 중고등학교 시절—이 시절을 회상하면 나는 행복하다. 어린 시절의 사진첩에서 회상한 나의 어린 시절은 기차를 타고 울산 친할머니 댁에 자주 간 일, 학교 운동장을 뱅뱅 돌며 뛴 육상부 활동, 중학교의 친구들과 고등학교의 많은 친구들! 학교 교사였던 아버지의 영향으로 늘 책과 음악을 가까이 했던 청소년 시기. 마음이 넉넉한 어머니 밑에서 자란 탓에 들볶인다는 스트레스 없이 보낸 시절들이다. 뭔가 힘들었다면, 키가 더 크고 싶었고 더 예쁘고 싶었는데… 그게 내가 노력해서 되는 일이 아니라는 걸 알고 슬퍼했던 일이다. 키 큰 금발의 서양여자가 옆구리에 작은 아이를 척 걸치고 푸른 들판에 다리 벌리고 서 있는 한 장의 사진은 나의 콤플렉스를 건드렸다.

그리고 2막은 대학, 대학원, 결혼, 육아, 친인척, 교수생활로 점철되었다. 그 위에 또 공감능력이 높고 남의 부탁에 대해 거절 못하는 무딘 성품 때문에 줄줄이 엮이어 들어간(남편은 이런 나를 보고 오지랖이 넓다고 표현했다. 그건 아닌데… 나의 도움이 필요하다고 했는데… 누군가가 해도 해야 되는 일이잖아… 아이고 이 어리석은 사람아! 정도로 우리 부부의 대화가 이어진다) 숱한 활동들. 고인이 되신 어느 선배 교수님께서 이 학교에서 제일 부지런하고 열심히 사는 사람이라고 나를 평가해주셨다. 해마다 논문을 쓰고(당시에는 연구 실적이라는 게 없었다. 단지 나는 해마다 1~2편의 논문을 적는 것이 나의 의무라고 여겼다. 늘 새로운 주제가 눈에 들어와 즐겁게 논문을 적었다), 중년에 들어서서는 논문과 저술 활동을 병행하였다. 그러면서 좋은 제자들도 생기고, 그런 제자들과 자매 같은 마음으로 지냈다. 내 자식들이 결혼해서 가까이 살지 않게 된 그 시기에 그들과 함께 차 마시고, 밥 먹고, 세상일이나 고민거리로 수다 떨던 시간들은 내 인생의 좋은 추억으로 남아 있을 것이다.

그러나 어느 날 '지방, 사립대학, 여자 교수'라는 그 허약한 단어들이 모인 집합체가 바로 '나'라는 느낌이 팍 닿으면서, 슬슬 힘이 빠지기 시작했다. 그 약해지는 기운은 나의 생리적 연령과 함께 오고 있었다. 세상에는 '또 다른 그들'의 권력을 받쳐줄 사람이 필요했고, 아부(阿附), 책략(策略), 마타도어(matador, 중상모략) 같은 것들이 보이는 연령에 내가 서 있었다. 나는 이것저것 접으면서 그 다음 내가 가야 할, 즉 새로운 행복을 찾기로 했다. 이 시기에, 이 나이에 맞닿으니 내가 여지껏 공부해온 그 주제들의 얽힌 인과(因果), 맥락(脈絡), 가치(價値)들이 파악되면서 책들이 더 예민하고 소중히 읽혀지는 것이다. 이런 시기에 내가 지셴린*의 책 『다 지나간다』를 만난 것은

---

* 지셴린(Ji Xianlin)은 1911년생으로, 중국인들로부터 '나라의 스승'이라는

행운이었다. 위로받으면서 앞으로 내가 무엇을 해야 할 것인가가 떠오른 것이다. 밖에 머무는 시간보다 집에 머무는 시간이 늘어나면서 남편의 기쁨도 커졌다.

　60세 이후의 삶을 계획해야 되는 시기까지 나는 밀려왔다. 3막에 들어선 것이다. 적어도 80세까지는 산다고 전제했을 때(우리 부부가 든 생명보험도 80세까지만 여러 가지가 보장된다), 남은 20여 년에 대한 보다 구체적인 계획이 필요했다. 이런 주제로 남편과 대화를 나누면, 남편은 (혼자 살기엔 여러 가지가 부족한) 나를 두고 자기가 먼저 죽을 수 있다는 점(우리 부부는 동갑이기 때문에, 다소의 오차는 있겠지만 인구통계에 근거하면 여자인 내가 5~6년은 더 사는 것으로 나와 있다)에서 걱정도 하였다. 이런 시기에 우린 버킷 리스트도 만들어보고, 건강관리를 위한 여러 가지 노력(주로 운동과 식습관 측면)도 하고 있는 중이다. 아침 운동에서 만나는 동네분들과 즐겁게 인사하고(동네 아주머니들과 만나 이야기하다 보면 내가 헛살았구나 하고 여겨질 때도 가끔 있다. 살아가는 데에는 고등지식보다는 밥상을 맛나게 차리는 정보가 더 중

칭호를 받는 인도문화, 비교문학, 동방문화 분야의 학자이다. 최근 국내에 번역되어 출간된 그의 책 『다 지나간다』(추수밭, 2008)의 목차는 이렇다—기뻐하지도 두려워하지도 마라, 다시는 혼자서만 생각하지 마라, 나를 가두지 말고 차츰차츰 나아가라, 지나가는 생의 옷자락을 놔줘라, 늘 궁금한 단어, 인생. 이 글들만 보아도 가슴이 뛰었다. 그는 '좋아서 하는 공부가 진정한 공부'라고 했다.

요하다는 것들을 알았다고나 할까?), 저녁 운동(요가)에서 만나는 여성친구들과 연령을 초월해 어린 시절의 자매같이 호호거린다. 여러 부부들과 어울려 주말엔 걷거나 산에 간다. 월 1회 친구들이 모여 맛난 밥과 영화를 감상하며 웃는다. 그간 바빠서 하지 못한 저술활동도 천천히 진행하고 있으며, 새로운 일들도 구상하고 있다. 상상여행도 즐겁고, 내가 새로운 사업가가 되어보는 것도 즐거운 꿈이다. 그러나 가장 중요한 것은 남편과 함께 건강하게 지내는 것이다, 중간 중간 손자들을 만나면서….

'여보, 운전을 몇 살까지 할 수 있을까?'

'여보, 당신이 아프면 난 당신을 병원에 모셔놓고 놀러 다닐 거야!'

'여보, 요양병원에 가 있게 되면 심심하겠지. 언니와 같은 병실에 있어야지!'

'여보, 난 한문 공부를 새로 하고 싶어. 치매 예방용으로.'

'여보, 난 미리 내 묘비명을 생각할 거야. 그래서 그걸 나무에 새겨…'

'여보, 우린 화장(火葬)하고, 그 다음은 어떻게 해달라고 할까?'

한국사회 트라우마의 원형을 딛고 일어난 여성들
: 1950년대생 여성들

이나영[*]

1950년대는 한국전쟁으로 문을 열었다. 한국전쟁은 대다수의 국민들에게 절대적 빈곤을 안겨주었으며, 대량 학살, 가족의 죽음, 이데올로기의 극단적 대결, 전통적 공동체 붕괴, 실향, 파괴와 죽음의 공포 등 수많은 사람들에게 지울 수 없는 상흔을 남겼다. 당시 남북한 인구 약 3,000만 명 중 1/7 안팎이 죽거나 다쳤다고 하니 어마어마한 인적 손실이라 하겠다. 경제적 손실도 엄청나 남한 제조업의 경우 1949년 대비 약 42%가 파괴되었고, 북한도 1949년과 비교해 공업의 약 60%, 농업의 약 78%가 파괴되었다고 추정된다(6·25전쟁 60주년 기념사업회).

올케가 전쟁 중에 둘째 아이를 낳았는데 하필 유엔군의 인

---

[*] 학부에서 영어영문학을 전공했으나 일상 속 여성들의 '이름 없음'에 의문을 품고 여성학 공부를 시작함. 미국에서 여성학 박사학위를 획득한 후 미국 대학에 취업했으나, 한국 여성들에게 말 걸기 하려는 욕망으로 귀국함. 현재 중앙대학교 사회학과에서 학생들을 가르치고 있으며 포스트/식민국가의 민족주의와 식민주의, 젠더와 섹슈얼리티 문제를 지속적으로 연구하고 있음.

천상륙작전이 성공해서 서울로 진격해 들어올 때였다. 폭격과 함포사격이 밤낮없이 비 오듯 하는데 집에 만삭의 임산부가 있다는 게 얼마나 큰 재앙이라는 건 겪어보지 않으면 모른다. 칠흑 같은 밤에 쌔앵하고 공기를 가르는 박격포탄 소리를 들으며 제발 밤에 해산하는 일만 안 일어나게 해달라고 비는 게 해산 준비의 모든 것이었다 (…) 바로 그날 한 집 건너 옆집에 박격포탄이 명중해서 사랑채가 왕창 나가고 우리 집 대문과 기둥에도 곳곳에 파편이 박혔다. 이 아비규환 속에서 어떻게 저 어린 것을 살릴 것인가. 어머니하고 나는 안마당의 양회 바닥을 깨뜨리고 미친 듯이 구덩이를 팠다. 아이 아버지는 행방불명이었다 (…) 그러나 그 후 그 아이에게 닥친 일은 엄동설한의 피난길과 아버지의 죽음이었다.(박완서, 2013: 228~229)

위의 글에서 작가 박완서가 회상하듯, 여성들에게 한국전쟁은 실질적/상징적 '남성 부재'를 의미했다. 남성인구의 감소는 전쟁미망인의 증가와 직접 연관된다. 1951년 8월 당시 전재민 수는 총인구의 38%에 이르렀고, 이들은 도시로 유입되어 전후 도시빈민집단을 형성하게 된다. 이들 대부분은 '전쟁미망인'들이었다. 1952년 당시 남편을 잃고 혼자된 여성 293,852명 중, 전쟁미망인의 수가 101,845명이었다고 한다. 게다가 이들 가운데 13세 이하 자녀 수가 516,668명임을 고려해볼 때, 전후 혼자된 여성의 경제적 고통과 심리적 부담이 상당하였음을 짐작할 수 있다(이임하, 2004).

　대부분의 경제기반이 파괴된 현실에서 생존한 남성들의 삶도 녹록지 않았다. 박완서(2013)의 기억처럼, "남자들은 일하고 싶어도 일자리가 없었다. 전쟁이 끝났다고는 하나 일자리가 창출되지 않아 곤궁하고 암울한, 희망 없는 시대였다. 그래도 여자들은 희망을 잃지 않았다. 날품팔이라도 해서 열심히 식구들 먹을 것을 날랐다"(264). '열 식구 버는 것보다 한 식구 더는 것이 낫다'는 이야기처럼 딸아이는 한 입이라도 덜기 위해 가족으로부터 우선적으로 덜어내져 생계현장에 뛰어들어야 했다. 이들 중 상당수는 도심 중산층의 식모로, 일부는 미군을 상대로 하는 성매매로 유입되기도 했다. 이후에는 공장 노동자, 버스 차장, 독일 파견 간호사가 되어 대한민국 경제 발전의 보이지 않는 역군이 되었다.

　이처럼 참담한 상황에서 전후 대한민국 정부의 핵심과제는 한시라도 빨리 전쟁 피해를 복구하고 국가를 재건하는 것이었다. 당시 정부와 지식인들이 가장 많이 사용한 '국가재건'이라는 담론은 경제적 재건뿐만 아니라 심성적·문화적 재건을 통해 '대한민국'을 새롭게 구성하고자 하는 의지를 표방한 것이었다(이하나, 2013). 문제는 '민족' 및 '반공'과의 긴장관계 속에서 '국민' 정체성을 재구성하는 것이 재건론의 핵심이었다는 점이며, 국민의 범주와 여성 사이에 발생하는 모순을 공/사 분리를 통한 성별질서의 재편과 여성 간 분리로 봉합하고자 했다는 사실이다.

　동시에 1950년대 한국사회는 근현대사에서 가장 서구지향적인 시기였다. 미국의 대량 원조와 미군 주둔으로 인해 미국 물품이 물밀듯이 들어오고 대중문화가 빠르게 유입되자, 엘리트들 사이에서 미국문화는 선망의 대상으로 자리 잡게 된다. 이는 가난과 배고픔의 현실 속에서 미국 물건이 갖는 실존적 위력과 더불어, 전쟁에서 살아남게 해준 '큰 형님' 미국이 지니는 절대적 정치적·군사적 위상이 겹침으로 인해 가중되었다. 이로 인해 서구화(사실은 미국화)된 일상문화는 지향의 대상이 되고, 한국적인 것은 열등과 혐오의 대상이 되어가기 시작한다.

　그리하여 복구사업과 전쟁의 상흔이 공존하는 가운데에서도 도시 공간은 서구식으로 외모를 치장한 여성들로 넘쳐나기 시작했다. 댄스홀, 고급요정, 다방, 비어홀, 빵집 등이 새롭게 형성되고 다양한 노동방식으로 경제력을 확보한 여성들은 영화와 같은 매체를 즐기고 다방에서 커피를 마시고 케이크를 먹었다. 미국 배우들의 패션과 머리모양, 미국에서 유행하는 음악을 들으며 미국식 춤을 즐기고 미제 물품을 즐겼다(김미선, 2012).

　이에 가부장 민족 국가는 한국적인 것을 보존하되 서구식 근대성을 접목하는 방안을 고민하게 되고, 국민의 경계에 들어갈 여성과 그렇지 못할 여성 간의 분리를 통해 여성들을 성적으로 규율하면서 동시에 바람직한 국민 정체성을 확립하는 방안을 모색하게 된다. 그리하여 한편으로는 서구 문화를 구현하는 여성들을 "가정을 파괴"하고 "민족공동체를 해치는 무질서의 원형"으로 비난하거나, "순수한 민족(성)을 훼손하고 파괴하는 성적으로 방종한 자"로 낙인 찍음으로써 '국민'의 범주에서 배제하고, 다른 한편으로는 서구식 에티켓을 겸비한 정숙하고 교양 있는 기혼 여성들을 호명하여 순결과 부덕을 함양하게 함으로써 민족의 아들을 배태할 자궁으로서의 '현모양처' 만들기가 동시에 진행되었던 것이다(이나영, 2008; 이임하, 2003).

당시 현모양처는 전통적 어머니상인 신사임당의 모습에, 근대적 교양을 겸비하고 양육과 남편 보필, 가정 경영에 부족함이 없는 '주부'상이 결합된 모습이었다(김현주, 2007: 391~397). 현모양처 만들기는 공적영역의 주체요 남성과 사적영역의 주체인 여성이라는 성별 역할 분리와도 긴밀히 연결되었다. 결국 전후 대한민국은 전통/서구, 공/사 간의 분리를 이분화된 남성(성)/여성(성)과 치환시키고 여성 간의 분리를 통해 민족정체성을 재구성하고자 하였던 것이다. 이로써 1950년대 여성들은 전통적 가부장제의 잔재 속에 다양한 성차별을 받으면서도 가족들의 생계를 담당하고 가부장의 권위를 보존하며 국민국가를 재건하는 보조적 주체로 재구성된다.

그러나 여성들은 국가적·사회적 호명에 단순히 수동적으로 응대하는 대상자이거나 일방적 피해자로 무력하게 남지 않았다. 이들은 미국식 근대화 물결을 활용하여 적극적으로 욕망을 표현하고 자유를 추구하기도 하고, 능동적 생산과 소비의 주체로 가족을 부양하고 대한민국 경제를 이끌었으며, 다양한 생존 기술의 습득과 사회진출을 통해 성별화된 공/사 이분법을 흔들며 민족의 경계를 넘나들기도 하였다. 특히 기억해야 할 점은 여성들이 생계부양을 위해 행했던 공적 공간에서의 다양한 경제적·사회적 경험이 그들의 의식을 일깨우는 데 일조했다는 점이다. 또한 이들의 생존 경험은 '억척스러움'과 자녀에 대한 강한 '교육열'로 연결되어 결과적으로 추후 대한민국 경제발전의 주요 원동력이 되었다. 1950년대 태어난 여성들이 20대가 되는 1970년대 들어 여성의 4.0%가 대학에 진학할 수 있었다는 사실은, 어머니 세대로서 이들이 겪은 차별과 가난을 딸들에게 대물림하고 싶지 않은 의지가 반영된 결과라 할 수 있다.

　김태형(2013)은 1950년대라는 절대빈곤의 시기에 태어난 사람들을 "좌절세대"라 명명한다. 좌절세대의 유년기는 그야말로 가난과 배고픔으로 얼룩져 있었고, 따라서 이들이 생존과 경제적 이슈에 민감하게 된 것은 자연스런 현상인지도 모른다. 이들은 질곡의 현대사의 피해자, 서구 문물의 유입과 압축적 근대화의 수혜자, 부모 세대의 무기력함 및 좌절감과 권위주의적 국가체제에 짓눌려 성장한 피해자라는 다중 정체성으로 구성되어 있다. 지독히 가난한 가정과 국가에서 태어나 '안 먹고 안 쓰는' 근검절약하는 부모세대의 희생을 등에 업고 성장한 이들은, 청장년기인 60~70년대에 서구 히피문화의 세례를 받으면서 미니스커트와 맥주를 즐긴다. 동시에 학교에서는 철저한 반공교육을 받았고 폭압적인 군사 독재 체제를 경험하였으며, 근대화 과정과 모순적 결과를 온몸으로 체현하며 살아왔다. 이들에게 '잘 살아보세'는 단순한 수사가 아니라 실존이었으며, '민족'과 '반공'은 정체성의 구심점이었다. 그러기에 무의식적으로는 권위에 대한 공포와 복종심, 반항과 자유에 대한 갈망이 분열적으로 교차함에도 불구하고, 부동산투기, 입시지옥, 한강의 기적, 군사독재, 민주화는 이들이 살아남을 수 있었던 근원적 이유였다. 그러나 50년대생이 유년기에 경험한 공포와 상대적으로 경제적 안정을 누렸다고 여기는 개발 독재 시절에 대한 향수는 작금의 한국 사회의 정치적 보수화와 무관하지 않다.

결국 1950년대 대한민국 여성의 삶은 1950년대생 여성들에 대한 이해뿐만 아니라 대한민국의 근대화와 개발의 역사를 재고하게 한다는 점에서 주요한 함의를 던진다.

참고문헌

김미선, 『명동 아가씨』, 마음산책, 2012.

김태형, 『트라우마 한국사회』, 서해문집, 2013.

김현주, 「1950년대 여성잡지 〈여원〉과 '제도로서의 주부'의 탄생」, 『대중서사연구』제18호, 2007, 337~416쪽.

박완서, 『노란집』, 열림원, 2013.

이나영, 「탈식민주의 페미니스트 읽기: 기지촌 성매매 여성과 성별화된 민족주의, 재현의 정치학」, 『한국여성학』, 제24권 3호, 2008, 77~109쪽.

이임하, 『여성, 전쟁을 넘어 일어서다: 한국전쟁과 젠더』, 서해문집, 2004.

이하나, 『'대한민국', 재건의 시대(1948~1968)』, 푸른역사, 2013.

정비석, 『자유부인』, 정음사, 1954.

6·25전쟁 60주년 기념사업회, www.koreanwar60.go.kr

5장

딸

임지현

딸 초등학교 졸업식 날
(1991년 2월)

첫 딸은 살림 밑천

첫 딸은 살림 밑천이라는 말은 정말 맞는 말이다. 키울 때는 여자아이라서 엄마의 입장에서는 키우기가 편하다. 우선 그 아이의 마음이 읽혀지고, 가끔은 좋아하는 것들—화장, 두발, 옷 이야기, 친구 이야기 등—이 비슷하기 때문에 잠시도 심심할 여유가 없이 대화가 이루어진다. 그래서 심정적으로 대단히 친밀하다.

그에 비해, 나의 경험으로 아들은 13~14세까지는 나하고 잘 놀았다. 정구나 테니스도 함께하고, 시장과 산도 같이 다녔다. 그러나 중학생부터는 아이가 나를 어려워하고, 나도 아이 마음이 읽혀지지가 않았다. 읽어도 노상 틀리는 것이었다. 그래서 나는 남편에게 이제 아들과의 대화는 당신이 좀 맡아주면 좋겠다고 부탁을 했다. 아버지와 아들은 함께 야구장에도 가고, 축구도 보고, 목욕도 간다. 그만큼 나보다 더 친해질 요소가 많은 것이다. 그래서 실제 아들은 어떤 긴밀하고 중요한 이야기는 아버지와 먼저 나누고, 나는 남편으로부터 듣고, 남편을 통해 전달할 때가 많다. 아들이 군대를 다녀오고 대학생이 되자 우리 모자(母子)관계는 어린 시절처럼 회복되었다. 아들은 부산에서 대학교를 다녔기 때문에 우리 집 집사(執事)였다. 청소도 해주고, 슈퍼도 같이 가서 짐도 다 들어주고, 운동도 따라가 주고, 설거지도 노상 해주고…. 가끔은 우리 부부를 엎드리게 하여 건강 마사지도 해주는 그런 다정한 아들이었다. 우리 부부는 가끔 '당신 딸, 내 아들'이란 표현을 쓰면서 웃는다. 아들이 결혼해서 멀리 가버리고 난 후, 남편은 아들 없는 삶을 너무나 아쉬워하였다.

딸은 어릴 적부터 어른들과 잘 놀았다. 어른들이 모여 이야기를 나누면 아이는 늘 책을 들고 내 무릎 근처에 있었다. 그러면서 어른들의 이야기를 듣기도 하고, 때로는 참견도 하였다. 우리가 어떤 물건을 어디다 두었는지 몰라 찾게 되면, 내 귀에 대고 그건 어디 있다고 말해준다. 에고 신통해라! 하고 우린 좋아한다. 그런데 지금 손녀, 채림이가 꼭 그러하다. 어른들 사이에 있는 걸 좋아하고, 우리 대화를 듣는다.

딸은, 친구 딸들과 비교해보면 비교적 키우기가 편한 아이였다. 시어머니께서는 늘 '지 팔자, 지가 가지고 난다'고 하셨다. 바쁜 엄마가 손이 덜 가는 아이였다고나 할까? 자라면서 동생도 챙기고, 엄마와 이야기도 잘 통하고 하는 점 등에서, 정말 딸을 낳고 다음에 아들을 낳은 나는 금메달감이다. 그러나 최근에 들은 이야기로는 딸, 딸이 금메달이란다.*

자녀 이름 짓기

바보같이 우리 부부는 아이가 나올 때까지 아이 이름을 지어놓지 않았다. '시숙부님이 지어주실 게야'라는 남편의 말을 그대로 믿고, 나는 아기를 낳으면 지어주시겠지, 라고 태평스레 있었던 것이다. 그런데 출산 직후, 바로 출생신고를 해야 하니 아기 이름을 빨리 지으라는 병원 권유가 있어 급히 시숙부님을 찾았다. 그런데 저 멀리 다른 지방에 가 계신다는 전갈이 왔다. 당시는 손전화기도 없었다. 기도하러 어디 가시면 연락이 안 된다고 하셨다. 그래서 할 수 없이 엄마가 남편을 데리고 작명(作名)하러 가셨다. 가신 곳은 외할머니가 오랫동안 집안일로

---

* 1970~80년대: '딸, 아들 순으로 낳은 부모는 금메달, 아들, 딸 순은 은메달, 아들, 아들은 동메달. 딸, 딸은 노메달'로 풍자했다. 여전히 아들선호사상이 남아 있지만 그래도 첫 자녀는 딸이 좋다는 의미.

1990년대: '아들을 한명 둔 부모는 골방에서 죽고, 아들 둘 둔 부모는 길거리에서 죽는다'. 아들도 소용없다는 말로, 관심이 없다는 표현과 서로 부모를 안 맡으려 한다는 것을 풍자한 말. '딸이 한 명인 부모는 딸 집 싱크대 앞에서 죽고, 딸이 둘인 부모는 큰딸 집 아이를 업고, 둘째 딸 집 싱크대 앞에서 죽는다'. 딸년들은 친정부모를 고생시킨다는 풍자. 특히 맞벌이 가족이 증가하면서 나온 말.

2000년대: '딸이 둘이면 금메달, 딸이 하나면 은메달, 딸이 없으면 동메달'. 노후엔 더욱 딸이 필요하다는 말.

자주 드나드시던 역술인 집이었다. 어린 시절, 이모나 외삼촌의 혼사 이야기가 나오면서 궁합을 보거나 사주를 맞추어 본다고 할 때마다 외할머니께서 잘 가시던 집이었다. 나도 따라가 본 기억이 난다! 외할머니께서 하도 그분 말씀을 근거로 판단하시기에, 작은 이모가 놀린다고 그분을 '대왕꼬(大王꼬, 큰 도사란 의미)'라 불러, 우리는 그분을 그렇게 부르면서 자랐다.

대왕꼬 할아버지에게 부리나케 다녀온 장모와 사위는 싱글벙글하며 병원에 도착하였다. 아이 사주(四柱, 태어난 年月日時)를 보고, 그 어른께서 대단히 총명한 아이를 얻었다고 축하하셨다는 것이다. 외할머니 가족을 꿰고 계시는 그분은 나를 아셨다. '엄마보다 훨씬 좋네요'라고 하시면서 남편보고 '총명한 두 여자 사이에 끼어 있다'고 하시더란다. 하여튼 남편은 총명한 딸이라는 소리에 다른 이야기는 귀 담아 듣지도 않았는 듯했다. 아이 이름이 무언지가 제일 궁금하여 나는 모든 것을 흘려 들었고 중하게 여기지 않았다. 아이가 오늘 나오고, 내일 나오고는 어느 누구도 모르는 내 몸의 형편과 아이의 발육 간의 접점에서 결정되는 것인데 그 일시로 아이의 특성, 미래를 예언한다는 것이 가소롭게 들렸기 때문이다.

그래서 임지현(林志眩, 수풀 림, 뜻 지, 햇빛 현)이란 이름이 만들어진 것이다. 아이를 어린이 집이나 유치원에 보내면서, 그 흔하고 흔한 '지'자 때문에 기분이 안 좋았다. 그래서 그분을 원망하기도 했다. 지영, 지은, 지현, 지수, 지민이 등등. 그런데 8

년 뒤, 그 기도하신다는 시숙부님의 귀한 외손녀가 태어났다. 외손녀 이름을 공들여 뽑아내셨는데, 그게 '지현(임지현)'이라고 해서 우리는 다 웃었다. '그래 좋은 이름인가 보다' 하고 그때부터는 안심이 되었다. 아들 이름도 시숙부님께서, 항렬 맞추어 지어주셨다. 이런 풍습에는 순응하고 살았다. 그때 친정아버지께 내 이름을 누가 지으셨는지를 여쭈어보니, 친할아버지께서 노심초사하여 언니 이름을 '정숙(貞淑)'이라고 지으신 후에는, 딸들은 다 '숙'자 돌림으로 수월케 지으셨다고 하셨다. 친정아버님은 우리 이름들을 부를 때 딸 넷의 이름을 다 부르곤 마지막에 자기가 불러야 되는 딸 이름을 부르는 이상한 버릇을 가지고 계셨다. 물론 남동생들은 항렬에 따라 지어졌다. 커서 누군가가 나에게 어디 이씨냐고 묻고 항렬을 물으면, 나는 동생 이름에 들어 있는 규(圭)자를 댄다. 나와 항렬을 대어본 모든 분들은 나의 조카, 손자 항렬이었고 그들은 즉시 '아이고 할머니'라고 나를 불렀다. 재미나는 한국적 풍습이다.

아이가 초등학교에 들어갔다. 책은 열심히 읽는 아이지만, 항상 만점을 받아오는 아이는 아니었다. 수련장이나 산수 문제지를 주면 싫어했다. 그런데 초등학교 6학년 담임께서 나보고 '지현이가 머리가 참 좋아요'라는 말씀을 지나가듯 해주셨다. 집에 와서 아이에게 요즘 학교에서 뭐 하니, 라고 물은즉, 담임이 이상한 문제를 칠판에 적고는 답을 내어보라고 하신다는 것이다. 딸이 고등학교에 다닐 때, '엄마, 그 선생님이 칠판에 내어주신 문제들이 멘사(mensa, IQ 160 이상인 고지능자의 모임) 문제였네'라고 했다. 아이를 특별히 키우려고 노력하지 않은 나는 그때 처음 '멘사'를 알게 되었다. 아무런 고교진학 준비도 안 한 아이가 당시만 해도 어렵다는 부산과학고등학교(지금은 '한국과학영재학교'가 되었음)에 들어가자, 비로소 나는 그 도사 할아버지의 사주풀이가 맞는가, 라는 생각이 조금 들었다.

요즘 신입생 출석부를 보면 같은 이름이 하나도 없다. 그 만큼 부모들이 유행하는 이름보다는 그 아이에게 맞는 특별한 이름을 짓는다고 볼 수 있다. 손녀 채림이 이름도 부모들이 정성을 다해 지었다. 사위와 딸은 각자의 성이 아이 이름에 들어가기를 원했고, 그래서 김임○, 김○림이라는 조합의 이름을 많이 만들어 가족들에게 발음케 하고 인기투표를 해서 지었다. 아들 손자들은 항렬따라 한 글자가 정해지면, 김재○에 들어갈 여러 이름을 만들어놓고 친가, 외가, 특히 누나 채림이의 의견들을 고려해서 지어졌다. 이렇게 부모가 다들 성의 있게 이름을 짓는데…. 딸아, 좀 그렇다 그지…. 그래도 자네 이름에 만족하리라 믿는다.

혼자 숙제하는 아이

신혼 초반에 나는 친정에서 살았다. 우리는 마당이 있는 이 층집이었던 그곳의 넓은 2층에서 살았다. 여름이면 좀 덥고, 겨울이면 난방이 시원찮아 좀 추운 집이었지만, 아이를 두고 맘 편히 학교에 갈 수 있어 참 좋았다. 아이가 어릴 적에는 베이비시터(babysitter)도 두고 하였지만, 주로 친정어머니께서 아이를 보셨고, 이웃에 살던 아들만 둘이었던 언니가 조카딸을 아주 이뻐하며 자주 봐주었다.

아이를 데리고 놀던 엄마께서 이런 말씀도 하셨다. '요게, 뜨거운 그릇 한 번 덥석 안 만진다(아이들은 보통 밥상 앞에서 밥그릇, 국그릇을 만져 뜨거움을 경험하곤 하는데…).' '손가락 놀이를 해도 잘 따라한다. 영리하다.' 내 아이 공부 잘할 것 같다면 듣기 좋은 마음이야, 부모라면 다 같을 것이다. 친구들을 만나는 토요일에 나는 아이를 잘 데리고 다녔다. 이 아이는 손에 색연필과 종이만 쥐어주면 아무 소리 안 하고 무언가를 내내 그리면서 놀았다. 책을 볼 줄 아는 나이가 되어서는 책 한 권만 손에 쥐어주면 아무튼 조용했다.

아이가 초등학교를 입학해도, 직업여성이었던 나는 숙제를 일일이 봐줄 수가 없었다. 저녁에 숙제 점검하는 정도만 내가 할 수 있는 일이었다. 받아쓰기 숙제는 스스로 말하고, 적었다고 해서 웃었던 기억도 난다. 1학년 때부턴 같은 아파트, 같은 라인에 사는 친구가 생겨, 곧잘 그 집에서 놀곤 하였다. 지금 생각하면 참 고마운 이웃이었다. 내가 그때 그분들에게, 그 고마움에 대해 충분히 인사를 하였는지 모르겠다.

그러면서 아이는 커갔다. 숙제를 혼자서 잘하는 아이로 나는 내 아이를 기억한다. 언젠가 이런 이야기를 딸과 나눈 적이 있다. 딸아이는 친구 엄마와 자기 엄마가 너무 달라(낮에 집에도 안 계시고 숙제도 함께 안 하는 등), 자기 엄마가 혹시 계모가 아닌가, 라는 생각을 4학년 때쯤 한 적이 있었다고 했다. 우리가 유일하게 긴 시간을 함께 보내는 것은 목욕탕에 갈 때였다.

나는 정말로 이 아이의 공부 때문에 고생한 기억은 없다. 단지 자기 하기 싫은 짓(억지로 사람들 앞에서 노래를 부르라고 하든지, 반복되는 산수 문제를 풀라고 하든지 등)을 시키면 굉장히 싫어했다. 중고등학교를 다닐 때에 학원 가라, 과외 받으라는 나의 이야기를 묵살한 것은 아이였다. 나는 공부하는 기계가 아니에요, 하면 그뿐이었다. 학교 선생님들께서 참 공부를 잘해요, 집중력이 있는 아이예요, 라고 하시는 말씀에서 나는 '우리 아이가 하긴 좀 하는구나'라고 생각했을 정도였다. ○○대학에 들어간 아이가 어느 날 나에게 '엄마가 나를 잘 키워서 내가 이 대학에 간 것이 아닌 것은 아시죠?' 하였다.

가끔 주위 사람들이 나더러 아이를 참 수월케 키운다고 했다. 아니다. 아이들이 타고나길 수월한 아이들로 태어났던 것이다. 그래서 양육에 대해 주장할 것이 없는 나는 후배나 제자들에게 '만들 때 잘 만들어야 한다'고 이른다. 난들 특별히 잘 만들려고 노력한 것은 절대 아니지만, 튼튼하고 영리한 아이로 '태어나는 것'만큼 중요한 일은 없는 것 같다. 양육환경과 가정 분위기는 그 다음으로 노력해야 되는 것이라고 본다. 그러나 아이를 키울 때 또 중요한 것은 '행복은 성적순이 아니라'는 진리를 믿는 것이다. 행복한 것은 성적 때문이 아니라, 그 아이가 자기의 성취에 만족하고 행복했기 때문이라고 본다. 내 자녀가 무슨 일을 하면 성취감을 느끼고 행복해하는가를 찾는 부모가 현명한 부모라고 나는 생각한다.

만들기를 잘했어요

딸은 미련하게도 방학 책에 나와 있는 '만들기 숙제'는 모두 직접 하는 아이였다. 만들기를 참 좋아하였다. 초등학교 5~6학년 때에는 개학 날, 라면 상자 같은 종이박스에 숙제를 잔뜩 담아 들고 가곤 하였다. 전부 아이가 스스로 만들었다. 나는 그런 것을 만들 줄도 모르고 솔직히 관심도 없었다. 아이의 작업에 칭찬만 해주었다.

아이가 초등학교 3학년 때, 친지가 구입을 권해서 '어린이 브리태니커' 한 질을 샀다. 아이는 이 책을 졸업 때까지 끈기 있게 보았다. 나중엔 책 표지가 너덜너덜해질 정도였다. 이 책은 단어를 설명하면서, 반드시 그 단어와 연관된 만들기 연습을 해보게 했다. 외국 책을 번역한 것이라, 그 책이 요구하던 학습 자료들은 참 다양하였다. 아이는 거의 날마다 내 연구실로 전화를 했다. '집에 올 때 이런 것 사 오세요'라고. 이게 무우나 당근, 단추 정도면 쉽지만 수수깡, 철사, 둥근 플라스틱 정도면 구하러 다니거나 생각을 해야 한다. 그래서 퇴근길에 연산시장

앞 문방구나 철물점을 여러 번 갔었다.

어느 날엔 색색의 작은 천을 구해달라는 요청이 왔다. 궁리 끝에 시장 안에 있는 한복집에 가서 말씀드리니, 옷 만들고 남은 작은 천 조각들을 비닐봉투에 열 줌도 더 넣어서 담아주셨다. 아이는 너무 좋아하면서, 그 천으로 인형 옷이나 이불을 만들곤 하였다. 아이가 자르면 보다보다 답답하셨던 시어머니께서 바느질을 해주시곤 하였다. 물론 5학년쯤엔 스스로 바느질까지 했다. 중학교에 다닐 때 아이 교복 치맛단이 터진 적이 있었다. 바쁜 나는 듬성듬성 단을 기워서 옷을 입혀 보냈다. 그날 저녁에 시어머니께서는 웃으시면서 이런 이야기를 해주셨다. 학교에서 돌아온 아이가 치맛단을 다 뜯어 다시 공그르기를 하더라는 것이다. 엄마가 해준 바느질이 마음에 안 들었던 것이었다. 그래도 하하 웃는 게 나였고, 열심히 무엇이든 만들어보고 좋아하던 것은 아이였다.

나는 만들기를 못한다. 지금도 무를 반듯하게 못 썰고, 과일도 예쁘게 못 깎는다. 그러나 이 아이는 이런 것은 나를 닮지 않았다. 돌아가신 아이들 고모는 맵시있게 무어든 잘 만드셨다. 내 남편도 마찬가지이다. 누구를 닮았든, 만들기 좋아하였던 것은 아이의 지능 개발에 무척 도움이 되었던 것 같았다. 당시엔 레고 장난감도 없었다. 그러나 스스로 자료들을 구해, 책에서 지시하는 대로 차례차례 만들어보았던 경험들은 참 좋은 공부였던 것 같다.

딸의 친구들

딸이 부산에 내려오면 인근에 사는 딸의 중학교 친구들이 우리 집에 모인다. 다들 아이를 한둘씩 달고 와서는 시끄럽게 놀다 간다. 그들이 중학교 다닐 때 우리 집은 방과 후 숙제를 하던 집이었다. 무슨 조별 과제라도 있는 날에는 거실과 부엌에 퍼질러 앉아 숙제들을 하였던 모양이다. 내가 퇴근해 오는 시간에는 이미 어머니께서 집을 깨끗이 정리한 뒤라 나는 그냥 아이들이 왔다 갔는가 보다 정도만 알 뿐이었다. 그러나 커서 우리 집에 모여 재잘거리는 이야기들을 듣다 보면 우리 집에서 교복치마 펄렁거리며 어지간히 선머슴들처럼 뛰며 놀았던 것 같다. 중학교 친구들이다 보니 진학한 대학도 다 다르고, 현재 하고 있는 일들도 다 다르지만 어릴 적의 그 순수한 마음으로 맺어진 관계라 그런지 우애가 깊다. 최근에는 한 친구가 아이들을 데리고 딸의 서울 집에 와서 며칠을 보내고 갔단다. 아주 좋았다면서, 야무지게 살고 있는 그 친구를 칭찬하였다. 그 10대 친구들이, 30이 넘어 40을 바라보고 가는 인생길에서, 오로지 '내 친구야'라는 마음만으로 반갑고 즐겁고 그리운 인간관계를 만들어간다는 것은 참 대견스러운 일이다.

딸은 고등학교를 기숙사가 있는 학교에 다닌 연고로, 또 그 우정들이 유별나다. 앞에서 이야기했지만 딸은 고교 동기 남학생과 결혼하였기 때문에 고교 친구들 사이에서 남학생과 여학생의 가교 역할을 하는 것 같았다. 딸의 페이스북(Facebook)에는 고교 남자친구들의 댓글이 더 많다. 여학생들은 대학 졸업하고, 결혼하고, 또 직장 근무 등으로 잘 만나지 못하다가 이제 자녀 출산 거의 마치고, 좀 자리들이 잡혀 최근에는 만나는 모양이었다. 딸이 셋째를 출산한 2014년에는 의사인 친구들도 다 나름의 직함을 걸고 제 몫들을 하고 있기에 딸은 친구들이 다 챙겨서 봐주고 있다고 좋아하였다. 친구들의 활동 영역도 다양하여 법조계, 의료계, 연구소, 기업 등에서 역할들을 하고 있었다. 친구의 동생이 감독한 영화가 개봉되었다며 '꼭 보세요'라고 나에게 전하기도 한다.

친구는 누구에게나 좋은 호위(護衛) 세력이고 지지(支持)의 원천이다. 이 우정관계가 남성에 비해 여성에게 더 영향력이 크다. 남자들은 '일(職務)'를 매개로 인간관계를 맺어나가는 데 익숙해져, '일과 연관성이 없는 순수한 우정 그 자체를 잘 즐기지 못한다. 업무분량 자체가 많고 치열하기 때문이기도 하고, 사고(思考)체계 자체가 여성에 비해 사람 중심이라기보다는 업무 중심적으로 프로그램되어 있는 존재들이다. 그래서 퇴직 후, 업무가 없기 때문에 사람관계도 함께 소멸된다. 그동안 일로써 관계를 맺어왔기 때문에 진정한 친구가 없는 셈이다. 특히 근로시간이 세계에서 가장 긴 우리나라 남성들의 경우에는 마음이 있더라도 절대 시간이 부족하고 또 일에 지쳐 피곤하기 때문에 좋은 우정의 관계를 만들면서 살기가 힘들다.

물론 정도의 문제이겠지만 여성들은 특유의 모성적, 온정적인 특성으로 사람을 챙길 줄 알고, 일, 즉 유익에 상관하지 않고 무언가를 나누면서 살아가는 편이다. 그래서 직무와 관련성이 없는 사람들, 즉 이웃, 학부형, 수영장 친구, 동창생 등과 함께 지낼 줄 안다. 직장여성들인 경우엔 절대 시간이 부족하겠지만 그래도 그런 일상의 시간 구조 안에서도 나를 받아줄 친구를 가지고 있다. 남성들이 이해(利害)에 기반한 관계를 많이 가지고 있다면, 여성들은 그야말로 인정(人情)으로 관계를 유지하고 있기에 생활사건(이사, 퇴직 등)에 영향을 덜 받는다.

　　그래서 특히 여성의 우정은 중년기의 우울, 상실 그리고 노년기의 고독 등을 해소하는 데 대단히 유용한 자원이다. 이 우정이 어린 시절의 우정이라면 그건 더욱 순수해서 오래 가고, 동질성이 높아 공감이 뛰어난 대화를 만들어갈 수 있다. 나이를 먹을수록 학창시절의 친구가 좋아지며, 그 위에 같은 지역에서 자주 만날 수 있다면 결코 외롭지 않을 노후를 가질 수 있다고 감히 주장한다. 어젯밤, 나는 TV에서 상영하는 영화 〈관능의 법칙〉*을 보았다. 다른 사람이라면 나를 비난할 일도, 친구는 '왜 네가 그런 일을 할 수 밖에 없었는지, 난 이해해'라면서 친구에게 공감하였고, 그래서 친구는 위로받았고, 그래서

---

* 권칠인 감독의 2014년 작품. 세 40대 여성의 우정과 그들의 일상에 관한 영화로 여성의 우정을 그리고 있다. 문소리, 엄정화, 조민수 출연.

자신을 되돌아볼 수가 있었다.

유학생활

대학 3학년 때 딸에게 물었다. '대학원 진학 할래? 그러고 싶으면 실험실에서 선배들을 많이 도와 드려라. 그런 활동에서 답이 나올 테니까.' 자기가 어떤 공부를 해야 할지를 자기 전공 영역을 중심으로 스스로 찾아보는 것은 진로탐색 과정에서 대단히 중요하다. 그리고 인생에서 같은 영역에 종사하는 선후배란 대단히 중요한 자원이기 때문이다. 나는 나와 분야가 다른 공부를 하는 딸에게 아무런 조언을 해줄 수가 없어서 늘 선배들과 많은 이야기를 나누라고 일렀다.

그때 나는 외국에서 공부한 후, 바로 본교에 부임한 교수에게 여쭈어보았다. '대학원을 한국에서 하고 보낼까요? 바로 보낼까요?' 그분은 딸의 전공과 여러 가지를 물어보더니, 한국에서 대학원을 하고 가는 것이 좋겠다고 조언해주셨다. 한국처럼 인맥이 중시되는 사회(그분은 미국도 예외는 아니라고 하셨지만)에서, 특히 여성의 경우에는 더욱 선후배관계, 즉 같은 연구실 출신이라는 것이 관계 유지에 중요한 만큼 대학원은 하고 가면 좋겠다는 말씀이었다. 아무리 같은 선후배라도 싸가지 없이 구는 후배를 좋아할 선배는 없겠지만, 그 말씀은 일리가 있다고 생각되었다. 평생을 부산에서 공부하고 부산에서 활동해온 나는 '새로운 인맥이나 관계망에 들어가기 위해 어떤 노력을 해야 하는 건가'에 대해 좀 무심한 것도 사실이었다. 그래서 이 이야기를 딸에게 전해주었고, 딸은 남자친구 때문에도 2년을 더 있다가 가야한다고 쉽게 진학을 결정하였다.

사람들은, 결혼을 하고 보내면 여자들의 경우 공부가 잘 될까요? 라고 걱정하였다(가사, 육아 등등으로). 이런 걱정도 딸에게 일러주었다. 유학공부를 5~6년씩 하고, 혼기 놓쳐 귀국하고, 그리고 자리 잡는다고 다시 3~4년 지내다 보면, 여성들의 경우 40이 넘어간다. 그러면 그때부터 결혼은 더욱 어려워진다. 그리고 무엇보다도 젊은 시기를 외롭게 지내면서 만들어진 왜곡되고 우울한 정서는 이후 무엇으로도 치유되기 어려운 경우를 너무나 많이 보았기 때문에, 우리 부부는 무조건 결혼하고 보내는 것으로 방향을 잡았고, 딸도 수긍하였다. 열심히 해서 우선 학위를 받도록 노력해야 한다고 당부하였다. 결국 돈이 문제가 되었지만, 공부는 시켜줄게, 라는 부모의 약속으로 딸도 계획을 세울 수 있었다.

그리고 2년 후, 그야말로 자기들 알아서 유학 준비를 다 한후, 합격 통지를 받고 결혼 등 일이 진행되었다. 각자 하고 싶은 전공이 한 대학에 다 개설되어 있기도 어려운데, 그것도 그 아이들의 행운이었다. 아이들이 간 학교는 학비가 만만치 않은 대학이었다. 집, 자동차, 생활비 등을 고민하며 딸은 유학생활에 들어갔지만, 나는 그런 딸이 참 부러웠다. 첫 학기 생활비 등을 준비해서 아이들은 떠났고, 가난한 유학생 부부생활에 들어갔다. 유학 준비하다 결혼해버렸고, 그러다 보니 그만 유학을 포기할 수밖에 없었던 나로서는 딸의 유학이 너무나 기대되었다.

딸은 무사히, 4년 반 만에 학위를 받았고, 그 사이에 출산도 했다. 그러나 무엇보다 좋은 점은 딸이 그쪽에서 좋은 친구들을 만났고, 같은 분야에 종사하는 그 친구들이 지금은 아주 좋은 '호위망'이 되고 있는 것이다. 4년간의 기업 근무를 거쳐 딸은 대학으로 자리를 옮겼다. 산업체 근무는 아이를 둘씩이나 키우면서 살아야 하는 여성에게는 여전히 힘든 근로환경이었다. 보다 못한 내가 학교로 이직(移職)을 권유했고, 다행히 이직이 되었다. 그래도 교수라는 직업은 자기 시간을 스스로 관리 내지 통제할 수 있는 직업이기 때문이다. 지금 딸의 가정 형편에서는 다른 어떤 조건보다도 아이들과 지낼 수 있는 시간이 확보 가능한가가 제일 중요하다고 우린 판단했다. 학교는 2040~50년경에는 사라지는 직업군에 속한다. 가르치는 일이 사회적으로 중요하기는 하지만, 온라인 교육 등이 확충되면서 사실 대학교육은 쇠퇴기에 들어가고 있다고 본다. 그러나 아직은… 하는 심정으로 딸은 근무하고 있고, 어린 자녀들과 많은 시간을 보내면서 지내고 있지만, 부산의 양쪽 집(시댁과 친정)에 자주 SOS가 온다. 공대인 관계로 여전히 산업체와의 미팅이 많고, 주말엔 아이보는 사람도 안 오기 때문에 주말에 학회 일정 등이 잡히면 비상이 걸리는 것이다. 회사원인 사위마저 시간을 빼기 힘들면 할머니들이 움직여야 한다.

Best Dresser

딸이 미국에서 공부할 때, 학기 말에 그 해의 '베스트 드레서'로 선발되었다고 친구들이 축하하러 온 적이 있었다. 특히 가깝게 지냈던 마이클은 나에게 지니(Jinny, 애칭) 칭찬을 많이 해주었다. 어찌하다 코리언이 그 상을 받았니, 라는 내 말에 딸은 '내가 감각이 좀 있잖아' 하면서 동시에 '이래뵈도 대도시 서울 출신이야'라고 하였다. 대학원 친구들은 물론 미국 대도시 출신도 있었지만, 주로 주립대학 출신들로 소위 서울보다는 더 농촌스러운 지역에서 10대를 보낸 친구들이 대부분이었다. 미국 학생들도 대학 혹은 대학원에 진학하면서 비로소 자기 성장 지역을 떠나는 것이 보통이었다.

딸이 학과를 선택할 때, 나는 골치 아픈 공대 공부 말고 의류나 디자인 쪽 공부를 하자고 권했다. 내가 대학선생을 해보니, 40년 넘게 해야 할 공부는 정말 내가 좋아하고, 잘하고, 또 재미나는 것이어야 했다. 어문계열이나 의대에 있는 친구들은 평생 이렇게 공부해야 할 줄 알았다면 이 전공을 택하는 게 아니었다는 이야기를 하곤 했다. 딸은 미술에도 재능이 있었다. 그래서 꼭 어려운 공부만이 할 가치가 있는 것은 아니다,

재미나고 직접 생활에 도움이 되는 공부를 하면 더 보람이 있고 성장한다, 라는 말도 했다. 그러나 결국 아이의 의견이 존중되었다. 승낙하면서 우리 부부는 이런 말을 했다. 그 분야는 우린 모른다. 우린 아무런 도움도 못 줄 것이다. 네가 알아서 잘 해야 한다.

딸은 자취생활을 의류학과 다니던 친구와 했는데, 그 친구 과제가 재미나서 함께 한 적이 여러 번 있었다고도 했다. 아이 표현에 따르면, 엄마가 옷 살 돈을 주지 않아 자기는 완성품(정장 한 벌을 의미)보다는 바지, 스커트, 와이셔츠, 티셔츠 등으로 조합해 멋을 낼 수밖에 없어서 그때 감각이 개발되었나 보다, 라고 이야기한 적도 있다. 딴 친구들은 정장을 척척 입고 다니는데, 엄마는 그런 옷을 안 사주기에 돈이 없어서 안 사주는 것인가 생각해서 떼도 쓰지 않았다고 했다. 그래, 돈이 없었던 것도 사실이지만, 대학생의 옷차림엔 와이셔츠와 바지가 제격이라고 믿는 엄마 철학 때문이지.

지금도 딸 집에 가서 가끔 옷장을 열어 보면, 한 벌의 기성복보다는 조합해서 서로 맞추어 입는 옷들이 많다. 몸매도 이뻐 어떤 옷도 잘 소화해내고, 특히 색깔 매치를 잘한다. 나보고 '엄마는 미술 시간에 뭐 했어'라고 놀리기도 한다. 돈을 많이 주면 더 근사한 옷을 입을 수 있는 것은 당연한 이치지만, 옷값에 거금을 쓸 만큼 우리는 돈도 많지 않고, 돈의 우선순위나 가치 측면에서 '옷값'은 앞자리에 오지 못한다. 그러나 디자인이 멋진데 가격이 예상의 10배를 넘는 옷 앞에선, 마음이 순간적으로 조금 작아지는 것도 사실이라고 딸이 거든다. 멋지게 입고, 그런 나를 즐거운 마음으로 보는 것은 우리 모두의 바람임도 사실이다. 무슨 옷을 입을까? 무슨 옷을 살까 하는 것은 아마 아파서 자리에 눕기 전까지는 우리의 과제일 거야. 싸면서 잘 어울리는 옷을 찾자.

음식을 나누는 즐거움

미국유학 간 딸이 거기에서 12월, 팥죽을 해 먹었다기에 나는 놀랐다. 어떻게 그걸 만들었니? 난 사실 팥죽을 한 번도 만들어본 적이 없다. '예전에 할머니께서 만드시는 걸 보았잖아….' 맙소사! 눈썰미 좋은 딸은 그걸 다 기억하고 있었다. 나는 맛나게 먹었을 뿐, 그 음식이 만들어진 과정에 대해서는 관심이 없던 그런 엄마였다. 퇴근 후 집에 가면 팥죽이 가득 만들어져 있었고, 나는 맛나게 먹었을 뿐이었다. 어떨 때에는 고추장도 다 만들어져 있었다. 어머니 돌아가시기 전에 다 배웠어야 했는데… 하는 생각이 요즘 자주 든다.

딸이 결혼할 당시(2002년) 우리 집엔 10여 년쯤 사용한 전기솥이 있었다. 딸은 시댁에 가서 그 '압력솥'이라는 걸 처음 보았다고 했다. '엄마, 밥맛이 너무 좋아, 그 솥 사'라고 말하곤 이내 유학을 가버렸다. 딸은 가자마자 한국마켓에 가서 압력

솔을 하나 샀다고 했다. 그 뒤로, 밥 먹고 싶은 유학생들은 다 딸 집에 모였다. 피자, 샌드위치, 기숙사의 카페테리아를 돌던 아이들이라, 쌀밥(그곳에서 파는 쌀들은 비교적 미감이 좋았다)은 반찬이 없어도 꿀맛 같았으리라. 그래서 미국 아이들이 다들 본가에 돌아가는 날(국경일, 추수감사절, 크리스마스, 간혹 중간에 생기는 연휴들)에 한국 아이들은 집이나 공원에 모여 밥과 불고기를 실컷 먹는다고 했다.

2004년, 내가 유학 간 딸 집에 들렀을 때, 딸은 맛나게 파스타를 해주었다. 부엌살림도 제법 늘었다. 클래스메이트 중 중국계 캐나다인 친구가 요리에 일가견이 있는 친구라면서, 자기는 조수로 그 친구를 따라다니면서 너무나 많은 것을 배우고 있는 중이라고 했다. 지니 엄마가 오셨다고, 그 학생이 나를 자기 집으로 초대했다. 정말로 애피타이저(appetizer, 전채요리)부터 샐러드(salad), 메인 요리(main dish), 디저트(dessert)까지 풀코스(full course)로 요리가 주방에서 나오는데 나는 탄복하였다. 냅킨, 냅킨 링, 의자 커버, 테이블보의 색깔까지 맞추어져 있었다. 특히 먹는 것을 좋아하는 나로서는 반가운 대접이었다. 그 뒤 나는 그 친구가 배우고 싶어 한 비빔밥과 구절판을 시범 연수시키고 돌아왔다. 당시 나는 딸에게 좋은 냄비세트를 하나 사라고 거금을 주고 왔다. 뒤에 들으니, 그 친구의 조언을 듣고 세트가 아닌 일품 등으로 골라 장만하였으며 칼까지 구입했다고 했다. 그때 산 냄비들이 10여 년이 지난 지금도 딸 집엔 주방용품 1순위를 차지하며 앉아 있다. 칼도 무척 좋아 그 집에서 일을 해도 칼 때문에 받는 스트레스는 없다.

미식가인 딸과 사위는 아이들과 주말에 한 끼 정도는 먹고 싶은 것을 먹으러 간다고 한다. 내가 서울 가면 꼭 들리는 브런치(brunch) 집이 있다. 그다지 비싸지는 않은데 접시를 핥아 먹을 정도로 맛이 있다. 가족들이 맛있는 것들을 나누어 먹으면서 이야기하고 그러는 것이 가장 찐한 행복인 것 같다. 집에서는 솜씨 좋은 엄마가 척척 만들어주는 햄버거나 덮밥 등을 먹는 손자들이 행복해 보인다. 손녀가 방과 후 프로그램으로 요리교실에 다닌다는 소식이 들려왔다. 사위는 육아휴직기간 동안 요리학원에 등록하여 다녔는데 아주 유쾌한 경험이었다고 좋아하였다. 예전엔 요리 잘하는 엄마가 있는 집이 부러움의 대상이었다면, 이젠 전 가족이 함께, 혹은 돌아가면서 요리해 내는 음식을 감상하며 먹는 것이 더 큰 즐거움을 주는 일이리라!

일꾼 모드!

딸이 한 명 있는 여자는 늙어서 그 딸 집 싱크대 앞에서 죽는다라는 이야기도 있듯이, 나도 딸 집에 가면 식모(食母, 도우미의 옛말)가 되어버린다. '엄마' 하면서 치대는 것도 그렇지만, 그 손에 무슨 밥을 얻어먹을 수 있겠는가?

이 아이도 직업여성으로 내내 피곤하다는 말을 달고 산다. 원래 잠이 많은 아이라, 집에 오면 늘 어디든 벌렁 누워 버리던 아이였다. 자기 몸 건사도 내 눈에는 힘들어 보여, 딸 집에만 가면 일꾼 모드로 변신한다. 손자들이 어질러놓은 것, 한 번 입에 대면 곧장 싱크대 앞으로 가서 쌓인 컵 등으로, 대충 치우는 것만 해도 몸이 부지런하지 않으면 안 된다. 중간중간 설거지를 안 하고 하루 견디다 보면 모든 그릇이 있는 대로 싱크대 앞에 다 나온다. 저녁에 그걸 다 씻어놓아야 내일 또 사용할 텐데 싶어 주섬주섬 설거지를 해두면, 깨끗하지 않아요 혹은 식기세척기에 넣으세요 등으로 말이 많다.

어린 시절, 눈 뜨면 엄마는 벌써 일어나 부엌에서 달그랑 소리를 내고 계셨다. 그러면 이불 속에서 '난, 엄마가 될 수 있을까?'라는 생각을 하곤 했다. 우리가 덜 발라 먹고 내어놓은 생선을 다 다시 발라 먹는 것도 엄마였다. 특히 생선 배 부분은 보기가 흉해 먹지 않았는데 엄마는 그것도 다 잡수셨다. 그런데 세월이 지나 이젠 내가 그 예전의 엄마처럼, 딸 집에서 온갖 것들을 다 먹고 있었다. 손자가 물고 다니다 내던진 사과 조각에서 먹다 만 불어터진 떡국까지 모두 내 입으로 들어갔다.

무슨 장난감은 그리도 많은지…. 손톱크기만 한 장난감 조각들을 주워, 어울리는 장난감 박스 안에 넣어주는 것도 힘든 일이었다. 그러나 힘들다, 라기보다는 이런 일들을 내가 해주지 않으면 딸이 조금이라도 덜 쉬게 될까 봐 부지런히 움직이는데, 정작 딸은 고마워하는 기색도 없다. 그냥 두세요, 라는 정도로 넘어간다.

내가 볼 때, 딸은 어릴 적부터 몸이 게으른 아이였다. 책상이나 옷장 정리는 한 번씩 욕을 하면서 내가 해주지 않으면 안 되었고, 시간만 나면 잠을 잤다. 고등학교 시절엔 기숙사에서 주말에만 집에 오는데, 들어서는 순간부터 이 아이 눈에는 그렁그렁 잠이 들어 있다. 침대에 누워 이틀을 내리 잠만 자다 간다. 아이가 가버리고 난 그 방은 치우지 않으면 눈꼴이 시어 쳐다보지 못할 정도였다. 그러나 그렇다고 밉지 않았던 것이 부모 마음인지, 틈만 나면 내내 종알거리면서 자기의 이야기를 나에게 잘 하던 아이여서 그랬는지, 딸은 이쁘기만 했다. 특히 어른들의 이야기를 눈을 동그랗게 뜨고 유심히 들었다. 그래서 어른들끼리 나누면서 나오는 새로운 친인척에 대한 소식을 이 아이는 잘 기억하고 있어 요즘 내가 잘 잊어버리는 이야기를 딸이 상기시켜주곤 한다.

훌쩍 커버린 지금은 딸도 세 아이의 엄마가 되어 있지만, 딸이 안 입는다고 버리려는 옷을 가져와 나는 잠옷 대신 입기도 하고, 딸이 읽고 싶다고 사둔 책은 영락없이 내가 읽고 싶어 했던 책들이라, '우린 취향이 같다!' 면서 반가워한다. 언젠가 나에게 생투정을 다 부리더니 미안했던지 아빠에게 전화해서, 엄마에게 미안하다고 대신 이야기 좀 전해달라고 했다지만, 난 그런 딸년 투정을 전화 놓으면 잊어버리고 마니 기분 좋고 나쁘고도 없었다. 문둥이 같은 게, 오죽 답답하면 나에게 저럴까? 왜 내가 그 이야기를 들어야 하지 싶다가도 돌아서면 잊어버린다. 그래서 저녁시간에 남편이 조심스레 딸아이가 전화한 이야기를 하면 나는, 아무 일도 없었는데 생뚱맞게 그게 무슨 소리지 하는 표정으로 남편을 바라본다.

그러나, 남편과 이런 이야기를 나눈다.

"우리가 아프면 저 아이가 자주 와줄까?"

"어림도 없는 소리."

"그렇지…. 내리사랑이라고들 하지만, 이건 완전히 짝사랑이야."

"그렇지만 딸이 없는 것보다는 낫지?"

"그래, 우린 딸도 있고 아들도 있으니, 다행이야."

"그러니 욕심내지 말고 살아."

육아휴직

회사에 다니는 사위가 육아휴직을 신청하였단다. 자녀가 5세 미만이면 신청할 수 있으니, 한번 해보겠다는 이야기였다. 상사와 의논은 하셨고? 라는 내 말에 애매하게 웃는다. 어린 자녀가 있는 가정이라면 누구나 다 신청하고 싶지만 월급이 나오지 않아 엄두를 못 낸다고 하였다. 이 집은 맞벌이니까 가능한 일이긴 했지만 회사를 1년이나 휴직하다니… 하고 사실 어른들은 걱정을 하였다.

그러거나 말거나 사위는 휴직 첫 달엔 책을 실컷 보았다고 했다. 원래 인문학 강좌 등에 관심이 많던 사람이라 읽고 싶고 듣고 싶었던 내용들도 많았으리라. 그러면서 아침엔 두 아이들을 차례로 학교와 유치원에 데려다주곤 하였다. 아이들이 일찍 집에 오는 날이면 함께 숙제도 하고 간식도 만들어 먹곤 하였다. 어느 날 딸이 전화로 굿 뉴스라면서 소리를 지른다. "홍돌(사위의 애칭)이 요리학원에 등록했어요." 우린 좀 의아했지만 일단은 잘했다고 칭찬하였다. 저녁 식사 담당은 당연히 사위가 맡았고, 요리학원 다녀온 날은 서툰 솜씨나마 정성스럽게 만든 음식에 아이들이 좋다고 소리를 질렀고, 도우미 아주머니가 해주시는 것과는 다른 느낌이 드는 음식에 즐거워하였다는 소문이 카톡방에 올라왔다.

사위는 썰기(요리 교실의 첫 시간은 보통 칼 사용에 익숙해져야 하기에 다양한 썰기에 대해 가르친다) 종류가 그렇게 많은지 몰랐다고 하면서, 제법 칼질도 해내었다. 그리곤 방학 동안엔 아이들을 다 데리고 두 달 간의 여행을 떠나버렸다. 돈을 아끼기는커녕 더 많은 돈을 써버린 꼴이었지만, 딸을 위시해 그 집 식구들은 아빠와 24시간 지내는 것이 그리 즐거울 수가 없는 모양이었다. 사위도 'house husband(요즘은 stay-at-home dad 라고도 함)'가 자기 적성에도 맞는 것 같다면서, 아예 자기가 살림을 살면 어떨까, 라는 꿈도 꾼다고 하였다. 우리는 『아빠의 이동』,

『남자의 종말』 같은 책*을 보면서, 주부아빠의 삶을 선택한 많은 남자들의 이야기를 나누기도 했다. 자발적 혹은 비자발적으로 그런 선택을 한 남자들의 진솔한 이야기에는 참 공감이 갔다. 살림하는 아빠, 돈 버는 여자, 변화하는 가족이 이런 책들의 주요 키워드였다.

그러나 1년도 채우지 못하고 사위는 회사에 불려 나갔다. 회사의 새로운 프로젝트 때문에 가야 되어 주부아빠 역할이 끝났다고 아이들에게 이야기하니, 두 아이 다, 엄마가 돈 벌면 되니까 회사 나가지 말라고 하더라면서 기분 좋아하였다. 본인도 긴 달리기에서 잠시 쉬는 시간을 가져 너무나 행복하였고, 집안일, 아이 돌보기 등에서 또 다른 행복감을 맛볼 수 있어서 육아휴직을 참 잘했다, 라고 평가하더라는 이야기를 딸을 통해 들었다. 오래 쉬었기에 고가 점수(회사의 업무 평가 점수)가 형편없을 것 같다고 전하는 내 말에 사위는 '이젠 행복하게 살기로 했다'고 전해주었다. 휴직기간이 다 끝난 뒤, 드라마 〈미생(未生)〉**이 인기리에 방영되었다. 나는 사위에게 카톡을 보냈

* 해나 로진(배현 등 옮김). 『남자의 종말』. 민음인. 2012.
제러미 스미스(이광일 옮김). 『아빠의 이동』. 들녘. 2012.
* 윤태호의 만화 〈미생〉을 tvN에서 2014년 10월 17일부터 20부작 드라마로 방영. 주인공 장그래가 바둑프로 입단에 실패한 후, 냉혹한 현실(회사 인턴)에 던져지면서 벌어지는 이야기들로 비정규직의 불안, 사무직 노동자들의 고단함 등이 잘 그려지고 있다. 미생이란 바둑 용어로, '완전히 죽지는 않았지만 그래도 완벽하게 안전하지도 않은 돌'을 말한다. 드라마에서는 아무리

다. '회사가 다 저래? 먹고 살자고 일하는데…. 저래 살벌해?'
'아… 예… 대체로….'라는 답이 왔다. 그래도 견디고, 그 속에서 행복하기를 바라요!

세 아이의 엄마

공부한다고 바쁜 딸에게 나는 늘 결혼도 해야 하는 것이고 아기도 젊을 때 낳아야 한다는 말을 해주었다. 지금도 가까운 학생들에겐 이 말을 웃으면서 건넨다. 혼기(婚期)도 중요하지만, 서로 의논하면서 같이 살아갈 동반자가 있어야 되고, 젊은 시절엔 더욱 좋은 사람이, 자주 만나는 사람이 필요하다고 나는 생각한다. 사람은 있지만 부모의 반대나 여러 형편상 함께 살지 못하는 경우들도 있겠지만 무엇이 나의 행복인가를 생각하면 모든 사소한 어려움은 조정이 가능하다고 생각한다.

딸이 박사 과정에서 종합 시험을 준비한다고 옆 사람들을 다 비상사태로 만들고 있었을 즈음, 나는 이 시험 치고 나서 바로 임신을 하면 좋겠다고 권유했다. 딸은 눈을 흘겼다. 이 시험 통과하면 이젠 반년 넘게 논문을 적어야 하는데, 배 안고 가만히 공부만 하면 되지 않겠느냐는 게 나의 의견이었다. 그러

능력이 있어도 완전하게 살아가지는 못하는 존재라는 의미로, 우리 모두가 미생임을 일깨워준다.

다 논문 패스 안 되면… 그럼 출산 후로 미루면 되지… 등으로 우리는 이야기를 나누었다. 드디어 종합시험 패스 후 어느 날, 이게 누구 태몽(胎夢)이지? 지현이 것 같은데…. 라면서 친정 언니가 반가운 전화를 주었다. '딸이더라' 하면서. 그 후 입덧을 하기는 했지만, 그래그래 열 달이 갔다. 사위는 이후 취직이 되어 먼저 한국으로 와버렸고, 아이는 혼자 부른 배를 안고 지냈다. 드디어 출산일이 다가오자 사돈께서 미국에 들어가셨다. 그리고 6개월 후엔 내가 잠시 들어갔고, 그래그래 손녀를 키웠다. 다 지난 이야기니 그래그래 하면서 넘어가는 수밖에. 양쪽 부모가 다 힘들었지만, 다 감당해내야 했고, 거들지 않으면 공부하는 여성이 출산과 보육을 할 수 없으므로 다 거들었지만 그중 제일 공신은 할아버지들이셨다. 할머니들이 장기간 출타 중이었는데 혼자서 집도 잘 보고, 밥도 잘 잡수셨다고 들었다.

딸은 귀국하여 직업여성 생활에 진입하였다. 취업하고 2년째에는 내가 또 거들었다. '아주머니(집안일 봐주시는 입주 도우미) 오실 때 둘 키워 버리지', '다 크게 되어 있다. 혼자서는 외로워서 안 된다', '그럼 엄마가 키워줘요' 등등으로 큰 소리를 내면서 둘째 이야기를 주고 받았다. 몇 달 뒤, 딸이 전화를 했다. "엄마, 우리 둘째 생겼어… 그래야 저희들끼리 놀지, 언제까지 우리가 한 놈 데리고 놀아줄 수는 없지….". 끝까지 저희들 편하기 위해 아이에게 형제를 만들어주겠다고 설명한다. 그렇거나 말거나 낳기로 했다니 감사할 일이다.

아이를 키우면서 어찌 속상할 일이 없겠나만, 그럭저럭 세월 가면서 아이는 커갔다. 가끔 속상하면(도우미들 때문이지만) '낳으면 저절로 큰다매? 다 키워준다고 했잖아!'라고 하면서 나를 원망한다. 그러면서도 키워줄 테니 부산 보내라는 양가 이야기엔 '우리가 키워야지요'라고 하니 기특하기도 했다. 아이 양육엔 딸보다 사위의 기여도가 곱절이나 높다. 언젠가 '김 서방, 뭐가 제일 힘드니?' 하고 물으니 퇴근 후 아이들 보는 일이라고 했다. 사위가 천성적으로 아이들을 좋아하고, 그래서 아이들이 다 아빠에게 붙어 떨어지려고 하지 않으니 사위가 힘들 만도 하였다. 식당 가면 둘이 다 아빠 무릎에 앉아 있고, 딸년은 혼자 밥을 먹고 있다. 사돈 보기가 민망하다 하니, 그게 왜 민망한 것이냐고 되묻는다. '여자가 새끼 밥 먹이면 안 민망하고, 남자가 먹이면 민망해?'라는 눈으로 나를 보면서… 이젠 아기들이 제 손으로 제 밥을 먹을 줄 알고, 외식을 해도 덜 부산스럽고, 말귀도 제법 틔었으니 다 키운 것 같아 뿌듯하기도 한가 보다. 아이들이 자기 손으로 생일 카드에 '엄마 아빠, 감사해요'라는 글들도 적어 보내니, 좋은가 보다. 그래서 좋아들 하면 내가 다시 고춧가루를 뿌린다. '아이들, 초등학교 졸업하면 너 나이 40이고, 중고등학교 6년 마치면 50이다. 세월 그리 그리 가는 것이야.'

그런데 2013년 가을쯤, 딸이 우리 한 놈 더 가질까 하더니, 어느 날 임신 소식을 알려 왔다. 그때 나의 첫 마디가 '조심하지…'였다나? 남편을 통해 딸이 엄마는 안 좋은가 봐 하더라는 이야기를 전해 듣고, 나는 무조건 받아들이기 시작했다. 그래서 우여곡절 끝에 또 한 놈의 이쁜 손자, 재윤(在潤)이가 태어났다. 주변 사람들은 애국자라고 칭찬도 해주었지만, 나는 벌써부터 걱정이 앞선다. 일도 많을 텐데… 돈도 많이 들 텐데… 아파트도 더 넓어야제… 채림이가 저 동생을 돌보느라 힘들 텐데… 막내가 다섯 살이면 채림이는 열다섯으로 한참 자기 세상에 빠져 있을 때인데… 등등이다.

좀 느긋해진 딸 식구들은 항렬인 '재(在)'가 들어간다는 전제로 양쪽 집에 아가 이름을 공모하였다. 조건 없이 세 개씩 적어 내라는 과제였다. 누나와 형이 동생이름 공모에 가장 관심이 많았고 공모도 하였다. 식구들이 여덟 명이니, 열서너 개의 이름이 모아졌다. 그중 가장 많은 사람이 제안한 것, 세 개를 들고 고민하고, 의논하고 하더니, 재윤이로 결정되었단다. 나의 네 번째 손주이다!

Young Feminist

'알파걸(alpha girl)'이란 그리스 알파벳의 첫 글자인 알파(α)에서 유래된 것으로, 능력, 대인관계, 운동 등 모든 분야에서 남학생 이상의 성과를 보이는 소녀들을 일컫는 말이다. 물론 딸은 모든 분야에서 성과를 나타낸 것은 아니지만, 남학생들과 어깨를 겨루며 자기 전문분야에서 소신 있게 공부하고 그 능력을 발휘하고 있다는 점에서는 알파걸이라 하여도 손색이 없다고 나는 생각한다.

내가 자랑스럽게 여기는 것 중의 하나가 딸이 태권도 검은 띠 유단자라는 것이다. 초등학교 5학년 때 아이를 지도한 태권도 관장님은 아이를 태권도 선수로 키우고 싶어 하셨다. 발동작이 그렇게 정확할 수가 없고 힘이 있다고 하셨다. 그래서 그때 우리는 '태권도 국제민간심판'으로 태권도에 기여할 수 있도록 키우겠다는 정도로 말씀드렸고, 아이는 여중생이 된 이후로 도장엔 나가지 않았다. 중학교에서 미술 선생님은 이 아이의 재능을 보고 특별히 나를 찾아 미술학과를 보내면 좋겠다고 하셨다. 이 말씀을 더 깊이 생각해보았더라면, 하는 아쉬운 점은 분명 있다. 요즘 와서 보니, IT와 예술이 접목되는 분야가 눈에 보이고, 그런 분야가 아이의 적성에도 맞을 것 같다고 여겨지기 때문이다. 집안에 예술분야 종사자가 안 계시고, 나름의 편견이겠지만 예술가의 그 어떤, 평범함을 뛰어넘는 경계 초월성을 이해하기에는 당시 우리 부부의 식견이 부족하였다. 또 아이도 그렇게 하겠다고 고집을 피우진 않았다.

소위 학교 성적이 좋다 보니 선생님들께서 과학고등학교 진학을 권하셨고, 대학은 자신이 선택해 공대로 갔다. 당시 과학고등학교 학생들은 공대와 의대 진학이 대세였다. 우리 부부는 안정적 직장을 보장하는 의대를 가라고 권유했지만, 굳이 공대를 가겠다는 아이에게, 삶의 안정 혹은 편안함이 더 가치 있다고 우길 수도 없었다. 겨우 해본다는 것이 아는 의대 교수님과 공대 교수님을 아이와 함께 만나는 진로지도 시간을 가진 정도였다. 딸은 대학과 대학원을 마치고 바로 유학을 갔고 박사학위를 따고 바로 모 기업에 특채되어 돌아왔다. 성장 과정에서 개인적 차이는 있겠지만, 아이는 책도 많이 읽었고, 염치도 알고, 사리분별도 분명하였다.

이렇게 자기주도적으로 성장한 아이가 전통적 여성관과는 다른 여성/남성관, 결혼관을 가진 점에 대해 우리는 의의를 달 수가 없었다. 오히려 때로는 참으로 대견스럽게 여겼다. 가사와 육아를 담당할 가사도우미는 처음부터 가족으로 등재되었다. 어느 부모도 그 일을 책임지고 맡을 수 있는 형편이 아님을 알자, 아이는 사람을 채용하였다. 내가 할 수 있는 말이란 '도우미 월급이 비싸니, 다른 지출은 아껴라'가 다였다. 이 아이에게도 시댁이 있다. 딸 부부는 거의 공평할 정도로 두 집에 같은 양의 관심과 배려를 보였다. '시댁엔 더 잘해'라는 나의 말에 딸년은 '두 집은 우리와 정삼각형이야' 라고 일축했다. 결혼 후 제사 등 집안일에 참여해야 하는 일정들이 생기자, '나는 어머니 세대처럼 대소사 다 잘하면서 직장생활도 하는(소위 말하는 슈퍼우먼 같은) 착한 며느리는 못 됩니다'라고 선을 딱 끊고는(나는 나쁜 며느리라고 말해주었다. 딸에게!) 자기 일에 매진하였다. 꾸중하는 나에게 딸은 '엄마, 이일 저일 다 하면, 여기에서 못 살아남아요'라고 했다.

부부는 그 재능이 다 다르다. 그 재능들이 부부라는 이름으로 살면서 협력의 완성도가 높으면 된다고 본다. 남자라서 특별히 남성적 탤런트를 가져야 할 필요도 없고, 여성에게 전통적 여성 역할을 강조해서도 안 된다. 딸은 자기를 둘러싼 세상의 여러 가지 요소들 간의 관계와 구조 파악이 빨랐고, 사위는 친근성과 수용성이 높았다. 두 사람은 서로 잘 협력하면서 전문인으로 자기들의 일과 가정을 균형 있게 잘 해내면서, 전쟁 같은 30대를 넘어가고 있다. 알파걸이었기에 부모인 내가 딸에게서 '여성성(보살핌, 가사수행 등)'을 기대하지 않은 부분도 분명 있을 테지만, 딸은 성장하면서 외모에서는 아름다움을 추구하면서(아주 멋을 부린다) 내면으로는 모험심, 이성적 태도, 창의 과학적 사고 등으로 남성성을 키워나갔다. 목적을 가지고 키웠다기보다는 남학생들과 함께 공부하고 일하는, 기존의 남성 분야에 종사하는 전문직 여성으로서는 불가피한 변화와 수용이었다고 나는 본다. 그러나 세상사에는 성별 외에 우리가 고려해야 되는 다양한 변수가 많다. 그걸 헤아릴 줄 아는 사람이 되기를….

세 아이의 엄마, 직장경력 10여 년, 결혼생활 13년이 되는 딸에게 나는 '인간적 성숙'을 기대한다. 자기 분야에서 진정성 있게 훌륭한 역할을 수행하는 것도 좋지만, 우리의 삶은 결국 함께 엉켜 사는 공동체이기 때문에 주위를 살피고, 온정을 베풀고, 다양한 자원과 재능을 서로 나누면서 작은 행복을 통해 전체를 발전시키는 역할을 해야 한다고 당부하고 싶다.

나의 좋은 친구

성장과정에서 엄마와 딸은 궁합이 맞아 재잘거리고, 서로 온 갖 의논을 하며 살아가지만, 엄마가 늙을수록 엄마에게 딸은 친구이자 의논의 대상이 되는 존재이다.

대학에 근무하는 관계로 우리는 서로의 시간표를 어느 정도 파악한다. 일주일 강의가 마무리되는 금요일 정오쯤, 우리는 통화를 하며 집안 일, 학교 일 등에 대해 이런저런 이야기를 나눈다. 딸의 고충에 선배교수로서 조언도 해주고, 아이들 키우는 이야기나 최근 소설과 드라마 이야기 등을 하면서 한참 이야기를 나눈다. 걸어서 출퇴근을 하는 시간에도 딸은 전화를 잘 한다. 지겹기 때문이다. 딸이 이야기하는 선배교수님들의 이야기를, 나는 내가 젊은 교수들로부터 들을 뻔한 이야기로 전치(轉置)시켜 듣기도 한다. 간혹, 너무하다, 라는 추임새도 넣어가면서.

그 와중에 아이들의 이야기도 나누면서, '엄마, 나도 어릴 적 그랬어?'라는 질문에 우리는 웃는다. 아이들 좋아하는 음식을 준비하다 갑자기 전화를 해서 '간장을 넣나요 안 넣나요?'라고 묻기도 하고, 다시마가 어느 찬장에 있느냐고 묻기도 한다. 우

리 집을 다녀간 뒤에는 어김없이 전화해서 뭐뭐도 버리고 뭐뭐
도 처분하라고 다그친다. 엄마가 안 하면, 언젠가 자기가 가면
다 버릴 거라고 협박하기도 하고, 그게 다 자기 일이 될 터인데
좀 버리고 정리하면서 살라고 부탁도 한다. 진드기 나올까 봐
무서워 엄마 집에 안 간다까지… '야, 아직 10년 더 있다 정리
할거야'라는 말을 냅다 지르고 나면, 20여 년 전에 내가 친정아
버지에게 같은 말을 드린 기억이 난다. 결국 아버지는 자신의
물건을 하나도 정리하지 못하고 가셨고, 그걸 큰딸과 아들들
이 치운다고 고생했었다. 나의 그 버리지 못하는 성미는 아버
지를 닮았다.

아버지 딸들은 1940~60년대 출생 세대라 암말 않고 순종하
는 마음으로 치워드렸지만, 내 자식놈들은 1970~80년 세대로,
'엄마, 이게 뭐야. 다 치우고 안 가시고'라고 날 원망할 것만 같
다. 이런 이야기 끝에 나오는 이야기는 70세쯤 짐을 반으로 줄
이고(동시에 아파트 평수도 줄이고), 80세쯤에 다시 반을 줄여야
겠다는 계획이다.

집안에 무슨 일이 생기거나, 특히 아들 녀석의 진로 등에 문
제가 생기면 딸과 이야기 나눈다. 내가 세상을 바라보는 관점
과 젊은 딸이 바라보는 관점도 다르고, 좀 고지식한 우리 부부
에 비해 딸 부부는 융통성도 있고 개방적이다. 특히 운동치료
학을 공부하는 아들의 진로에 대해 돈도 잘 벌고 신나게 일할
수 있는 곳을 찾으라고 동생에게 조언하면, 나는 '그래도 안정

된 직업으로…’라고 거들다 만다. 아직 가야 할 길이 더 있는지라 나는 매형(누나를 의미하지만)과 잘 의논해서 결정하라고 아들에게 전할 뿐이다.

어느 날 딸의 연구실적 목록에서 내가 평소 궁금해하던 ‘관계망 분석(network analysis)’에 대한 논문을 보았다. 그 연구법 워크샵에 한 번 참석한 적이 있어 이해는 하지만 분석 도구인 프로그램이 없으면 분석하지 못하는 연구법이었다. 관심을 나타내는 나에게 딸은 엄마가 관심 있어 하는 주제, 예를 들면 가족, 부부, 죽음 등 어떤 것도 조사해 오면 ‘의미망’을 찾아 관계분석이 가능해, 라고 하였다. 연구실 제자들이 이미 그 기법으로 논문을 여러 번 적었고, 자신들도 인문사회과학 분야의 주제나 이슈 분석에 적용할 계획을 가지고 있다고 하였다. 오, 그렇구나! 새로운 정보들을 얻고, 새로운 전망을 향해 나아가는 길을 딸과 함께 가고 있으니, 즐겁지 않을 수가 없다.

알파걸 세대의 탄생
: 1980년대를 중심으로

안미수*

1980년대 : 알파걸 세대의 탄생

1960년대 이후 세계자본주의 체제 내에서 한국은 국가의 적극적인 주도로 경제개발을 추진함으로써 급속한 경제발전을 이루어냈다. 한국의 산업화는 저임의 여성노동력을 이용한 경공업에 기반하여 시작되었으며, 이 시기 압축적 근대화 과정에서 여성은 언제나 동원 가능한 대상으로 간주되었다 해도 과언이 아니다.

오빠와 동생들의 진학과 가족의 생계를 위해 헌신했던 '여공'으로 살 수밖에 없었던 여성들과 달리, 80년대 이후 여성들은 대체로 아쉬울 것이 없는 어린 시절을 보냈으며 교육에 있어서도 차별을 덜 받았다. 이들은 개별적 성공을 위해 개인이 노력해서 잘 살아가면 되는 것처럼 보이기도 했다. 소위 '개천에서 나는 용'이 될 수 있는 가능성이 이 세대까지는 있었기 때

---

* 대학생이 된 이후부터 남녀의 공존에 대한 고민을 놓지 않으려 노력했는데, 강아지들과 동거를 하면서부터 사람과 동물, 모든 개체의 공존에 대한 고민을 시작하였다. 현재는 여성학 공부와 여성단체 활동을 함께 하고 있다.

문이다. 이렇게 자유롭고 평등한 분위기에서 태어난 여성들은 소위 '알파걸'이라고 불리기 시작한 세대이기도 하다. 유명한 저서 『알파걸: 새로운 여자의 탄생』에서 등장한 이 신조어는 학교생활에서 (남학생들보다 더) 두각을 나타내기 시작한 여학생들을 연구하면서 만들어졌다고 하는데, 우리나라에 2000년대 후반에 소개되어 아주 큰 반향을 불러일으켰다. 알파걸은 성실하고 낙천적이고 실용적이고 이상주의적이며, 개인주의자이면서 동시에 평등주의자인, 그러면서 관심영역이 광범위해 인생의 모든 가능성에 열린 마음을 갖고 있는 '혁명의 딸'이다.

알파걸들은 남자와 여자는 다르다는 전통적인 사고방식을 이따금 경험하기도 했지만 자신이 여자라는 이유로 특별히 차별받은 일은 거의 없었다(적어도 취업을 하기 전까지는). 그래서 기존의 가부장적인 문화에 대해 반기를 들기는 하지만 그렇다고 해서 본인이 '페미니스트'로 불리기는 원하지 않는 경향이 있다. '페미니스트'라는 호칭은 집단으로서의 여성이 특별한 조치를 필요로 할 만큼 '약한' 존재임을 드러내는 표현으로 읽힌다고 보는 입장에서는 그럴 수 있었다. 그래서 차라리 '휴머니스트'가 낫다고 생각하기도 했다. 『알파걸』에서도 "저는 여권주의자가 아닌 평등주의자예요"라는 17세 소녀의 인터뷰를 제시하고 있다(203). 이렇게 20세기 말, 그동안 존재하지 않았던 자유롭고 개성 있는 여성 집단이 등장하게 되었다.

1990년대 중반 : 정치적 민주화로부터 개인과 자유를 얻다

80년대 후반 격변의 민주화시기를 보낸 소위 '386세대' 이후부터 사회에 대한 치열한 고민에서 조금은 자유로워진 대학생과 시민들은 90년대 이후 '낭만적인' 시기를 보내게 되었다. 〈응답하라〉 시리즈, 〈토토가〉 열풍에서도 알 수 있듯이 지금 돌이켜보아도 1990년대는 문화적으로 융성했던 시기였고, 소위 90년대에 20대를 보낸 'X세대', 'N세대' 등은 어느 유명한 TV 드라마에서 "인류 역사상 유일하게 아날로그와 디지털 그 모두를 경험한 축복받은 세대"라고 압축적으로 표현될 정도로 문화적 수혜를 많이 받은 세대로 통한다.

뿐만 아니라, 1990년대 초반부터 '삐삐'를 시작으로 휴대폰, 개인용 태블릿 PC 등 개인 통신수단이 보편화되면서, 1990년대 초반까지 온 가족이 함께 쓰는 집 전화를 통해 제한적인 시공간을 경계로 타인과 연결되던 개인은 개인끼리만 은밀히 연락하게 되었고, 이로 인해 개인의 영역이 더욱 뚜렷해지게 되었다. 이는 개인의 영역에 대한 침해에 민감해하는 세대의 특성과 관련 있어 보인다. 홍찬숙(2012)에 의하면 우리나라의 사생활은 서구의 경우와 달리 '가족'이라는 집단적 단위의 사생활을 의미하지 않고 '개인화'된 사생활을 의미하는데, 여기서의 사생활이란 핵가족을 지배하는 남성 가장의 사생활이 아니라 여성과 청소년 개인의 사생활까지 포함한다고 한다.

이렇게 가족이나 운동권 등 집단적 정체성으로부터 자유로워지고 개인의 영역이 중시되기 시작한 80년대 후반 이후 자유 향유에 있어서 성별 차이는 없는 듯 보였고, 정치적으로 자유로워진 분위기에서 문화적으로 다양한 사조들이 실험되고 확산되면서 그중 하나인 '페미니즘'이 크게 '유행'하게 되었다. 그만큼 1980년대에서 2000년대까지는 전폭적으로 여성이 부각된 시기임이 분명했고(전경옥 외, 2006: 18), 여성의 권익과 지위를 개선시키는 다양한 활동이 더욱 활발했다. 이러한 흐름 속에서 1984년 〈또 하나의 문화〉 발족, 같은 해 한국여성학회 창립, 1997년 여성계간지 ≪이프≫ 창간, 1998년 제1회 서울여성영화제 개최, 1999년 제1회 안티미스코리아 대회, 1999년 제1회 월경페스티벌 개최 등 페미니스트 문화행사가 쏟아졌을 정도로 그야말로 페미니즘의 물결이었다. 여성운동단체, 여성학, 여성관련 문화행사 등 다양한 영역에서의 페미니즘의 번성은 여성관련 법 제·개정과 여성의 정치세력화 등의 성과를 이끌어냈고 2002년 여성계의 오랜 숙원이었던 여성부 설립으로까지 이어졌다.

1990년대 후반~2000년대 : IMF 경제위기를 경험하는 월드컵 세대

이렇게 사회 전반적으로 성평등과 '개인'의 영역에 대한 감수성이 높아지면서 그동안 여성의 의무처럼 여겨졌던 결혼, 육아 이외의 다른 선택도 담론화되었다. 여성의 초혼연령은 90년 25.1세, 2000년 26.5세, 2013년 29.6세로 높아졌고, 합계출산율 역시 1985년 1.7명, 2000년 1.5명, 2013년 1.2명으로 빠른 속도로 줄어들어 초저출산국가로 진입하는 등 결혼을 지연하거나 아이를 낳지 않는 분위기가 확산되었다. 또한, 여성의 교육수준이 높아지면서 여성들의 취업의식이 전반적으로 높아지고 기혼여성의 취업 참여율이 높아지게 되었다. 그러나 여성경제활동참가율이 전반적으로 증가추세를 보이기는 하지만 이와 동시에 불안정한 비정규직 여성노동력이 급증하는 현상을 보이기도 했다.

1990년대 후반부터 2000년대 초반까지의 IMF 관리체제는 우리나라의 경제 상황을 악화시켜 단군 이래 가장 국민들을 힘들게 한 사건이기는 했지만 이러한 사회적 침체기에 국민들을 모이게 만든 계기 중 하나가 2002 한일 월드컵이었고 이 시기 여성들은 놀라운 경험을 하였다. 전 세계가 경탄을 금치 못했다는 700만 전국 길거리 응원단에는 남성보다는 여성 수가 훨씬 많았고, 권위의 상징이었던 '태극기'와 금기의 상징이었던 '붉은 색'으로 독특한 응원 패션을 '창조'해낸 것 또한 바로 여성들이었다. 사회심리학자들은 여성, 주부 같은 사회적 약자일수록 이런 집단적인 분출의 공간, 심리적 해방의 공간에서 더욱 열성적인 집단으로 변모한다고 지적했다. 그러나 여성들에게 '여성의 성적 욕망을 드러내놓고 말하기'라는 새로운 경험을 제공했다는 해석도 있다(문화일보, 2002. 6. 21).

짧았던 월드컵을 뒤로하고 현실로 돌아온 여성들은 우선해고, 여성비정규직 급증 등 잠깐 잊고 있었던 경제적 불안을 직면하게 되었는데, 동시에 다른 한편에서는 '최초'의 여성들이 많이 등장했다. 2003년 최초의 여성 법무부장관, 2004년 첫 여성 대법관… 2012년 최초 여성대통령, 2012년 최초 여성 서울역장 등등. 2000년대 이후 최초의 여성 ○○○를 소개하는 신문기사는 급증했다. 또한 외무고시, 행정고시, 사법고시 등 합격자 중 여성 비율은 매년 최고기록을 갱신하였고 초등학교 교사 중 여성 비중이 너무 높아 남성들에게 '역차별' 논란을 불러일으키기까지 하였으며 '여풍(女風)'이라는 말까지 언급되었다.

그러나 이는 '성평등'이라는 사회적 수혜를 받은 일부 여성과 그렇지 못한 다수 여성으로 나뉘는 여성 내 '이분화'라는 비판을 받기도 하였다. 우리나라의 가부장적 조직 분위기에서 대다수 여성들은 오래 살아남기 어렵거나 오래 버틴다고 하더라도 의사결정을 할 수 있는 적정한 지위까지 오르기 어렵다고 한다. 그래서인지 우리나라의 성별 임금격차는 65% 수준에서 크게 벗어나지 못하고 있고 여성 비정규직의 비중은 지속적으로 늘어나고 있으며 대기업 관리자, 공공기관 의사결정직 등에서의 여성 비중이 크게 개선되지 않는다는 '유리천장' 현상 등은 지속적으로 제기되는 문제이다.

학력수준이 향상되고 개인적 성취수준에 대한 기대가 높아진 상황에서, 공부든 일이든 잘해야 스스로 용납이 되었고 스스로 노력해서 얻지 못할 것이 없다고 여겼던 알파걸 세대이기에 자녀교육도 잘해야 했고 직장생활도 잘해야 했다. 눈에 보이는 성차별이 줄어들어 '우리는 차별받지 않았다'고 당당하게 외치던 알파걸 세대들 중 일부는 개인의 초인적인 노력과 희생, 그리고 주변의 절대적인 도움을 받아 '알파우먼'이 되기도 하고 '최초'의 여성도 될 수 있었으나 그런 노력이나 도움이 부재한 대다수 알파걸 세대들은 뭐든 잘해야 하고 육아 역시 엄마가 잘해야 된다는 생각(헤럴드경제, 2015.2.3)에 슈퍼우먼 콤플렉스에서 허우적대고 있거나 '앵그리 맘'이 되어 직장과 육아를 번갈아가며 하루하루 힘겹게 살아가고 있을 가능성이 크다.

사회적으로 남녀평등의식이 당연하게 받아들여지면서 여성들의 교육수준이 높아지고 혼인연령도 높아져 여성들의 경제활동 참여율도 높아지고 있으나 여성들의 일-가정 양립에 대한 부담 또한 줄어들지 않고 있어 전통적인 특징인 경제활동 참가율 'M자형 곡선'이 아직 사라지지 않고 있다. 육아부담으로 쉬고 있는 여성, 특히 고학력 여성이 해마다 증가세라거나 고학력일수록 여성이 남성보다 취업이 어렵다라든지 하는 신문기사를 굳이 언급하지 않더라도 우리는 경험으로 이를 잘 알고 있다. 그 많던 알파걸들은 어디로 갔는가?

참고문헌

댄 킨들런 저, 최정숙 역, 『알파걸-새로운 여자의 탄생』, 미래의 창, 2007.

전경옥 외, 『한국여성문화사 3』, 숙명여자대학교 출판부, 2006.

홍찬숙, 「한국사회의 압축적 개인화와 젠더범주의 민주주의적 함의. 『한국여성사학회, 여성과 역사』 17권, 2012.

〈문화일보〉, "월드컵 '꽃미남 쇼크' 여성의 '원초적 본능' 깨운다", 2002. 6. 21.

〈헤럴드경제〉, "대한민국 워킹맘은 자식가진 죄인", 2015. 2. 3.

6장

손녀
김채림

채림이가 네 살 때 그린 그림으로
중앙에 자신을 두고, 예견이나
한 것 처럼 두 동생을 그렸다.
자기만 두 손에 하트풍선을 들고 있다.

양가에서 키운 아이

손녀손자는 정말 하나님이 주신 선물이다. 첫 외손녀 채림이가 생후 3개월이 되었을 때, 나는 처음 그 아이와 상봉하였다. 유학 중이던 딸이 아기를 안고 잠시 다니러 나왔기 때문이다. 아기 출산 시기에 맞추어 안사돈께서 미국으로 들어가시고 난 후(그러니까 친할아버지께서 몇 개월을 노모를 모시고 혼자 지내신 셈이었다) 우리는 그냥 영상이나 인터넷(당시는 싸이월드가 성행하였다)으로 보내주는 아기 사진을 보고 신기해했다. 못생긴 게 꼭 자기 엄마 갓난아기 때 모습과 비슷했지만 우리는 즐거워하였고 좋아했었다.

드디어 내가 근무하는 학교에서 1년 해외연수 허가가 떨어졌고, 나는 딸이 다니는 학교의 사회복지대학원에 방문교수로 가게 되었다. 가서 들은 이야기인즉, 방문교수를 신청했던 노르웨이 교수 한 분의 일정이 갑자기 취소되는 바람에 운 좋게 빈자리에 내가(자녀가 대학원에 재직 중이라는 조건에서 우선 선발)

낙점되었다는 것이다. 좋은 외국 대학들은 외국인 방문교수 신청자가 많기 때문에 2, 3년씩을 대기해야 할 때도 있다. 이런 순간엔 어찌 내가 하나님의 오묘하심을 믿지 않을 수 있겠는 가? 막연히 '행운'이라고 말하는 것들이 현실에서 착착 성사될 때에는 저절로 고개가 숙여진다. 감사합니다.

당시 논문 제출 학기였던 딸과 나의 협동 근무 체제가 만들어졌다. 각각 시간표를 조절해 3일씩 학교를 나가는 것이었다. 물론 집에서도 공부와 집필 활동 등은 계속되었다. 당시 내가 나가던 그 대학원의 학사담당 직원이 나와 연배가 비슷한 분으로 손자를 기다리던 여성이었다. 그녀는 내가 딸, 손녀와 함께 있는 걸 알고는 많은 것들을 도와주었다. 좋은 프로그램이 있으면 참가해보라고 문자도 보내주고, 학과 사무실 복사기도 사용하도록 해주었고, 좋은 유기농 아기식품을 파는 집도 알려주었다.

그렇게 1년을 우리는 열심히 살았다. 물론 남편은 1년의 독수공방으로 손녀 성장에 기여하였다. 그러면서 우리가 깨달은 것은 양쪽 집에서 함께 딸이나 며느리의 일과 생활(양육 포함)을 도와주지 않으면 젊은 부부들이 감히 아이를 낳을 생각도 못하고, 키우기는 더더욱 어렵다는 것이었다. 그래서 가끔 만나는 사돈들과 우리는 함께 손주들을 키웠다는 뿌듯한 마음을 가지고 있다.

처음엔 친가(親家)에서 이쪽 외가(外家)가 너무 간섭하는 것은 아닌가는 생각을 하지는 않으실까, 라는 고민을 살짝 하기도 했지만, 현실적으로 양쪽 할머니, 할아버지가 다 필요한 상황이라 그런 걸 걱정하지 않기로 나는 마음먹었다. 딸 부부가 동시에 출장을 간다든가, 두 아이가 다 아파 며칠 병원에 데리고 다녀야 되는 일들이 생기면 양 집에서 의논하여 일정에 맞추어 서울 나들이를 해야만 했다. 나의 친정아버지는 가끔 외가(外家)는 소용없다는 말씀(전적으로 당신의 체험에 기초한)을 하시던 부계가족 중심적인 분이셨다. 그래서 나의 여형제들은 친손자, 외손자를 가리시는 그 태도에 상처를 받았지만, 우리 부부는 어느 쪽의 성(姓)을 따르든, 어린아이를 양가에서 잘 살펴주는 것이 건강한 아이 성장을 위해 필요하다고 생각한다.

손녀보다는 딸

내가 처음 찰싹하고 손녀 채림이의 엉덩이와 등짝을 때린 일을 나는 기억한다. 채림아! 미안하다. 이유식을 하면서 차츰 차츰 엄마 젖을 떼어야 되는 시기가 되었음에도 아이가 잠만 오면 엄마 젖을 물고 놓지를 않는 것이었다. 이 아가는 우유를 마시지 않으려고 하면서 엄마 젖만 찾는데, 에미는 젖 양이 넉넉하지 않았다. 낮엔 이유식을 해서 자주 먹이지만 잠만 오면 젖을 찾았다.

어느 날 저녁, 딸년도 젖이 아픈데 아이가 떨어질 생각을 안

하니(빈 젖을 아이가 빨고, 젖이 안 나오니 잇몸으로 엄마 젖꼭지를 앙하고 무는 버릇이 생긴 듯했다) 아이를 안고 울고 말았다. 두어 달 내내 저 젖을 떼야지, 하고 생각하던 내가 우는 딸에 마음이 아파 아이를 엄마에게서 떼내어 옆방으로 데리고 가니 아이가 자지러지듯 울었다. 어르고 얼러도 그칠 생각을 안 했다. 너무나 화가 난 내가 아이 엉덩이와 등짝을 몇 번 때렸다. 지금 그 장면을 생각하니 참 못난 할미였다. 7, 8개월짜리가 뭘 안다고…. 아이는 그칠 생각을 않고 내내 울었다. 우는 아이를 어쩔 수 없어 침대에 그냥 두고 쳐다보다가 나도 잠이 들었다. 밤중에 딸이 살금살금 들어와 보더니 그냥 나가버렸다. 아기도 지쳐서 잠이 들었던 모양이다.

아침에 아이에게 맑은 이유식을 먹였더니, 배가 고픈가, 잘 먹었다. 하루가 그렇게 지나가고 저녁에 재울 시간이 되었기에 우리는 놀린다고(안 줘야 한다고 결심하면서 한 번 더, 강도 높은 체념을 가르쳐야 한다는 마음으로) 에미 젖을 보여주었다. 아기가 배시시 웃더니 입을 가져가지 않았다. 그냥 그 젖을 빤히 보고 있었다. 와, 첫 시도에 성공이라니. 아기에게 어젯밤 일(엄마가 자기를 부정하면서 울었다거나, 할머니가 자기를 때렸다거나, 두 사람 다 자기에게 화를 내었다거나 등등)이 충격이었던가 보다. 우리가 좀 너무했다 등등의 이야기를 나누며 아이를 안아주었다. 그 뒤로 아이는 엄마 젖을 빨려고 하지 않았다. 그러나 가끔 손녀를 보면, 때린 게 미안했다. 그러나 채림아, 너도 너무했단다. 우유는 안 먹으려고 하면서 엄마 젖, 그것도 빈 젖만을 찾다니…. 그러면 영양실조 걸린다고 할머니와 엄마가 이것저것 맛난 것을 만들어 너 먹인다고 얼마나 수고했는지도 알아줘. 너도 엄마가 되면 알 게야! 용서해! 사랑해!

대도시의 아이

손녀는 세 살이 되면서 아빠 회사 내에 있는 직장 어린이집에 다니기 시작하였다. 도시에서 사는 아이들의 일상은 좀 각박하다고 느껴질 때가 많다. 이 아이의 하루도 지하 주차장에 내려가 아빠와 함께 승용차를 타는 것으로 시작된다. 그리고 30여 분 후에, 아이는 회사의 지하 주차장(그것도 지하 5, 6층)에 들어선다. 그리고 다시 엘리베이터를 타고 지상 4층의 어린이집에 간다. 지하만 다니는 생활이다. 물론 이 동행에서 아이와 아빠는 많은 대화를 나누고(사위는 아이들과 대화를 정말 잘한다. 마치 동화책을 읽듯이 대화한다) 좋은 음악을 함께 듣고, 함께 노래도 부르곤(사위는 노래도 잘한다. 감미롭게!) 하였겠지만, 날마다 도심과 지하의 콘크리트 벽을 훑고 다니는 아이가 나는 영 안쓰러웠다.

방학 때 나는 서울에 머물 때가 있다. 처음엔 아이와 지하철을 타고 어린이집에 갔다. 어느 날 사돈께서 채림이가 어린이집 가는 길을 잘 아니, 차를 몰고 가라고 권해주셨다. 그래서 차를 몰고 손녀와 함께 어린이집으로 가는 첫날, 길이 서툰 나에게 이 꼬마가 길을 가르쳐주었다. '할머니, 다음은 왼쪽으로 가야 해요' 등으로. 날마다 다니다 보니 아이도 길을 외우고 교통체계를 알게 되었던 것이다. 기특하다기보다는 안쓰럽고, 흙을 밟으면서 마구 뛰어놀면서 자라야 될 아이들이 그렇게 크는 것이 걱정이 되었다. 그래서 딸 부부에게는 시간만 나면 아이를 데리고 공원 등에 나가 실컷 뛰어 놀게 하라고 권유한다. 다행히 사돈께서 부산 근교에 소위 세컨드 하우스를 하나 장만하셨다. 400평이나 된다. 방학만 되면 어린것들이 내려와 그 밭을 밟고 다닌다(그런데 채림이는 흙을 좋아하지 않는다. 남동생인 재겸이는 밭에서 노는 걸 무지 좋아한다).

아홉 살에 채림이가 친구 둘을 대동하고 기차를 타고 부산에 왔다. 소위 농촌체험이라면서 유치원에도 결석하고 부산 가는 사위 편에 묻히어 왔다. 그 서울내기 아이들에게 시골의 진정한 맛을 느끼게 해주려고 친할아버지께서는 여러 가지를 준비하셨다. 고추, 가지, 고구마, 무, 배추 등은 이쪽 집에서도 아이들이 만지고 놀 수 있었지만, 토마토나 멜론 같은 과일은 그것을 재배하는 농가에 가야 했다. 사전에 이웃을 찾아가 손수 부탁을 하고, 구매할 양까지 의논하신 뒤 큰 바구니를 들고 아이들이 농장에서 체험하도록 해주셨다. 밤에는 반딧불도 보고, 유리창에 붙어 날아다니는 하루살이들도 보면서 아이들은 즐거워했다. 모기가 손님 대접한다고 아이들을 못 살게 하기도 했다. 그 소녀들은 "시골은 재미나는 것도 많지만, 불편해요"라는 표현으로 콘크리트 도시 속의 삶을 전달하기도 했다.

지금은 채림이가 네발자전거에서 두발자전거로 옮겨간 시기라, 주말이면 이 집 가족들은 차에 두 대의 자전거를 싣고 가까운 공원으로 나간다. 자전거 배우기도 어린 시절의 주요 과제이다. 타고 씽씽 다니면서 얼굴에 스치는 공기를 느끼고, 땀이 난 얼굴과 손을 공원의 차운 물로 씻어내는 기쁨을 이 아이들도 누리고 살아야 하지 않겠는가?

할머니와 닮은 점

퇴근 시 가끔 어중간하게 틈이 생기면, 사위는 아이를 데리고 서점에 가곤 하였다. 그 서점에서 지하철 타기도 편했기 때문이다. 아이는 서점에서 노는 것이 좋았는지, 퇴근길에 "아빠, 서점 갈 시간이 돼요?"라는 말을 자주 한다고 하였다. 아이를 집에 데려다주고 또 다른 모임에 가야 하는 사위로서 어떤 때는 참 곤혹스러웠을 것 같다. 가끔 바로 서점으로 퇴근해서 실컷 책을 보고 있으면 지 에미가 와서 아이를 데리고 간 적도 많았다고 한다.

이렇게 시간만 나면 서점에 가서 지내는 동안 아이는 한글을 깨쳐나갔다. "채림아, 서점이 왜 좋아?" 하고 물으니, "책이 많은 길을 걸어가면, 참 좋아" 하였다. 그리고 조그마한 목소리로 아빠가 책을 읽어주면, 폭신한 아빠 옆구리에 기대어 그 소리에 귀 기울이는 것도 좋다고, 아이는 분명히 이야기를 해서 나를 놀라게 했다. 그렇게 2년을 어린이집에 다니면서 아이는 서점과 친해졌다.

아이 방에는 자기 서가가 있다. 어릴 적 읽어주던 동화책들은 동생 방에 가버렸고, 제법 단행본이나 시리즈물, 만화 등이 꽂혀 있다. 아파트 단지 내 유치원에 다닐 때에는 동화책보다 만화(『마법천자문』, 『과학상식』 등)를 즐겨 보았다. 화장실에 가면서도 들고 가고, 밥 먹는 시간이 되어도 조금만 더 하면서 책을 안고 다녔다.

한글을 쓸 줄 알게 되자 이 아이는 이야기를 만들어 적기 시작하였다. 짧은 이야기가 동화 같았다. 그리고 만화를 보아서인지 말풍선을 만들어 어떤 상황을 설명, 표현하는 사람들의 이야기를 곧잘 지어냈다. 그 이야기엔 물건을 사고파는 소비자도 있고, 연애하는 왕자와 공주 이야기도 나와 우리를 웃게 만들었다. 실제 나는 가끔 만나는 채림이가 성장해가는 모습, 특히 글과 그림을 만들어내는 과정이 흥미롭고 재미나서 이 아이의 습작을 몇 개 보관하고 있다. 참, 나는 딸의 유치원 시절의 그림이나 초등학교 일기장을 지금까지 보관하고 있다. 아이가 글을 쓰고 그렇게 그림을 그리는 것이 너무 신기했기 때문이다.

지금은 큰 서점에 가면 책만 파는 게 아니고 문구류나 아이들이 좋아하는 스티커, 심지어 장남감도 판다. 이젠 책 한 권 손에 쥐어주고 집에 가자 하면 따라나서는 꼬마가 아니지만 (이것도 사주세요, 저것도 사주세요, 라는 요청에 돈이 많이 든다) 서점에서 만나는 모든 것은 이 아이에게 좋은 놀잇감이다.

열 살인 지금 채림이는 한글타자도 익혀 컴퓨터로 소설을 쓰기 시작하였다. 아무도 보면 안 돼, 라고 하기에 자세히 본 적은 없지만, 뭔가 열심히 지속적으로 머릿 속의 생각들을 글로 풀어내고 있는 모습은 너무 기특하다. 아이가 상상의 나래를 마음껏 풀어내도록 관여를 안 하는 것이 도와주는 것이라 생각해서 알려고 하지는 않지만, 사실 참 궁금하다. 이 아이가 보는 세상, 그려내는 세상 이야기는 어떤 것일까? 왕자와 공주라는 남녀 관계를 열 살의 채림이는 어떤 언어로 표현하고 있을까?

핑크색

4, 5세 무렵 손녀는 그림 그리는 것도 참 좋아하였다. 유아기부터 종이와 크레파스를 쥐어주면 이런저런 난화를 그려대는데, 아 피카소보다 나아요, 라는 소리가 절로 나왔다. 사람 얼굴을 그리면서는 가장 먼저 자기를 그리고, 그 다음 동생, 아빠, 엄마를 그렸다. 크레파스에서 드디어 사인펜으로 도구가 진화하였다. 사인펜은 색이 선명하고 선(線)이 똑똑하게 나타

나 아이가 좋아하였다.

점점 아이는 자기가 선호하는 색을 분명히 말하였다.

"할머니, 난 핑크가 좋아."

"왜 핑크가 좋아, 이 많은 색 중에서?" 당시 아이는 무지개 일곱 색은 구별할 수 있었다.

"할머니, 공주가 입는 드레스는 핑크야."

"공주가 파란 드레스도 입지."

"아니야, 파란색은 없어."

그런가 싶어 아이들이 잘 보는 동화책이나 실제 인형 옷들을 보니, 전부 분홍 계열이었다. 이 아이가 그린 그림 중에 온통 분홍계열로 아주 아름답게 그린 그림이 있다. 진분홍과 어울리는 자주나 연분홍을 매치시키면서 너무나 이쁜 색감의 그림을 그려내었다. 모든 어른들이 환호할 만큼. 제 엄마는 여아라고 분홍을 강조한 말은 결코 한 적이 없는데, 이 아이가 이러는 걸 보면, 이건 생득적인 선호라고 우겼다. 그래 참 이상해. 결코 그렇게 학습시킨 것은 아닌데 (무의식중에도)손녀는 인형과 분홍을 좋아하고, 손자는 죽어도 자동차와 비행기를 손에 쥔단 말이야.

이런 점을 가지고 우리는 딸 부부와 많은 이야기를 나누었다. 가급적 중성적이고 성별 취향이 덜 드러나는 장난감을 많이 권해주자. 그리고 아들에게도 빨강 스웨터를 입혀 붉은 색에 적응시키고, 딸인 채림이는 가급적 무채색(흰색과 검정) 대비로 옷을 입혀 '그 핑크 집착증'에서 좀 벗어나게 만들자 등등. 가끔 어린이옷을 파는 코너를 지나게 되면 나는 신기한 듯 그 앙증맞은 옷들을 바라본다. 참 이쁜 옷들은 하나같이 여성적/남성적 취향성이 살아나는 레드와 블루 계열의 옷들이었다. 우리 내면의 성별 선호성과 우리가 따라가면 안 된다고 인식하고 있는 사회적 성별 간의 불편한 진실을 마주치게 된다.

"엄마, 뭘 걱정해. 좌파는 다 빈티지로 입어야 해? 아니잖아. 드레스 입었다고 의식까지 현모양처겠어? 걱정 마! 핑크와 성공은 관계가 없어!"

"그래그래. 나도 학생들에게 생각은 남자처럼 하고 행동은 여자처럼 하라는 어려운 이야기를 한단다. 이를 우리는 양성성(兩性性)이라고 하지. 상황에 따라 여자가 되었다가 남자가 되었다가 해야 하니, 핑크 옷도 입을 줄 알고 검정 옷도 입을 줄 알아야 해."

"그럼, 청소년기를 지나면서 바뀔 거야. 아마 그땐 분홍 옷을 주면 집어 던질 걸…."

우리 대화는 채림이가 때론 여자답게, 때론 남자답게 자라야 된다는 쪽으로 가고 있었다. 특히 딸은, 대학교에서 여학생들이 쉽게 눈물을 보이고 자기 스스로 의사결정을 못하는 것 등이 너무 속이 상한다고 하였다. 딸답게, 아들답게라는 생각은 차츰 흐려져간다. 좋은 '인간다움'이 중요하다고… 흠!

동생이 생겼어요!

손녀 채림이는 처음엔 동생은 필요 없고 인형만 있으면 된다고 했다. 그러나 지금은 자기 동생을 끔찍이 아낀다. 딸은 가끔 과장되게 누나는 동생을 항상 보살펴주는 것이야, 라고 말하면서 누나의 배려를 아이에게 강요하기도 한다.

다행스럽게도 부모는 자녀출산을 결정할 권리가 있다. 대부분의 여성들은 첫 아기를 낳고는 '이젠 안 낳아야지'라는 생각을 한다고 한다. 출산의 고통이 크기 때문이다. 가끔 아이의 성별에 따라 혹은 머리의 크기나 모양에 따라, 아니면 엄마의 자궁과 질의 상태에 따라 그 고통의 정도는 다르기는 하겠지만, 분명 출산은 여성들에게는 생애에서 경험하는 신체적 고통 중에서 거의 으뜸이리라.

그러나 출산 후, 아기를 키우면서 생명의 신비함과 예쁜 모습에, 대부분의 여성들은 그 고통을 잊는다. 그래서 의도적으로 기대하였든 혹은 기대하지 않았든 간에 또 임신을 하고 출산을 선택한다. 현대 가족관계에서, 둘째, 셋째의 출산 결정은 많은 경우 첫 아이에게 형제가 필요하기 때문이라는 부모의 배려가 그 주요 배경이다. 과거 할머니나 어머니 세대에서는 피임약이나 기구 등이 없었기 때문에 선택의 여지 없이 출산한 경우도 많았고, 또 아들을 낳기 위해 자꾸자꾸 임신을 강행하였던 경우가 많았지만, 지금은 워낙 출산계획(birth control) 기술이 발달되어 있어 그렇게 자녀 출산을 하는 시대는 아니다.

첫 손녀가 두 돌을 지나게 되자 딸은 고된 직장생활 속에서도 '엄마, 둘째를 낳아야 돼? 안 낳아도 돼?'를 여러 번 물어보았다. 나에게 답을 구한다기보다는 자문(自問)의 형식이었겠지만 고민을 하고 있다는 것을 알 수 있었다. 그러던 어느 날, '엄마, 우리, 둘째 가지기로 했어요!'라는 이야기를 건네주었다. 이유인즉, 아이와 놀다가 문득, 내가 언제까지 이렇게 친구처럼 놀아주어야 되는가? 라는 생각이 들었단다. 그래서 남편과 이야기한 후, 이 아이에게도 형제가 필요하다는 결론을 얻었다고 했다. 뭐, 함께 놀아주기 싫다기보다는, 그 아이도 함께 살아갈 '동년배의 친구 같은, 서로 보살펴주는 형제자매'가 필요하다는 것을 깨달았다고나 할까?

다행히 예정대로 임신이 되어 둘째를 낳았다. 첫아이의 입장에서는 같은 성별인 여동생이 좋을 터이고(우리가 살아온 경험상, 동성의 형제가 편하고 오래 관계가 유지될 수 있다고 생각한다), 키우는 부모의 입장에서는 딸도, 아들도 다 가져보고 싶겠지만, 선택할 수 있는 점이 아니므로 생기는 대로, 주시는 대로 받겠다고 하였다. 할아버지, 할머니인 우리는 개입할 수는 없는 것이라 가만히 있었다. 채림이는 남동생을 얻었다.

손녀는, 처음 작은 아기인 동생의 출현을 반겼고, 좋아했다. 엄마 뱃속에 있던 동생이 엄마 배꼽으로 나왔다는 걸 신기해했다. 오물조물하고 앙증스러운 그 작은 것이 제 눈에도 이뻐

보였던 것이다. 그러나 그 동생이 서너 개월이 지나면서 온 집안의 중심(가장 연약한 아기이므로, 모든 집안일의 최우선에 놓이기 마련이니)이 아기에게로 옮겨지는 상황에 놓이게 되자, 뭔가 자신이 소외됨을 느꼈는지, 동생을 미워하는 감정을 드러냈다. '동생 버려'부터 시작해 가끔 아기를 쥐어박는 짓을 하기도 하였다. 그러나 그럭저럭 시간이 지나면서 '나도 동생이 있어요'라는 사실을 받아들이게 되었다. 놀이터에 나가면 유모차에 있는 아기를 가리키면서 '제 동생이에요'라고 자랑까지 하였다고 하니.

지금(이 글을 적을 당시) 초등학교 1학년인 채림이는 동생을 훈계하기도 하고, 글자도 가르쳐주고, 놀이도 함께 하면서 잘 데리고 논다. 그동안 서로 치고 박고 싸운 적도, 식탁 앞에서 티격태격하다 둘 다 꾸중 듣고 울고불고 한 적도 많았지만, 그건 아이들 성장과 함께 다 지나가는 것이고, 지금은 아주 다행스럽고 행복한 눈으로 동생을 쳐다보면서 살고 있다. 가끔 내가 '할머니가 동생, 부산 데리고 갈까'라고 물으면 이렇게 대답한다. '할머니, 우린(동생을 말함) 가족이니까 함께 지내야 돼요. 동생이 없으면 나도 심심해요'라고. 서로의 존재를 인식하고 서로서로가 힘이 되어주는 그런 형제자매 관계에 들어선 듯하다. 형제가 많지 않은 요즘 세태에서는 오래오래, 서로 결혼 후에도, 잘 지내는 것이 서로에게 도움이 되고 축복이리라 믿는다.

끝말잇기

손녀와 나는 만나면 '끝말잇기'를 잘한다. 다섯 살 정도면, 반쯤은 가르쳐주면서 말 잇기가 가능하다. 찾다가 막히는 사람이 꿀밤을 한 대 맞는 놀이다. 그럼 채림이부터 시작해, 하면 손녀는 주변을 한번 쓱 둘러보고는 단어를 던진다.

잠옷 - 옷장 - 장구 - 구멍 - 멍멍이 - 이발 - 발표 - 표(이런, '표'로 시작하는 말은 아이는 잘 모른다. 그러면 주위에 있는 식구들이 아이 편을 들어 힌트를 주거나, 아니면 내가 말해주기도 한다. 오래오래 해야 하니까) - 표창장 - 장구(이러면 틀린다. 장구는 이미 나왔으니까. 그러면 우리는 정정한다. 장구 아니고, 장, 장) - 장미 - 미술 - 술래 - 래…에서 우리는 막힌다. 이쯤이면 말을 못 한 사람이 이마를 쓱 내밀어야 한다. 다시! 그러나 아이는 지는 것을 싫어한다. 이때 내가 새로운 단어를 가르쳐주면 아이는 눈을 반짝이며, 할머니 그게 무슨 말이야? 하고 묻는다. 누군가가 꿀밤을 맞고 다시 시작한다. 이긴 사람이 첫 단어를 던진다.

재미가 난 아이는 기차 안에서나 자기 전 침대 맡에서 나만 보면 말잇기를 하자 한다. 어느 날 나는 작은 국어사전을 하나 손녀에게 선물했다. 아직 가나다순으로 찾지는 못하지만, 어디든 펼치면 단어들이 줄줄이 나오기 때문에 손녀에게는 필요할 것 같아 샀다. 그리고 이듬해 사위가 그 사전 사용법을 가르쳐주었단다. 이젠 제법 길게 글도 쓰고 동화도 적는다. 딸은 '연애소설도 적어'라고 알려주었다.

손녀가 1학년이었던 어느 6월경, 서울에 온 나에게 손녀가 국어숙제를 함께 하잔다. '이건 할머니가 더 잘 할 거야'라는 사족을 붙이면서. 숙제는 'ㄹ'로 시작되는 단어를 열 개 이상 찾는 것이었다.

"자, 채림아, 찾아보자. 라로 시작되는 단어를 말해봐."

아이는 읊어대기 시작했다.

"라면, 라디오…. 할머니 그 다음은?"

"그래그래 다음엔 '로' 시작되는 말은?"

두음법칙을 적용하면, 리, 로 등은 이, 오로 바뀌니, 이게 쉽지가 않다.

"채림아, 우리 사전 볼까? 이럴 땐 국어사전을 보고 하는 거야."

사전의 ㄹ 부분을 찾아 우리 둘은 단어들을 쭉 훑고 내려갔다. 채림이가 아는 단어여야 하기 때문이다. 그래서 드디어 열 개를 채웠다. '리본, 린스' 등도 들어갔던 것 같다. 며칠 후, 채림이는 전화로 내게 자랑을 하였다. 자기가 제일 많이 찾아온 학생이어서 '아주 잘함'을 다섯 개나 받았고, 앞에서 발표도 했다고. "채림아, 숙제는 그렇게 하는 거야. 사전을 찾아보면 국어 숙제는 못할 것이 없단다. 이제 사전이 좋지? 더 큰 국어사전도 있단다."

어느 날, 채림이와 나는 카카오톡을 했다.

"할머니 뭐해?"

"할머닌 한의원에서 쑥뜸 중이야."

"쑥뜸이 뭐야?"

내가 대답이 궁해졌다. 이 아이가 쑥은 알까? 또 뜸을 뭐라 설명하지? 그때 아이에게서 문자가 왔다. "쑥뜸이란 …"

"어… 어디서 찾았니?"

"할머니, 지금 집의 컴퓨터가 켜져 있어서, 내가 네이버에서 찾았어."

"와, 잘한다! 채림이 최고다!"

그러면서 아이는 많은 단어를 익혀나갔다. 이런 재미가 있으니, 어찌 손녀와 놀기가 기다려지지 않겠는가?

학교에 가는 모습

손녀가 학교 입학을 할 무렵의 이야기들이다. 아파트에서 걸어가도 되는 학교에 배정을 받았고, 아이와 엄마가 함께 임시 입학식이라는 것도 하고 왔다. 손녀는 숨 가쁘게 자기 학교 이야기를 하곤 하였다. 운동장, 교실, 신발장 등에 대해.

입학 몇 달 전부터 친할아버지께서 가방은 당신께서 사주신다고 선포하셨다. 그래서 그 지령을 받은 사위가 인터넷에서 요즘 엄마들이 가장 좋아하는 디자인의 가방을 골라 주문하였다는 소문이 들렸다. 그리고 배달받은 그 가방을 벽장에 숨겨

두고는 내내 아이에게 '이젠 학생이야', '이젠 학교 가니 무엇이든 혼자서 해야지' 등으로 성숙(成熟)을 강제하였다.

그런데 어느 날 아이가 '난 학교 가기 싫어'라는 말을 하더란다. 의아해하는 어른들을 쳐다보며 아이는 다시 이런 이야기를 하더란다. "학교 가게 되면, 개콘(개그콘서트, 밤 9시 20분부터 한 시간 동안 하는 프로그램)도 못 보고 일찍 자야 하는 거잖아. 에이." 아이 아비가 속삭였단다. "개콘을 다 보고도, 그 다음 일어날 수 있어. 채림이는 자명종 틀어두면 일찍 잘 일어나잖아. 자명종 틀고 자면 돼." 이런 이야기들을 전화로 전해 듣고 할아버지, 할머니들은 마냥 재미가 있었다.

할아버지는 자주 전화를 해서 손녀에게 물어본다. "무슨 공부를 했니?" "짝지는 남자아이니?" 등으로. 궁금해하면서 묻는 할아버지에 비해 아이 대답은 영 재미가 없다. 그러면 할아버지는 안달이 나서 다시 묻는다. "학교가 재미없니?" 그러면 아이는 이런 대답을 한다. "할아버지, 학교는 재미로 가는 곳이 아니에요. 학교는 반드시 가야 하는 곳이에요." 얼쑤! 누구에게 배운 소리인가? 학교는 반드시 가야 한다는 것을 아니 참 다행스럽구나.

1학년 여름방학엔 줄넘기 숙제를 같이 하였고, 겨울방학엔 구구단을 함께 외웠다. 아이가 집중력이 있어 친할아버지 집의 넓은 대청에서 하루에도 수십 번 줄넘기 연습을 하다가, 다섯 번밖에 못하던 아이가 드디어 50번 셀 동안에도 걸리지 않고 잘 넘어가는 바람에 온 식구들이 환호성을 질렀다. 숙제장에 손녀는 줄넘기 횟수를 적으면서, 이젠 100까지 해야지 하고 야무지게 목표를 설정하였다.

숙제반대대책위원회

손녀의 엉뚱한 짓거리에 일요일 아침 우리 부부는 넘어갈 듯이 웃었다. 사위의 페이스북에 손녀의 그림이 올라왔다. 내용인즉, 왜 선생님들은 항상 숙제를 내주셔서 학생들을 귀찮게 하는가였다. 그러면서 친구들에게 너희들은 숙제가 좋으냐고 반문하면서, 우리 모두 숙제 없애기 운동을 하자는 것이었다.

아래 붙은 사위의 글을 보니, 저녁에 식구들이 함께 TV를 보다 엄마가 숙제 점검을 했더니, 숙제 안 한 이 아가씨가 자지러지듯 놀라면서 안방을 나가더란다. 그래서 다른 가족들은 TV를 보고, 손녀는 숙제를 하는지 조용했다고 했다. 그러고는 아침에 나와 보니 냉장고에 '숙제반대대책위원회 위원장 김채림'이란 이름의 대자보가 한 장 붙어 있더란다. 그걸 아비가 찍어서 올린 것이었다. 자기는 선생님(숙제 내어주는 사람이므로)이 되지는 않을 거라는 내용과 숙제반대에 찬성하는 친구들을 찾는 내용이 들어 있는 A4 한 장 분량의 대자보였단다.

그래서 아침 먹는 시간에 숙제에 관한 이야기를 부모와 자녀가 나눈즉, 같은 글을 열 번씩 적는다거나, 구몬(산수 학습지)

숙제가 많다거나 하는 것 등이 불평요소로 인지되었다. 그래서 학교 숙제는 다른 학생들과 다 함께 하는 것이기 때문에 너만 줄일 수 없으니 당연히 해야 하고, 구몬 숙제는 혼자 하는 공부이니까 선생님에게 매일의 분량을 줄여달라고 엄마가 부탁은 드릴 수 있다는 정도로 부모자녀의 의사소통은 정리가 되었다고 한다. 손녀는, 숙제는 자기가 노는 것을 방해하는 것이란다.

이 이야기를 들은 나는 소위 그 대책위원회라는 용어를 어찌 아느냐가 더 궁금하였다. 딸은 "개콘 보고 배웠어, 거기에 비상대책위원회가 나오잖아"라고 대수롭지 않게 말했다. 뉴스에 무슨 위원회 등이 나오면, 손녀는 다 개콘을 보고 정치인들이 그런 걸 만들었다고 생각한다는 것이었다. 그리고 어린이들 프로그램에도 어린이들이 위원회 등을 만들어 자기들의 결정을 관철시키는 내용들이 있다면서, "우리보다 민주주의를 더 잘 아는 아이들이야!"라고 일갈했다. 그리고 숙제 때문에 놀 수가 없다는 말은, 거짓말이란 것이다. 억? 아이 말을 거짓이라 하다니. '혼자 이 짓 저 짓 하면서 논다고 숙제를 잊어버리곤 숙제가 많다는 거야!' 그런가? 나는 손녀 말이 마음이 아프건만, 에미는 안 그런가 보지….

자신의 방과 책상

초등학교 3학년이 되면서 채림이는 자기 책상을 가지게 되었다. 그 전에는 거실에 넓은 테이블을 두고 식구들이 다 모여 공부도 하고 책도 보는 모양이었다. 특히 세 살 아래인 동생과 그림도 같이 그리고, 만화영화도 컴퓨터로 나란히 앉아 보았다. 가능한 한 부모의 가시권(可視圈) 안에 아이들을 배치해서 보호하고 지켜보려는 것 같았다. 그러나 3학년 정도면 자기 스스로 방도 정리하고 자기 물건도 잘 관리해야 되지 않겠느냐는 의논 끝에, 아이 방의 장남감 등과 동화책을 동생 방에 보내 공간을 확보한 뒤 책상을 사주었다. 채림이가 대단히 기뻐한 것은 말할 것도 없다.

책상과 책장, 그리고 예쁜 의자가 배달되었다는 소문이 들려 채림이에게 전화를 했다.

"새 책상 좋니?"

"할머니, 책상 위에 불도 들어오고(내가 항상 불을 밝게 해서 책을 보라고 이른 데 대한 강조임), 아주 넓고 좋아요."

"그래, 이젠 책상에 바로 앉아 책을 볼 수 있겠구나."(이 아이는 항상 소파에 몸을 이상하게 구겨넣은 자세로 책을 보곤 한다.)

"할머니, 내 책장 정리는 내가 다 했어요. 내가 동생한테 책을 많이 물려주었어요."

"그래, 이젠 더욱 누나답게 방 정리도 잘 해야겠네."

이런 식으로 동문서답의 이야기가 손녀와 할머니 사이에 오고 갔지만, 나도 기뻤고 채림이도 기뻐하였다. 자신의 방을 가지게 된 기념, 3학년 진급기념으로 괘종시계를 선물하였다. 동생 재겸이 것과 함께 두 개를, 하얀색과 검은색으로 주문했다. 색깔 선택으로 싸우지나 않을지…. 이젠 혼자서 잠도 자고, 혼자서 일어날 줄 알아야 한다는 뜻으로 시계를 선택하였고 속으로 그렇게 기도해주었다. 후문에 의하면 서로 하얀색을 하겠다고 언쟁을 하다, 이 시계는 누나 새 책상 기념으로 할머니께서 선물하신 것이니 누나에게 먼저 결정권을 주자고 한 엄마 제안에 재겸이가 동의하여, 채림이가 먼저 하얀색을 선택하고 재겸이는 승복하였다고 했다. 손자들은 각각 자기 침대들이 있건만, 엄마아빠 방에서 붙어 자는 것이 보통이었다. 그러면 밤에 사위가 그 무거운 놈들(각각 25kg 정도는 나가는)을 들어 제자리에 눕히곤 하였다. 내가 그 나이 엄마면 어림도 없었을 터인데… 잠 오면 자기 자리에 가서 자라고 시키라고 했지만 사위는 열심히 안고 날랐다. 어떤 때는 부모 침대를 저희들이 차지하고, 엄마 아빠는 각각 아이들 침대로 가서 자는 일도 있단다. 그래서 이 시계를 미끼로 자기 침대에서 자고 일어나는 연습을 시킬 요량이었다. 한참 지난 뒤, 요즘 채림이는 자기 방, 자기 침대를 사랑하는가 하고 물어보니, 아주 자기 방을 사랑하며, 이제는 꼭 자기 침대에서 잔다는 것이었다.

채림이 방에는 서랍장과 작은 옷장이 있다. 아이가 보통 입는 옷들은 그 서랍장에 칸칸이 정리되어 있다. 3학년이 되고 난 뒤부터는 세탁한 자기 빨래는 자기 방에 그냥 두어달란다. 할머니가 아무 데나 넣으면 자기가 찾기 힘들다는 뜻이었다. '어쭈! 고마운 일이네…' 양말은 양말 통에, 내의는 내의 통에 담겨, 서랍장 위에 놓여 있다. 그리고 그 옆엔 좋아하는 인형들과 액자, 그리고 내가 사준 괘종시계가 있다. 사진은 자기가 세상에 나온 그날 엄마 친구가 찍어준 것으로, 채림이는 '이게, 태어난 지 하루 된 나야'하면서 그 사진을 좋아하였다. 책장에는 채림이가 보고 또 보고 하는 『마법 천자문』, 『과학상식』 시리즈, 해리포터 이야기, 소년소녀세계문학 전집, 국어사전 등이 꽂혀 있다. 3학년 여름방학엔 700페이지에 달하는 『제인 에어』를 읽고 스스로 자랑스러워하였다. '내가 이 두꺼운 책을 다 읽었다면 친구들이 믿어줄까?'라면서….

채림이 방에는 창문이 하나 있다. 이 방은 이 집에서 제일 시원한 방이다. 그리고 이 방 한쪽에는 짧은 벽을 치고 두 개의 계단이 있는 작은 장난감 공간이 만들어져 있다. 채림이는 그 계단에 책가방을 던져두기도 하고, 계단에 누워 인형 머리 땋기를 하면서 잘 논다. 이 땋기 놀이가 이 시절 아이들에겐 어려운 손동작이다. 땋기를 가르쳐달라 해서 리본 세 개를 들고 가르쳐주었더니 이해하곤, 이내 인형 머리를 세 갈래로 나누어 열심히 연습하던데 이젠 재미가 나는가 보다.

사랑받고 싶어요!

둘째 동생이 태어나고, 온 가족들의 시선이 온통 애기에게로 집중되었다. 채림이도 너무나 작은 아기가 신기하고 이쁜지, 손가락으로 아기 뺨을 만지기도 하고, 싸맨 옷소매를 들추며 아기 손가락을 만지작거리기도 했다.

"채림아, 동생 좋아?"

"응."

"이젠 남동생이 둘이네."

"아냐, 사촌동생까지 합치면, 남자동생만 네 명이야."

"어, 아주 큰 누나구나. 행복해?"

"할머니, 난 행복하지가 않아. 다들 아기들만 좋아해."

"채림이도 아가일 때 혼자 사랑을 독차지했단다."

"그래도… 나도 사랑받고 싶어….."

"할머니, 할아버지, 그리고 엄마 아빠도 네가 첫째 아이이기 때문에, 너를 1등으로 사랑한단다. 단지 아기는 이제 태어났고, 아무런 것도 혼자서 할 수가 없기 때문에 잠시도 눈을 떼지 못하고 있을 뿐이야. 채림이가 이 집의 1번 강아지란다."

채림이는 믿을까 말까 한 표정으로 배시시 웃고 말지만, 아이의 마음이 허전한 것 같았다. 그래서 딸에게 이런 대화를 전달해주고, 너무 누나의 책임감을 강요하지도 말고 큰 아이 취급을 하지 말라고 했다. 겨우 열 살, 자기도 더 사랑과 관심을 받아야 될 나이인데, 어디든 큰누나 역할을 요구하고 있으니 그런 생각이 들기도 하겠다고 우리는 공감하였다. 딸의 친구 중 남동생이 둘 있는 친구가 있는데, 그 친구가 이런 이야기를 하더란다. "채림이에게 큰누나라고 모든 짐을 다 지게 해선 안 돼. 난 크면서 두 남동생을 엄마처럼 항상 내가 돌보아야 한다는 것이… 싫었어."

그래서 식탁에서 밥도 가장 먼저 퍼 주고(주면서, '봐! 채림이 밥을 가장 먼저 담았어'라는 이야기도 덧붙여), 과일을 줄 때도 '채림이 사과가 제일 크다. 사랑해'라는 이야기를 하면서 주곤 하였다. 아이는 부쩍 성숙해진 듯 바로 아래 일곱 살짜리 동생과 전혀 싸우지도 않았다. 예전 같으면 시빗거리가 될 상황인데도 이젠 채림이가 양보하든지 아님 너그러운 마음으로 봐주든지 하여 조용히 지나가는 것이었다. 이런 조용함이 큰 자식으로서의 책임감에서 온다기보다는 온 집안에 손님들이 왔다 갔다 하고 아기 때문에 다들 예민해져 있는 형편을 아이가 알아차려, 엄마가 고함지를 일을 만들지 않으려는 예민함에 있다고 나는 보았다. 그게 결국 책임감이었겠지만, 채림이가 행복한 마음이라기보다는 참고 지내는 마음이라는 뜻이다. 그래서 사위에게도 자주 안아주라고 이야기했다.

새 아기의 출산 후, 딸 집 방문을 마치고 나도 부산으로 내려왔다. 딸과 통화하면서 내내 채림이의 기분이나 상태 등을 물었다.

"엄마, 동생이 태어나니 집안에 각(角, 질서란 의미)이 잡혀. 두 놈이 유치원, 학교 갈 준비도 스스로 하고, 내 말도 잘 듣고, 잔소리하기 전에 숙제(매일하는 학습지 등)도 미리 해두고, 엄마를 도와줘야 한다는 말에 협조도 잘 해요(식사 후 자기 그릇과 수저는 싱크대에 가져다둔다, 샤워는 혼자 한다, 빨랫감은 자기 방 바구니에 잘 담아둔다 등). 신기해!"

"그래도, 아직 어리다. 외동인 가정에서는 아직 응석 부릴 나이인데… 너무 큰 아이 취급하지 마…."

"응, 칭찬도 자주 해주고, 혼자 있을 때는 안아주고 해!"

이런 대화를 주고받다 보면, 내가 딸을 키우던 때가 생각난다. 초등학교 1학년 딸과 목욕탕에 갔다. 나는 내가 씻고, 딸은 딸 스스로 씻는 모습을 본 이웃 집 아주머니께서 날 보고

"맨날 대학생들만 가르치니, 샘은 이 아이도 대학생으로 아는가 봐. 좀 씻겨줘요!"라면서 정색을 하고 핀잔을 주었다. 무안하기도 했지만, 그 말씀을 듣고 주변을 유심히 살펴보니 다른 어머니들은 더 큰 딸(예를 들면 중고등학생 정도)도 다 씻겨주고 있었다. 그래서 나는 그 어머니의 말을 지금까지 기억하고 있다. 이후 임신으로 배부른 딸과 함께 목욕 가서 등과 팔다리를 씻어주면서 이 이야기를 하고 웃었다. 동생이 태어나면 우리는 큰 자녀에게 더 많은 의젓함과 독립성을 요구한다. 행여나 그런 부담이 큰 자녀에게 소위 '장남, 장녀 콤플렉스'를 키워주는 것은 아닌지 모르겠다. 부모 입장에서는 큰 자녀, 더욱

이 딸 정도라면 반(半)부모 역할도 할 수 있다, 싶어서 다행스러운 면도 있겠지만, 모든 것이 첫 경험으로 성장해나가는 그첫 아이의 입장에서 동생이 많다는 것은 자신의 많은 욕구를 줄여야 된다는 것이고, 그건 때로는 불만일 수도 있다. 채림이의 '나도 사랑 받고 싶어'라는 말은 자기를 사랑 안 해준다는 뜻은 아닐 것이고, 자기 욕구가 제외, 무시되고 있다는 의미일 것이다.

채림아, 우린 네 마음 다 안단다. 다음에 할머니가 큰 상 줄게. 그때 카드에 할머니가 뭐라고 적을까? '큰 누나로, 동생들에게 많은 것을 양보해온 그 넉넉한 마음가짐에 감동하여 외할머니가 이 상을 주노라.'

스마트폰

기차 안에서 서 너살 된 아기가 울 때 달래는 방법은 스마트폰으로 〈뽀로로〉를 보여 주는 것이라는 건 이젠 누구나 다아는 이야기가 되어버렸다. 딸도 아이들을 데리고 부산에 내려 올 일이 생기면 아이패드를 준비한다고 한다. 넉넉히 충전만 되면 아기들이 기차 안에서 지겹지 않게 얌전히 잘 앉아 오기 때문이다. 뭘 보는가, 하고 들여다보았더니 나이에 맞는 만화영화, 아이들 오락물로 만든 숫자놀이나 카드놀이 등이었다. 채림이는 다섯 살부터 인형 옷 입히는 프로그램을 가지고 잘 놀곤 하였다.

채림이는 한글을 배울 때부터 컴퓨터로 한글 공부를 하였다. 물론 일반 학습지 내용과 비슷하였지만 소리도 나오고 다양한 색깔 그림들이 보여지므로 아이들에게는 더 흥미가 있어 보였다. 너무 어린 시절부터 컴퓨터에 노출되면 전자파를 받을 가능성이 더 크기 때문에 여러 번 걱정스럽게 이야기했지만, 그런 기계도 이젠 그 아이들의 경우 거의 생필품에 가깝기 때문에 전자파 때문에 그 사용을 억제하고 할 수도 없었다. 연속적 사용을 최대한 줄이고, 하루 총 사용시간을 어른들이 조절해 주고 관리하는 것이 더 중요하였다.

채림이는 초등학교 입학 기념으로 아빠 친구로부터 스마트폰을 선물받았다. 평소 채림이가 아주 잘 따르던 삼촌이었는데, 그 삼촌의 결혼 소식을 듣고 채림이가 너무 낙심하자(왜 그리 낙심하느냐고 엄마가 물어본즉, 삼촌에게 여자친구가 생겼다는 게 좀 서운했다는 아이의 표현에 모두 뻥하고 웃었단다), 삼촌이 채림이 입학 축하 겸해서 그 큰 선물을 주시겠다고 덜컥 약속을 해버린 것이다.

아이의 스마트폰은 하얀색으로, 자기의 가장 소중한 물건이라고 말할 정도로 채림이는 스마트폰을 사랑하였다. 물론 부모는 사용 시간과 횟수를 통제해두고 있었다. 학교에는 당연히 가지고 가선 안 되기 때문에 집에 두고 가지만, 집에 오면 가장 먼저 찾는 물건이기도 하였다. 그 폰에도 카카오톡, 카카

오스토리, 카메라, dictation 어플(말하면 소리 나는 대로 쓰여지는 어플) 기능이 다 있어 친구들과 단체 카톡 방도 만들고 서로 사진을 찍어 보내고 받기도 하고, 영어 노래든 일본 노래든 궁금한 노래는 가사를 찾으며 즐기곤 하였다. 아이는 1학년 방과 후 수업을 '컴퓨터반'을 선택하더니 한글을 치는 속도도 점점 빨라졌다. 나도 가끔 좋은 동영상이나 그림 등이 페이스북이나 트위터에 올라오면 복사해, 채림이에게 보내준다.

가끔 오후 시간에 심심하면, 카톡으로 문자가 들어온다.

"할머니, 뭐해요?"

"할머니하고 놀까? 지금 집엔 누구누구 계시니?"

"이모(도우미를 아이들은 이모라 부른다)하고 나뿐이에요."

"재겸이는?"

"태권도 갔어요."

"채림이는 숙제는 다 했나요?"

"좀 쉬다가 할 거예요."

아마 친구에게 카톡을 보냈는데 아무런 응답이 없자 나에게 문자를 보낸 것 같았다. 그렇게 한참 수다를 부리다 우리는 이쁜 이모티콘을 보내곤 헤어진다.

이번 9월, 그러니 채림이 3학년 가을 무렵 딸 집에 간 적이 있다. 나를 보더니 대뜸 "할머니, 나, 스마트폰 압수당했어요"라면서 울상을 지었다.

"에고 어쩌다가? 할머니 전화기 빌려줄까?"

"아뇨, 아빠 허락 없이는 어떤 전화기도 손 안 댄다고 약속했어요."

"그럼, 약속 지켜야지."

"친구들도 제 폰이 없다는 걸 다 알아요."

저녁에 돌아온 딸로부터 자초지종 이야기를 들었더니, 좀 통제가 필요한 듯하였다. 그러나 친구들이 다 가지고 있고, 아이들이 그것으로 다자(多者) 간 소통을 하고 있으니 무작정 못 쓰게 할 수만은 없었다. 카톡은 엄마 폰을 허락받아 사용하고 있었고, 20분씩 시간을 정해 아이패드 등으로 오락을 하는 등 아이도 부모와의 약속을 잘 지켜나가고 있었다. 약속을 잘 지켜야 빨리 자기 손에 스마트폰이 돌아온다는 것도 잘 알고 있었다. 저녁에 채림이하고 둘만 있을 때, 우리는 사이좋게 앉아 '눈 운동'에 대해 이야기하였다. 20분 동안 컴퓨터나 스마트폰 액정을 보고 있으면 눈이 아프단다. 그러면 눈에 병이 나고 시력도 나빠진단다. 눈도 쉬어야 하니까, 그럴 때에는 눈을 꼭 감아주기도 하고, 두 손으로 눈 주위를 꼭꼭 눌러주어야 한단다. 채림이는 나의 흉내를 내면서 눈을 만졌다.

문명의 이기(利器)는 잘 사용하여야만 효과가 있는 법. 과도한 사용은 시간 낭비도 낭비지만 신체도 불편하게 만들고 사회성도 나빠져 잘못하면 혼자서만 노는 아이가 되기 쉽다. 앞으로 점점 새로운 기기들이 나올 것이고 그것을 유용하게 사용할 줄 아는 교육이 이루어져야 한다. 아이들도 그런 교육을 통해 자기 통제성을 획득해나가야 할 것이다. 먼 다른 나라에 살더라도 아침저녁 화상통화가 다 되는 이런 세상에서 그런 IT 기기를 두려워해서도 안 되겠지만, 잘 이용하여 학습, 인간관계, 창의력 개발, 예능감 향상 등에 도움이 되도록 가르쳐야 할 것이다.

장래 희망

'커서, 어떤 사람이 되고 싶어?'라는 이 할머니의 질문에, 유치원 시절에는 화가, 피아니스트라고 답을 하던 아이가 초등학교 1학년 때는 첫째는 만화가, 둘째는 발레리나라고 대답했다. 3학년쯤에서는 첫째 작가, 둘째 만화가라고 답했다. 이 아이는 글쓰기와 그리기에 재능이 있고 이야기를 만들어 풀어나가는 솜씨가 있는 것 같다. 딸도 나에게 우리 채림이가 뭘 하면 잘 할까, 라고 묻는다. 이런저런 꿈을 꾸어보는 이때가 재미나고 좋은 거야!

채림이는 사려 깊은 아이다. 두어 달에 한 번씩 서울 갈 일들도 생기고 하여 딸 집에서 묵게 되면, 그때마다 나는 아이를 데리고 목욕탕에 간다. 처음엔 샤워가 편해요, 라고 하면서 안 가려고 하더니, 초등학교 1학년 무렵부터는 외할머니에 대한 대접이라고 생각해서인지 기꺼이 함께 가준다. 점점 나의 목욕친구가 되어가고 있다. 어느 날 나는 손녀에게 이런 부탁을 하였다. '할머니가 늙어 힘이 없어지게 되면, 그때는 채림이가 날 비누칠해 줄 수 있겠니?'라고. 아이는 가만히 생각하더니, '꼭 그럴게요'라고 대답하였다. 할머니께서 자기를 데리고 목욕 가기를 즐긴다는 걸 안 아이는 할머니를 위해 목욕을 가겠다고 흔쾌히 이야기할 만큼 생각이 깊고 배려심이 있는 아이이다.

또 내가 보기에, 채림이는 책임감이 있다. 자기에게 배당된 일, 즉 숙제라든가, 청소 등은 어김없이 잘 수행한다. 때론 내가 왜 이런 것(배당된 청소에서, 장난감 정리하기 등이 있을 경우)까지 다 해야 하느냐고 볼멘 소리를 하는 경우도 있지만, 자기에게 배당된 일을 안 하고 미루는 적은 거의 없다. 그리고 채림이는 하고 싶은 말은 솔직히, 속 시원하게 하는 편이라 결과적으로 자신의 선호나 생각을 잘 드러내는 편이다. 그래서 아이의 입장을 이해하기가 쉽다.

채림이는 집중력이 높은 아이이다. 손에 든 책을 몇 시간이고 보는 재주도 있고, 영화 감상도 화장실 한 번 안 가고, 자세 하나 안 흐트러진 채 보는 아이였다. 미술학원 등에서 만들기를 할 때에도 몰입하여 빠지는 수가 있다고 한다. 컴퓨터 앞에서 '자기 글쓰기(작품명이나 장르가 무엇인지에 대해 아이가 '비밀이야' 하고 말해주지 않아서 모르지만, 하여튼 수십 페이지에 달하는 글을 계속 적고 있다)'를 할 때에는 두어 시간도 족히 그대로 앉아서 마구마구 자판을 두들기며, 머릿속의 생각을 그대로 글로 찍어내고 있는 모습은 참 놀랍고 놀랄 모습이다. 다음에 채림이가 커서 무슨 일을 하게 될지는 모르지만 아이가 크면 어릴 적의 글 쓰던 모습만은 꼭 이야기해주어야지 하고 생각했다.

채림이의 그림은 상상력이 풍부하고 재미가 있다. 어릴 적에 그린 '가족' 그림을 보고 우리 모두는 행복하게 웃었다. 자기가 가장 가운데 있고, 가장 컸다. 자기를 가장 예쁘게 그렸다. 즉 머리에 꽃을 세 개나 꽂고, 눈은 속눈썹이 하나하나 살아 있는 듯하게 예쁘게 그렸다. 그리고 양손에는 날아갈 듯 하트 모양의 풍선이 들려 있었다. 완전 주인공이었다. 그리고 자기 옆에 동생이 두 명 있고(당시 채림이는 동생이 한 명밖에 없을 때이다. 왜 동생이 두 명이냐고 물은즉 그중 작은 아이는 곧 태어날 사촌동생이라고 했다), 양 옆에 부모님이 계시는데, 엄마 눈엔 약간의 속눈썹이, 아빠 눈은 속눈썹 없이 반달 모양으로 그려져 있었다. 너무나 귀엽고 재미난 그림이라 이 그림을 나는 우리 부부의 회갑 기념 카드로 사용하였다.

2030년이 되면 이 아이는 25세가 된다. 나는 정말 채림이가 어떤 분야의 공부를 할지 예측도 안 되지만 무엇이든 자기가 좋아하는 한 분야를 먼저 준비하고 나면, 그 위에 다시 새로운 여러 분야들이 얹어지고 연결되면서 '자기의 고유한 전문분야'가 만들어진다고 본다. 우선 성실하고 책임감 있게 중고등학교 생활을 해나가면, 좋은 가정환경에서 좋은 성품으로 무엇이든 잘하리라고 믿는다. 2030년에 나는 80이 된다. 대학을 졸업하는 손녀와 함께 책을 읽고, 그 소감들을 나누는, 그래서 그 소감들이 '손녀와 할머니의 북클럽'으로 풀어지는 책을 만들어 보고 싶다.* 채림아, 우리도 한번 해보자꾸나!

---

* 윌 슈발브(Will Schwalbe)는 치료를 받아야 하는 어머니를 모시고 정기적으로 병원을 방문하면서, 자연스레 책을 서로 읽고 나누게 되었으며, 그걸 정리해서 『엄마와 함께한 마지막 북클럽』(21세기북스, 2012) 이란 책을 펴냈다. 같은 책을 나이든 엄마와 중년에 들어서기 시작한 아들이 함께 읽고, 그래서 나누는 대화에는 시대적 경험의 차이인 세대 차이와 기질의 차이, 그리고 성별의 차이 등이 드러나면서 동시에 서로에 대한 더욱 깊은 신뢰 등이 만들어졌다. 아름다운 어머니와 아들(母子)이었다.

우리 아이들이 살아가야 할 세상은…

서은숙*

딸, 엄마, 아내, 며느리, 그리고 지역정치인으로 활동하는 사회적 존재로서의 나… 나를 규정하는 이런 여러 가지 역할 중에서도 아이 키우는 문제는 늘 고민을 해도 답이 쉽게 나오지 않는 어려운 과제이다. "우리 교육은 잘 되고 있는가? 우리 아이들은 잘 크고 있는가?"라는 질문과 함께. 나도 "슈퍼우먼 콤플렉스"을 가진 여성이었다. 딸 많은 집의 장녀로 태어나 여중, 여고, 여대를 다녀서인지 여성에 대한 차별이나 피해의식을 갖지 않은 채 성장할 수 있었다. 살아오면서 여성이기 때문에 받는 사회적 불합리나 불평등을 경험할 기회도 많지 않았다. 그러나 아이가 자랄수록 나는 점점 힘들어지기 시작하였다. 나만 잘하면 되지…그 다음은…하면서 착각하며 살았던 것이다. 세상은 특히 여자에게 그리 만만하지도, 호의적이지도 않았다.

학부모들을 만나 보면, 남자아이와 여자아이의 학부모들 간에는 대화가 나누어진다. 남자아이 엄마들은 "요즘은 여자아

---

* 부산진구의회에서 8년간 구의원으로 활동하면서, 우리 아이들이 지금보다 더 좋은 세상에서 살기를 희망하며 지역정치활동을 하고 있다. 그간 시민운동단체에서 이기숙 교수님과 함께 활동하였다.

이들 등살에 남자아이들이 너무 힘들어하는 것 같아요. 여자아이들이 적극적인 건 좋은데, 너무 악착스럽고, 남자아이들을 부려요. 오히려 남자가 역차별 받고 있는 것처럼 느껴지기도 해요"라고 한다. 여학생이 잘하면 안 되나? 여학생이 회장하면 안 되나? 전통적인 의미의 차별을 겪지 않으면서 성장한 젊은 여성들의 리더십은 점점 더 적극적으로 발현되고 있다. 하지만 이러한 변화 속에 우리 사회가 여전히 진보하지 않은 것도 있다. 맞벌이는 당연하지만 육아와 출산과 살림은 여전히 여성의 몫이고 (물론 남성들의 가사분담이 늘어가고 있다고 하지만), 여성이 다 하지 못한 책임은 그 여성의 동반자에게 가는 것이 아니라 부모세대(친정어머니, 시어머니) 여성에게 이전되고 있다. 내가 겪고 있는 이 세상은 여전히 여성에게는 벽이 높고, 보여주되 갈 수 없게 하는 유리천장이 즐비하다. 여성과 남성이 함께 잘 사는 양성평등 세상으로 진입했다고 생각하지만 좀 더 깊이 들여다보면 양성평등은 표면적 현상일 뿐이고 여성들은 더 깊은 절망과 좌절의 벽 앞에 서 있는 것 같다.

이 '여전히 보이지 않는 차별의 벽'이 다음 세대까지 전달되지 않도록 하기 위해서는 개인적·사회적 노력이 필요하다고 생각한다. 나는 사회활동과 육아, 그리고 지역에서 정치를 시작하면서 자연스럽게 출산과 육아, 교육, 여성문제 등에 관심을 가질 수밖에 없었다. 정치란 사람과 삶을 더 나은 방향으로 이끄는 힘이라고 생각하면서, 여성인 나의 관점에서 잘할 수 있는 이 세상의 어떤 부분을 개혁할 수 있으리라는 희망과 기대로 정치 현장에 서 있었다. '거대한 감옥에 아이들을 가두는 사회', '온 힘을 다해 아이들을 뒷바라지 하지만 늘 숨이 턱에 닿는 부모'를 위해. 그러나 현실 정치는 늘 이런 엄마들의 아픔과 동행하지 못했다.

나는 더 나은 세상을 만드는 일에 우리 모두가 노력하여야 하지만, 그래도 가장 중요한 역할을 해야 하는 분야가 정치(政治)라고 생각한다. 아래에서 위로든, 위에서 아래로든 우리 아이들이 살아갈 미래 세상을 제도와 법으로 쉽게(정말 가장 쉽게) 만들어나갈 수 있는 사람들이 '정치가'라고 생각하는데... 이게 어찌 이리 어려운지 모르겠다.

나는 우리의 다음 세대인 딸들을 보면서 여러 가지 생각을 해본다. 나는 딸들이 풍요로운 사회, 자기 이야기를 할 수 있는 사회에서 자라 이런저런 콤플렉스가 없는 그야말로 자유로운 한 인격체로 자라게 하고 싶다. 이 아이들을 우리가 각박하게 살아오면서 잃었던 사랑, 우애, 나눔, 헌신 등을 아는 아이들로 키우고 싶다. 네가 하고 싶고 네가 즐겁고 네가 행복한 일을 해도 먹고살 수 있다고 말해주고 싶다. 내 아들이 전업주부로 가사와 육아를 담당하는 일을 하고 싶다면 그 뜻이 존중받고 실현되는 그런 세상에 살 수 있기를 희망한다. 내 딸이 가족의 생계를 부양하는 역할을 선택하면 그녀의 가족에 대한 책임감을 존중해줄 것이다. 아이들이 스스로 머물고 싶어 하는 그 자리에 있을 수 있기를 바란다. 그리고 자신의 진정한 열정을 발견하면 그것에 곧장 달려들기를 희망한다. 그래도 밥 먹고 웃으며 살 수 있는 그런 세상에 살기를 원한다.

다음 세대를 희망하기만 할 뿐 함께 누릴 수 없는 나는, 그 희망의 싹을 키우는 데 거름 한 삽 보태는 마음으로 현재, 이 자리에서 나의 노력을 아끼지 않을 것이다. 우리 아이들이 살아갈 그 세상을 위해!

7장

여성들에게
전해주고 싶은 마음

모교 후배들과

어린 시절의 추억에서 행복을

노인복지관에서 강의 의뢰가 왔다. '죽음 준비'를 주제로 강의를 부탁하였다. 이 가을에, 이 지루하신 일상을 보내는 어르신들을 모시고, 죽음 이야기를 어떻게 시작할까 하고 고민하다, 나는 어린 시절을 회상하는 것으로 '인생의 봄'을 풀어내어 보자고 생각했다. 그래서 풀리는 이야기의 끝을 잡고 노인들의 죽음까지 늘려볼 것이다. 노인들의 죽음이 이야기되는 지점은 '인생의 겨울'이다.*

어린 시절을 회상하시는 어르신들의 표정에는 천진난만함이 넘쳤다. 여러 사람의 어린 시절 한 토막씩의 이야기를 듣고 나

---

* 레빈슨(Levinson)은 우리 생애를 크게 4단계로 나누었다. 아동청소년기, 성년기, 중년기, 노년기로. 그리고 그는 그의 이론에 '인생 사계절'이란 용어를 사용하였다. 그는 각 단계 사이에 끼어 있는 전환기의 중요성을 강조하였다. 즉 환절기(換節期)가 대단히 중요하다는 것이다. 지금 나는 노년전환기를 벗어나 본격 노년기에 들어서려고 하고 있다(김애순 역, 2004).

서 그들에게 여쭈어보았다. 지금 기분이 어떠신지? 행복하다고 하셨다. 우리는 기억하는 능력도 있고 동시에 망각하는 능력도 있다. 상처로 남아 있는 기억도 있지만, 잘 찾아보면 우리는 그 기억들 속에서 행복했었던 작은 기억들을 찾아낼 수 있다. 상처는 끄집어내어 매만지고 재해석하여 더 이상 상처로 남아 있지 않게 하여야 한다. 그러기 위해서는 자기 성찰(省察), 자아 분석(分析) 등과 같은 학습과 노력이 필요하다. 그러나 행복은 그냥 찾아내기만 하면 된다. 누구에게나 어머니의 따뜻한 보살핌이 있었을 터이고('난 없어요'라고 말하던 우리 학생도 상담하다 결국 어린 시절 어머니가 주셨던 사랑을 찾아내었다), 초등학교의 그 천진난만했던 시절의 장면들이 숨어 있을 것이기 때문이다. 어느 골목, 언젠가의 하늘, 언젠가의 공중목욕탕 등에서….

혹시나 무언가 힘들다고 느껴질 때는 어린 시절의 나를 생각해보라고 말하고 싶다. 어린 시절의 나에겐 무언가 정확히는 표현 못하겠지만, 희망과 꿈이 있었을 것이다. 내가 글에서 적었듯이 기억의 어느 순간에서 연상되는, 그래서 줄줄이 연결되어 터져 나오는 그 기억들의 송이송이에서 분명 작은 행복이 느껴질 것이기 때문이다.

그런 다음 나의 인생 곡선을 따라 올라오면 더 큰 기쁨도 발견되고, 작지만 귀중하였던 추억들도 떠오를 것이다. 비록 우린 소(牛)처럼 되새김질하는 동물은 아니지만 우리의 기억은,

우리의 마음은 우리가 무엇을 끄집어내느냐에 따라 얼마든지 되새김질하며 나를 성장시킬 수 있는 것이다. 그래서 나의 존재에 감사하고, 살아가는 나를 격려해주어야 한다. '내'가 느껴질 때 비로소 엄마가 그리워지고 형제자매가 소중한 것을 다시 알게 된다. 나에게 각인된 엄마의 모습은 미래의 내 딸이 나에게 느낄 모습일 것이다.

나의 호위모델

나이 들어 사회생활을 하게 되면서 알게 되는 것 중 하나가 인간관계의 중요성이다. 소녀 시절 땐 그냥 친구나 선생님이 가족 이외 내가 만나는 사람들이었다. 그중 함께 앉게 되어 그때부터 짝지란 이름으로 친구가 되고, 그 집에 놀러 가고 그 친구도 내 집에 놀러 오고 하면서 우정이 쌓인 친구가 있다. 그런 친구도 결혼해서 외지(外地)에 나가버려 몇 년에 한두 번씩 만나게 되면 서로 사정을 모르게 되어 추억 속의 사람이 될 뿐이다. 그리고 대학에 가고 직장생활을 하면서 친구라는 개념은 커지게 된다. 나에게도 중고등학교 친구, 대학 친구, 친한 직장 동료, 그리고 사회활동 하면서 만나는 친구들이 한 덩어리씩 있다.

칸과 안토누치(Khan & Antonucci, 1980)는 친밀도에 따라

나를 둘러싼 관계를 몇 개의 동심원(同心圓)으로 설명했다.* 가장 가운데 원에는 직계가족, 즉 부부와 그 자녀들이 앉게 된다. 소위 원가족(源家族)이라고 부르는 집단으로, 이 집단 관계는 나의 일상에 가장 필요한 관계이면서 동시에 나의 삶에 가장 부정적 영향을 미치는 관계이다. 그 다음 원에는 친한 친척과 친구가 들어간다. 나와 상호작용을 하는 친척과 친구의 수가 많을수록 좋다. 그러나 동시에 사람 수(數)보다는 관계의 질이 중요하기 때문에 진심으로 나를 도와주고 또 나도 그를 좋아한다고 여겨지는 사람으로 줄여서 볼 필요가 있다. 그 다음 원에는 직장생활이나 사회생활을 하면서 사귄 사람들이 들어간다. 내 생일에 초대하고 싶은 사람에 한정시켜 이름을 적어보면 친소(親疎)관계가 드러난다. 역시 가능한 한 많은 사람들의 이름이 거명되면 더 좋다. 이 정도면 칸과 안토누치가 설명하는 인간관계는 단순히 파악이 된다. 이 중첩된 원에 들어 있는 사람들이 바로 나를 지켜주고 나를 성장시켜주는, 그런 관계

* 호위모델(convoy model)은 친밀도에 따라 인간관계의 종류를 구분하는 이론으로, 나를 중심으로 가장 가까운 인간관계가 그 바깥의 인간관계에 영향을 미친다고 보는 이론이다. 나이 들수록 사회생활이 위축되면서 외집단의 관계가 감소되는데 이때 내집단의 관계가 안정적이지 않으면 깊은 상실감을 느끼게 된다. 나이 들수록 내집단을 보강하면서 노후의 심리적 안정을 찾는 방법도 있고, 긍정적 활동을 통해 외집단을 활성화하면서 가까운 가족이 주지 못하는 즐거움과 삶의 가치를 찾는 방법도 있다(Khan & Antonucci, 1980).

가 형성된 나의 호위(護衛)들이다.

나이 들수록 특히 형제자매와의 교류, 지지(支持)가 필요하다. 요즘은 핵가족으로 배우자와 자녀들만 '가족'으로 여기는 경향이 많지만, 잘 산다는 의미는 이 직계 라인(line)의 경계를 인정(人情)으로 초월하는 것이라고 말하고 싶다. 특히 결혼한 성인들의 경우는 나와 혈연을 나눈 형제자매 외에 그들의 배우자, 그 배우자의 형제자매도 포함된다. 그래서 가족의 경계를 허물어 인간적으로 서로 친밀해지려는 노력이 필요하다. 결혼하면 소위 남의 집 사람(며느리나 사위를 의미함)이 섞이면서 관계가 나빠지는 경우도 볼 수는 있지만, 가능한 한 내 배우자의 형제자매 관계를 존중하면서 좋은 우정관계를 맺어가는 것이 현명하다. 형제자매란 나에게 가장 가까운, 나와 가장 원초적인 일상 위에 놓여 있는, 그리고 결코 피할 수 없는 대상이기 때문이다. 나와 가장 가까운 이 원(圓)에 놓여 있는 사람들 간의 갈등은 사람들에게 가장 깊은 상처를 주기 때문에 예의가 필요하다. 오죽하면 가장 좋은 시어머니란 아들 집을 방문할 때에도 사전에 미리 전화 등으로 양해를 받는 시어머니라는 이야기도 다 있겠는가?

점점 생활이 안정되면 인간관계도 넓어지고, 더 많은 사람들과 정(情)을 주고받는 시간들이 많아져간다. 이 시기부터 대체로 많은 사람들은 '가족'을 뛰어넘어 직장 동료나 사회활동 하면서 맺어진 인간관계에 몰입한다. 때론 직장 동료나 사회관계

속에서 만난 사람들과 형제자매보다도 더 친밀한 관계를 맺기도 하는데, 이런 호위를 많이 가지고 있을수록 행운이라고 말하고 싶다. 일과 활동이 매개되지 않은데도 마음을 나누고 위로를 주고받을 수 있는 관계로, 나의 호위세력이기 때문에 행운이라고 표현하는 것이다. 여성들의 경우에는 살림과 육아를 통해 사람들과 이해관계가 아닌 동지적 관계로 교류를 유지해오기 때문에 그 관계가 오래 유지된다. 그래서 나이가 들어도 여성들은 친구나 동료가 많다. 그에 비해 남성들은 '일(직업)' 중심으로 상호관계가 만들어지기 때문에, 그 일에서 분리되면 인간관계도 함께 소멸되어버리는 관계 특성을 가지고 있다. 그래서 퇴직한 남성들의 경우 만날 사람이 없고 갈 곳이 없어 아내 뒤만 쫓아 다닌다(소위 낙엽족이라 불리는 남성들)는 이야기도 생기는 것이다. 고령사회에서 퇴직 후 20여 년을 더 살아야 하는 현실에 맞추어 진정한 우정관계를 30대부터 잘 만들어두는 것도 소중한 재산이다.

평소 가족들과는 집안일(제사, 어른들과 아이들의 생신, 그외 축하해야 될 일들)로 기쁨과 위로, 사랑을 나누고, 친구들이나 동료들과는 정기적으로 만나 밥도 먹고 마음도 나누는 시간들을 가져 우정을 이어가는 것이 필요하다. 서로 함께 밥 잘 먹는 것이 가장 쉽고도 좋은 인간 관리의 비법이지 않을까? 그러면서 서로의 진심을 알게 되면 그 다음 모든 일들은 잘 풀려나가리라 본다. 그러나 이런 관계 속에 놓여 있는 모든 사람이 다 성숙한 성품을 지니고 있지는 않다는 점을 꼭 고려할 필요가 있다. 눈높이를 맞추면서 관계를 지속시키는 지혜도 필요하다.

행복해지기 위한 노력

하버드의과대학의 베일런트(Vaillant) 교수는 그의 책 『Aging Well』(2002)*에서 행복한 삶의 원동력, 즉 나이 들어서도 계속 일하고 사랑할 수 있는 힘이 무엇인가를 잘 설명하고 있다. 베일런트 교수는 가장 첫 번째로 '성숙한 방어(防禦)기제'를 꼽았다. 이어 '안정된 결혼생활, 어린 시절(유년기)의 행복감, 금연과 금주, 운동, 알맞은 체중, 건강한 사회적 유대관계, 삶을 즐기는 태도'를 들었다.

심리적으로 우리는 다양한 방어기제를 사용한다. 투사, 공격성, 분열, 환상 등은 미성숙한 방어기제들이다. 나의 나쁜 감정

---

* 이 책은 1930년대 말에 하버드 대학교에 입학한 학생 268명을 72년간 추적 조사한 보고서로, 행복한 삶의 원동력은 무엇인가를 밝혀내고 있다. 그리고 그는 행복의 조건은 사람들이 겪는 고통이 얼마나 많고 적은가보다는 '그 고통에 어떻게 대처하는가'에 달려 있다고 했다. 우리나라에서는 2010년 『행복의 조건』이란 제목으로 번역, 발간되었다. 이 책을 다 읽고 나면 우리도 이미 그 답을 잘 알고 있었다는 데 놀라고, 그 다음 우리의 실천력이 너무나 부족하다는 것에 다시 놀란다. 행복은 어떤 신비한 능력에서 얻어지는 것이 아니라, 평범한 그 지식들을 내가 일상생활에서 얼마나 실천하고 사는가에 달려 있다.

을 다른 사람에게 전가하기도 하고(투사), 자신을 공격하기도 한다. 이는 사춘기 청소년들이나 인격장애가 있는 성인들에게서 흔히 나타나는 바람직하지 못한 기제들이다. 자기도취, 환상, 학대 등과 같은 행동과 무관심 등도 미성숙한 기제에 속한다. 그럼 성숙한 방어기제란? 승화(昇華), 이타주의, 억제, 성숙한 유머 등은 대표적 성숙기제들이다. 사람은 누구나 욕망과 통제력을 가지고 있다. 이들을 균형 맞추는 능력은 성장 단계마다 주어지는 과업들을 잘 수행하면 나이 들면서 서서히 획득된다. 언제나 기쁜 마음으로 살고, 때로 욕심을 부려 성취감을 추구하면서도 과하지 않는 균형을 잡을 수 있는 그런 태도가 필요한데, 더 중요한 것은 이런 기제들이 어른들의 지도와 자신의 노력으로 형성된다는 것이다.

나는 베일런트의 책과 셀리그만(Seligman)의 긍정심리학 이론에 근거하여 2013년 '행복하게 사는 열두 가지 연습'이란 학부생 대상의 개방강좌를 개설하였다. 첫 시간, 학생들에게 '행복'이란 말을 들었을 때 연상되는 단어를 다섯 개씩 적어보라고 했다. 40여 명의 학생들이 적어 낸 200여 단어를 분류해보면 가장 많은 단어가 '가족(물론 유사 의미를 가진 단어를 다 포함하여 대표 단어, 즉 '가족'으로 명명), '성취(성적, 취업 등 포함)', '여행', '먹거리' 순이었다. 이런 학생들의 행복관에 근접하면서 나는 '행복연습 열두 가지'를 골라 매주 한 가지씩 실천하는 방법으로 수업을 이끌어갔다.

'나의 행복 원천 알기'는 미리 준비한 '행복노트'에 날마다 이런 질문, '나는 오늘, ○○○ 때문에 행복했다(기분이 좋았다)'에 세 개의 답을 적도록 했다. 그리고 14주 쯤에 그간 14주 동안 적은 300여 개의 행복(기쁨) 원천을 분류해보았다. 학생에 따라 다소 다르기는 하였지만, 가장 많이 나온 것이 '사람(가족, 친구 등)'이었다. 학생들은 나의 행복은 결국 나와 관계 맺는 사람들에게서 나온다는 걸 알고는 가족, 그리고 친구들과의 우정을 잘 만들어가야 한다는 것을 다시 깨달았다고 했다.

　어느 주 수업시간에, 학생들에게 예쁜 편지지를 한 장씩 내주었다. 색깔 고운 편지를 받아 든 학생들은 기분이 좋은지 싱글벙글했다. 지금까지 살아오면서, 여러분이 감사를 드려야 할 분이 많을 것이다. 한번 생각해보고, 그중 한 분에게 오늘 감사편지를 적는다고 이르니, 다들 숙연해진다. 학생들은 조용히 30분간, 긴 감사편지를 썼다. A4 1매를 다 채우라고 했다. 다 쓴 편지를 두 번 접어 행복노트에 붙인 후, 편지 쓰면서 어떤 느낌이 들었는지 나누어보니, '행복했다'라는 표현이 제일 많았다. 그리곤 그동안 잊고 살았는데 나에게도 고마운 분들이 계신다는 걸 알고는 힘이 생겼다고 했다. 그래서 행복노트에 일주일에 한 번씩 짧은 감사의 글을 적어보기로 했다. 보내드릴 것은 아니지만, 그 편지를 적는 동안 내가 행복하고, 내가 내 삶의 어느 순간에 그분과 좋은 인연을 맺었다는 걸 새삼 깨닫는 것은 참 감동스러운 감정일 것이므로, 그것으로도 충분히 행복연습이 된다고 말해주었다.

그 외, 몸으로 행복 느끼기(운동, 스킨십, 목욕 등을 통해 몸으로 행복감을 느낄 수 있다), 상상여행으로 행복 느끼기(시간과 경비의 제한을 받지 않는다는 전제하에 마음껏 여행 계획을 세워보는 것이다. 학생들은 인터넷으로 자료를 찾고 동반자를 물색하며 거창한 여행 계획서를 만들어낸다. 발표를 마치고 나면, 그들은 행복해한다. 이런 여행을 할 수 있을 것 같다고 하면서 자기 일을 열심히 하고 돈도 잘 관리해야 하겠다고 하였다) 등의 활동도 했다.

캐롤라인 스토신저(Caroline Stoessinger)가 적은 『백년의 지혜』를 읽고 내가 그녀의 삶에서 뽑은 키워드는 낙천성, 긍정성, 웃음, (직업인 피아니스트로서) 피아노 연습을 열심히 하는 것, 이었다. 세계 초고령(111세) 홀로코스트 생존자로, 어머니와 남편, 친구들을 나치에 잃었지만 홀로 살면서 히브리어를 배우고, 새 삶을 개척하고, 그 위에 하우스 콘서트를 열어 많은 사람들에게 음악의 기쁨을 선사하였다. 그래서 그는 자신이 어느 누구보다 행복하다고 하였다.

한 행동에서 느끼는 행복은 사실 그리 오래 가지 않는다. 대신 새로운 행복이 일상에서 만들어지는 것이다. 작은 행복들이다. 그걸 느낄 줄 알아야 한다. 그 작은 행복들이 모여 언젠간 대단히 큰 행복을 나에게 줄 것이기 때문이다. 예를 들면 날마다 자녀들을 키우면서 느끼는 그 일상의 소소한 행복들이 모여 있다가 어느 날 다 자란 자녀가 새로운 배필을 찾아 나서는 그 결혼식에서 우리는 굉장한 감동과 행복을 다시 느낀다. 행복은 내가 만드는 것이다.

일상의 나의 행복은 일찍 일어나 남편과 아침 운동하는 것, 사랑하는 학생들을 쳐다보며 수업하는 것, 조용한 집에서 혼자 앉아 글 쓰는 것, 맛난 커피를 내려 먹는 것, 요가 교실에 가서 몸의 고통을 느끼는 것 등에서 온다. 때로는 좋은 숲 속을 친구들과 걷는다거나, 누구와 밥을 먹으며 대책 없이 웃는 짓거리 등에서도 행복은 찾아온다. 오늘도 새로운 행복이 찾아 왔다―비가 온 다음 날의 그 화창하고 맑은 하늘 아래서 놀았더니… 어쩜 그리도 행복할까?

꿈 너머 꿈

'고도원의 아침편지'*로 유명한 고도원 선생님은 얼굴이 하마 같으시다. 그 큰 입으로 웃으시며 그는 '청년들의 꿈'을 묻고 다니신다. 성공, 돈 잘 버는 것, 교사, 의사, 과학자, 변호사 등등으로 청년들이 꼽아내는 다양한 직업을 듣고 그는 다시 묻는다. '그래서 돈 벌어서 뭐하게? 그래 의사 되어서 뭐하게?' 학생들은 대답을 못한다. 누군가가 큰소리로 '잘 먹고 잘 살고

---

* '고도원의 아침 편지'에 관한 상세한 자료를 찾으려면 http://www.godowon.com을 방문하자. 그는 '꽃피는 아침마을'이란 좋은 의식주 생활문화를 키워나가는 '건강 및 행복 공동체'도 운영하고 있다.

싶어서예'라고 답하자 학생들이 조그맣게 웃는다. 웃으면서 이미 학생들은 그게 아닌 줄 안다. 그래 내가 원하는 직업을 가지는 것이 과연 나의 사명일까? 그건 아닌데…그럼 무어지? 그러면 고도원 선생님은 다시 이렇게 물어보신다. '나의 꿈이 이 세상에 끼칠 영향에 대해 다시 한 번 생각해보시게, 즉 꿈 너머 꿈을 찾아보시게'라고…. 그러면 생각하고 또 생각하다 학생들은 '우리나라의 산업 발전의 초석, 인류 발전에 기여, 사회 공헌, 공정한 세상 혹은 행복한 세상을 만드는 데 한 역할 하는 것' 등을 답으로 내놓는다. 맞다! 좋은 세상을 만들기 위해 일하고 또 돈도 벌어 그런 세상을 만드는 데 기여하고 싶다는 것은, 아무 생각 없이 혹은 편안하게 살고 싶어서라는 답보다는 우리에게 희망을 준다. 그 희망에서 다시 용기와 의지, 그리고 다른 사람들이 보인다.

대학 진학을 결정하는 18, 19세에, 뭘 잘 알아서 어떤 진로를 결정하지는 않을 것이다. 그러나 일단 공부를 해나가면서, 우리는 끊임없이 자문한다. 이 공부를 해서 내가 어떤 직업을 얻을 수 있을까? 이 직업을 통해 내가 얻고자 하는 것들이 얻어질까? 나의 경험에 비추어 보아, 전공과 관련되는 일(직업)을 택하는 학생은 반 정도이다. 나머진 다른 세상에 대한, 다른 일들에 대한 호기심이 있거나 전공 분야가 진저리치게 싫어 다른 분야를 택한다고 볼 수 있다. 이런 학생들에게 나는 큰 위로를 건넨다―아직 젊다. 그러나 적어도 10년을 헌신한다는 생각으로 그 일에 뛰어 들라고….

　이 세상에는 조직의 사무행정을 보는 야무진 사람도 있어야 하고, 현장에서 상품(자동차든 의상이든 음식이든)을 만드는 건강하고 활기찬 사람도 있어야 한다. 조직을 총괄하는 사장도 필요하다. 병원이 의사 혼자 운영되는 것도 아니다. 그곳에는 간호사나 임상병리사도 있어야 한다. 이런 공동체 의식에서 사회가 발전하고 세상이 점점 사람 살기 좋은 세상으로 가는 것이지 않을까? 적어도 '1만 시간의 법칙'*처럼 내가 어느 정도는 견디어내야만 세상이 나를 받아주고, 그 정도 되어야 세상을 평가할 안목이 생기지 않을까? 대학을 마치고 바로 전문직(교사, 의·약사, 판검사 등)으로 이동한 사람들은 세상을 잘 모른다고들 한다. 특히 전문 지식을 무기(武器) 내지 도구(道具)화하여 직업에 종사하는 사람일수록 바깥세상을 보려는 노력—내가 늘 만나는 같은 계층, 같은 분야의 사람이 아닌 다른 사람들, 즉 나의 직업에서 '서비스의 대상'인 사람들에 대한 관심과 애정을 가지려는 노력이 필요하다. 그리고 때론 현실의 부조리

---

* '1만 시간의 법칙': 글래드웰(Gladwell)이 그의 저서 『아웃라이어(Outliers)』에서 다니엘 레비턴(Daniel Levitin, 2006)의 연구를 인용하여 언급한 말로, 성공한 사람들의 사례를 통해 성공의 법칙과 전략을 살펴본바, 적어도 자기의 일에 1만 시간을 투자한 사람들이란 공통점을 찾을 수 있었다 해서 나온 법칙이다. 그러나 누구나 다 자기의 일에 1만 시간 연습을 하였다고 해서 성공하는 것은 아닐 것이다. 그 절대적 시간 외에 다양한 문화환경적 요소들이 있다. 말콤 글래드웰, 노정태 옮김, 『아웃라이어』, 김영사, 2009

한 면도 의식적으로 들여다보아야 한다. 병원은 왜 의사가 '갑'이며 간호사가 '을'의 위치에 서 있는 공동체인가? 왜 조직에서는 을의 위치에 있는 사람들의 연대가 대단히 필요한가? 등이다.

나는 우리가 직업생활을 한다는 것에는 단순히 생계비를 번다는 그 이상의 의미가 있고, 항상 내가 속한 기관, 조직의 사명을 이해하면서 동시에 함께 살아가는 세상 사람들, 내 주위의 사람들에 대한 관심도 놓아서는 안 된다고 가르친다. 그게 인간답게 사는 것이고 그게 바로 '꿈 너머 꿈'을 실천해가는 과정이라고. 요식업을 하면 음식을 파는 것 다음으로 나눌 줄 알아야 하고, 교사는 지식재능을 기부할 줄 알아야 하고, 사업가는 자신의 회사 내에 속한 많은 근로자들의 일상 복지에 무한한 관심을 가져야 한다고 본다.

일과 생활의 균형

WLB(work & life balance, 일과 생활의 균형)*란 경영학에서

---

* 일과 생활의 균형, 일과 가족생활의 균형, 일과 가정의 양립은 비슷한 개념이다. '일과 가정생활의 균형'은 직장생활과 가족생활(특히 가사분담, 육아 등 가족 돌봄 측면에서)이 상호 갈등을 일으키는 지점을 해결하여 삶의 질을 높이자는 뜻이 많고, '일과 생활 균형'은 가족생활을 더 확장시켜 여가생활 등을 통해 업무 면에서나 일상생활 면에서 효율성과 즐거움을 함께 얻어가

나온 용어로, 근로자의 건강하지 못한 가정환경은 직장의 업무 효율성에 영향을 미친다는 것에 근거하여, 일과 생활(가정생활)이 서로 상충되는 것이 아니라 상호보완적이며, 이 둘이 상호이익(win-win)이 되도록 노력해야 한다는 배경에서 나온 용어이다.

　우리의 하루 시간은 크게 생리적 시간(수면과 식사시간 등), 근로시간, 그리고 여가(휴식)시간으로 나누어진다. 생리적 시간과 여가시간은 대부분 근로의 질을 향상시키기 위한, 즉 재생산을 위한 시간들이고, 이 부분이 '생활시간'이다. 우리의 생리적 생활은 주로 가정 안에서 해결되며, 가족 단란, 가사, 육아 등은 주부에게는 근로에 속하기도 하지만, 대체로 생리적 시간대와 여가시간대에 중복되어 놓인다. 맞벌이 여성의 경우, 전통적 관점에서 가사, 육아를 여성의 몫이라 여겨 일임하게 되면 그 여성은 근로시간까지 합쳐 과중한 노동에 시달리게 된다.* 이 상태를 현대적 관점(성별에 의한 역할 수행을 비판하는)에

면서 살자는 의미이다. '일과 가정의 양립'은 우리나라 여성가족부가 기업의 가족친화환경(근로자들의 안정된 가족생활을 지원하는 제도와 시책 마련) 조성을 위해 사용한 용어로 일과 가족생활의 균형에 가깝다(장희정. 이기숙, 2008: 노계정, 2015).

* 한때 맞벌이 가정의 여성들이 제일 싫어하는 말이 '슈퍼우먼(super woman)'이었다. 슈퍼우먼이란 가정에서의 주부역할과 직장에서의 역할을 다 잘 해내는 여성을 가리키는 용어로, 맞벌이 가족의 증가와 함께 만들어진 용어이다. 최근에는 기혼직업여성들을 '워킹맘(working mom)'이라 부른다.

서 남편이 이해하고 협조해주지 않으면 맞벌이 가족의 불공평한 가사 분담이 부부 갈등을 일으키고 비협조적 태도는 관계의 신뢰를 상실케 하여 지독한 부부문제를 만들어낸다. 이혼의 증가가 맞벌이 가족의 증가와 함께하는 이유가 그것이다.

특히 기혼 근로자의 임신과 출산, 그리고 부모로서의 임무 수행을 사회적으로 도와주려는 의식적·제도적 노력이 증가하고 있고, 실제 일과 가정 양립을 위한 법*도 제정되어 기업이 근로자의 생활안정을 위해 다양한 지원을 해야 됨을 천명하고는 있지만, 여전히 세계 제일의 낮은 출산율과 공보육 시설의 부족, 방과 후 아동 돌봄, 노인 부양 등의 과제가 우리 사회의 주요 이슈로 놓여 있다. 이런 상황에서 남성의 근로환경—특히 연장 근무, 음주문화 등—이 바뀌지 않으면서 그들에게도 가정 내 업무(육아와 가사 등)가 주어지게 되니, 남성 근로자의 과중한 부담감 등도 사회적 문제가 되고 있다. 결과적으로 어느 누구도 다 일과 생활의 균형이 안 잡혀 있는, 스트레스가 높은 상태에서 살고 있는 것이다. 즉 가정과 직장에서

그러나 남녀평등 의식이 확산되면서 육아와 가사노동이 여성의 고유한 일이기보다는 부부가 함께 해야 되는 책무라는 인식이 확대되고, 동시에 기업 내 여성근로자가 증가하면서 아직 여러 가지 미약하지만 가족복지를 도와줄 제도—출산 휴가, 직장 보육시설, 시차출근제 등이 등장하면서 여성들의 노고가 다소 감소되었다. 최근에는 직장과 가정에서의 과중한 노동에 시달리는 남성들, '슈퍼맨(superman)'이 등장하였다.

열심히 일하고 있음에도 불구하고 편안하지가 않고 행복하지가 않은 것이다.

법과 제도가 아무리 만들어져도 일상적 삶의 중요성을 간과하면, 현실적으로 서로 힘들다. 남자와 여자, 성별 차이는 의식주 일상과 아무런 관계가 없다. 명확하게 밝혀진 성별차이는 언어능력(여성이 우수)과 공간지각능력(남성이 우수)뿐이고, 그 외 모든 것은 사회화와 내재된 가치관 때문인데 이건 지각과 성찰에 의해 얼마든지 바꿀 수가 있다. 그래서 여자라고 직장에서 못할 일도 없고 남자라고 가정에서 못할 일이란 없는 것이다. 현명하게 부부의 직업 환경 혹은 근로환경에 비추어 시간이 적절한 사람이 육아도 맡고 가사도 분담하는 것이다. 남자가 어찌 그런 일을, 여자가 어찌 그런 일을… 이라고 해서는 안 되는 시대와 환경에 우리가 놓여 있는 것이다. 이게 21세기에서 맞벌이로 함께 살아가는 대원칙이라고 말하고 싶다. 크레이그(Craig)는 '남편은 달라질 수 있다'고 하였다. 그러나 개인적, 가정적, 직업적 특성들이 고려되어야 하는 일이 있을 것이며, 그럴 경우에는 부부의 합리적 의논에 의해 결정되고 분담되어야 한다고 본다. 직장과 가정은 둘 다 소중하다. 여성에게는 가정이, 남성에게는 직장이 더 소중한 것은 결코 아니다.

무엇이든 배우자

'배운다'라고 하면 사람들은 늘 '공부', '책'만 생각한다. 어린 아이의 공부란 '노는 것(놀이)'이고, 초등학생들의 공부란 '운동하면서 기초 학력을 쌓는 것'이고, 중고등학생의 공부란 '세상과 자연의 이치(理致)'를 아는 것이지 않을까? 그리고 대학에서는 교양인과 전문인을 동시에 양성하는 '지성화(知性化)'를 추구하고, 그 후 더 많은 지식체계가 필요한 분야는 더 많은 학업을 요구한다.

내가 대학원에 다니던 25세 무렵, 은사께서 이런 말씀을 주셨다. '40까지는 죽어라고 공부해야 한다. 그래야 그 이후에 울궈먹을 것이 있단다.' 처음 그 말씀을 들었을 때, 나는 이미 교수가 되기를 결심한 이후라 '평생 공부해야 한다'는 말씀을 주시지 않고 40까지만 죽어라고 공부하라는 말씀이 이해가 가지 않았다. 그러나 나이가 들면서 은사님의 그 말씀이 이해가 되었다. 그 공부는 '책상머리에 붙어 하는 공부'였다. 40이 넘어가니 여기저기서 나를 부르고, 또 공부와 연구 외에 해야 할 일들이 나타나기 시작하였다. 물론 진득하게 책상머리에 붙어 연구 활동만 하시는 교수님들도 계시지만, 내 적성을 미리 꿰뚫어 보신 은사님께서 40줄까지는 연구실에 붙어 있으라는 의미로 해 주신 조언이었다. 그래서 정말 열심히 '공부'했다. 친구들은 나보고 '공부만 하는 아이'라고 했지만, 여러 가지 면에서 부족하다 보니 새로운 이론과 새로운 연구법이 등장하는 이 세계에서 함께 맞추어 나아간다는 그 충족감이 떨어지기 시작한 것이다. 정년(停年)제도는 정말 필요한 것이다. 지속적 활동은 죽을 때까지 필요하지만 고도의 집중력을 요하고 성과를 내어야 하는 위치와의 분리(分離)도 사실 필요하기 때문이다. 명예로운 나의 정년을 기다린다.

가족에 관한 특강을 나가다 보면 이런 질문을 받는다. '자녀들을 어떻게 키우셨어요?' 사실 나는 자녀교육에 열과 성을 다한 부모는 아니었다. 그냥 그대로 두다 보니 한 놈은 스스로 알아서 잘 했고, 또 한 놈은 챙겨주어야 될 시기를 놓쳐 힘들게 공부를 했다. 몰랐던 점이라면, 아이가 공부를 받아들이는 근본 방식이 각각 다르다는 점이었다—부모 노릇 처음 해보니 그럴 수밖에. 그러나 내가 잊지 않고 자녀들을 보면서 늘 한결같이 했던 일은 아이가 뭘 하면서 행복을 느끼는지를 알려고 노력한 것이다. 자녀 돌봄에서 중요한 것은 공부를 챙겨주는 것보다는 아이를 아끼는 마음이다. 그리고 아이의 성장과 함께 부모의 자녀사랑 방식도 바뀌어야 한다는 정도로 이야기 해 준다.

그러나 50대를 지나 직업의 안정단계를 지나다 보면, 그 '내가 맨날 하는 공부' 외에 다른 걸 배우고 싶은 욕구들이 생긴다. 시간이 넉넉한 사람은 그림 그리기도 배우고, 춤도 배우고, 논어도 배운다. 바람직한 현상이다. 그러면서 공부의 개념이 확장되어간다. 나도 학교에서 가르치는 역할이 학교 밖으로 확대되었다. 소위 평생교육의 대열에 가르치는 사람으로 합류한 것이다. 고상한 은퇴자들이 모인 교실에서도 강의를 해야 했고, 열심히 주부노릇 하다 이제 '나를 찾아 나선 여성들'과도 공부를 해야 했다. 그 와중에 나는 나의 공부에 대한 열망을 새로운 책을 읽는 것으로 대신하며 살아왔다. 58세경에 선배님들 따라 '스포츠 댄스'를 배우러 다니다 결석을 많이 하여 진도를 따라가지 못해 그만두기도 했다. 그래서 나는 시간이 드는, 정기적으로 출석해야 하는 '새로운 공부'는 뒤로 미루어 두고 있다. 내 전공인 중노년기 가족, 노인, 죽음과 연계된 공부나 모임은 늘 하고 있지만 정말 내가 배우고 싶은 것은 따로 있다.

치매(癡呆)라 불리는 '뇌질환'에 걸리지 않는 방법은 항상 새로운 호기심으로 무언가를 배우는(읽고, 쓰고, 암기하는 것을 의미함) 것이라고 한다. 일상의 사소한 것에도 관심을 늘 기울여 틀리지 않게 하고(심지어 요가교실에서 발생되는 그 지시사항들—오른발을 왼 무릎에 올리고 등등), 가급적 외울 수 있는 것은 외우고(목욕탕의 옷장 번호 등), 시장 보러 갈 때도 메모를 들고 가기보다는 외우고 그걸 회상하려고 노력하는 것이라고 한다. 오죽 답답하면 화투(화투놀이에서는 어김없이 '수 계산'이 나옴)라도 치세요, 라는 이야기가 있겠는가? 외국여행을 가서 스도쿠 책을 몇 권 사들고 왔다. 일본에서 처음 시작한 숫자퍼즐 놀이가

1980년부터 미국과 유럽에도 소개되었다고 한다. 가족들은 그걸 보고 웃었지만, 내가 가본 그 동네의 노인들은 연필을 들고 열심히 숫자놀이를 하고 계셨다. 이것뿐이겠는가? 철학도 배우고, 아르헨티나 탱고도 배우고, 혼성 합창단에도 들어가고, 손자들과 여행도 다니고, 한자 학습지도 받아 보는 등 공부해야 할 것이 너무 많다. 앞으로 두어 권 더 책을 내야 하는 나로서는 독수리 타법으로 200장이 넘는 분량의 원고를 타이핑해야 하는 계획이 있다. 시간이 많아지면 영화관도 자주 가고 영화 평론—가족, 여성, 노인, 죽음을 주제로 하는—도 배워야겠네. 항상 뭔가를 배우는 그 열정과 활동성이 나를 천천히 늙게 만들어주리라…. 그런데 이런 나의 생각에 동참해줄 남편의 생각은 어떤지를 아직은 자세히 모르겠다. 야구장, 당구장, 골프장에 같이 가자 할 것 같다.

죽음 준비

노년학(老年學, Gerontology)을 강의하는 나로서는 노인과 관련되는 다양한 주제에 관심이 많은 것이 당연하다. 매 학기가 시작되기 전에 강의계획서를 만들어야 하고, 기말 과제로 새로운 주제를 잡아야 한다. 내가 늘 챙겨서 보고 있는 주요 주제들은 30여 가지가 된다. 노인 통계, 노인 연령 지각, 노인과 관련되는 언어, 노인에 대한 시와 소설 그리고 영화, 노인의 몸, 노인성 질환, 노인의 성품, 노인과 주거, 노인의 성, 노인과 가족, 황혼 이혼, 노인 재혼, 배우자 사별 여성, 배우자 사별 남성, 조부모 됨, 노인과 교육, 노인 상담, 노인과 일자리, 퇴직제도, 노인의 죽음 경험, 호스피스, 애도, 죽음 준비, 사전의료의향서, 장례계획, 자서전…

2000년경 '죽음교육'에 대한 논문을 작성해보았다. 그리고 제자와 함께 '노인 대상 죽음교육 프로그램'을 개발하고 효과 검증을 해보았다. 프로그램 실행 후 노인들의 연령별 죽음 인식이 다름을 알았다. 60대와 80대는 같은 노인 집단이 아니었다. 그리고 2006년 미국 미시건 대학교(Ann Abor 소재)의 사회복지대학원에 방문교수로 가, 본격적인 죽음학 공부를 하였다. 그때 사용한 주교재 『The Last Dance』를 들고 와 번역 작업을 시작하였다. 그러면서 국내 죽음 관련 학회에 등록하고 죽음 관련 도서들을 섭렵하기 시작하였다. 죽음은 모든 인간의 생애 마지막 과제로, 준비가 필요하다. 준비(preliminary, 豫備化)란 선행(先行) 학습으로 볼 수 있다. 초등학교 가기 전에 모든 어린아이들은 보통 모국어를 깨친다. 그리고 초등학교에서의 꾸준한 책읽기와 쓰기는 중등과정에서의 국어와 사회 교과의 이해도를 높인다. 심지어 수학도, 문제지하고는 다르게 생활 수학이 많다. 이런 모든 것을 우리는 일상생활 속에서 학습한다. 결혼에도 부부교육이 필요하고, 부모교육도 출산 전에 받는 것이 효과가 있다. 퇴직 전에는 퇴직 이후의 삶을 위한 교육이 있다. 죽음도 예외는 아니라고 본다.

살면서 내가 경험한 죽음은 주로 가족의 죽음이었다—조부모와 외조부모, 나보다 여섯 살 아래인 동생, 양가 부모님들, 그리고 나와 동년배인 시누이와 동생의 죽음. 그 죽음은 갑작스런 죽음은 아니었지만 사람의 마지막 모습이나, 그 주검은 어디로 가고 그 영혼은 어디로 가는지가 궁금했다. 그러나 다른 사람들은 어린 시절 부모의 죽음이나 충격적인 가족의 죽음을 경험하기도 할 것이며 그 죽음의 슬픔이 오래오래 가면서 그의 일상과 성품에 영향을 끼쳤을 수도 있을 것이다. 연전에 갑작스레 대학생 아들을 잃은 제자와 오랜 시간 이야기를 나눈 적이 있다. 엄마로서 그녀는 깊은 죄책감에 사로잡혀 있었다. 즉시 그 슬픔이 사라질 것 같지는 않았으나, 우리는 아들에 대한 많은 이야기를 나누었다. 그때 나는 그녀의 그 깊은 비탄에서, 돌아가신 어머니를 떠올렸다. 자식 둘을 앞서 보낸 그분의 마음이 어땠을까가 그때 비로소 되돌아봐지는 것이었다. 30여 년 전 일이었지만, 난 그냥 엄마가 잘 견디신다고만 생각했었다.

2013년, 한국싸나토로지협회를 통해 미국 ADEC(Association on Death Education & Death Counseling)에서 실시하는 국제죽음교육전문가(CT: Certification on Thanatology) 자격증을 획득하였다. 국내에서는 웰다잉(well-dying) 강사 과정에 강사로 참가하여 교육과 프로그램 분석을 해 본 입장이었지만, 자격시험을 위해 일정 기간 주요 교재를 가지고 새로이 공부하는 것이 참 좋았다. 앞으로 기회가 되면 청소년, 성년기, 중노년기를 대상으로 적절한 죽음 교육 프로그램을 개발하고, 실제 교육을 해볼 생각이다.

이런 일련의 과정을 거치면서 나는 '나의 죽음'에 대해 생각하게 되었다. 노년기에 들어서면 시간조망(time perspective)이 달라진다고 한다. 즉 한 살, 두 살 더해가는 나이 셈법에서, 내가 살아 있을 날이 몇 년, 몇 달 남았을까, 라는 빼는 셈법을 사용한다는 것이다. 정말 그러하였다. 60이 넘어가니, 70과 80이 보이는 듯했다. 주위에 많은 선배들이 계시는데, 80이신데도 나와 같이 보이는 분들도 계셨다. 80이라면, 지금부터 20년이 남았구나. 15년 정도는 내 발로 걷고, 운전까지도 하고 다니겠지만, 그 이후는 아마도 장담을 할 수 없을 듯하였다. 친구들과 장거리 여행을 가면 친구들은 화장실도 자주 가고 허리야 어깨야 하는 바람에 웃었지만, 곧 나에게도 닥칠 현상이라고 생각되었다. 이웃집 아주머니는 나보다 5세 위이신데 나보다도 더 잘 걸으신다.

내가 다 못한 일이 있는가를 살펴보았다. 아직 자녀 혼사가 다 끝나지 않은 친구들에 비하면 우리 부부는 그 일은 일찍 치렀다. 아직 남편은 직장에 나간다. 아마도 나보다 더 오래 일을 할 것 같고, 자기 일을 계속할 수 있음에 감사드린다. 우리 부부가 40년간 사용한 것들, 앞으로 더 사용할 것들로 집 안은 가득 찼지만, 언젠가 조금씩 정리해나가야 할 것이다. 그러나 죽음 앞에서 이런 것 따위는 중요하지가 않다. 우린 다 화장(火葬)을 해야 할 것이고, 그러면 몸(흔적)은 없어지고 영혼(추억)만 남는다. 자녀들이 이런 우리와의 추억을 잘 간수해주기를 바라지만, 이게 3대나 갈까? 어떤 징표(徵標) 없이는 힘들 것이다. 그래서 조상님들은 묘지나 비석을 세우곤 하였지만, 지금 세상엔 그것 아닌 것 같고, 어떤 징표가 부모자식 사이에 필요할까?

언젠가는 아플 것이다. 언젠가는 부부 중 한 쪽이 먼저 갈 것이다. 오래 함께 살아왔던 배우자를 한 줌의 재로 떠나보냄은 참 슬픈 일일 것이다. 남겨진 사람은 혼자 어떻게 살아갈런지? 여자인 내가 혼자 사는 것과 남자인 남편이 혼자 사는 것은 다를 것인데… 걱정이 되기도 한다. 남편과 이런 이야기를 나누게 되면 아직은 진지하지 못하고 히히 웃으며 장난스레 주고받는다. 주변에 배우자 없이 혼자 사시는 친구나 친지들의 마음이 헤아려진다. 그러나 어떤 선배는 '아이구 편하다' 라고 하시니… 이럴 때 보면 어떤 배우자였던가에 따라 그 이후의 느낌은 달라지는 것 같다.

지금 과제는 건강하게 둘이서 잘 사는 수밖에 다른 답은 없는 듯하다. 나이 많으신 이웃 어르신께서는 돈도 소용없고 건강해야 한다고 일러주신다. 언제쯤 '달목욕(목욕탕에 매월 회비를 내고, 매일매일 목욕을 운동 삼아 하는 것)'을 등록해야 하나?

우리 동네 목욕탕 근처엔 내가 좋아하는 빵집도 있고 다른 종류의 김밥 가게들도 있다. 그 긴 길을 따라 10분만 걸어오면 우리 아파트가 보인다. 내가 생각하는 마지막 운동이다. 지금은 산에도 가고, 요가도 가고, 속보도 하고는 하지만, 이런 것을 다 할 수 없는 날이 분명 올 것이다. 그러다 혹시나 아파 눕게 되면 산이 보이는 요양병원—지금부터 찾아두어야 하고, 자녀들이 방문하기 용이한 위치여야 한다는 전제가 따른다—에 가서, 누워서 책도 보고, 음악도 듣고 할 것이다. 심심하지 않게 언니와 같이 가자고 해두었다. 언니와 두 살 터울이지만 비슷한 시기에 아파, 같이 들어가야 할 텐데…. 그러다 더 아프면 작성해둔 '사전의료의향서(advance directives)'*를 자식들에게 건네주어야겠다.

임종 직전의 모습, 즉 내가 이젠 정말 죽겠구나를 지각한 시기부터 실제 죽음에 이르는 과정까지를 임종 직전의 모습이라고 보고, 그 과정에 놓여 있는 사람들의 모습을 파악해보고 싶다. 죽음의 순간까지 어떤 모습으로 인간이 변화해가는지가 궁금하다. 증상을 보고 좋은 치매, 나쁜 치매라는 말이 있듯이,

---

* 뜻하지 않은 사고로 의식불명 상태가 되었을 때, 어떤 의료행위(심폐소생술, 진통제 치료, 인공 투석 등)를 받을 것인가를 미리 지정해둔 문서. 법적 효력은 없지만, 판례 등에서는 평소에 환자 본인의 의사가 어떠하였는가를 가장 중요한 기준으로 삼기 때문에, 생전에 이런 걸 작성해두는 것이 가장 좋다(한국죽음학회, 2012).

죽어가는 사람의 표정이나 몸짓에서 좋은 죽음을 설명해낼 수 있을까? 독일의 사진작가 발터 셸스(Walter Schels)는 호스피스 병동에서 죽음을 기다리는 23인의 환자를 만나 죽음 직전과 죽음 직후의 사진을 찍어 『마지막 사진 한 장』이란 책을 냈다. 이 책 속의 사진들은 많은 사람들에게 마지막 나의 모습을 상상하도록 해주었고 동시에 살아 있는 그 순간의 소중함을 깨닫게 해주었다고 한다.

사랑과 헌신

모녀 5세대—외할머니, 어머니, 그리고 딸과 손녀에 대한 이야기를 통해 우리는 세대별 여성들의 삶의 주제와 배경이 다소 다름을 알았다. 즉 학교를 다닌 기간, 결혼한 나이, 그리고 특히 출산 자녀 수 등에서는 차이가 있었다. 외할머니는 무학이셨지만 그 딸과 손녀는 고등교육을 받았고, 증손녀는 외국유학에 공학 공부를 한 여성이었다. 첫 세대인 외할머니는 17세에 혼인하셨지만 어머니는 19세에, 그 딸은 26세에 결혼하였다. 이 여성들은 각각 10명의 자녀, 6명의 자녀, 2명의 자녀를 출산하였다.

나는 이 책에서, 외할머니의 삶에서는 전통적 한국가정의 맏며느리로 가지셨던 온화, 배려, 부지런함, 성실 등을 찾았다. 어머니 역시 중산층 가정의 맏며느리로 그녀의 삶에서 희생, 순종, 부지런함, 책임 등의 가치를 찾았다. 그에 비해 연애혼을 선택하였고 맞벌이 부부로 살아온 나의 삶 속에서는 변화, 성실, 사랑, 연대감 등을 부끄럽지만 그래도 주요 가치로 뽑아 들 수 있을 것 같다. 지금 40을 바라보고 있는 딸의 일상 속에서도 여전히 한국 여성의 과제로 남아 있는 도전과 성실함, 그리고 가족 사랑을 그녀의 것으로 찾아낼 수 있다. 그리고 이 글의 마지막 세대인 손녀에게는 넉넉함, 나눔, 헌신을 기대하며 더 많은 축복이 그들의 삶에 넘치기를 기원한다.

이 글을 마무리하면서 나는 이 5세대 여성의 삶을 관통하는 어떤 일관된 가치를 발견할 수 있었다. 애써 간추려보자면 그건 '사랑과 헌신' 그리고 '성실함'이었다. 즉 사람이 살아가는 데 중요한 것이 많지만, 그래도 중요한 것을 들라 하면 나는 이 세 가지를 말하고 싶다.

살아가는 데 제일 중요한 가치는 사랑(love)이라고 나는 생각한다. 이 사랑이 부모 세대에서는 가족에 대한 헌신, 책임, 희생 등으로 나타나기도 한다. 부부의 연(緣)이 온전히 사랑에 근거한다는 나의 믿음으로 조부모, 부모 세대의 부부관계는 잘 설명이 되지 않는다. 오히려 내가 느끼는 사랑이 에로스(eros, 낭만적 사랑)에 치우쳐 있다면 위 세대의 부부 사랑은 아가페(agape, 이타적 사랑)에 가깝다고 생각한다. 물론 나의 사랑도 점점 아가페로 치우치고 있지만….

현대적 의미로 나는 결혼은 '열정(passion)과 친밀함

(intimacy)' 없이는 온전히 기능하지 않는다고 본다. 그 가치가 바탕이 되지 않으면 그 관계는 높은 행복을 보장하지 못하며, 나이 들면서 그 열정이 헌신으로 변화되어가야 하는데 그 관계에서 열정이 부족하다면 헌신이 재생산되지 못한다고 생각한다. 현실적으로 나는 항상 연애(우애적 사랑, storge)를 권유한다. 사랑의 실패를 두려워 말라고도 한다. 그리고 차츰차츰 열정과 친밀감, 그리고 헌신이라는 감정이 함께 조화를 이루면서 점점 우리는 완전한 사랑 속에 머물게 되고 관계는 오래, 잘 유지된다고 본다. 연애하는 자녀들을 결혼이란 이름으로 무작정 떼어내는 그 불상사들에 마음이 아프다.

사랑은 우리를 밥 먹여주지 못할 때도 있지만 헌신(commitment)은 우리를 밥 먹여준다. 헌신은 내가 사랑하는 혹은 사랑해야 하는 사람들에 대한 구속에서 출발한다. 사랑이 정적이고 언약적 징표라면 헌신은 동적이고 행동적 징표이다. 이 헌신의 과정에서 성별 갈등, 세대 갈등이 나타나기도 하지만, 이 모든 갈등은 관계를 규정하는 많은 특성들의 현명한 조합으로 얼마든지 해결할 수 있다고 나는 생각한다. 돈을 누가 벌 것인가, 아이를 누가 볼 것인가, 누가 노부모를 봉양할 것인가 등은 한 가족의 다양한 특성에 의해 정해지는 것이지 관습에 따를 필요는 없다고 본다. 가족이란 집단 내에서 어느 일방의 헌신, 서로 의논되지 못한 역할 강요 등은 소통과 교육

(전문가의 조언 등)을 통해 극복 가능하다고 본다.*

어떤 사람이 성공하느냐, 라는 토론에서 빠지지 않는 덕목이 성실함(sincerity)이다. 자발적이든 때로는 나의 자유로운 선택의 결과가 아니든 자기에게 주어진 일, 자신이 해야 되는 일에 변함없는 마음으로 꾸준히 그 일을 수행해내는 사람만이 원하는 것을 얻을 수 있음을 경험적으로 많이 보아왔다. 아무리 재능이 있더라도 성실함이 동반되지 않으면 그 재능은 나의 발전이나 사회의 발전에 유용하게 사용되지 못한다. 부모는 부모답게, 자녀는 자녀답게, 라는 표현 속에는 자신의 역할을 변함없이 수행해야 한다는 책임, 성실이 가장 중요하게 자리 잡고 있다고 생각한다. 나는 40여 년 교단생활에서 많은 젊은 여성들을 봐왔다. 친구들과 잘 지내고, 비록 성적이 다소 떨어지더라도 성실하게 공부하고 직장생활 하는 제자들은 나이 들면서 점점 행복해 보였다. 자신의 분야에서 3년, 그리고 다시 5년여를 견뎌내는 친구들은 안정적 성인기에 안착하였음을 숱하게 보아왔다. 그런데 재미나는 것은 이 성실함이 습관 혹은 조건화된 노력에 의해서가 아니라 다분히 성품적 특성이라는 것

---

* 가족교육: 가족관계로 어려움을 겪는 사람들은 '가족에 대해 공부'를 해야 한다. 분명 그런 갈등, 문제를 적절히 해석하고 해결방안을 찾을 수 있음에도 불구하고 사람들은 문제를 방치하고 있다. 답이 있는데 못 찾고 있을 뿐이다. 성찰에 의해 스스로 찾기가 어려우면 가족전문가를 찾아가서 조언을 얻든지 상담을 받든지 하여 자기 가족에 맞는 방안을 찾아야 한다.

이다. 성품은 정말 애쓰지 않으면 잘 바뀌지 않는다. 그러나 좋은 습관을 키우려고 노력하는 그 자세에서 좋은 성품이 덧입혀질 수도 있다는 점에서 희망은 버리지 말아야 한다.

정리하면, 어떤 시대적 배경 속에서 내가 살아가야 하는가는 나의 의지와는 크게 상관이 없다. 우리는 힘을 모아 좋은 세상을 만들기 위해 노력하고, 깨어 있는 민주시민이 되려고 부단히 노력은 해야겠지만 실제 나의 일상은 내가 어떤 사랑을 하고 있느냐? 내가 얼마나 내 주변에 헌신적인가? 내가 얼마나 나의 과업에 성실한가에 의해 결정됨을 잊어서는 안 될 것이다. 사랑, 헌신, 그리고 성실함. 이것들을 전달하고 확장시켜 나갈 수만 있다면 우리는 이 세상에 온 소임을 다한 것이다. 그 위에 나에게 몰래 던져진 '행운'까지 얻는다면….

이 글은 개인적 추억들이다

이 글을 적는 동안, 막내 이모(1943년생)도 만났다. 그리고 엄마와 추억의 공유 면적이 넓은 언니(1948년생)가 중간중간 봐주었고, 딸(1977년생)이 또 훑어주었다. 채림이가 훗날 청소녀(靑少女)가 되어, 자아정체감을 확립할 쯤에 이 책을 보면서 할머니와 증조할머니, 그리고 고조할머니를 생각하며 미소 지어주면 좋겠다.

다시 한 번 말하건대, 이 글 속에 나타난 것들은 순전히 나의 개인적 추억과 그 잔상(殘像)들이다. 진실이 무어냐고 묻지는 말아주길 바란다. 같은 현상이 가족 내 위치에 따라 얼마나 다르게 각색되고 인식되는지를 잘 아실 것이다. 가령 예를 들면, 나에겐 좋은 외할머니이지만 외할머니의 친손녀들에게는 자기 어머니를 힘들게 한 할머니일 수도 있다는 것이다(나의 외사촌들이 나에게 사실 할머니 흉을 본 적은 한 번도 없다. 말인즉 그렇게 서로 다르게 볼 수도 있다는 것이다). 우리 어머니도 나에겐 안타깝고 사랑해드려야 되는 분이었지만, 며느리인 올케들에겐 어떤 사람으로 인지되고, 또 각인되었는지는… 사실 나도 잘 모른다. 어머니가 어떤 사람인가를 주제로 이야기를 나눈 적은 없기 때문이다. 그러나 내 생각에 엄마는 그녀들에게는 좀 까다로운 분이셨을 것 같다. 깨끗하고 모든 물건은 항상 제자리에 반듯하게 놓는 분이셨고, 계산도 정확한 분이셨고, 또 항상 편찮으셨으니… 그래서 나의 친인척들이 이 글을 읽을 때에는, 이 글들이 손녀이면서 딸, 그리고 엄마이면서 할머니인 '기숙(琦淑)'의 입장에서 본 생각과 느낌에 불과하다고 이해해주면 좋겠다. 개인별로 경험이 세월 속에서 익어가면서, 어떤 부분은 재해석되거나 각색되어 또 다른 기억으로 뿌리박혀 있을 수도 있기 때문이다.

글을 다 쓰고 보니 아름다운 추억들만 되새김한 것 같다. 사실 나는 고통스러운 것은 피하는 성격을 지니고 있다. 다르게 말하면 내가 해결할 수 없는 일들은 그냥 덮어버린다. 정 피할 수 없다면 나는 그 '고통'을 내가 감수해야 되는 '책임'으로 바꾸어버린다. 나는 비교적 순탄한 성장기를 거쳤고, 무난한 성년기를 보냈다. 그리고 나 스스로도 아름답게 그 추억들을 그리고 싶었다. 나의 손녀도 어른이 되어서 자기 윗세대의 어른들을 아름답게 기억하고 살아갔으면 한다.

가족의 친선 규칙

가족 속에는 그 가족만의 독특한 문화가 있다. 그 줄거리를 어느 지점에서 펼치게 되면, 각기 다른 자기의 처지에서 인과관계가 생성되고 해석되기 때문에, 우리는 세대를 통해 내려온 가족 갈등 따위는 묻어버리는 지혜를 필요로 한다. 친선의 규칙(the rule of amity)*이라 할까? 친선 게임에서는 이기는 자도 진 자도 없다. 친선의 게임에는 예의가 있고 우정이 있다. 가족은 원래 대단히 원초적이고 본능적인 공동집단(gemeinschaft)이지만, 갈등이 나타나게 되면 이 집단은 각각의 이익을 계산하는 이익집단(gesellschaft)으로 변모한다. 혈연과 사랑을 매개로 하는 가족 역시 이기적 인간들의 결합체이기 때문이다. 그래서 우리는 울고불고 하지만, 세월이 지나 그 사실들을 되새김질해보면, 승자도 패자도 없이 상처만 있을 뿐임을 경험했을 것이다. 그래서 그걸 덮고 가는 여유가 필요한데, 어느 날 그 상처들이 아름답게 추억으로 투사될 때, 그게 바로 여유이

---

* 친선의 규칙(the rule of amity) : 인류학자 메이어 포르테스(Meyer Fortes, 1969)는 amare, 즉 사랑한다는 말과 친구라는 뜻의 amicus, 두 개의 라틴어를 붙여 '친선의 규칙'이란 용어를 사용하였다. 그가 설명하는 '친선의 규칙'이란 '친족집단은 서로 사랑하며, 공정하고, 관대하며, 서로에게 준 만큼 정확히 되돌려 받으려 하지 않을 것이 기대된다'는 것이다. 이 말을 생활에 적용해보면, 친족들은 서로 친절하고 지지하고 염려해주고 보호해야만 한다는 저항할 수 없는 욕구를 갖고 있다는 의미이다(최연실 외, 1995: 116).

고, 그때가 바로 '내가 늙었다는 지점'인 것이다. 그래서 이제
는 안 만나도, 가족이었다면 그 마음이 헤아려지고, 그의 행복
을 빈다.

남자로 이어지는 가족관계선

여성들은 양육과 살림이란 생활 기능 중심으로 서로 돕는
관계를 만들기 쉽고, 그래서 일상이 공유되면서 정(情)이 생기
고, 마음이 주어지고, 드디어 추억이 공유된다. 일상의 모계(母
系)가족이 만들어진다. 그러나 남성들은 '직장과 일' 중심으로
청·장년기를 보내기 때문에, 이 모든 가족 간의 상호작용에서
의식적으로 노력하지 않으면 소외되기 쉽고, 대체로 친밀한 관
계선 상에 위치 되지 못하는 취약한 특성을 가지게 된다. 그래
서 친가와 처가의 경계에서 어느 쪽에도 자신 있게 서지 못하
는 가족시스템의 이방인이 되어버린다. 그런 모호한 상태에서
좋은 부부라는 공범(共犯)이 있다면 천만다행이지만 그렇지도
못하다면 외롭기 짝이 없는 인생 후반이 예측된다.

바라건대, 남성들도 좌우 혹은 아래위로 그들끼리의 우정을
유지하는 데 좀 노력을 하면 좋겠다. 아버지, 아들, 손자로 이
어지는 그 관계선이 돈독해지면 좋겠다. 그러기 위해서는 밥도
같이 먹고, 목욕도 같이 하고, 벌초도, 쇼핑도, 운동도 함께하
는, 즉 공간과 시간의 수평적 공유성이 높아야 한다. 수직적 공

유성—제사나 가족의례에서 나타나는 그 수직적 관계선—은 존경과 높은 헌신이 전제되지 않으면, 역으로 관계를 파괴하는 결과를 가져올 수도 있음에 유의해야 한다. 은퇴 후, 남성들이 돌아올 자리는 가족이기 때문에, 그래도 동질성이 높은 동성 (同性) 간의 우정 쌓기가 준비되어야 한다고 본다. 아버지와 아들이 대화가 되고 높은 우정지수를 가지고 있다면 더 바랄 것이 없다. 그러나 이 관계가 동맹수준으로 올라가게 되면, 다른 지점에 어머니나 다른 여형제가 배제되어 있지는 않는지 살펴볼 필요가 있다. 균형을 맞추지 않으면 가족은 이렇게 복잡하고, 추억의 박물관이기는커녕 쳐다보기도 만나기도 두려운 존재로 남는다. 그렇게 되면 일상의 행복은 증발되고, 나의 인생은 황폐해진다. 내가 이 세상에 남겨두고 가는 것은 하나도 없다는 느낌에 허무해진다. 유일하게 내게 마지막까지 남겨져 있는 것은 가족, 그것도 아니라면 단지 '가족과의 추억'이라도 찾아서 보듬고 가야 한다.

우정의 친구들과 함께

60번째 생일을 맞이하는 해, 나는 『죽음: 인생의 마지막 춤』을 기념으로 내면서 공개적으로 고백한 글이 있다. '살수록 더욱 좋아지는 남편'이란 표현이다. 친구들은 애개개… 하고 놀렸다. 정말이다! 그와 나는 스무 살에 처음 만났고, 스물여섯에 결혼하였다. 그리고 세월이 가면서 한쪽 옆으로 그이의 형제 가족과 나의 형제 가족이 생겼고, 또 한쪽에 우리의 자녀 가족이 만들어졌다. 그리고 위로 부모님들이 계셨다. 나의 삶은 남편과 함께 작은 여러 개의 동심원을 그리면서 전개되어왔다. 어느 원이, 어느 관계망이 더 중요하였는가는 그때그때의 상황에 따라 달랐지만, 이 모든 삶의 궤적에 나와 남편은 늘 함께하였다. 그러나 이 글감 속에 남편과 나의 남형제들을 숨겨져 있다. 모녀 5세대, 여자들의 이야기니까!

이 글을 적는 동안 참 행복하였고, 컴퓨터 앞에서 아팠던 어깨와 허리는 요가로 많이 다듬어졌음에 감사드린다. 요가를 하면서 마음과 몸이 상쾌한 것은 물론이거니와, 함께하는 분들과 차 마시고 밥 먹는 새로운 우정이 만들어져 앞으로 더욱 유쾌한 일상이 기대되니, 이 또한 행복한 일이다. 나는 30여 년간 지역에서 시민운동을 하면서 다진 '우정의 친구들'을 참 많이 가지고 있다. 수시로 큰 식탁에서 만나 이야기 나누고, 함께 밥을 먹는, 그런 꿈을 가지고 있다―〈안토니아스 라인 (Antonia's Line)〉*의 마지막 장면처럼. 은퇴 후 당장 작은 식탁

* 〈안토니아스 라인(Antonia's Line)〉: 네델란드의 감독 말린 고리스의 1995년 작. 4대에 걸친 모계 가족의 삶을 그린 페미니즘적 서사드라마로, 여성에서 여성으로 이어지는 인생의 연속선을 잘 보여준다. 혈연과 관련성이 없는 사이에서 발휘되는 여성의 배려와 보살핌, 여성의 성적 결정권, 공동체 가족 등이 가능한 일로 다가온다.

이라도 자주 차릴 수 있는 꿈부터 꾸어야지….

최근에 또, 나는 죽음학(Thanatology)을 함께 공부하는 친구들과 연구회를 하나 만들었다. 늘 해야지 하면서 미루었던 공부라 더 열심히 즐겁게 하고 있다. 어딜 가나 사람들과 친하게 지내며 즐거워하는 성격인데 늘그막에 또 다른 친구들, 그것도 나보다 젊은 친구들을 만나 함께 공부하고 있으니 어찌 즐겁지 아니하랴! 각각 자기 길을 열심히 가고 있는 자식들보다 내 옆에서, 나와 한 마당에서 어울리는 '여성들 간의 우정', 즉 그 '새로운 자매애' 등이 나를 더 행복하게 만들어줄 것이라 믿는다. 언젠가 '내가 만난 여성들'이란 제목으로 동년배(同年輩) 여성들과의 풍성한 60년 추억에 관한 글을 적을 생각에 벌써부터 가슴이 두근거린다.

나는 나의 전 생애가, 나의 소소한 일상이 항상 주님의 은혜와 사랑으로 가능하였다는 것, 또 가능할 것이라는 것을 믿고 있다. 내가 아는 모든 분에게도 항상 주님의 은총이 비처럼 내리길….

본문에 언급된 책들

노계정,「기혼남성근로자의 일과 가족 균형 인식에 영향 미치는 요인에 관한 연구-녹산공단과 사상공단 근로자를 중심으로」, 신라대학교 사회복지대학원 석사학위논문, 2015.

데스펠더, L. A.·스트릭랜드, A. L., 이기숙·임병윤 옮김,『죽음: 인생의 마지막 춤』, 창지사, 2010.

라코타, 베아테 저, 발터 셸스 사진, 장혜경 옮김,『마지막 사진 한 장』, 웅진지식하우스, 2008.

레빈슨, 대니얼, 김애순 옮김,『여자가 겪는 인생의 사계절』, 이화여자대학교 출판부, 2004.

_____,『남자가 겪는 인생의 사계절』, 이화여자대학교 출판부. 2003.

버어, 웨슬리, 최연실 외 옮김,『새로 보는 가족관계학』, 도서출판 하우, 1995.

부산여성단체연합,「부산여성단체연합 활동백서(1992-2005)」, 2006.

조지 베일런트, 이덕남 옮김,『행복의 조건』. 프런티어, 2010.

사단법인 여성인권지원센터 살림,『살림 십년』, 사계, 2012.

사단법인 자치21,『희망연대/자치21 활동백서 - 우리들의 10년』, 2014.

윌 슈발브, 전행선 옮김,『엄마와 함께한 마지막 북클럽, 21세기북스,

2012.

스미스, 제러미, 이광일 옮김, 『아빠의 이동』, 들녘, 2012.

스토신저, 캐롤라인, 공경희 옮김, 『백년의 지혜』, 민음인, 2013.

마틴 셀리그만, 김인자 · 우문식 옮김, 김인자 옮김(2006). 『긍정심리학』. 물푸레, 2006.

윤진, 『성인발달과 심리』, 중앙적성출판사, 1995.

이기숙 · 김득성 · 공미혜 · 김은경 · 손태홍 · 오경희 · 전영주, 『결혼의 기술』, 신정, 2001/2014.

이기숙 · 박충선 · 권희경 · 김순남 · 김영주 · 박해숙 · 이연화 · 명신, 『가족과 젠더』, 창지사, 2011.

이기숙 · 고정자 · 권희경 · 김득성 · 김은경 · 김향은 · 옥경희, 『현대가족관계』, 파란마음, 2009/2014.

이기숙 · 김영주 · 박해숙 · 방현주 · 석영미 · 이미란 · 이선순, 『가족과 문화』, 창지사, 2014.

장희정 · 이기숙, 「가족친화제도에 대한 기혼남성의 요구도 실태조사」, 『한국가족복지학회』, 제13권 제4호, 2008, 103~121쪽.

지셴린, 허유영 옮김, 『다 지나간다』, 추수밭, 2008.

최재천, 『당신의 인생을 이모작하라』, 삼성경제연구소, 2005.

스티븐 크레이그, 나선숙 옮김, 『남편이 달라졌다』, 시공사, 2012.

한국죽음학회, 『한국인의 웰다잉 가이드라인』, 대화문화아카데미, 2010.

헤나 로진, 배현 등 옮김, 『남자의 종말』, 민음인, 2012.

J. 페페, 『마음이 기억하는 한 아무 것도 사라지지 않는다』, 현자의 숲, 2012.

Fortes, M., 『Kinship and the social order』, London: Routledge & Kegan Paul, 1969.

Kahn, R. L. & Antonucci, T. C., "Convoy over the life course: Attachment, roles, and social support", P. B. Baltes & O. G. Brim, Jr. ed., 『Life-span development and behavior』, New York: Academic, 1980.

Walsh, F., 『Strengthening family resilience』, New York: Guilford Press, 1998.

이기숙

1950년 부산에서 태어났다. 1녀 1남의 어머니인 그녀는 남편과 함께 부산광역시 금정구에 거주하고 있다.

40년간을 교수로서 가족, 노인, 여성 그리고 죽음을 주제로 연구하고 교육하였다. 『현대가족관계론』(공저), 『죽음: 인생의 마지막 춤』(공역) 등 32권의 저서와 「한국가정의 고부갈등 발생원 요인분석」, 「일과 가정의 균형」 등 94편의 논문(공저 포함)을 집필하였으며, 2015년 정년퇴직 기념으로 이 책을 출간하게 되었다.

그녀는 이 책에서 65년여의 생애 경험을 '모계(母系) 5세대'를 중심으로 풀어내었다. 그 이야기들에는 한국 근현대 100년간의 여성의 삶과 가족의 일상이 사실적으로 그려지고 있으며, 그러면서 조금씩 다른 5세대 여성의 속살을 보여주고 있다. 외할머니, 어머니, 딸, 손녀—누구나 가지고 싶은 좋은 인연들이다.

항상 잘 웃는 그녀가 풀어내는 가족 이야기에는 깨알 같은 행복이 석류알처럼 박혀 있다. 누구나 가지고 있지만 미처 발견하지 못한 작은 행복들을 그녀는 먼저 찾았을 뿐이다.

글을 보태어 주신 분들 (가나다 순)

방현주 신라대학교 가족 · 노인복지학과 교수
서은숙 前 (사)자치21 사무국장
안미수 부산대학교 외래교수
이나영 중앙대학교 사회학과 교수
이미란 고신대학교 사회복지학과 교수
조은주 부산가톨릭대학교 외래교수